Wśród sąsiadów

TEJ AUTORKI:

Witamy w Unterleuten!

JULI ZEH

Wśród sąsiadów

Z języka niemieckiego przełożył
Dariusz Guzik

Über Menschen
© 2021 by Luchterhand Literaturverlag,
a division of Penguin Random House Verlagsgruppe GmbH, München, Germany

Copyright © 2023 for the Polish edition by Wydawnictwo Sonia Draga
Copyright © 2023 for the Polish translation by Dariusz Guzik
(under exclusive license to Wydawnictwo Sonia Draga)

Projekt graficzny okładki: buxdesign/Ruth Botzenhard
Wykonanie okładki: Marcin Słociński/monikaimarcin.com
Zdjęcie na okładce: © Plainpicture/DEEPOL

Redakcja: Marzena Kwietniewska-Talarczyk
Korekta: Izabela Sieranc, Marta Chmarzyńska, Iwona Wyrwisz

ISBN: 978-83-8230-435-0

Wszelkie prawa zastrzeżone. Nieautoryzowane rozpowszechnianie całości lub fragmentu niniejszej publikacji w jakiejkolwiek postaci jest zabronione i wiąże się z sankcjami karnymi.

Książka, którą nabyłeś, jest dziełem twórców i wydawcy. Prosimy, abyś przestrzegał praw, jakie im przysługują. Jej zawartość możesz udostępnić nieodpłatnie osobom bliskim lub osobiście znanym. Ale nie publikuj jej w internecie. Jeśli cytujesz jej fragmenty, nie zmieniaj ich treści i koniecznie zaznacz, czyje to dzieło. A kopiując ją, rób to jedynie na użytek osobisty.

Szanujmy cudzą własność i prawo!
Polska Izba Książki

Więcej o prawie autorskim na www.legalnakultura.pl

WYDAWNICTWO SONIA DRAGA Sp. z o.o.
ul. Fitelberga 1, 40-588 Katowice
tel. 32 782 64 77, fax 32 253 77 28
e-mail: info@soniadraga.pl
www.soniadraga.pl
www.facebook.com/WydawnictwoSoniaDraga

Skład i łamanie: Wydawnictwo Sonia Draga

Katowice 2023 (N323)

Książkę wydrukowano na papierze CREAMY 70g, vol. 2,0
dostarczonym przez Zing sp. z o.o.

ZING
www.zing.com.pl

CZĘŚĆ I
Kąty proste

1
Bracken

No dalej, do roboty. Przestań główkować.

Dora wbija szpadel w ziemię, wyciąga go, jednym pchnięciem przecina uparty korzeń i przewraca kolejną grudę piaszczystej ziemi. Po chwili odkłada narzędzie i masuje dłońmi krzyże. Czuje ból pleców. Mając – aż musi policzyć – trzydzieści sześć lat. Od dwudziestych piątych urodzin zawsze miała kłopot z obliczaniem swojego wieku.

Nie myśl tyle. Dalej, do roboty. Wąski pas przekopanej gleby nie daje jeszcze powodu do zadowolenia z osiągnięcia celu. Kiedy rozgląda się dokoła, ogarnia ją przemożne poczucie egzystencjalnej beznadziei. Działka jest o wiele za duża. Nie przypomina niczego, co można by nazwać *ogrodem*. Ogród to skrawek trawnika, na którym stoi dom kostka. Jak na przedmieściach Münsteru, gdzie Dora dorastała. Albo miniaturowa łąka kwietna wokół drzewa na berlińskim Kreuzbergu, gdzie ostatnio mieszkała.

Otaczający ją teren nie jest ogrodem. Nie jest również parkiem ani zwykłym polem. To raczej *działka ewidencyjna*. Tak wpisano w rejestrze gruntów. Z księgi wieczystej wynika, że do domu przynależy działka o powierzchni czterech tysięcy metrów kwadratowych. Dora zwyczajnie nie zdawała sobie sprawy, ile to cztery tysiące metrów kwadratowych. Połowa boiska piłkarskiego, na którym stoi stary budynek. Zdziczały ugór, spłaszczony i wybielony przez zimę, która nawet nie nastała. Botaniczna katastrofa, która dzięki staraniom Dory przemieni się w romantyczny wiejski ogród. Z grządką warzywną.

Oto plan. Skoro Dora nie zna nikogo w promieniu siedemdziesięciu kilometrów ani nie posiada żadnych mebli, to przynajmniej chce mieć własne warzywa. Bo pomidory, marchewki i ziemniaki mówiłyby jej każdego dnia, że wszystko zrobiła jak należy. Że niespodziewany zakup domu dawnego zarządcy majątku, który wymaga remontu i stoi z dala od bogatych przedmieść, nie był neurotycznym działaniem w afekcie, lecz kolejnym logicznym krokiem na wędrownej ścieżce jej biografii. Jeśli będzie mieć przydomowy ogród, w weekendy będą do niej przyjeżdżać przyjaciele z Berlina, usiądą na starych krzesłach w wysokiej trawie i westchną: Ależ tu masz ładnie. O ile do tego czasu nie zapomni, kim są jej przyjaciele. I jeśli w ogóle będzie się można jeszcze odwiedzać.

Fakt, że Dora nie ma bladego pojęcia o ogrodnictwie, nie jest żadną przeszkodą. Od czego ma się YouTube'a. Na szczęście nie jest jedną z tych, którzy uważają, że do poprawnego odczytania wskazań licznika ogrzewania trzeba ukończyć studia inżynierskie. Jak Robert, wiecznie zaćmiony wątpliwościami oraz dążeniem do perfekcji. Robert, który zwyczajnie odrzucił ich związek i zakochał się w apokalipsie. Apokalipsa jest rywalką, z którą Dora nie jest w stanie konkurować. Apokalipsa wymaga posłuszeństwa, aż do zbiorowego przezwyciężenia własnego losu. Dora nie celuje w naśladownictwie. Dlaczego musiała uciec, i że wcale nie chodziło o lockdown – tego Robert nie zdołał zrozumieć. Gdy taszczyła swoje rzeczy po schodach, patrzył na nią tak, jakby postradała zmysły.

Przestań medytować. Dalej, do roboty. Z internetu wie, że sezon nasadzeń zaczyna się w kwietniu, a w tym roku, z powodu łagodnej zimy, nawet wcześniej. Nastała już połowa kwietnia, więc musi się pospieszyć z przekopywaniem ziemi. Przed dwoma tygodniami, niedługo po jej przeprowadzce, nagle spadł śnieg. Pierwszy i jedyny raz w tym roku. Z nieba sypały się ogromne płatki, wyglądały nienaturalnie, jak istny przyrodniczy *special effect*. Łąka zniknęła pod cienką, białą pierzyną. Nareszcie czysto, nareszcie cicho. Dora zaznała chwili błogiego spokoju. Pozbawiona śniegu działka nieustannie opowiada o spustoszeniu i zaniedbaniu. Niezmienny imperatyw, by wszystko uporządkować, i to szybko.

Dora nie jest typową uciekinierką z miasta. Nie przyjechała tutaj, by zwolnić tempo z pomocą organicznych pomidorów. Życie w mieście bywa stresujące, to oczywiste. Przepełnione pociągi podmiejskie i wszyscy ci pomyleńcy na ulicach. Do tego terminy, spotkania, presja czasu i konkurencja w firmie. A jednak nawet i to można polubić, stres miejskiego życia jest przynajmniej w miarę dobrze zorganizowany. Tutaj, na wsi, panuje anarchia rzeczy. Dorę otaczają przedmioty, które robią, co im się żywnie podoba. Przedmioty, które wymagają naprawy, są połowicznie sprawne, brudne, zaniedbane, doszczętnie zniszczone albo zgoła nieistniejące, choć akurat pilnie potrzebne. W mieście rzeczy są do pewnego stopnia pod kontrolą. Miasta są centrami sterowania światem materialnym. Na każdy przedmiot przypada co najmniej jedna osoba zań odpowiedzialna. Istnieją miejsca, gdzie rzeczy można dostać i je odesłać, gdy się ich już nie potrzebuje. Z kolei na działce za wszystko odpowiada wyłącznie Dora – oraz żądna władzy natura, która porasta wszystko, co tylko pochwyci w te swoje rozplenione łapska.

Nadlatuje kilka kosów, by w przekopanej ziemi szukać dżdżownic. Jeden z czarnych ptaków przysiada na trzonku szpadla, jego impertynencja sprawia, że mała suczka Dory o imieniu Płaszczka unosi głowę. Płaszczka dochodzi właśnie do siebie w wiosennym słońcu po kolejnej nocy spędzonej w wyziębionym wiejskim domu. Teraz jednak musi się podnieść, by z godnością wielkomiejskiego zwierzaka przemówić pierzastym wiejskim prostaczkom do rozumu. Następnie wraca na swoje wygrzane miejsce, kładzie się na brzuchu i rozsuwa tylne łapy, nadając ciału kształt trójkątnej płaszczki, któremu zawdzięcza swoje imię.

Czasem umysł Dory roztrząsa przeczytane gdzieś zdania, choć raczej to zdania przyklejają się do niej, tworząc zewnętrzną skorupę, której nie sposób się pozbyć. Taką skorupą jest druga zasada termodynamiki, mówiąca, że stan nieuporządkowania zawsze dąży do osiągnięcia maksymalnej wartości, chyba że w celu przywrócenia porządku zostanie wydatkowana ogromna energia. Entropia. O tym właśnie rozmyśla Dora, rozglądając się dokoła, nie tylko po swojej działce, ale po całej wiosce i okolicy. Pokruszona nawierzchnia ulic, na wpół zawalone stodoły i stajnie, niegdysiejsze puby porośnięte bluszczem. Góry złomu na nieużytkach, porzucone w lesie dziurawe worki na śmieci. Ogrody otoczone nowymi płotami i świeżo pomalowane domy są niczym wyspy, na których ludzie walczą z entropią. Jakby moc każdego z osobna wystarczała jedynie na kilka metrów kwadratowych świata. Dora nie ma jeszcze takiej wyspy. Uzbrojona w zardzewiałe narzędzia znalezione w szopie stoi poniekąd na tratwie i stawia opór entropii.

Wioskę tę wygooglowała sześć miesięcy wcześniej, w innej epoce, w innym świecie, kiedy znalazła ogłoszenie na eBayu. Według Wikipedii „Bracken to miejscowość w gminie Geiwitz w pobliżu miasta Plausitz w okręgu Prignitz w Brandenburgii. Przynależy do niej niezamieszkana osada Schütte. Pierwsza wzmianka o miejscowości pojawia się w dokumencie biskupa Siegfrieda z roku 1184. Na podstawie miejscowych znalezisk pochodzenia słowiańskiego można przypuszczać, że Bracken wywodzi się z osady słowiańskiej".

Typowa wschodnioniemiecka ulicówka. Pośrodku kościół z wiejskim placem. Przystanek autobusowy, straż pożarna, skrzynka pocztowa. Dwustu osiemdziesięciu czterech mieszkańców. Z Dorą dwustu osiemdziesięciu pięciu, choć jeszcze nie zgłosiła się do urzędu meldunkowego. Jest zamknięty z powodu pandemii. Obecnie nie przyjmuje interesantów. Tak napisano na internetowej stronie urzędu w Geiwitz.

Dora nawet nie wiedziała, że jest interesantką. Co to za interes? Tylko nie główkuj. Nie dociekaj. Pojawiło się tak wiele nowych, dziwnych terminów. Dystans społeczny. Wzrost wykładniczy. Zgony nadmiarowe – i przyłbica. Od tygodni już nie nadąża. Może nawet od miesięcy albo lat, ale wskutek pandemii owo nienadążanie unaoczniło się z całą wyrazistością. Nowe pojęcia brzęczą w jej głowie jak niedające się odpędzić muchy, bez względu na to, jak energicznie machałaby rękami. I dlatego postanowiła, że wszystkie te słowa nic a nic nie będą jej obchodzić. Wywodzą się z obcego języka, z nieznanego kraju. W ramach rekompensaty dostała słowo „Bracken". I ono wydaje się obce. Brzmi jak mieszanina braku i baraków. Albo jak potworna harówka przy bagrowaniu bagrem na bagrowisku.

En-tro-pia, en-tro-pia, skandują jej myśli. Dalej, nie przestawaj. Dora świadomie się broni. Potrafi to robić: nie ustawać w wysiłkach, nawet gdy wydaje się to niemożliwe. W agencji reklamowej nieustawanie jest na porządku dziennym. Nowy termin, nowe zadanie. Zbyt mało ludzi, zbyt mało czasu. Prezentacja wypadła świetnie, prezentacja wypadła do kitu. Budżet pozyskany, budżet stracony. Musimy myśleć bardziej cyfrowo, musimy myśleć trzystusześćdziesięciostopniowo, od reklamy karuzelowej przez spot radiowy po wideo społecznościowe – jak mawia Susanne, założycielka Sus-Y, podczas cotygodniowego *monday breakfast*, dwugodzinnego spotkania w śniadaniowym przebraniu. Zarabiamy dzięki kreatywnej doskonałości oraz unikalnemu pozycjonowaniu. I naprawdę rozumiemy naszych klientów. Pomagamy im rozwiązywać problemy w sposób długofalowy. Dora wcale nie tęskni za poniedziałkowym śniadaniem. Przez wzgląd na poniedziałkowe śniadanie pandemia mogłaby trwać wiecznie.

Jeśli nie ustajesz w wysiłkach, choć wydają się irracjonalne, niekiedy pojawiają się mdłości. Jakbyś miał na talerzu coś zgniłego, a i tak musisz to przełknąć. Trzeba wtedy zamknąć oczy, zatkać nos… i już. Wbić szpadel w ziemię. Entropia. En, zamach. Tro, pchnięcie. Pia, odwrócenie kolejnej grudy.

Wybrała urocze miejsce wśród drzew owocowych – jabłoni, grusz i wiśni, które właśnie nieśmiało zakwitają. W pewnej odległości od domu, choć na tyle blisko, by widzieć grządkę przez kuchenne okno. Teren jest w miarę równy i nie tak gęsto porośnięty młodymi drzewkami jak część działki od frontu, która miejscami wydaje się niemal odgrodzona latoroślami grubości kciuka. Klon i robinia. Na drzewach Dora się zna. Robert studiował biologię i podczas każdego spaceru po Tiergarten szczegółowo opowiadał jej o drzewach. Jak rosną, jak się rozkrzewiają. Co myślą i czują. Dora lubiła ich rozmowy i co nieco zapamiętała. Robinia jest inwazyjnym neofitą, drzewnym migrantem. Szybko się rozrasta i wypiera inne gatunki. Pszczoły natomiast robinię uwielbiają. Usuwanie drzewek za pomocą sekatora i ręcznej piły zajmie wiele tygodni.

Między drzewami owocowymi robinia się nie pleni, są za to jeżyny, a raczej plątanina zeschłych pnączy z poprzedniego roku, która do chwili pojawienia się nowej właścicielki niemal całkowicie pokryła grunt. Dora potrafi się posługiwać starą kosą, ale mimo obejrzanego na YouTubie tutorialu nie umie jej prawidłowo naostrzyć, dlatego masakruje jeżyny tępym narzędziem, jakby maczetą chciała utorować sobie drogę przez dżunglę. Pierwszego dnia, po chłodnej nocy, wyszła na dwór w zimowym stroju: długiej bawełnianej koszuli, grubej bluzie, kurtce z podszewką. Po kwadransie zaczęła zrzucać z siebie kolejne warstwy i wkrótce stała obok stosu ubrań w samym podkoszulku. Od tej pory wkłada tylko T-shirt, bez względu na to, jak mroźny wydaje się poranek. O świcie powietrze pachnie świeżością, gęsia skórka to całkiem przyjemne doznanie. Podczas gdy w domu nadal panuje chłód, na zewnątrz temperatura wzrasta w ciągu dnia do niemal dwudziestu stopni. Ku uciesze Płaszczki, która od czasu przeprowadzki uparła się spędzać noce pod kołdrą Dory. Za dnia suczka, niby chodzące małe ogniwo słoneczne, przemierza ogród w poszukiwaniu najsilniejszych promieni.

Wielkanoc minęła bezgłośnie. Lockdown, jak mawiają, pogłębia niektóre różnice, za to przepaść między dniem roboczym a świętem niweluje. Po wykarczowaniu terenu Dora wydzieliła między drzewami owocowymi prostokąt o wymiarach dziesięć na piętnaście metrów i oznaczyła jego granice sznurkiem. Boki stały się cudownie równe, a kąty niezwykle proste. Czerwony sznur sprawił, że nowo otwarty plac budowy wyglądał profesjonalnie, a reszta zadania wydawała się zwykłą formalnością.

Nic z tego. Od wielu dni Dora zagłębia szpadel w ziemi wzdłuż rozpiętego sznurka, by usunąć spore płaty darni. O trawie właściwie nie ma mowy, to raczej porosła zielskiem darnina. Korzenie spajają glebę tak mocno, że Dora musi stawać obunóż na ostrzu szpadla i kilka razy podskoczyć, by wbić je w ziemię. Żmudna praca – a to dopiero początek problemów, bo prawdziwe wyzwanie kryje się nieco głębiej. To spuścizna systemu, w którym najwyraźniej nikt nie czuł się odpowiedzialny za walkę z entropią. Ktokolwiek mieszkał w czasach NRD w starym domu zarządcy, uważał za stosowne wyrzucać do ogrodu wszelki gruz, złom i odpady. Szpadel Dory natrafia na pokruszone cegły, zardzewiałe metalowe części, stare plastikowe wiadra, rozbite butelki, pojedyncze buty i pokryte rdzą garnki. Są też dziecięce zabawki: kolorowe foremki do piasku, koła samochodzików, a nawet głowa lalki, która groźnie wynurzyła się z ziemi. Znalezione przedmioty Dora odkłada na bok, ich stos ciągnie się wzdłuż pasa spulchnionej gleby.

Stawia szpadel i opiera się na jego stylisku. Do rąk i nóg powoli wracają siły. Po zaledwie dwóch tygodniach pobytu na wsi jej zaczerwienione dłonie są pokryte zrogowaceniami. Dora ogląda je ze wszystkich stron, mając wrażenie, jakby nie należały do jej ciała. Ręce zawsze wydawały się za duże. Dora obawia się czasem, że mogłyby się poruszać bez jej świadomego udziału. Jakby stał za nią ktoś wyższy i przełożył swoje ręce przez jej rękawy. Jej brat Axel wciąż się z niej naigrawał. Łapory Dory! – wołał, a wtedy ogarniał ją ślepy gniew. Dopóki nie umarła ich matka. Potem już sobie nie dokuczali, byli dla siebie niezmiennie mili. Jakby wszystko, nawet ogromne dłonie Dory, stało się kruchym szkłem.

Robert zawsze twierdził, że lubi jej dłonie, w każdym razie dopóki cokolwiek jeszcze w niej lubił. Zanim przemieniła się najpierw w producentkę CO_2, a potem w potencjalną roznosicielkę koronawirusa.

Dora wie z doświadczenia, że nie wolno jej zbyt długo odpoczywać. Jeśli przerwa się przeciąga, zaczyna kalkulować, a jej przemyśleniom towarzyszą pytania o sens. Przed niemal dwoma tygodniami zaczęła karczować teren, od trzech dni wykańcza się przy kopaniu. Gotowy pas spulchnionej gleby ma około półtora metra szerokości. Nie uporała się nawet z jedną szóstą powierzchni wytyczonego obszaru. Jeśli będzie pracować w takim tempie, minie połowa maja, zanim będzie mogła wysiać nasiona. Problem w tym, że… to żaden problem. Warzywa można kupić w supermarkecie. Pewnie okażą się nawet tańsze niż te z własnego ogrodu, jeśli wziąć pod uwagę koszty nawadniania. Lockdown jest groźny, lecz nie na tyle, by zmusić do uprawy własnych ziemniaków. Nie ma powodu do zakładania własnego warzywnika. Oprócz romantyki wiejskiego domu oraz przyjeżdżających w odwiedziny przyjaciół. Tyle że Dora nie wie, co począć z wiejską romantyką, a do tego nie ma przyjaciół. W Berlinie nikt nie zwracał na to uwagi. Praca nie pozostawiała zbyt wiele czasu, a Robert miał wystarczająco dużo znajomych dla nich obojga. Tutaj, na wsi, brak przyjaciół staje się głuchym grzmotem na horyzoncie.

To idiotyzm, by od razu wytyczać tak duży teren. Typowy błąd nowicjusza. Na początek w zupełności wystarczyłoby piętnaście metrów kwadratowych zamiast stu pięćdziesięciu. Dora nie ma jednak ochoty usuwać starannie naciągniętego sznurka. Bądź co bądź od lat utrzymuje się z umiejętności doprowadzania do końca rozpoczętych projektów, bez względu na to, jak absurdalne się to wydaje. Radzenie sobie z klientami, którzy codziennie zmieniają zdanie, którzy wciąż domagają się nowych wersji, którzy przeczą sami sobie i ze strachu przed przełożonymi nie podejmują decyzji, jest bez wątpienia trudniejsze niż praca w ogrodzie.

No dalej. Jeśli nie poradzi sobie z ogrodem, będzie musiała zadać sobie pytanie, po co właściwie kupiła ten dom.

Odpowiedź byłaby prosta, gdyby mogła stwierdzić, że już jesienią ubiegłego roku podejrzewała, że koronawirus jest w natarciu. Wówczas dom na wsi stałby się schronieniem, w którym mogłaby się ukryć do czasu zakończenia pandemii. Niczego jednak nie podejrzewała. Kiedy zaczęła przeglądać w internecie ogłoszenia dotyczące nieruchomości, wydawało się, że najbardziej palące kwestie to zmiany klimatyczne oraz prawicowy populizm. Gdy w grudniu potajemnie udała się do notariusza w Berlinie-Charlottenburgu, koronawirus nie widniał w nagłówkach pierwszych stron gazet, był ledwie wydarzeniem z dalekiej Azji. Kiedy zebrała niewielki spadek po matce oraz swoje nikłe oszczędności, by przelać część kwoty za zakup, wciąż nie wiedziała, czy w ogóle chce się przeprowadzić na wieś. Wiedziała jedynie, że potrzebuje tego domu. Pilnie. Jako idei. Jako sposobu na mentalne przetrwanie. Jako hipotetycznego wyjścia awaryjnego z własnego życia.

W ostatnich latach Dora wielokrotnie słyszała, że ludzie kupują domy na wsi. Głównie jako drugie lokum. Robią to w nadziei, że uda im się wyrwać z niekończącego się obiegu projektów. Wszyscy znajomi Dory wiedzą, w czym rzecz. Kończą jeden projekt, by zaraz po nim rozpocząć następny. Przez chwilę wydaje im się, że aktualny projekt jest ze wszystkich najważniejszy, dokładają wszelkich starań, by go ukończyć w terminie i możliwie jak najlepiej. Tylko po to, by się przekonać, że wraz z jego zamknięciem traci on jakiekolwiek znaczenie. Jednocześnie rozpoczyna się kolejny, jeszcze ważniejszy projekt. Nikt nie dociera do celu. Na dobrą sprawę nikt nawet nie posuwa się naprzód. Istnieją jedynie orbity, po których wszyscy się poruszają, ponieważ każdy boi się zastoju. Jak dotąd prawie wszyscy po cichu przyznali, że nie ma w tym bodaj odrobiny sensu. Choć nikt nie lubi o tym mówić, Dora dostrzega to w oczach kolegów, w ich głęboko zaniepokojonym spojrzeniu. Jedynie nowicjusze wciąż wierzą, że *to* da się zrobić. A jednak *to* jest niewykonalne, ponieważ stanowi zbiór wszystkich możliwych projektów i w rzeczywistości to nie kolejny projekt, lecz jego brak byłby największą z wyobrażalnych katastrof. Wykonalność *tego* jest piramidalnym kłamstwem współczesnego życia i pracy. Zbiorowym samooszustwem, które tymczasem bezgłośnie prysło.

Odkąd owa świadomość przeniknęła do wielkomiejskich podziemnych tuneli metra i jest potajemnie roztrząsana przy każdym automacie do kawy, w każdej windzie, na każdym piętrze biurowych wieżowców, ludzie doznają wypalenia. Zarazem krąg wiruje z coraz większą prędkością. Jakby od niedorzeczności wyścigu można było uciec, ścigając się szybciej.

A jednak można. W każdym razie Dora zawsze to potrafiła. Nigdy nie opierała się obiegowi projektów – zaakceptowała go jako współczesny model życia. Potem coś się jednak zmieniło. Nie w jej umyśle, ale wokół niej. Dora przestała nadążać, a pomysł zakupu wiejskiego domu zaoferował owemu nienadążaniu schronienie. To było jesienią ubiegłego roku, teraz stoi pośrodku swojego ugoru, usiłując zapanować nad lękiem. Obieg projektów może się wymknąć spod kontroli. Widok działki wyraźnie to uzmysławia. To działka jest jej kolejnym cholernym projektem, być może tym razem o numer za dużym.

Poirytowana, postanawia zrobić sobie przerwę. Zmusi się do pół godziny nicnierobienia. Porzuca szpadel i przedziera się przez zeszłoroczne pokrzywy w kierunku domu, gdzie w cieniu lipy urządziła niewielki kącik wypoczynkowy. Chybotliwe meble ogrodowe znalazła w szopie, podobnie zresztą jak pozostałe rekwizyty jej prowincjonalnej przyszłości. Jak to ujął agent nieruchomości? „Idylla nastanie wtedy, kiedy się rozgościsz". To pewnie jedno z powiedzonek niezbędnych przy sprzedaży podniszczonych domów w tej okolicy.

Dora siada na jednym z krzeseł, rozprostowuje nogi i zastanawia się, czy jest tak samo stuknięta jak ludzie z Prenzlauer Bergu, którzy dla zwolnienia tempa upychają do swoich przepełnionych grafików zajęcia jogi oraz medytację. Wie, że obieg projektów to pułapka, z której niełatwo się wydostać. Przekształca on w nowy projekt także deprojektowanie istnienia. W przeciwnym razie nie wymagałby milionów ofiar. Dora robi głęboki wdech i wmawia sobie, że szkopuł tkwi zupełnie gdzie indziej. Nie chodzi o projekty, chodzi o Roberta. Coś się stało, a ona zwyczajnie nie nadąża.

2
Robert

Dora nie pamięta, kiedy to się zaczęło. Pamięta tylko, że już w okresie jego aktywizmu klimatycznego miała czasem wrażenie, że Robert przesadza. Polityków nazywał kompletnymi idiotami, a swoich bliźnich egoistycznymi ignorantami. Oburzał się na widok pomyłek Dory przy segregacji odpadów, jakby popełniła jakieś straszne przestępstwo. Niekiedy wydawał się nadgorliwy i nieprzejednany, a ona zastanawiała się, czy nie cierpi przypadkiem na nerwicę, jakiś rodzaj politycznego natręctwa, które rozsądnego, łagodnego człowieka zmieniło w opętanego szaleńca.

Z początku czuła dla niego głównie podziw, przyprawiony szczyptą wyrzutów sumienia. Robert traktował sprawy poważnie. Stał się politycznym aktywistą. W internetowym wydaniu gazety, dla której pracował, utworzył osobny dział poświęcony zagadnieniom klimatu. Zaczął też zmieniać własne życie – przeszedł na weganizm, kupował przyjazne dla klimatu ubrania i regularnie chodził na piątkowe demonstracje. Irytował go fakt, że Dora nie chciała w nich uczestniczyć. Czyżby nie wierzyła w zmiany klimatyczne spowodowane działalnością człowieka? Czy nie dostrzegała, że świat zmierza ku zagładzie? Do ich rozmów wkroczyła statystyka.

Robert powoływał się na liczby, ekspertów oraz naukę. Dora siedziała przed nim jak reprezentantka durnych mas, które za nic w świecie nie dawały się przekonać. Kiedy wpadał we wściekłość, czynił jej nawet wyrzuty z powodu jej profesji. Że służy wyłącznie do rozbudzania popytu. Że zmusza ludzi do kupowania rzeczy, których wcale nie chcą – i z pewnością nie potrzebują. Dora jako agentka społeczeństwa konsumpcyjnego. Trwoniącego energię i powiększającego górę odpadów. Nigdy nie czuła potrzeby obrony branży reklamowej. A mimo to było jej przykro, gdy Robert mówił do niej tym tonem.

Bądź co bądź nie brak jej własnych przekonań. Oczywiście uważa, że zmiany klimatyczne to palący problem. Paraliżuje ją jednak sposób, w jaki się o nich mówi. *Jak śmiesz* zamiast *Mam marzenie*. Zamiast spierać się o cel temperaturowy, powinniśmy skupić się raczej na kwestiach zasadniczych – końcu ery paliw kopalnych, którego nie sposób osiągnąć poprzez wychowanie lepszych obywateli, lecz jedynie poprzez przekształcenie infrastruktury, mobilności i przemysłu. Nie może się nadziwić, że w obliczu tego zadania Robert jest dumny z faktu, że nie prowadzi samochodu.

Dora nie lubi prawd absolutnych ani podpierających się nimi autorytetów. Ma w sobie ducha przekory. Nie zamierza dowodzić swoich racji i nie chce być częścią opiniotwórczego środowiska. Zazwyczaj jej wewnętrzny opór nie jest formą obrony. Nie okazuje tego. Jest konformistką. Jej opór jest raczej rodzajem udawanego sprzeciwu, wewnętrznej walki z okolicznościami. To dlatego musiała w końcu powiedzieć Robertowi, że powinien uważać, skoro w jego statystykach nie chodzi już o uzasadnione obawy, ale raczej o fakt posiadania racji. Spojrzał na nią zaskoczony i zapytał, czy aby nie przedkłada alternatywnych faktów Donalda Trumpa.

Wtedy po raz pierwszy ujawnił się u Dory kłopot z własnymi myślami – stały się niezrozumiałe, może nawet niegodziwe. Nie dało się o nich rozmawiać. W każdym razie nie z Robertem. Już nie. Siedział przed nią jak autorytet, rozpromieniony i pewny siebie. Poza wszelką pomyłką, ponad wszelką wątpliwość. Członek grupy, która przekroczyła granice niedoskonałej istoty ludzkiej. Dora nie nadążała.

Zarazem wstydziła się własnej przekory. To nieistotne, czy Robertowi chodziło jedynie o udowodnienie swoich racji, skoro rację rzeczywiście miał. Polityka klimatyczna była i pozostanie ważną kwestią. Poza tym Robert wyglądał na zadowolonego, gdy tymczasem Dora często w siebie wątpiła. Walka o niebagatelną sprawę z pewnością daje poczucie satysfakcji. Robert nie zadręczał się pytaniami o jej sens. Przezwyciężył nawet paradoks obiegu projektów, zamieniając mnogość drobnych, możliwych do osiągnięcia celów na pojedynczy, niebotyczny, przypuszczalnie nieosiągalny. Posunięcie genialne, nader sprytna roszada.

Dora postanowiła podjąć wysiłek. Zrezygnowała z mięsa. Robiła zakupy w sklepie z żywnością ekologiczną. Z myślą o Robercie zmieniła nawet agencję. Średniej wielkości Sus-Y specjalizuje się w zrównoważonych produktach oraz organizacjach non profit, za cel obrała sobie wspieranie odpowiedzialnych firm w realizacji ich społeczno-ekologicznych pomysłów. Zamiast promować zupy w puszkach, luksusowe rejsy czy ubezpieczenia bezpośrednie, Dora opracowuje w Sus-Y kampanie na rzecz wegańskich butów, czekolady fair trade czy dnia bez torebek foliowych. Fakt, że na jej wizytówce zamiast *senior copywriter* widnieje jedynie osamotnione słówko *tekster*, nigdy jej nie przeszkadzał. Ani to, że zarabia nieco mniej niż poprzednio. Jednak z punktu widzenia Roberta to zbyt mało. O wiele za mało. W końcu Dora zrozumiała, czego się od niej domagał, a tego dać mu nie mogła. Chciał posłuszeństwa. Chciał stłumić jej opór. Chciał, by złożyła przysięgę na wierność apokalipsie. Coraz potężniejszy gniew budziła w nim jej skryta przekora. Niechęć do maszerowania razem z nim w pierwszym szeregu. Był z niej niezadowolony, uśmiechali się rzadziej niż przedtem. Mimo to nadal stanowili zespół.

Potem nastała pandemia, a Robert odkrył swoje prawdziwe powołanie. Z czułością ostrzegającego przed katastrofą sejsmografu już w styczniu przewidział, że sytuacja będzie eskalować. W swoich internetowych artykułach zalecał rządowi zakup maseczek, podczas gdy reszta zachodniego świata wciąż uważała, że to kolejny problem Chińczyków.

Z początku koledzy dziennikarze podśmiewali się z jego kasandrycznych przepowiedni. Wkrótce potem zyskał status jasnowidza. Robert został ekspertem od pandemii. Jakby od lat czekał skrycie na pojawienie się wirusa. Aż wreszcie wyczekiwanie dobiegło końca, nadeszła katastrofa. Okręt zaczął przeciekać, nareszcie można było podjąć jakieś działania. Wszyscy słuchają rozkazów, każda wątpliwość staje się wyrazem buntu. Nareszcie wszyscy myślą tak samo. Nareszcie wszyscy mówią to samo. Nareszcie w świecie, który wymknął się spod kontroli, panują wiążące reguły. Wreszcie ta przeklęta globalizacja zostanie powalona na kolana. Koniec z nieograniczonym przepływem osób, towarów i informacji.

Dora go rozumie. Walka o klimat jest nużąca. Nikt tak naprawdę nie jest w stanie temu podołać. Teraz jednak wszystko stało się raptem możliwe. To, co do tej pory uznawano za nierealne, nagle przestało stanowić problem. Zahamowanie drapieżnego kapitalizmu, radykalne ograniczenie mobilności. Pandemia koronawirusa jest zjawiskiem naocznym. Szybkim, dramatycznym, łatwym do zilustrowania. Mierzalnym w swoich następstwach. Co więcej, wirusowi można wręcz przypisać biblijną nieuchronność. Jak długo już trwa za pięć dwunasta? Wieszczony od dawna koniec musiał wreszcie nastąpić. Wszyscy o tym wiedzieli. Wszyscy to podejrzewali. Kultura zachodnia już dawno przemieniła się we wspaniałą przepowiednię zagłady, o ile nie była nią od zawsze. I oto jest, potworna plaga, kara za wszystkie grzechy, za chciwość, wyzysk i cały ten rozpasany styl życia.

Wszyscy ci, których Robert od dwóch lat oskarża o bezczynność, nie mogą przejść obok niej obojętnie. Spłoszeni biegają bezradnie, gotowi nagle słuchać głosu ekspertów. Politycy i obywatele, lewicowcy i prawicowcy, bogaci i biedni – zjednoczeni w strachu.

Dora nie mogła oprzeć się wrażeniu, że powszechna panika sprawiła Robertowi satysfakcję. Bez reszty zaangażował się w ostateczną rozgrywkę. *The Walking Dead* w Berlinie. Uzupełnił zapasy, zamówił przez internet papier toaletowy oraz środki do dezynfekcji rąk i nieustannie powtarzał, że trzeba się gotować na najgorsze. Dora także odczuwała niepokój. Czasem nawet potworny strach. Uznała jednak, że najlepiej będzie zachować spokój. Odczekać. Zaufać politykom, którzy właściwie ocenią sytuację i wydadzą właściwe zalecenia. Robert ją wyśmiał. Wyśmiewał się także z polityków, którzy jego zdaniem nie potrafią niczego zrobić jak należy. Wciąż tylko za mało, za późno. Kiedy Dora mu przypomniała, że żyją w demokracji, w której procesy decyzyjne wymagają czasu, wpadł we wściekłość. Z zamówioną wcześniej maseczką zakrywającą usta i nos jeździł po mieście na rowerze, zbierając opinie w urzędach i na ulicy. Za dnia przesiadywał na rowerowym siodełku, nocami przed komputerem, karmiąc swój rozgorączkowany zapał coraz to nowszymi raportami, danymi i wyliczeniami. Jakby popadł w amok szaleństwa. Jego artykuły z każdym dniem zyskiwały na popularności. Dla Dory stawał się coraz bardziej obcy. Pod każdym tekstem, każdym mailem, każdym esemesem umieszczał formułkę *Bądź zdrów!*, niby hasło tajnego stowarzyszenia, które przeobraziło się w ruch masowy.

Już w poprzednim roku życie z Robertem stało się wyczerpujące. W styczniu okazało się irytujące, w lutym nie do zniesienia. W marcu zamknięto szkoły, restauracje i sklepy. W obiegu pojawiło się jeszcze więcej nowych pojęć. Izolacja, kwarantanna, wypłaszczenie krzywej. Śmiertelność, zachorowalność, szpitale jednoimienne. Narastała panika, jakby chorobę i śmierć odkrywano na nowo.

Dora bez trudu odnalazła się w pracy zdalnej. Od samego początku nie wydawała jej się taka zła, wręcz przeciwnie, miała też swoje zalety. W Sus-Y, jak w niemal każdej agencji, nie ma wydzielonych pokoi dla kreatywnych. Około dwudziestu pięciu osób siedzi pospołu w tak zwanym open spasie, gdzie panuje ogromny gwar. Szczególnie konsultanci przez cały dzień wiszą na telefonie, starając się wyciągnąć od klientów informacje i propagować dobre wibracje. W zasadzie bez przerwy i bez celu trzepią językiem, co utrudnia życie copywriterom, którzy muszą się skupić na roztrząsaniu pomysłów. W domowym biurze było zdecydowanie ciszej. Dąsała się tylko Płaszczka, tęskniąc za agencją, w której ją rozpieszczano, traktując jak maskotkę. Kiedy Dora czekała przy ekspresie do kawy na pierwsze espresso, suczka biegała od biurka do biurka, by przywitać się ze swoimi fanami i zebrać smakołyki, przynoszone specjalnie dla niej w niewielkich torebkach.

Pierwsze dni w domowym biurze minęły całkiem przyjemnie. Burzę mózgów ze współpracownikami Dora mogła prowadzić na WhatsAppie. Spotkania odbywały się za pośrednictwem wideokonferencji. Właściwie brakowało jej tylko lodówki wypełnionej po brzegi darmowym organicznym piwem, którą Sus-Y kupiła po pozyskaniu zlecenia od Kröcher Braumanufaktur.

Z czasem w mieszkaniu w Kreuzbergu zrobiło się ciasno. Jako niezależny dziennikarz Robert pracował w domu i zajął jedyny gabinet. Podczas przeprowadzki pokoje wydawały się Dorze ogromne. Teraz wszystko wokół niej się skurczyło. Ze względu na ograniczenia w kontaktach Robert zredukował swoje nieodzowne wycieczki po mieście do jednej godziny dziennie. Przez resztę czasu Dora, Płaszczka i on byli na siebie skazani na osiemdziesięciu metrach kwadratowych. W salonie stała tylko niska ława, więc Dora musiała siedzieć z notebookiem w kuchni. Często chodziła z Płaszczką na spacery. Wyprowadzanie psów stało się przywilejem.

Na opustoszałych ulicach panowała niesamowita atmosfera. Niewiele samochodów, prawie żadnych przechodniów. Z Viktoriapark zniknęły chodziki. W witrynie apteki pojawiły się spowite w biel twarze. Robert oznajmił, że ci ludzie walczą na pierwszej linii frontu. Takie sformułowania wytrącały Dorę z równowagi. Mimo wszystko pandemia to nie wojna. Wojny są skierowane przeciwko ludziom.

Pewnego razu idący ulicą mężczyzna pospiesznie odciągnął swojego psa na bok, jakby Płaszczka mogła przenosić wirusa. Niepokojące było także dyszenie czworonoga oraz drapanie łapami po asfalcie. Młoda matka nakrzyczała na biegacza, żeby nie oddychał tak gwałtownie. W niektórych oknach wywieszono flagi z komunikatem: *Zostajemy w domu!* Ci ludzie stanowili element czegoś, czego Dora jeszcze nie dostrzegała. Kryli się za flagami i żywili nadzieję, że w Berlinie nie będzie gorzej niż gdzie indziej.

Spacery, choć uciążliwe, przynosiły chwilową ulgę. Ot, krótka ucieczka od klaustrofobii. Robert natomiast nie mógł zdzierżyć, że

Dora trzy razy dziennie wyprowadza Płaszczkę. Potwornie go irytował powszechny brak dyscypliny. Podczas gdy ona przy kuchennym stole próbowała przekuć życzenia klientów w kreatywne pomysły, on wałęsał się po mieszkaniu, głośno wymyślając na niewiarygodnie głupie zachowanie ludzi. Czekał, aż Dora mu przytaknie. Przynajmniej skinieniem głowy. Na próżno. Dora nie wiedziała, czy ludzie rzeczywiście są głupi. Którzy dokładnie? Ci odciągający swoje psy czy może ci, którzy ostentacyjnie popijali w grupkach piwo przed nocnymi sklepikami?

Kim są ci dobrzy, a kim ci źli? Dora tego nie wie i wcale wiedzieć nie chce. Uważa, że to groźne pytanie. Nie lubi, kiedy ludzie rozprawiają o *wymiarze historycznym* i *przełomowych czasach*, mimo że nieustannie dzieją się na świecie znacznie gorsze rzeczy, tyle że zazwyczaj gdzie indziej. Upiera się przy tym, by nie formułować jednoznacznych opinii, skoro brakuje prostych rozwiązań, a tych jest obecnie jeszcze mniej niż zwykle. Ani politycy, ani wirusolodzy nie dysponują regułami, których zwyczajnie wystarczyłoby przestrzegać, by poprawić sytuację. Życie składa się zazwyczaj z prób i błędów, człowiek zaś potrafi zrozumieć i kontrolować znacznie mniej, niż mu się wydaje. Ani bierność, ani akcjonizm nie są właściwą odpowiedzią na ów dylemat. Zdaniem Dory liczą się wyczucie proporcji w działaniu oraz jak największa szczerość w rozmowie. Warunkiem szczerości jest przyznanie, że można czegoś nie wiedzieć. Dlatego jej opór skierowany jest wyłącznie przeciw myślowym imperatywom, a nie samym regułom. Dora potrafi przestrzegać zasad, acz nie chce być zmuszana do ich polubienia. Nie musi pić piwa z dziesięcioma osobami przed sklepem, by sobie udowodnić, że jest wolna albo ważna. Skoro dystans społeczny jest strategią, na którą zdecydowało się społeczeństwo, to ona jest gotowa podążyć tą drogą. W sposób rozsądny. Nie jako pionierka. Może szwedzkie podejście bardziej by jej odpowiadało, ale mieszka tutaj, nie w Szwecji. Trzyma się zasad. Wolność zachowuje w myślach. Nikt nie może jej zmusić do uznania popijających piwo przed sklepem za groźnych dla społeczeństwa zdrajców narodu.

Z wyjątkiem Roberta. Chciał, żeby przyznała mu rację. Znowu to samo, odmowa posłuszeństwa. Brakująca przysięga na wierność apokalipsie. Ponieważ Dora nie uczestniczyła w jego nienawistnych tyradach, tylko nadal uparcie wpatrywała się w ekran notebooka, to na niej coraz częściej wyładowywał swoją agresję. Jej notebook miał w zwyczaju zawieszać się przynajmniej raz dziennie, co wymagało zamknięcia wszystkich programów. *Błąd 0x0. Przepraszamy za niedogodność.* Dora zaczęła podejrzewać, że ma to coś wspólnego z Robertem. Prawie się rozpłakała. Był jej partnerem, towarzyszem, najlepszym przyjacielem. Teraz sądziła, że jego aura powodowała awarię jej komputera.

Pewnego razu podczas spaceru zauważyła mężczyznę z urządzeniem do mierzenia odległości. Gdy rozlegał się sygnał dźwiękowy, zaczynał wymachiwać rękami, krzycząc: Nie zbliżać się!

Przeraziło ją to bardziej niż cokolwiek wcześniej. Czy to możliwe, by społeczeństwo zbiorowo straciło rozum? Kiedy powiedziała o tym Robertowi, nazwał ją ignorantką. Zarzucił jej, że jest nie dość dobrze poinformowana. Że przymyka oczy na zagrożenie. Owego człowieka z brzęczącym pudełkiem uznał za rozsądnego. Dora poczuła się jak dziecko, które nie rozumie, o co w tym wszystkim chodzi.

Zarzut Roberta, że jest niedoinformowana, trafił w czuły punkt. To prawda, że od wybuchu pandemii Dora znacznie ograniczyła dopływ wiadomości. Nie chce przymykać oczu. Ale nie może znieść faktu, że oto nagle istnieje wyłącznie koronawirus. Jakby wojna w Syrii, cierpienie uchodźców, nazistowscy terroryści ani powszechne ubóstwo nigdy nie stanowiły prawdziwego problemu. Li tylko infotainment, rozrywkę dla znudzonych konsumentów mediów. Od kiedy pojawiła się pandemia, wszystkie owe pozostałe bzdury stały się zbędne. Dora jest oszołomiona. Niedobrze jej się robi, gdy czyta prasowe nagłówki. Zarazem wstydzi się skrycie, że nie zna najnowszych danych na temat liczby zakażeń. Jakby w świecie odbiorców mediów istniał obowiązek współuczestnictwa. Robert uznał jej abstynencję za przestępstwo.

Pominąwszy zmagania o poprawność myśli, zwyczajnie sobie przeszkadzali. Kiedy Dora zamykała okno, Robert właśnie zamierzał otworzyć kolejne. Kiedy siedziała w toalecie, Robert pukał do drzwi i pytał, ile to jeszcze potrwa. Podczas gdy ona pisała całe stronice claimów lub próbowała wymyślić spot radiowy, który nadawałby się do długofalowej kampanii, a do tego miałby jeszcze spory potencjał nagrodowy, on wpadał na pomysł opróżnienia zmywarki dwadzieścia centymetrów od jej łokcia. Potykał się o Płaszczkę, nadeptując przy tym na papiery Dory, które z braku miejsca rozkładała na podłodze. Jeśli chciała sięgnąć do lodówki, on na pewno właśnie przed nią stał. Jeśli parzyła sobie kawę, ostentacyjnie czekał obok, aż skończy. Kiedy paliła na balkonie papierosa, krzyczał, że dym czuć we wszystkich pokojach. Pisząc swoje felietony, chodził tam i z powrotem po przedpokoju i mówił do siebie półgłosem. Kiedy Dora prosiła go, żeby przestał, twierdził, że bez tego nie potrafi być produktywny.

Choć oboje dokładali się do czynszu, zachowywał się tak, jakby mieszkanie należało wyłącznie do niego. Bądź co bądź to on pracował w domu, gdy Dora wychodziła do agencji. Poza tym jej brak gotowości do apokaliptycznego myślenia pozbawił ją prawa do istnienia. Wewnętrzny sprzeciw Dory stał się tak przytłaczający, że rozpoczęła akcję z butelkami zwrotnymi, do której niechętnie wraca myślami.

Coraz dłużej przebywała poza domem. Siadała na ławce na skraju zamkniętego placu zabaw, brała Płaszczkę na kolana i próbowała czytać książkę na ekranie telefonu. Zazwyczaj poddawała się po kilku minutach i gapiła się przed siebie. Nagle wszystko zamilkło. Głosy, myśli, nagłówki, lęki. Jej duże dłonie głaskały ciepłą sierść psa. Wokół niej rozciągała się przestrzeń, która w owych chwilach nie należała do nikogo. Dora mogła zaznać spokoju. Mogła tu przesiadywać. Kiedy wracała do domu, Robert pytał, gdzie się tak długo podziewała. W myślach zaczęła go nazywać „Robertem Kochem". W Bawarii policja zakomunikowała, że nie wolno przesiadywać na parkowych ławkach. Nieco później Robert oznajmił, że nie zamierza dłużej tolerować jej spacerów. Mówił powoli i wyraźnie, jakby Dora miała trudności ze zrozumieniem. Z każdą formą ruchu w przestrzeni publicznej wiąże się ryzyko infekcji. Zachowując się nierozsądnie, zagraża również jemu, a tego nie jest w stanie zaakceptować. Płaszczce w zupełności wystarczą trzy wizyty dziennie pod drzewkiem.

W pierwszej chwili Dora pomyślała, że to primaaprilisowy żart. Zwróciła uwagę, że w Berlinie nie obowiązuje całkowity zakaz poruszania. Że samotne spacery wciąż są dozwolone, zwłaszcza z psem.

Robert odparł, że nie w tym rzecz. Chodzi o to, by w obecnej sytuacji uczynić wszystko, co tylko możliwe, w celu zapobieżenia rozprzestrzenianiu się wirusa. Każdy na miarę swoich możliwości musi się w to zaangażować. Należy powstrzymać się od każdego ruchu, który nie jest absolutnie konieczny.

Dora przypomniała mu, że sam nadal jeździ po mieście na rowerze, nawet jeśli tylko przez godzinę dziennie.

Robert oznajmił ze złością, że to część jego pracy. Pisze o kryzysie, a jego felietony należą obecnie do najchętniej czytanych tekstów w internetowym wydaniu gazety. Jego praca jest nad wyraz istotna, czego, za pozwoleniem, nie można powiedzieć o jej zajęciu.

Ponownie zapytała, czy rzeczywiście chce jej zabronić wychodzenia z mieszkania.

Robert zamyślił się na chwilę, nawet zaśmiał się zmieszany. Potem skinął głową. Stojący na kuchennym stole notebook Dory się zawiesił. *0x0. Przepraszamy za niedogodność.*

W owej chwili w głowie Dory coś się przełączyło. Spojrzała w czarny ekran, potem na stojącego przed nią Roberta. Odniosła wrażenie, jakby tego człowieka nie znała. Istniały trzy możliwości: albo znalazła się w jakimś absurdalnym filmie, w którym musiała zagrać rolę, nie przeczytawszy uprzednio scenariusza. Albo Robert zupełnie zwariował. Albo ona sama. Dora tego nie chciała. Chciała tylko uciec. Jej mózg już nie nadążał. Nie czuła bólu. Jedynie zażenowanie oraz przemożny odruch ucieczki. Oświadczyła Robertowi, że na jakiś czas zamieszka gdzie indziej, po czym spakowała swoje rzeczy.

O domu na wsi nie napomknęła mu dotąd ani słowem, teraz zaś uznała, że nie jest to odpowiedni moment na nadrabianie zaległości. Zresztą i tak nie zapytał, dokąd się uda. Może był przerażony. Może się ucieszył, że odchodzi. Może sądził, że przeprowadzi się do Charlottenburga, do mieszkania swojego ojca, które przez większość czasu stało puste, gdyż Jojo przyjeżdżał operować w Berlinie jedynie raz na dwa tygodnie. Robert nie pomógł jej przy znoszeniu rzeczy. Pewnie nawet nie zauważył, co z sobą zabrała. Dwie walizki i trzy pudła z ubraniami, książkami, pościelą, ręcznikami, kilkoma przyborami kuchennymi, dokumentami i sprzętem. Ciężki materac ze swojej połowy łóżka Dora zsunęła po schodach jak po zjeżdżalni.

Wynajęte kombi wywiozło ją za miasto. Z każdym pokonanym kilometrem czuła się swobodniej. Zostawiała za sobą nie tylko Roberta, ale także wielkie miasto, ciasnotę, ustawiczny ostrzał informacji i emocji. Miała wrażenie, jakby w statku kosmicznym opuszczała znany sobie świat w drodze ku nowym galaktykom. Znała to uczucie z potajemnych wycieczek krajoznawczych minionej jesieni.

Umknęła. Polubiła to słowo. Brzmiało podobnie do *uciekła i zniknęła.* Gdy myszkowała po okolicy, nie towarzyszył jej żaden agent nieruchomości, żaden zresztą nie narzekał. Za daleko, za niska prowizja. PDF, zdjęcia, adres, oględziny z zewnątrz. Myśl, że rzeczywiście mogłaby kupić dom, okazała się elektryzująca. Z dala od miasta ceny nie były wygórowane. W jej wieku, mając stałą pracę, nie powinna mieć problemu z otrzymaniem kredytu. Stopy procentowe były niezwykle niskie, a Dora posiadała niewielki spadek po matce oraz oszczędności, które odkładała co miesiąc, odkąd jako starsza copywriterka zarabiała tyle co starsza nauczycielka. Dom na wsi. Jej matce by się to spodobało. Polubiłaby go. I ucieszyłaby się z faktu, że Dora nikomu nie zdradziła swoich planów. *Moja mała rozbójniczka* – powiedziałaby, głaszcząc ją po głowie. Dora myślała niekiedy, że swoją przekorę odziedziczyła właśnie po matce.

Podczas potajemnych wyjazdów dręczyły ją jednak wyrzuty sumienia. Dlaczego nie ma przy niej Roberta? Dlaczego robi to za jego plecami, a nie razem z nim? Jakby go zdradzała, a oszustwo sprawiało jej dodatkową frajdę. Błogie uczucie. Rozległe pola, wyblakłe kolory, przeogromne niebo. Dora już od dawna niczym się tak nie cieszyła. Nawet jeśli odwiedzane domy nie przypadły jej do gustu. Były zbyt małe, zbyt duże albo nazbyt bezduszne. Kiedy liście zaczęły opadać z drzew, porzuciła nadzieję, że znajdzie coś dla siebie. Mimo to kontynuowała weekendowe wypady, zostawiając Roberta w przeświadczeniu, że uczestniczy w warsztatach.

Wtedy to natknęła się na dom zarządcy majątku w Bracken. Zatrzymała wypożyczony samochód przed chybotliwym płotem i od razu wiedziała: to jest to. Wysokie drzewa, zarośnięta działka, szara elewacja zdobiona sztukaterią. Na skraju wsi. Sześć tygodni później u prowincjonalnego notariusza podpisała umowę kupna.

Potem nadeszły święta Bożego Narodzenia, sylwester i w końcu pandemia. A dziś wraca do Bracken wynajętym samochodem, wypakowanym po brzegi jej rzeczami. W duchu obawiała się nawet, że dom w rzeczywistości wcale nie istnieje. Od zakupu minęły trzy miesiące. Najpierw sześć tygodni zajęło jej przelanie pełnej kwoty, potem utknęła w Berlinie z powodu lockdownu. Może zaraz zostanie zatrzymana na ulicznej blokadzie i zawrócona do miasta. Albo dotrze do Bracken, a miejsce na skraju wioski okaże się puste. Ot, zwyczajne przywidzenie. Na myśli o tym Dorę oblał pot. Nie napotkała jednak po drodze żadnej blokady. A kiedy dotarła do Bracken, dom zarządcy stał na swoim miejscu, tak samo jak za pierwszym razem.

Dora wyskoczyła z samochodu, przystanęła i rozejrzała się dokoła. Musiała przetrzeć oczy, nie z niedowierzania, ale z powodu napływających łez. Tak było pięknie. Późną jesienią rozłożyste korony drzew mieniły się feerią barw. Teraz pokrywała je delikatna jasna zieleń, jakby ktoś właśnie zrosił je wodą. W cieniu drzew stał dom, ten sam, który miała w pamięci, odsunięty od drogi, odznaczający się kojącą symetrią. Trzy okna po lewej i trzy po prawej stronie, pomiędzy nimi dwuskrzydłowe drzwi wejściowe. Okna oraz drzwi obramowane stiukowymi kolumnami podtrzymującymi trójkątne daszki. Wysoki parter, prowadzące do drzwi schody o sześciu stopniach, kończące się podestem tak przestronnym, że można na nim rozstawić stół z czterema krzesłami. Podest, podobnie jak balkon, otacza żeliwna balustrada. Dach domu wspiera się bezpośrednio na parterze, jak naciągnięty głęboko na czoło czarny kapelusz. Widocznie zarządca z Bracken nie miał dość pieniędzy na kolejne piętro.

Dora wie od agenta nieruchomości, że po upadku muru berlińskiego dom został przekazany wspólnocie spadkobierców, która przez długie lata nie mogła dojść do porozumienia w sprawie jego sprzedaży. Następnie kupiło go młode małżeństwo, które nieśmiało zaczęło remont, ale niedługo potem się poróżniło i skapitulowało. Przed przyjazdem Dory dom od dłuższego czasu stał pusty. Jak długo, tego agent nie powiedział. Nazwał go *perełką o niezliczonych możliwościach*, czytaj: budynek jest w opłakanym stanie.

Dora o to nie dba. Od razu poczuła, że dom jej odpowiada. Wydaje się zbyt mały, by udźwignąć sztukaterie oraz rozłożysty dach. Mimo to przekornie zachowuje swoją godność, niby dziwny starszy pan, który dzielnie trzyma fason. Trójkąty nad oknami przypominają uniesione brwi. Widocznie dom potrzebuje wokół siebie sporo przestrzeni. O rzut kamieniem wznosi się kruszejący, wysoki na co najmniej dwa metry mur sąsiada po prawej. Jako dziecko Dora wskazałaby na zewnętrzne schody i powiedziała: Patrz, dom pokazuje język.

Z początku dom zarządcy był urojeniem. Teraz jest logiczną konsekwencją. Miejscem schronienia. Mimo to Dora nadal nie potrafi uwierzyć, że można posiadać coś tak dużego. Kiedy nań patrzy, wciąż zdaje się zapytywać: I kto tu do kogo należy?

3
Gote

Od tyłu dom zarządcy jest pozbawiony sztukaterii i wygląda jak stare pudło. Szara ściana sprawia wrażenie dziobatej, zwłaszcza górna połowa pokryta jest okrągłymi plamami porostów. Dora siedzi za domem i przygląda się działce. Kobieta i jej włości. Sporo miejsca na nogi. Kiedy przerywa rozmyślania, słyszy niezliczone ptasie odgłosy. Pliszki wlatują i wylatują przez drzwi szopy, tak bardzo zajęte wiciem gniazda, że nawet nie zauważają postaci siedzącej na ogrodowym krześle. Na wierzchołku robinii przysiadł szpak, śpiewa głośno i znacznie ładniej, niż wskazywałoby jego proletariackie upierzenie.

Wokół nie widać żywej duszy, z rzadka daje się słyszeć odgłos przejeżdżającego samochodu. Żadnego telewizora bombardującego okolicę wiadomościami CNN. Żadnych smartfonów, na których podkasterzy i youtuberzy opowiadają sobie nawzajem, jak mijają im dni w pracy zdalnej. Komórka Dory została w domu, w ogrodzie i tak ledwie łapie zasięg. W Bracken można odnieść wrażenie, że pandemia w ogóle nie istnieje. Powietrze smakuje czysto, każdy kolejny dzień wypełnia odmienny aromat.

Dora myśli nieśmiało, że wszystko może się udać. Szczęściara. Skoro i tak nie wpuszczono by jej do siedziby agencji w Berlinie, równie dobrze może pracować w Bracken. Zwłaszcza że nie ma wiele do zrobienia. W normalnych warunkach pracuje po dziesięć godzin dziennie, wydzwania nawet w drodze powrotnej do domu, a na ostatnie maile odpisuje tuż przed snem. Kiedy jeden konsultant wysyła do klienta nowe warianty nagłówków, drugi już czeka z briefingiem w sprawie spotu na Dzień Matki, a nadgorliwe młodsze asystentki czają się za plecami z kolejnymi zadaniami. Pandemia wszystko jednak zmieniła, nawet branżę reklamową. Klienci zamrażają budżety. Odwoływane są wcześniej zaplanowane loty kampanijne. Sus-Y zapowiedziało pracę w niepełnym wymiarze godzin. To dlatego Dora ma przed sobą tylko dwa projekty i czuje się prawie jak bezrobotna. Broszurka dla producenta piwa ekologicznego, którą może się zająć przy okazji. Oraz kampania promocyjna dla producenta tekstyliów o nazwie FAIRkleidung.

Nie ma powodu do paniki. Dora nadal otrzymuje dużą część wynagrodzenia. Internet hula, i to światłowodowy – pewnie jedyny działający element infrastruktury w Bracken. Być może w niedalekiej przyszłości zdoła zorganizować sobie jakieś biurko. Jeśli nie, może siedzieć z notebookiem w kuchni albo na materacu, oparta plecami o ścianę. Albo nawet tutaj, na krześle w ogrodzie. Żaden problem. Z czasem nawet Płaszczka to polubi. Któregoś dnia działka będzie wyglądać znośniej. Umebluje nieco lepiej dom, wiele jej nie potrzeba. Prócz kominków nie ma innego ogrzewania, ale do zimy jeszcze daleko, zresztą kto wie, czy Dora zostanie tu na dłużej. Może do tego czasu wszystko wróci do normy. Pandemia zniknie, a Robert odmieni się tak, że znów będzie z nim można rozmawiać, śmiać się i wymieniać poglądy. Z perspektywy czasu ucieczka do Bracken przypominać będzie wakacje od wielkomiejskiego życia, urlop sabatyczny, który stał się możliwy dzięki pandemii. Dora mogłaby wrócić do agencji, ciężko pracować nad swoją karierą, zdobyć w ciągu najbliższych lat kilka międzynarodowych nagród, w końcu awansować na dyrektor kreatywną i podczas nocnych zmian zamawiać wraz z kolegami na koszt firmy zrównoważone sushi lub wegańską pizzę. Mieszkałaby w Berlinie-Kreuzbergu, a weekendy spędzałaby z Robertem w Bracken, gdzie mogliby wspólnie majsterkować przy domu i cieszyć się wiejskim życiem, o jakim roją w snach mieszczuchy. Szczęśliwi ludzie w normalnym świecie.

Minęło dopiero dziesięć minut. Dora wyznaczyła sobie pół godziny bezczynności. Jeszcze dwadzieścia minut, zanim powróci do przekopywania ogrodu.

– To twój pies?

Zaskoczona, rozgląda się dokoła. Głos jest męski, głęboki i donośny, dobiega znikąd. Nawet na stojąco Dora nikogo nie dostrzega. Płaszczki także nigdzie nie widać. Jeszcze przed chwilą suczka wylegiwała się w słońcu wśród klonowych latorośli. Czyżby? Kiedy Dora po raz ostatni ją widziała? Gdy Płaszczka oszczekiwała kosy. A potem?

– Hej! Czy to twój cholerny kundel?

Wreszcie udaje jej się zlokalizować mężczyznę. Stoi za wysokim murem z pustaków, oddzielającym obie działki. Zza szczytu zerka okrągła, ogolona głowa. Sprawia wrażenie, jakby balansowała na krawędzi niby piłka. Facet musi mieć co najmniej dwa i pół metra wzrostu.

W opinii Dory sąsiedztwo jest rodzajem małżeństwa z przymusu. Można być razem szczęśliwym, ale prawdopodobieństwo nie jest zbyt wysokie. Przez ostatnie dwa tygodnie nikogo w pobliżu nie zauważyła. Uznała, że sąsiednia posiadłość jest niezamieszkana. Z domu widać jedynie jej górną połowę. Położona jest znacznie bliżej drogi, także od frontu otacza ją wysoki mur z szeroką, drewnianą, stale zamkniętą bramą. Okno na pierwszym piętrze jest zasłonięte płytami ze sklejki, dom sprawia wrażenie, jakby był ślepy na jedno oko. Pewnego razu Dora stanęła na krześle, by zerknąć przez mur. O dziwo, sąsiednia posesja nie jest zapuszczona, lecz dość zadbana. Zamiast łąki ogród. Skoszona trawa. Żadnych walających się gratów. Ustawiona na kozłach mieszkalna przyczepa, ładnie pomalowana na kolory ciemnozielony i biały, wejście ozdobione donicami z pelargoniami. Stary pikap w kolorze białym, porządnie zaparkowany obok domu.

Dora podejrzewała, że jakiś berlińczyk od czasu do czasu wykorzystuje tę przyczepę jako domek letniskowy. Dba o ogród i jeździ pikapem. Obecnie pewnie nie może przyjechać, ponieważ z powodu pandemii Brandenburczycy próbują powstrzymać napływ mieszkańców Berlina. Może to jakiś artysta z Friedrichshain. Ktoś, z kim znajdzie wspólny język. Przy czym wspólny język z sąsiadami jest ledwie drugą najlepszą możliwością. Jeszcze lepszą jest ich kompletny brak.

Facet przy murze nie wygląda na kreatywną duszę z Friedrichshain. Dora podchodzi do niego z wahaniem. Znalazłszy się pod murem, musi zadrzeć głowę. Mężczyzna stoi pewnie na skrzyni.

– Głucha jesteś? – Drapie się po ogolonej czaszce. – Zadałem ci pytanie.

Zanim Dora zdążyła odpowiedzieć, że owszem, zrozumiała pytanie, ale jej odpowiedź zależy od tego, którego psa ma na myśli, Płaszczka daje ogromnego susa. Rozprostowała wszystkie cztery kończyny, jakby naciągnięta skóra na tylnych łapach mogła jej pomóc w locie ślizgowym. Dorze prawie udaje się złapać pupila, ale wtedy drobne ciało wyślizguje jej się z rąk, uderza o ziemię i wykonuje połowę fikołka jak jakaś postać z kreskówki. Natychmiast zaczyna radośnie podskakiwać wokół Dory, jakby nie widziały się od lat.

– Czyś ty zwariowała?! – krzyczy Dora, obmacując jej nogi, choć widać, że maleńkiej nic się nie stało. Kiedy Płaszczce coś dolega, przybiera cierpiętniczą minę jak jakaś diwa.

– Twój kundel kopie w moich ziemniakach.

Rzeczywiście Płaszczka ma łapy umorusane w ziemi aż do kostek. Dora wzrusza się na ten widok. Suczka nigdy w życiu nie kopała. Tam, gdzie do tej pory mieszkały, nie było stosownych miejsc, tylko osłonięte siatką drzewa, chodniki oraz ogrodzone place zabaw. Żwirowe ścieżki i kwiatowe rabaty. Obowiązkowe smycze i foliowe torebki, do których należy zbierać pozostawione przy drodze odchody. Być może głęboko w sercu Płaszczki drzemie instynkt łowcy. Nawet jeśli żaden z jej przodków nie był długonogim, chyżym i zwinnym psem myśliwskim.

– Przykro mi z powodu ziemniaków. – Dora prostuje się i bierze pod boki. – Ale mogła sobie coś złamać!

– Kiepsko łapałaś – mówi sąsiad.

Płaszczce chyba podoba się to ogólne poruszenie. Z entuzjazmem siada przed Dorą, uderza wiotkim ogonem o ziemię i patrzy na nią zachęcająco. Śmiało! Walcz o mnie! Przez chwilę razem spoglądają na psa, Dora po jednej stronie muru, sąsiad po drugiej.

– Ależ z niego brzydal – stwierdza w końcu.

Nie sposób zaprzeczyć. Wizerunek Płaszczki musiały ukształtować mops, buldog francuski i być może jeszcze chihuahua. Ma żółtawą sierść, ni to długą, ni krótką. Ciało krępe, nogi krzywe. Do tego wyłupiaste oczy, klapnięte uszy i dolna szczęka tak wydatna, że można się zastanawiać, czy byłaby w stanie kogoś ugryźć, gdyby któregoś dnia, co raczej mało prawdopodobne, podjęła taką decyzję.

O dziwo, większość ludzi wpada na widok Płaszczki w niekłamany zachwyt mimo wszystkich jej skaz i wad. Nie uważają jej za brzydala, ale za pocieszne stworzenie. Zdaniem Dory Płaszczka wygląda jak jakiś wymysł japońskiego przemysłu zabawkarskiego. Coś, co po naciśnięciu guzika błyska, przebiera łapkami i odgrywa muzykę. Nic nie szkodzi. Dora kocha Płaszczkę za jej powściągliwe niezadowolenie, przerywane nagłymi wybuchami euforii. Pies nie musi jej się podobać.

– Brzydal z niego straszny – powtarza sąsiad, jakby za pierwszym razem nie wyraził się dość jasno.

– To suka – mówi Dora z godnością. – Płaszczka.

– Myślałem, że to pies.

Dora wzrusza ramionami.

– Wabi się Płaszczka. Wydało mi się to zabawne.

– Wam, mieszczuchom, musi się cholernie nudzić.

W spontanicznym odruchu Dora chce go zapytać, dlaczego sądzi, że pochodzi z miasta. Choć ostatnio mieszkała w Berlinie, a wcześniej w Hamburgu, dorastała na przedmieściach Münsteru, które na miano miasta zasługuje tylko częściowo. Z perspektywy Bracken za miasto uznaje się zapewne każde większe skupisko domów, nie ulega też wątpliwości, że Dora nie należy do miejscowych.

– I to bardzo. Zwłaszcza w obecnych czasach – wyjaśnia Dora, próbując zakończyć temat miejsko-wiejski drobnym żartem.

Jednak sąsiad zdaje się go nie rozumieć. Może nie ma pojęcia o pandemii, nie wie nic o Berlinie albo ani jedno, ani drugie go nie obchodzi. Obserwują się w milczeniu, on patrzy na nią od góry do dołu, ona na niego od szyi w górę, gdyż resztę ciała zasłania mur. Jego czaszka jest równo ogolona i lśni jak kula do kręgli, za to dolną połowę twarzy pokrywa zarost. Worki pod oczami, zamglone spojrzenie. Dora z łatwością mogłaby odwzajemnić komplement o kundlu brzydalu. Trudno oszacować wiek mężczyzny. Chyba po czterdziestce, a więc o jakieś dziesięć lat od niej starszy.

– Gote – mówi sąsiad.

Dora z irytacją spogląda w kierunku drogi, by sprawdzić, czy zbliża się ktoś godny tego miana.

– Gote – powtarza stanowczym tonem sąsiad, jakby Dora miała problemy ze słuchem albo ze zrozumieniem. Widocznie to jego imię, choć właściwie nie wiadomo, czy chodzi o imię, czy może o nazwisko.

– Z Gotów wschodnich czy zachodnich? – dopytuje Dora.

Teraz to sąsiad wygląda na poirytowanego. Ponad murem pojawia się palec wskazujący na jego prawą skroń.

– Gote – powtarza. – Jak Gottfried.

Przypomina to trochę rozmowę Robinsona z Piętaszkiem, nie wiadomo tylko, kto jest kim. Dora także unosi palec i wskazuje na siebie.

– Do-ra – mówi. – Jak: do radości.

Wpadła na to spontanicznie. Niekiedy jej mózg miewa takie reklamowe przebłyski. Sąsiad go ignoruje. Wykonuje skomplikowaną sekwencję ruchów. Prostuje się, przechyla na bok, prawie traci równowagę i znów ją odzyskuje, aż wreszcie ponad murem pojawia się prawy bark, a potem całe ramię. Ostrożnie wyciąga rękę, uważając, by nie strącić górnego rzędu pustaków. W Brandenburgii widocznie nie traktują nakazu społecznego dystansu zbyt poważnie. Dora postanawia nie psuć zabawy, podchodzi do muru, wyciąga rękę i czym prędzej ściska dłoń Gotego, by mógł zakończyć tę swoją ekwilibrystykę. Na samą myśl o reakcji Roberta na ten widok prawie się zaśmiała.

– Miło – mówi Gote. – Jestem wioskowym naziolem.

W agencji nieustannie wymyślają takie scenki. Młoda kobieta przeprowadza się na wieś. W nowym otoczeniu jest nieco zdezorientowana, acz i zdeterminowana, by wszystko bezwarunkowo polubić. Spotyka nowego sąsiada. – Miło mi cię poznać, jestem wioskowym naziolem – i *freeze*. Scenka zamiera. Powolne zbliżenie na skonsternowaną twarz głównej aktorki, która z przerażenia zastyga jak woskowa figurka. Powyżej, ukośnie, pojawia się wymyślony przez Dorę slogan: *Nowy czelendż – nowy czil*. Reklama herbaty. Albo cukierków na kaszel.

Niestety, Dora nie jest na planie własnego spotu. Nie ma też z sobą filiżanki. Nawet papierosa. A byłby to dobry moment, żeby zapalić.

– Musisz naprawić ogrodzenie. – Gote wskazuje w głąb działki, gdzie kończy się mur i zastępuje go pokrzywione ogrodzenie z siatki. Kilka słupków niemal się przewróciło.

Wybrakowane Bracken – mózg Dory produkuje kolejny claim.

– Jeśli twój kundel jeszcze raz skopie moje sadzeniaki, ja skopię mu tyłek – oświadcza nowy sąsiad.

Właściwie Dora uważa się za osobę błyskotliwą, ma to związek z jej pracą. Teraz jednak patrzy na Gotego jak idiotka, nie mogąc wykrztusić ani słowa. Myśli o opinii ojca, której nie omieszkał wyrazić, gdy powiedziała mu przez telefon o swojej spontanicznej przeprowadzce na wieś:

– Do Prignitz? Czego ty szukasz wśród tych wszystkich prawicowych radykałów?

Chęć udowodnienia, że Jojo nie ma racji, jest jednym z głównych motywów działania Dory. Studiowała komunikację społeczną, ponieważ on uważał, że tylko medycyna i prawo dają prawdziwe wykształcenie. Przerwała studia, bo on uważał, że należy je ukończyć. Lubi pracę w reklamie, podczas gdy Jojo uznaje całą branżę za zbędną. Dzięki Bogu polubił Roberta, w przeciwnym razie Dora musiałaby zostać z nim na całą wieczność.

Teraz musi udowodnić, że Bracken to pomysł doskonały. Idealny cel emigracji, co więcej, w stu procentach wolny od nazistów. Wygląda na to, że akurat to może okazać się trudne.

Najwyższy czas coś powiedzieć. Jeśli ma żyć w przymusowym związku z neonazistą, powinna niezwłocznie pokazać, że na nic nie będzie się godzić.

– Dlaczego sam tego nie zrobisz? – mówi wyniośle.

– Nieee. – Gote wyszczerzył zęby, prawdopodobnie miało to wyglądać jak uśmiech. – Mieszkam po prawicy.

– O to mogę się założyć. – Dora zapisuje to na konto swojej błyskotliwości, co jednak nie robi na Gotem najmniejszego wrażenia. Gapi się na nią, jakby rozważał, czy w wielkomiejskiej głowie kryje się coś takiego jak mózg.

– Patrząc od strony ulicy, ty mieszkasz po lewej, a ja po prawej. Kapujesz? A ten po lewej zawsze buduje płot po prawej. – Zastanawia się przez chwilę. – Stawiasz więc całe ogrodzenie. Bo po twojej lewej stronie nikt nie mieszka.

Po tych słowach twarz Gotego znika znad górnej krawędzi muru niczym marionetka w teatrzyku kukiełkowym.

Na skraju wsi – tak napisano w ogłoszeniu. Dora wyobrażała sobie, jak cudownie cicho tam będzie. Rzeczywiście, za płotem po lewej ciągną się rozległe pola. Przez ostatnie dni jednak rozjeżdżały je ryczące traktory z pługami, bronami i siewnikami. Mieszkając tuż obok tablicy z nazwą miejscowości, trzeba się liczyć z tym, że pod oknami przetacza się ruch tranzytowy z Plausitz z prędkością stu kilometrów na godzinę. O hamowaniu nie ma rzecz jasna mowy, co najwyżej o wytracaniu prędkości do pięćdziesiątki przed wjazdem do centrum.

Dora odwraca się, gwiżdże na Płaszczkę i rusza w kierunku domu. Najwyższy czas na kawę.

4
Śmieciowa wyspa

Przez drzwi na tyłach domu wchodzi się do niewielkiego przedsionka, gdzie Dora strząsa z nóg tenisówki. Jedne schody prowadzą w dół do piwnicy, drugie na wysoki parter i do sieni. Za pierwszymi drzwiami po lewej mieści się kuchnia.

Kuchnię Dora lubi najbardziej ze wszystkich pomieszczeń. Uwielbia kolorowe stare kafelki na podłodze z motywem jasnozielonych pnączy i różowych kwiatów. Agent nieruchomości zapewnił, że za każdą z płytek kolekcjonerzy płacą fortunę. Dzięki wyłożonej nimi podłodze kuchnia wygląda na wykończoną, zwłaszcza że jest tu nieco więcej mebli niż w pokojach. W szopie Dora znalazła mały stolik oraz dwa podniszczone drewniane krzesła i ustawiła je pod oknem. Wraz z domem przejęła zlew, rozklekotany kuchenny kredens z wypukłymi szybkami oraz starą lodówkę. Przy odrobinie wysiłku stół, krzesła i kredens można by przekształcić w prawdziwe perełki vintage. Ot, jeden z tysięcy projektów, które mogłyby doprowadzić Dorę do szaleństwa, gdyby nie postanowiła z nimi skończyć.

Kiedy wyprowadzała się od Roberta, w piwnicy domu w Kreuzbergu znalazła pudło z pozostałościami z czasów studenckich.

Okazało się ono prawdziwym darem niebios. Dzięki niemu Dora posiada mnóstwo talerzy i filiżanek w rozmaitych kolorach i rozmiarach, które ustawiła za szybkami kredensu. Ma też kilka pojedynczych kieliszków, naczynie do zapiekanek oraz sporo sztućców, które umieściła w szufladach.

Z satysfakcją wyjmuje z szafki dużą niebieską filiżankę, w której już jako studentka parzyła kawę, i wsypuje do niej dwie łyżeczki aromatycznego czarnego proszku. Miło jest znów używać starych przedmiotów. Miło jest przymknąć powieki, poczuć zapach kawy i cieszyć się z jej istnienia. Dora uważa zresztą, że dobrze jest mieć jedynie to, co niezbędne.

W lodówce znajduje karton mleka UHT. Resztę zapasów schowała w dolnej części kredensu, obok nowego zestawu patelni oraz stosu półmisków, które przydają się do przechowywania owoców i karmy dla Płaszczki oraz do moczenia prania.

Nowe rzeczy pochodzą z podberlińskiego centrum handlowego. W dniu przeprowadzki Dora zatrzymała się tam, zanim na dobre opuściła miasto. Nerwowo wrzucała do wózka puszki konserw, opakowania makaronu, kawę, wino, żel pod prysznic, środki czystości, karmę dla psów i zafoliowany chleb razowy, bojąc się, że może zostać uznana za robiącą nadmierne zapasy wariatkę. Udało jej się nawet zdobyć dwa opakowania papieru toaletowego. Przed kasą, na widok regału z artykułami niespożywczymi, wpadła na pomysł, by wziąć jeszcze miotłę i mopa, zestaw patelni oraz kuchenkę kempingową. Siedząca za szybą z pleksi sprzedawczyni patrzyła znudzonym wzrokiem na nadjeżdżającą górę towarów. Gdy Dora wkładała kartę do szczeliny czytnika, przyglądała się swoim paznokciom i ani słowem nie zająknęła się na temat robienia zakupów na zapas. Czasem Brandenburczycy są lepsi niż ich reputacja.

Dora napełnia garnek kranówką, stawia go na kuchence kempingowej i czeka, aż woda się zagotuje, z doświadczenia wie, że potrwa to dość długo. Gdy stoi oparta o kredens, jej myśli gnają po domu jak węszące teriery myśliwskie, szukając czegoś, czym mogłaby sensownie wypełnić czas oczekiwania. Zetrzeć martwe muchy z parapetu? Sprawdzić szybko maile? Zapisać kilka pomysłów na kampanię dla FAIRkleidung? Albo może obejrzeć na YouTubie film na temat sadzenia warzyw?

Stop. Nie myśl. Żadnej wielozadaniowości. Chce się tego oduczyć. Multitasking jest objawem braku zdolności do koncentracji. Poza tym nie brakuje jej czasu – ma go w nadmiarze. Jeśli zajmie się domem i ogrodem, nie uniknie ryzyka, że wieczorami nie będzie miała nic do roboty. Najwyższy czas nauczyć się parzyć kawę i zwyczajnie ją wypić. Nie robiąc przy tym dziesięciu innych rzeczy. W powieściach wciąż można przeczytać, jak ktoś stoi przy oknie z filiżanką herbaty, zajęty wyłącznie patrzeniem. To chyba nie jest aż takie trudne.

Dora zmusza się do pozostania na miejscu, przy kredensie, i wpatruje się w garnek, w którym na dnie pojawiają się pierwsze bąbelki powietrza. To samo dzieje się w jej ciele. Mrowiące bąbelki unoszą się z głębin trzewi i przez gardło trafiają do mózgu, gdzie pękają, pozostawiając po sobie irytujące uczucie, które może nawet przerodzić się w ból głowy. Drżący niepokój towarzyszy Dorze już od jakiegoś czasu. Zwłaszcza wtedy, gdy nie ma nic do roboty. Szczególnie w nocy. Nierzadko leży wówczas całymi godzinami na wznak i nie może zasnąć, bo jej ciało przeszywa wewnętrzne napięcie. Narastająca nerwowość, niczym nieuzasadniona trema. Kiedy wzburzenie staje się nie do zniesienia, podnosi się z łóżka. W Berlinie wychodziła wtedy na balkon, w Bracken staje na podeście schodów przed domem. Pali papierosa, odchyla do tyłu głowę i patrzy w gwiazdy. Wyobraża sobie lot w kosmos. Jak by to było: unosić się w stanie nieważkości, spowita mrokiem, zimnem i ciszą? Nocą Dora chce uciec. Nie tylko od Roberta, nie tylko na wieś, ale naprawdę daleko. Kategorycznie. Mogłaby nawet umrzeć. Albo polecieć w kosmos, do Alexandra Gersta, o którym można było czasem przeczytać w gazecie, zanim zaczęto pisać wyłącznie o pandemii.

Pamięta chwilę, kiedy po raz pierwszy poczuła mrowienie. Robert wrócił właśnie z letniego kongresu Młodzieżowego Strajku Klimatycznego, gdzie przez chwilę rozmawiał nawet z Gretą. Był w dobrym nastroju, Dora również. W nowej agencji poczuła się komfortowo, ludzie zatrudnieni w Sus-Y zachowywali się swobodnie i uprzejmie, co wynikało także z faktu, że firma ma zmyślny system dobrego samopoczucia. Pracownicy sami mogą wybrać liczbę dni wolnych, co wszystkim się podoba, choć w praktyce oznacza, że biorą krótszy niż zwykle urlop. Codziennie świeże owoce, raz w tygodniu zajęcia jogi i mnóstwo możliwości dokształcania. Banalność reklamy zostaje nieco złagodzona przez koncepcję zrównoważonego rozwoju. Robert był zadowolony, gdyż zmiana agencji to jego pomysł. Znów częściej przesiadywali razem na balkonie i popijali wino, które Robert sprowadzał od właściciela ekologicznej winnicy we Francji; rzeczywiście smakowało wyśmienicie.

Tego wieczoru, po kongresie Młodzieżowego Strajku Klimatycznego, Robert opowiedział jej o śmieciowej wyspie. Dora słuchała oszołomiona. Pomiędzy Rosją a Ameryką pływa wyspa plastikowych odpadów, obecnie wielkości Europy. Za kilkadziesiąt lat w światowych oceanach będzie więcej plastiku niż ryb.

Śmieciowa wyspa jako szósty kontynent. Obraz współczesnej cywilizacji. Dora poczuła pierwsze unoszące się bąbelki. Jedną ręką złapała się za głowę, a drugą nakryła kieliszek, by Robert ponownie go nie napełnił.

Nieco później, robiąc w kuchni porządki, natknęła się na stos bawełnianych toreb. Pochodziły z księgarni oraz sklepów z artykułami ekologicznymi, z miejskich festiwali i kongresów, od klientów Dory i partnerów reklamowych magazynu internetowego Roberta. Albo po prostu z Edeka, gdzie Dora kupowała kolejną bawełnianą torbę, gdy znowu nie miała do czego spakować zakupów. Wybierali torby bawełniane, ponieważ można je było poddać recyklingowi. Przynajmniej w teorii. Podobnie jak butelki zwrotne, torby bawełniane były wyrazem sprzeciwu wobec społeczeństwa konsumpcyjnego. Przyczynkiem do likwidacji śmieciowej wyspy. W szafce kuchennej leżał cały ich stos, zmiętych, upchanych jedna w drugą, co najmniej trzydzieści sztuk.

Dora usłyszała w radio, że do wyprodukowania bawełnianej torby zużywa się znacznie więcej energii niż przy produkcji torby plastikowej. Trzeba by jej użyć co najmniej sto trzydzieści razy, by okazała się bardziej przyjazna dla środowiska niż foliówka.

Stojąc przed kuchenną szafką, zaczęła liczyć. Przy trzydziestu bawełnianych torbach i stu trzydziestu zastosowaniach każdej z nich doszła do liczby trzech tysięcy dziewięciuset wyjść na zakupy, niezbędnych do tego, by przysłużyć się środowisku. Przy średnio trzech wyprawach do sklepu tygodniowo można to było osiągnąć w ciągu dwudziestu pięciu lat. Pod warunkiem, że w przyszłości nie pojawi się u niej kolejna bawełniana torba.

Mrowiące bąbelki rozstroiły żołądek Dory i eksplodowały w jej głowie. Poczuła zawroty, jakby stała nad przepaścią. Otchłanią była daremność. Robert chciał uratować świat, ale świat miał to gdzieś. Świat domagał się trzech tysięcy dziewięciuset zakupów, w przeciwnym razie zagłada go nie ominie. Zawroty głowy to okropne uczucie. Jeszcze bardziej przeraziło ją to, że idący obok niej Robert objął ją ramieniem i zapytał, co się dzieje. Zdawał się w ogóle nie zauważać otchłani.

Tę noc Dora spędziła na balkonie, wypalając pół paczki papierosów. Czytała, że każdy papieros wytwarza więcej drobnego pyłu niż silnik Diesla bez filtra cząstek stałych w ciągu godziny pracy.

Dorę nachodzi czasem myśl, że niektórzy ludzie zwyczajnie do życia nie pasują. Nie mają do tego uzdolnień. Podobnie jak nie każdy jest stworzony do kopania piłki czy gry na pianinie. Niektórym brakuje talentu do życia, być może Dora należy do tej kategorii. Wszystko, co przychodzi jej do głowy albo na co zwraca uwagę, zawsze kryje w sobie jakieś przeciwieństwo. Przy bliższym spojrzeniu cała zasadność się rozpada, a każdy pomysł sam się unieważnia. Jej sceptyczny umysł wszędzie doszukuje się sprzeczności, absurdów, błędów logicznych. Impuls do działania przemienia w buntowniczą przekorę. To czyni ją nie tylko bierną, ale także, jak podejrzewa Dora, na dłuższą metę samotną. Być może nie pasuje do ogólnej koncepcji istnienia.

Woda się zagotowała. Zdejmuje garnek z płyty i ostrożnie nalewa bulgoczący wrzątek do filiżanki. Przeczytała kiedyś, że wsypywanie proszku bezpośrednio do filiżanki i picie kawy po turecku jest niezdrowe. Ale tak przyrządzona smakuje jej najlepiej. Z ochotą posłuchałaby ponownie Alexandra Gersta. Może znowu tam jest. Z pełną filiżanką siada do stołu. Już przy pierwszym łyku krztusi się tak gwałtownie, że musi wstać i pochylić się nad zlewem. Po tym nie ma już ochoty na kawę. Musi uspokoić myśli, które znów robią, co chcą. Choćby i po sto razy przywoływała je do porządku, one i tak umykają, sięgają po jej ulubione zabawki i powodują w jej głowie okropny miszmasz.

Bierze z kredensu kubek wielokrotnego użytku z nadrukiem Sus-Y, wzbrania się pomyśleć, jak często go musi używać, przelewa kawę i woła Płaszczkę. Suczka leży skulona na kawałku tektury, która chroni przed zimnem bijącym od płytek. Jej kosz w panterkę ze sztucznego futra nadal znajduje się w siedzibie agencji. Kiedy Dora idzie do drzwi, Płaszczka niechętnie za nią podąża.

Znowu spacer? – zdaje się pytać jej pełne wyrzutu spojrzenie. Czy nie możemy wrócić do Berlina, gdzie tylko od czasu do czasu znosisz mnie po schodach, by zrobić rundkę wokół bloku?

5
Gustaw

Pierwszą pracą Dory był staż, który odbyła w trakcie przerwy semestralnej w niewielkiej agencji w Münsterze. Osiągnęła dobre wyniki i została przyjęta na stanowisko młodszej copywriterki. Przerwała studia, wyprowadziła się od rodziców i wynajęła małe mieszkanie w mieście. Później uczęszczała do Texterschmiede w Hamburgu, ukończyła roczny kurs copywritingu reklamowego i poznała duże agencje kreatywne. Co prawda nadal tytułowano ją stażystką, jednak po szkoleniu dysponowała już pierwszą skromną siecią kontaktów i dostała propozycję pracy w topowej agencji Notter & Friends. Wówczas też poznała swojego pierwszego stałego chłopaka, Philippa, młodego profesora socjologii z Frankfurtu, z którym żyła w szczęśliwym związku na odległość do czasu, gdy się dowiedziała, że ją zdradza.

Dora pozostała na razie singielką i kupiła sobie szczeniaka. Pracowała jak opętana. Nigdy nie odmawiała nocnego dyżuru, jako jedyna zgłaszała się dobrowolnie do przygotowania pitchy, choć odpowiadały za nie inne zespoły. Cieszyła się, gdy o drugiej w nocy uzgodniła z dyrektorem kreatywnym dwa nagłówki, po czym wracała taksówką przez opustoszałe miasto do domu. Nie po to, by cokolwiek sobie udowodnić, ale dlatego, że pozostając w ruchu, odczuwała większy spokój, niż siedząc bezczynnie. Do biura wychodziła wcześnie, nie przeszkadzało jej, że dzwoniono do niej nawet o północy. Na maile odpowiadała w ciągu góra pięciu minut, bez względu na to, czy siedziała akurat na spotkaniu, w metrze czy w toalecie. Kiedy przydzielono ją do kampanii dużej firmy ubezpieczeniowej, jej spot reklamowy osiągnął ogromny sukces. Krótki film przyrodniczy pokazywał dwa gołębie, których na wpół ukończone gniazdo wciąż spadało z drzewa. Spot okazał się hitem, podobnie jak slogan *Na wszelki wypadek.*

Po tym wydarzeniu Dora była przez pewien czas jedną z najbardziej rozchwytywanych copywriterek w branży. Dostała korzystną ofertę z Berlina, jednak z zastrzeżeniem, że nową posadę musi objąć niezwłocznie. Przez pierwsze tygodnie koczowała z Płaszczką w hotelu. Następnie przeniosła się do akademika, tam jednak nie wolno było trzymać zwierząt.

Przyjazd do stolicy okazał się dojmującym doświadczeniem. Gdyby Dora nie była tak przepracowana, musiałaby przyznać, że jest nieszczęśliwa. Czuła się obco, w niewłaściwym miejscu. Berlin był dla niej zbyt krzykliwy. Czasem miała wrażenie, że jako jedyna w całym mieście chodzi do pracy, podczas gdy pozostali zajmują się swoimi wariactwami. Z powodu absorbujących zajęć, a także wewnętrznych oporów, przez wiele tygodni zwlekała z oficjalnym zameldowaniem w stolicy.

Pewnego jesiennego poranka udało jej się wreszcie wygospodarować dwie godziny. Zostawiła Płaszczkę pod opieką koleżanki z agencji i nowiutkim schindelhauerem o imieniu Gustaw pojechała do biura meldunkowego w dzielnicy Pankow. Na widok zajętych stojaków na rowery podniosło jej się ciśnienie. Jeśli w środku będzie równie tłoczno, zmarnuje kilka godzin. Pomiędzy kolorowymi wielkomiejskimi deptakami, poprzewracanymi rowerami z wypożyczalni oraz dziecięcymi przyczepkami szukała miejsca, gdzie mogłaby bezpiecznie zapiąć Gustawa. Rower posiadał napęd pasowy oraz bagażnik zamocowany nad przednim kołem. Pokryty miętowozielonym lakierem aż się prosił o kradzież. W końcu Dora znalazła odpowiedni słupek, zabezpieczyła Gustawa łańcuchem Kryptonite, po czym przy wejściu do biura meldunkowego pobrała numerek.

W poczekalni ludzie siedzieli na podłodze i podpierali ściany. Dora oblała się potem. Po półtorej godziny wysłała wiadomość do agencji, że się spóźni, ale na pewno zdąży na spotkanie o czternastej. Wiedziała, że powinna wstać, wyjść i wrócić kiedy indziej. Ale kiedy? Czy następnym razem aby na pewno będzie pusto? A co z czasem, który już poświęciła na czekanie?

Typowa *sunk cost fallacy*, pułapka kosztów utopionych. Obsesyjne poczucie, że koniecznie należy podążać błędną drogą tylko dlatego, że zaszło się już tak daleko. Dora doskonale wie, jak działa owa pułapka. By jej unikać, brała udział w szkoleniach dla pracowników. Od tej pory nie czyta do końca kiepskich książek tylko dlatego, że je zaczęła. Nie będzie do końca życia grać w Farmville wyłącznie dlatego, że mnóstwo czasu poświęciła na zbudowanie wirtualnej farmy. Nie kontynuuje też kosztownych kampanii, jeśli podejrzewa, że ton komunikacji nie przypadnie klientowi do gustu. Dora opanowała kulturę błędów oraz analizę kosztów i korzyści.

Mimo to z biura meldunkowego nie wyszła. Wzbraniała się przed kapitulacją. Wzbraniała się przyznać, że zawsze jest tak cholernie mądra. Nie miała ochoty kulić się przed Berlinem.

Wezwano ją ostatecznie po ponad dwóch godzinach oczekiwania. Wyszła z urzędu z ładunkiem agresji wystarczającym do powalenia każdego, kto stanąłby jej na drodze. Dochodziła za kwadrans druga. Gdyby zaczęła pedałować jak mistrzyni świata, dotarłaby na spotkanie z akceptowalnym spóźnieniem.

Biegiem pokonała plac, pędząc w kierunku stojaków na rowery. I wtedy zobaczyła mężczyznę pochylającego się nad Gustawem. Dora od razu wiedziała, że to nie pomyłka. Parking dla rowerów opustoszał. Gustaw był nowiutki, połyskiwał miętową zielenią i kosztował dobrze ponad tysiąc euro. Mężczyzna dłubał przy zamku szyfrowym.

Bez zastanowienia przyspieszyła kroku. Wyciągnęła przed siebie rękę, w której trzymała torebkę z groszkowanej skóry. Nie pomyślała o tym, że biegnąc, nabiera rozpędu. Ani że ma przy sobie dość grubą powieść. Zbliżyła się do mężczyzny i uderzyła go torebką w głowę. Cios okazał się potężny.

Mężczyzna natychmiast zostawił Gustawa w spokoju i przycisnął obie dłonie do skroni. Był odwrócony tyłem, tak mocno chwiał się na nogach, że Dora pomyślała, że zaraz się przewróci. Ściślej mówiąc, miała taką nadzieję. Patrząc, jak się zatacza, poczuła głęboką satysfakcję. Jakby ta niefortunna wyprawa do Pankowa jednak się opłaciła. Facet miał prawie metr dziewięćdziesiąt wzrostu. A mimo to go powaliła. Obroniła swojego Gustawa. Nie pozwoliła, żeby Berlin i wszyscy tutejsi pomyleńcy ją zdołowali.

Mężczyzna nie upadł. Kiedy się odwrócił, Dora zauważyła, że jest niewiele od niej starszy. Wyglądał całkiem zwyczajnie. Nie przypominał ćpuna, wariata czy złodzieja rowerów. Celowo zmierzwione włosy, zadbany dziesięciodniowy zarost. Chinosy i tenisówki. Kto jednak wie, jak wyglądają złodzieje rowerów. W groźnym geście ponownie uniosła torebkę. Niech spada. Jeśli to zrobi, ona zrezygnuje z wniesienia oskarżenia. Wygrała, z facetem, dniem i miastem. To wystarczy.

Ale facet wcale nie uciekł. Zamiast tego zrobił dwa kroki w kierunku Dory i wrzasnął:

– Zupełnie cię pogięło?!

Była tak zaskoczona, że w pierwszej chwili nie wiedziała, jak się zachować. Może gość naprawdę jest stuknięty. Może nawet niebezpieczny. Może to ona powinna dać dyla. To jednak nie wchodziło w rachubę. Wciąż miała w sobie dość agresji, by odpowiedzieć.

– To mój rower! – krzyknęła.

– No właśnie!

– Spadaj, dupku!

Mężczyzna sprawiał wrażenie zdezorientowanego. Zmierzył ją wzrokiem od stóp do głów. Ocenił strój, sklasyfikował ją. Podobnie jak on miała na sobie wielkomiejski uniform, choć w bardziej ekskluzywnym wydaniu. Drogie dżinsy, żakiet oraz wełniane sneakersy z kolekcji Giesswein w jaskrawożółtym kolorze. Bez skarpetek. Luźny kucyk, dyskretny makijaż.

– Prawie roztrzaskałaś mi czaszkę – powiedział nieco spokojniejszym tonem.

– Prawie ukradłeś mi rower – odparła bez wahania.

Naraz się roześmiał. Śmiał się tak gwałtownie, że aż trzymał się pod boki. Dora wyciągnęła z torebki papierosa i zapaliła.

– Ależ z ciebie… ale z ciebie głupia gęś! – wyrzucił z siebie ze śmiechem.

Już dawno nikt tak jej nie nazwał. Pobrzmiewała w tym nutka dzieciństwa, małomiasteczkowości i zachodnich Niemiec. Jak w późnych latach osiemdziesiątych. Dora mimowolnie się zaśmiała. Facet spojrzał na zegarek.

– Szlag. Mam arcyważne spotkanie w redakcji. O drugiej. Nie zdążę.

– Ja też mam spotkanie – odparła Dora. – O drugiej.

W jej własnych uszach zabrzmiało to jak słowa wariatki. A przecież to on był wariatem. Mimo że wyglądał całkiem sympatycznie.

– Czekam na ciebie od godziny – wyjaśnił. – Rozpytywałem nawet w środku. Ale ten cholerny budynek jest po prostu za duży.

Dora raz jeszcze głęboko się zaciągnęła, po czym cisnęła papierosa na chodnik. Czas zakończyć tę sprawę.

– Nadal nic nie rozumiesz, prawda? – zapytał facet. Wskazał na Gustawa. – Razem ze swoim zapięłaś też mój pieprzony rower.

Uświadomienie sobie tego faktu przypominało uruchomienie w zwolnionym tempie katapulty. Wyrzuciło Dorę z jednej galaktyki do drugiej. Chwiejnym krokiem podeszła do Gustawa. Pochyliła się nad arcybezpiecznym zapięciem. Głos mężczyzny dobiegał jakby z oddali.

– Próbowałem domyślić się kombinacji cyfr. Niektórzy po prostu przekręcają jeden trybik.

Łańcuch oplatał ramę Gustawa, słupek oraz ramę dość sfatygowanego roweru męskiego. Dora poczuła, jak krew napływa jej do policzków.

– Okej – oznajmiła. – Lunch?

Przez następne tygodnie kilkakrotnie wychodzili razem na lunch albo kolację, do restauracji japońskiej lub wegetariańskiej, ponieważ Robert już wtedy zrezygnował z mięsa. W weekendy spacerowali po lesie, raz nawet wybrali się na tańce do Berghain. Wędrowali po pchlich targach i poszli razem do łóżka, co okazało się znacznie przyjemniejsze niż z Philippem. Poza tym z Robertem mogła rozmawiać bez końca. O książkach, serialach i sytuacji na świecie. Kiedy Robert zaproponował, by zamieszkali razem, Dora się zgodziła. On od jakiegoś czasu szukał mieszkania, ona pilnie musiała wyprowadzić się z akademika. Znaleźli wymarzone lokum: osiemdziesiąt metrów kwadratowych w odrestaurowanej kamienicy z balkonem w samym sercu Kreuzbergu. Za przystępną cenę, przynajmniej dla dwojga.

W owym czasie nie znali się jeszcze zbyt dobrze. Z początku Dora miała wrażenie, jakby w swoim pięknym mieszkaniu jedynie odgrywali przedstawienie pod tytułem *Dojrzały związek*. W pewnym momencie nabrał on jednak powagi. Z Philippem przez cały czas się kłóciła, z Robertem rzadko dochodziło do nieporozumień. Robert był prawie w tym samym wieku i także pochodził z zachodnioniemieckiego miasteczka. Jego ojciec nie był lekarzem, lecz sędzią sądu okręgowego. Robert miał siostrę, z którą nie dogadywał się zbyt dobrze, podobnie jak Dora z Axelem. Kiedy wieczorem wracała do domu, już w przedpokoju słyszała stukot klawiatury jego notebooka. Lubiła ten jego zapał. Lubiła nocne rozmowy na balkonie, kiedy już dawno powinni położyć się spać. Zawsze mieli coś jeszcze do omówienia. Żadne z nich nie zostawało samo ze swoimi myślami.

Czuli lekkie poirytowanie, gdy u znajomych pojawiały się dzieci. Nagle okazało się, że wśród kolegów Roberta trudno znaleźć chętnych na wieczorne wyjście do pubu. Robert skarżył się, że na śniadanie będzie musiał chodzić do dzieciolubnych kawiarni. Przesiadywanie z kolegą na skraju placu zabaw uważał za zbyt wielkie wyrzeczenie. Zrzędził na starych przyjaciół, którzy przeobraziwszy się w samice i samców z młodymi, nie znali innych tematów poza godziną zamknięcia przedszkola oraz wczesnymi fazami rozwoju dziecka. Denerwował go notoryczny brak skupienia młodych rodziców. Przede wszystkim nie znosił ich litościwych spojrzeń, które zdawały się mówić, że może i ma więcej wolnego czasu, ale za to bladego pojęcia o prawdziwym życiu. Dora przekonała się wówczas, że w kwestii potomstwa Robert poczuł się sprowokowany przez plany życiowe innych ludzi.

Nie wiedziała, czy chce mieć dzieci. Straciła matkę i nie wyobrażała sobie, że sama może nią zostać. Przeraziły ją gwałtowne tyrady Roberta. Posiadanie dzieci w przeludnionym, dotkniętym zmianami klimatu świecie nazywał szaleństwem.

Mimo to Dora uważała ich wspólne życie za niemal idealne. Nic nie chciałaby w nim zmienić. Nadal spędzali miłe wieczory na balkonie, nadal potrafili z sobą rozmawiać i tłumaczyć sobie świat. Lubiła Roberta, Płaszczkę i mieszkanie w Kreuzbergu. Miała dość pieniędzy, miała satysfakcjonującą pracę. Niczego jej nie brakowało, nic nie przeszkadzało. Dopóki w ich życie nie wkroczyła Greta Thunberg.

6

Butelki zwrotne

Dora idzie piaszczystą ścieżką między skrajem lasu a polem. Tak daleko od Bracken jeszcze nie dotarła. Po co w ogóle chodzić na spacery, skoro ma się własną działkę. Inni mieszkańcy wioski chyba myślą podobnie. Żadnych obcych śladów odciśniętych w piasku. Zamiast tego uroczy wzór ułożony z cieni liści, lekko poruszanych przez wiatr.

Dora zawsze kochała las. Ten ogromny, oddychający organizm, pełen życia i zgiełku, a zarazem niewzruszonego spokoju. Las niczego od niej nie chce. Nie potrzebuje wsparcia. Z powodzeniem sam o siebie zadba. Wśród drzew o wiele większych i starszych od człowieka Dora czuje się błogo nieistotna. Uwielbia ciszę, którą brzęczenie owadów raczej potęguje, a nie zakłóca. Srebrzyste drżenie liści i słodki zapach sosnowych igieł. Gwar ptaków, załatwiających w rozłożystych koronach drzew swoje wiosenne sprawy. Nawet Płaszczka zapomniała o kiepskim humorze i żwawo kroczy naprzód. Kiedy z wysokiej trawy przy ścieżce dobiega szelest, wykonuje swój komiczny skok.

Powietrze jest chłodne, Dora musi dziarsko maszerować, by nie zmarznąć. Piasek ustępuje pod naporem jej kroków. Po prawej stronie pole łagodnie się wznosi, jest świeżo zorane, ciemnobrązowe, równe niczym sukno. Przechadza się po nim kilka długonogich żurawi, być może w poszukiwaniu sadzeniaków.

Ścieżka skręca, odbija od skraju pola i prowadzi w głąb lasu. Pojazdy leśników pozostawiły w ziemi głębokie koleiny. Krzyk sójki ostrzega o pojawieniu się Dory. Ta przystaje i wypatruje w koronach drzew barwnie upierzonego ptaka.

Matka często wołała ją do kuchennego okna, by pokazać jej jakiegoś ptaka. Gołębia grzywacza, strzyżyka albo trznadla.

– Czyż to nie jest niesamowite? – szeptała. – Widujemy tu tak wiele ptaków, jakbyśmy mieszkali w samym środku lasu.

Matka lubiła wszystkie ptaki oprócz srok. Płoszyła je, głośno klaszcząc w dłonie. Jej ulubienicą była za to sójka. Kiedy tylko jakiś okaz pojawił się w ogrodzie, dzieci musiały podejść do okna. Czerwonawe upierzenie z niebieskimi wstawkami po bokach. Strażnicy lasu. Ponieważ Dora kochała matkę, na pytanie o jej ulubione zwierzę odpowiadała: sójka.

W ostatnich tygodniach jej życia Jojo przysunął łóżko chorej do drzwi prowadzących na taras, by lekko odwróciwszy głowę, mogła do samego końca obserwować ptaki. Jeśli zmarli powracają, by wspomagać swoich bliskich, matka Dory z pewnością czyni to pod postacią sójki.

Dora dostrzega wreszcie urodziwego ptaka w konarach buka i ostrożnie unosi rękę na powitanie. Sójka zerka na nią sceptycznie, po czym, trzepocząc skrzydłami, znika w lesie.

Robert także lubił las. Na długo zanim się poznali, w ramach pracy dyplomowej mieszkał przez wiele miesięcy w szałasie w Spreewaldzie, mierząc zmiany temperatury leśnej gleby na głębokości siedemdziesięciu pięciu centymetrów. Niekiedy odwiedzał razem z Dorą dawny teren swoich badań. Las był dlań niczym księga, która opowiada tysiące historii. Znał drzewa z imienia i nazwiska, potrafił wyjaśnić zwyczaje chrząszczy. Pokazywał Dorze tropy zajęcy i lisów oraz rozwiązał zajmującą zagadkę mrowiska. W takich chwilach czuła z nim bardzo bliską więź.

Brak czasu na wspólne spacery okazał się dotkliwy. Nie był to ostry ból, raczej utajone szarpnięcie, którego Dora z początku prawie nie zauważyła. Robert coraz bardziej interesował się zagadnieniem ochrony klimatu, nie on jeden, odkąd Greta Thunberg zaczęła podróżować po świecie. Siedząc przed ekranem telewizora, Robert wpatrywał się w dziewczynę jak w zjawę. Okrągła twarz, zaciśnięte usta, długi warkocz.

Robert jeździł na każdy strajk klimatyczny, nie tylko jako reporter, ale także jako aktywista. Spieszył na spotkanie z Gretą, nawet jeśli musiał lecieć samolotem. Każdy zlot zdawał się wzmacniać jego motywację, a oddanie sprawie przenosić na wyższy poziom. Nie uznawał już innych tematów. Podczas nocnych rozmów przy czerwonym winie rozprawiał o wzroście temperatury i poziomu mórz, o pustynnieniu coraz większych obszarów, o powodziach, niszczycielskich nawałnicach i innych klęskach żywiołowych. Opisywał wymieranie gatunków, w jaskrawych barwach odmalowywał wywołane zmianami klimatu migracje ludności. Dora miała przed oczami kolumny wynędzniałych uchodźców i kolejne powstające slumsy, niczym migawki z filmu Rolanda Emmericha. W sposób nieunikniony dojdzie do wojen domowych, w których ludzkość sama zacznie się unicestwiać, zanim natura zada ostateczny cios.

Dora jak zawsze uważnie go słuchała. Apokaliptyczne scenariusze wywoływały w niej jednak raczej przygnębienie. Według danych Banku Światowego w ciągu najbliższych trzydziestu lat liczba uchodźców klimatycznych sięgnie stu czterdziestu milionów. Liczby te Dorę paraliżowały. Uratowanie świata na taką skalę przekraczało ludzkie możliwości. Chciała znowu rozmawiać o innych kwestiach. O jej aktualnym projekcie albo o książce. W ostateczności także o Trumpie, brexicie albo AfD. Robert uznał to wszystko za sprawy drugorzędne. Jest pięć po dwunastej i nikt tego nie zauważa – mawiał, przy czym słowa *nikt* używał zdaniem Dory nieco na wyrost, biorąc pod uwagę fakt, że Greta praktycznie codziennie wykrzykiwała swoje napomnienia do mikrofonów światowej opinii publicznej.

Dora czuła narastający sprzeciw. Nie dlatego, że zasadniczo miała odmienne zdanie. Także jej zależało na zaprzestaniu rabunkowej eksploatacji planety. Ale nie akceptowała logiki roszczeń. Za absurdalne uznawała picie coli przez jadalną słomkę, podczas gdy kraje o miliardowej liczbie ludności nadrabiały zaległości w uprzemysłowieniu. Jaki sens miała rezygnacja z używania samochodu z silnikiem Diesla, skoro po morzach pływały ogromne kontenerowce? Gdzie znaleźć ów niezbity zestaw faktów, na który zawsze powoływał się Robert? Czy facet dojeżdżający SUV-em do biura, w którym razem z kolegami korzysta z wyżywienia, ogrzewania i oświetlenia, nie żyje jednak bardziej ekologicznie niż freelancer z Berlina-Kreuzbergu, który co prawda jeździ rowerem, ale w swoim miniaturowym gospodarstwie domowym przygotowuje trzy posiłki dziennie, od świtu do zmierzchu streamuje muzykę oraz ogrzewa i oświetla swoje mieszkanie z myślą o jednej tylko osobie? Czy bawełna rzeczywiście jest lepsza od plastiku? Kto jest bardziej neutralny dla klimatu: aktywista jeżdżący po całej Europie na demonstracje czy uparta babcia, która wprawdzie nie segreguje odpadów, ale nigdy w życiu nie wsiadła na pokład samolotu? Gdzie się podziała pewność, że nie ma absolutnych pewników i dlatego wszystko trzeba podawać w wątpliwość, o wszystkim dyskutować, o wszystko się spierać? Dora nie rozumiała, skąd Robert czerpie owo niezachwiane poczucie wyższości swojego stylu życia. Ona za nim nie nadążała.

Niedawno Sus-Y zakazała wszystkim pracownikom przynoszenia do biura wody mineralnej w plastikowych butelkach. Każdy miał sobie sprawić kubek ze stali nierdzewnej. Na spotkaniu, podczas którego podjęto tę decyzję, Dora chciała się dowiedzieć, na jakiej podstawie uznano, że butelka ze stali szlachetnej jest bardziej ekologiczna niż butelka PET, którą równie dobrze można ponownie napełniać. Koledzy zerkali na nią po części z politowaniem, po części z dezaprobatą, jakby Dora z powodu zaburzeń psychicznych nie rozumiała problemu.

Chętnie podzieliłaby się swoimi odczuciami z Robertem, ale Robert nie miał już ochoty się nimi zajmować. Nauczył się za to unosić brew. Co oznaczało: Czyżbyś została klimatyczną negacjonistką?

W redakcji Robert awansował w hierarchii o kilka szczebli. Pisał więcej artykułów niż kiedykolwiek wcześniej, nadawał ton na spotkaniach redakcyjnych, wysyłano go jako reportera na konferencje prasowe ministerstwa środowiska, na których zadawał mnóstwo „niewygodnych" pytań. Wydawało się, że jego i tak już niebotyczne tempo pracy wzrosło niemal dwukrotnie.

Chociaż wszystko układało się pomyślnie, w nocy źle sypiał. Dora zrozumiała, że on naprawdę się boi. Jego obsesja nie była jedynie polityczną pozą, ale wynikała ze szczerej wiary w zagładę świata. *I decided to panic* – wyznała Greta, a Robert poszedł jej śladem. Dora usiłowała przeniknąć jego światopogląd. Wszędzie, gdziekolwiek spojrzał, dostrzegał samochody, samoloty i statki napędzane silnikami Diesla. Wszędzie tylko plastik, tanie zabawki, tanie meble, tanie ubrania. Każdy dzień hołdował zasadzie produkowania i marnotrawienia. Dora mogła się jedynie domyślać, jakim sposobem Robert potrafi kroczyć przez życie, widząc za każdą foliówką tornado, za każdą żarówką powódź, wojnę domową za każdą terenówką.

Przynajmniej wiedział, czego się boi. Dora także odczuwała strach, ale jej strach był bardziej rozproszony. Nie sposób było cokolwiek z nim zrobić, przekuć w jakieś hasło, akcję, polityczne zaangażowanie. Co więcej, obawiała się, że prawdziwy szkopuł tkwi w całym owym globalnym zamieszaniu. Że walka o prawo do posiadania racji oraz swobody wypowiedzi toczy się wedle prawideł szaleństwa. Trump, Höcke i brexitowcy kompletnie powariowali, to oczywiste. Lecz jeśli nawet Robert nie był już skłonny do spokojnej rozmowy, do oceny faktów z rozmaitych punktów widzenia i do ciągłego kwestionowania wszystkiego, co chciało uchodzić za prawdę absolutną – co w takim razie pozostało? Jednoosobowy kobiecy ogląd świata, którym Dora nie mogła się z nikim podzielić. I który coraz bardziej nabierał cech szaleństwa.

Dora nadal lubiła Roberta, ale trudno jej było trwać u jego boku. Ich wspólne życie zamieniło się w gorset zasad. Można było kupować tylko określone produkty i spożywać określone potrawy. Jazda taksówką była zabroniona, wakacyjne podróże nie wchodziły w rachubę. Po zmroku Robert biegał po mieszkaniu i gasił włączone przez Dorę lampy. Wręczył jej listę butików, w których wolno jej kupować ubrania, i błagał, by ograniczyła się do jednej pary butów na zimę. Kiedy Dora podkręcała ogrzewanie, on je wyłączał. Z początkiem listopada w mieszkaniu zrobiło się zimno. Wieczorami Dora coraz dłużej zostawała w agencji. Nie miała ochoty wracać do domu.

Do tego doszła sprawa butelek zwrotnych. Za pierwszym razem było to niedopatrzenie. Dora usłyszała w radio reportaż o demonstracjach traktorzystów w Berlinie i była tak rozkojarzona, że wyrzuciła butelkę zwrotną do śmieci. Kiedy to sobie uświadomiła, doznała dziwnego uczucia wyzwolenia. Było tak błogie, że zrobiła to ponownie. Kiedy Parlament Europejski ogłosił stan zagrożenia klimatycznego, wyrzuciła szklaną butelkę do kosza w łazience. Gdy na London Bridge zamachowiec zasztyletował kilka osób, parę butelek PET po biolemoniadzie cisnęła do kosza w gabinecie. Kiedy AfD zorganizowała swój partyjny kongres akurat w Brunszwiku, szklany kubek po jogurcie wylądował w żółtej torbie.

Kiedy Robert się o tym dowiedział, omal nie zwariował. Od tej pory po kilka razy dziennie przeszukiwał wszystkie znajdujące się w mieszkaniu pojemniki na śmieci. Sprawdzał wspólne kosze na podwórku. Usilnie prosił Dorę, by przestała to robić. Próbowała nad sobą zapanować. Ale gra w butelki przerodziła się w uzależnienie. Nie potrafiła z nim zerwać. Kiedy Norbert Walter-Borjans i Saskia Esken zostali wybrani na współprzewodniczących SPD, butelkę po winie wrzuciła do niebieskiego pojemnika. Kiedy USA zabiły w Bagdadzie generała Ghasema Solejmaniego, gdy Iran przez przypadek zestrzelił ukraiński samolot pasażerski, kiedy płonęła Australia, Dora chowała butelki po piwie w pojemniku na odpady organiczne. Kłótnie z Robertem przybierały na sile. Groził, że wyrzuci ją z mieszkania. Ostatniego naruszenia zasad segregacji odpadów Dora dopuściła się rankiem w dniu pierwszego wyjazdu do Bracken. Ujrzawszy dom starego zarządcy, uznała, że może przestać. Od tej pory żadna butelka zwrotna nie trafiła w niewłaściwe miejsce. Atmosfera się rozluźniła.

Ale potem pojawił się wirus. Robert z aktywisty klimatycznego przeobraził się w epidemiologa, a świat stanął na głowie.

Obwieszczono koniec starych, dobrych czasów. Życie już nigdy nie będzie takie samo. Wirusolodzy stali się gwiazdami mediów. Gazety pytały celebrytów, o co się modlą. Współdziałanie stało się wszechobecne.

    Nagle Dora zauważyła, że Robert zawsze otwiera oczy, kiedy wgryza się w kanapkę. Odgłosy przy jedzeniu zaczęły doprowadzać ją do szału. Czekała na moment, w którym nie zdoła już znieść własnego żucia i będzie musiała spożywać pokarmy płynne. Wciąż miała wrażenie, że słyszy brzęczenie owadów. Wstawała w nocy, by szukać w sypialni much, co pozbawiało ich oboje ostatniej odrobiny snu.

    Kiedy Robert oznajmił, że wirus jest w pewnym sensie błogosławieństwem, ponieważ uwolnił planetę od mobilności, Dora już wiedziała, że odejdzie. Gdy zabronił jej spacerów z Płaszczką, odeszła. Całe trzydzieści sześć lat jej życia zmieściło się w wypożyczonym samochodzie. Tylko Gustaw, rower z napędem pasowym, musiał zostać w Berlinie.

W głębi lasu piaszczysta ścieżka przemienia się w szeroki trakt. Ubita ziemia pokryta jest mchem i suchymi sosnowymi igłami. Dora musi uważać, by się nie potknąć o korzenie. Korony drzew splatają się, tworząc nad jej głową baldachim. Pomiędzy pniami rośnie młoda trawa, obietnica wiecznej odnowy. Zapał Płaszczki ustępuje miejsca oburzeniu, że spacer nie kończy się w chwili, gdy pojawiają się u niej pierwsze oznaki wyczerpania. Z wywieszonym ozorem skrada się za Dorą, sposobiąc się do jednej ze swoich najlepszych sztuczek – *umierającego psa*. Wkrótce padnie na trawę, położy się płasko na brzuchu, wyciągnie tylne łapy i nie zrobi ani kroku dalej.

    Dotarłszy do skrzyżowania dróg, Dora przystaje zdumiona. W rogu zauważa ławkę. Prostą, złożoną z dwóch drewnianych klocków i przytwierdzonej do nich deski. Bez oparcia i podłokietników, nieszlifowaną i nielakierowaną. Ktoś wykonał tę ławkę za pomocą kilku prostych czynności. Ktoś, kto potrafił to zrobić. Bez zlecenia, bez finansowanego ze środków UE programu turystycznego, prawdopodobnie bez zapłaty. W zasadzie nic godnego uwagi. Poza pytaniem, co ta ławka tu robi. Dora uznała, że przecież mieszkańcy Bracken nie chodzą na spacery. Wiejskie psy, będące bez wyjątku mieszańcami owczarka niemieckiego i prawdopodobnie z sobą spokrewnione, dzień w dzień biegają wzdłuż płotów, szczekając wściekle, gdy w pobliżu pojawi się kot albo jakiś człowiek ośmieli się poruszać bez samochodu. Propozycji pójścia z właścicielami na spacer pewnie by nawet nie zrozumiały. Spacerowanie to prawdopodobnie jedynie wyobrażenie mieszczuchów o życiu na wsi. Mieszkaniec Bracken raz w roku idzie do lasu, na grzyby albo po drewno.

A jednak stoi tu ławka. Co za szczęściarz musiał ją wykonać. Dla kaprysu poskładał kilka kawałków drewna, by obok leśnego skrzyżowania sklecić nieistniejące do tej pory miejsce odpoczynku. Dora chciałaby umieć stworzyć coś takiego. Po prostu coś zrobić. Bez pytań, bez wątpliwości. Tylko dlatego, że jest to możliwe.

Ławka nie jest wygodna. Siedzisko wąskie i nierówne. Brakuje oparcia. Mimo to Dora uznaje zakątek na skrzyżowaniu dróg za swój ulubiony. Nawet Płaszczka się z nią zgadza. Znalazła sobie miejsce wyściełane mchem i skąpane w promieniach kwietniowego słońca. Dora odchyla głowę i wpatruje się w migotliwe korony drzew. Szkoda, że papierosy zostawiła w domu.

Wokół niej wiosna czyni swoje powinności. Zmusza każdy organizm do wzrostu i dążenia do pełni. Pobudza życie do maksymalnej wydajności, przymusza wszystkich uczestników do reprodukcji. Nic nie jest oceniane, wszystko jest wykorzystywane. Tego, co obumiera, można użyć ponownie. Jeśli jeden gatunek znika, lukę wypełnia nowy. Śmierć i narodziny nie są dramatem, ale zawiasami mechaniki życia. Ludzka ekscytacja nie ma żadnego znaczenia. Takiej sikory sosnówki zupełnie nie obchodzi, czy ludzkość zginie, czy nie.

Prócz szczepów wirusa nikt nas nie potrzebuje, stwierdza Dora. Smutna to myśl, więc ją w sobie tłumi.

Wzdryga się, słysząc jakiś odgłos za plecami. Szelest, trzask. Także Płaszczka zrywa się na równe nogi. Coś bez wątpienia dużego spiesznie wycofuje się do sosnowego zagajnika. Może dzik albo jeleń.

Dora jest niemal pewna, że widziała skrawek kolorowej tkaniny.

7
R2-D2

Kosa uderza o ziemię. Z domu po drugiej stronie ulicy wychodzi R2-D2.

W ostatniej chwili Dora cofa stopę. Po obejrzeniu kilku kolejnych filmów na YouTubie z cyklu *Zrób to sam* ostrzenie idzie jej znacznie lepiej. Zwiększa się jednak także ryzyko skaleczenia.

Mimo to Dora jest z siebie zadowolona. Naostrzoną kosą można wykarczować młode pędy klonu porastające działkę od frontu. Zajmuje się tym od samego rana. Robi miejsce. W ciągu kilku ostatnich dni, o dziwo, skończyła nawet prace ziemne w warzywniku za domem. Teraz już wie, że obolałe mięśnie mogą być jak śmiertelna choroba. Za to krnąbrna ziemia została pokruszona i spulchniona, dokładnie tak, jak chciała tego Dora – ogrodzony prostokąt ma równe boki i gładką powierzchnię. Widok ten napawa ją dumą, mimo piętrzącej się obok sterty śmieci. Do tego sporo gruzu i odłamków, kolejne garnki i główki lalek, skrawki pluszaków oraz kilka małych metalowych samochodzików, w zaskakująco dobrym, nienaruszonym stanie. Dora obawiała się czasem, że w końcu natrafi ostrzem szpadla na kości dziecięcego szkieletu.

Bardziej niż zwały śmieci niepokoi ją fakt, że przekopana ziemia zamienia się w suchy pył, unoszony całymi chmurami przez najdrobniejszy podmuch wiatru. Dora zaczyna podejrzewać, że ogrodnictwo ma coś wspólnego z podlewaniem. Możliwe, że także z nawożeniem. Albo z koparkami, które usuwają jałową warstwę piasku i zastępują go żyzną glebą.

Niestety, Dora nie dysponuje ani odpowiednim przyłączem wody, ani ogrodowym wężem. Nie mówiąc już o koparce. Nie posiada nawet zwykłego samochodu, którym mogłaby pojechać do marketu budowlanego. Musi pilnie zainteresować się transportem publicznym. W Bracken nie ma żadnego sklepu, choćby piekarni, ani żadnej gospody. Z przywiezionych zapasów pozostały jej jeszcze makaron oraz suchy chleb razowy. Jeśli wkrótce nie dotrze do supermarketu, umrze nie tylko jej projekt warzywnika, ale i ona sama.

Dora nie pozwoli jednak, by takie rozważania zepsuły jej nastrój. Pierwsze pędy klonu leżą ścięte na ziemi. Warzywnik jest przekopany. Poza tym w pracy idzie jej całkiem dobrze. Klient o nazwie FAIRkleidung to młody berliński label modowy, który chce wprowadzić na rynek nową, zrównoważoną markę dżinsów. Podczas gdy inni klienci z sektora tekstyliów zamrażają swoje zlecenia, ponieważ borykają się ze spadkiem obrotów w pozamykanych sklepach, założyciele FAIRkleidung nie ustają w wysiłkach, by w czasach postpandemicznych z przytupem wprowadzić na rynek swój produkt, wykorzystując wszystkie istotne kanały marketingu. Dora wie, że jest szczęściarą. Wielu kolegów z branży obawia się o swoje zatrudnienie. Kiedy traci się duży budżet, z pracą może się pożegnać dziesięć, dwadzieścia osób. Jeśli stanie się tak w kilku agencjach jednocześnie, rynek zalewa fala kreatywnych, wartościowych ludzi. Zazwyczaj starsi copywriterzy są rzadkością, stąd mogą przebierać w ofertach stałego zatrudnienia. Kiedy jednak wszędzie dochodzi do masowych zwolnień, zasady zmieniają się szybciej, niż trwa wyłączenie MacBooka. Na szczęście Susanne na początku każdego spotkania na Zoomie podkreśla, że zrównoważony rozwój jest dla Sus-Y priorytetem. Także w sposobie traktowania współpracowników. Dora nie musi się martwić o posadę.

Poprzedniego wieczoru przeprowadzili z klientem wideokonferencję. Podczas gdy Zoom wciąż usiłował nawiązać stabilne połączenie ze stolicą, Dora po raz kolejny uświadomiła sobie, jak wielka odpowiedzialność ciąży na niej przy tego typu zleceniach. FAIRkleidung przeznacza cały swój budżet marketingowy na wypromowanie jednego modelu dżinsów, uszytych z bawełny organicznej, pranych bez użycia chloru i wyposażonych w guziki niezawierające metali ciężkich. Jeśli kampania się nie powiedzie, sklep może zostać zamknięty. Od Dory zależy, czy nowe spodnie podbiją rynek, czy też będą się kurzyć na sklepowych półkach. Czy jej mózg wypluje z siebie genialną myśl, idealnie pasujące zdanie, o którym wciąż się będzie pamiętać po dwudziestu latach? Jeśli zawód copywritera kryje w sobie jakiś urok, jest nim możliwość osiągnięcia niebywałego sukcesu dzięki pojedynczej myśli. Albo, alternatywnie, doprowadzenia do totalnej katastrofy.

Kiedy udało się nawiązać połączenie, Susanne wygłosiła krótkie wprowadzenie, po którym Dora na trzydziestu slajdach PowerPointa przedstawiła strategię. Pierwszym krokiem było przekonanie zleceniodawców, że zrównoważony rozwój nie może być dłużej postrzegany przez młodą miejską grupę docelową jako element wyjątkowości. Raczej jako nowa normalność. Emanująca pewnością siebie. Bez tradycyjnego biedermeierowskiego zaduchu fairtradowych etykiet z ich napuszonymi formułkami i aurą brązowego papieru pakowego. *The Style of Sustainability*. Wszyscy mogli temu jedynie przytaknąć.

Susanne po raz kolejny dała wówczas do zrozumienia, że budżet medialny FAIRkleidung nie wystarczy, by zaistnieć w skali całego kraju, dlatego należy się skupić wyłącznie na kampanii cyfrowej, która gwoli wywołania żywego oddźwięku musi być odważna i prowokacyjna. W grę wchodzą przede wszystkim filmiki społecznościowe, które pozwalają na podgrzanie emocji. – Musimy stać się *Talk of the Town* – stwierdziła Susanne. Wszyscy przytaknęli, znów przyszła kolej na Dorę.

Podstawowym zadaniem było wynalezienie nazwy dla nowej marki dżinsów. Dora przeklikała na komputerze dwanaście slajdów z propozycjami, aż doszła do swojego faworyta: Dobroludek. Po drugiej stronie zapadła cisza. Dora się tego spodziewała. Zaczęła tłumaczyć, że jedynie użycie kontrowersyjnego pojęcia zapewni niezbędny rozgłos. Antysłowo roku 2015. Czerwona płachta. Wszyscy je zauważą. Dobroludek sprawi zarazem, że każdy użytkownik stanie się wyznawcą. Kto konsekwentnie wspiera prawdziwy zrównoważony rozwój, stanie się odtąd Dobroludkiem i będzie z tego dumny. A wkrótce pokaże to całemu światu, wybierając odpowiednie spodnie.

Entuzjazm berlińskich założycieli FAIRkleidung gwałtownie eksplodował, Dora miała wrażenie, że echo grzmotu słyszy nawet w Bracken. Wykorzystała moment do zaprezentowania puenty i wyjaśniła, że z nazwy produktu można ukuć kompletną kampanię. To oczywiste, jej protagonista, twarz kampanii, jest zarazem Dobroludkiem. Nie zatwardziałym moralizatorem, ale sympatycznym facetem, który w filmikach będzie zajęty robieniem dobrych uczynków, które w zabawny sposób zawodzą. Dobroludek jako antybohater, który w autoironiczny sposób prezentuje własną ułomność. Odwaga oryginalności, poczucie humoru, skrojone dla usieciowionej grupy docelowej. Bądź co bądź temat zrównoważonego rozwoju jest nader poważny. Slogan: Dobra, ludki!

Reszta poszła jak z płatka. Kiedy Dora wyjaśniła, że Dobroludek pojawi się również na wszystkich plakatach i nadrukach oraz nada twarz całej kampanii, klient od dawna był już przekonany. Kiedy dodała, że kampanię wyznawców można zainicjować z udziałem prawdziwych nabywców dżinsów, którzy sami będą siebie nazywać Dobroludkami, po drugiej stronie rozległy się oklaski.

Praca zdalna ci służy, stwierdziła Susanne po tym, jak klient opuścił spotkanie.

R2-D2 wciąż tam jest. Właśnie przechodzi przez jezdnię. Dora zastanawia się, czy to aby nie złudzenie optyczne. Halucynacja wywołana przez samotność, wysiłek fizyczny i hipoglikemię. Widzi go jednak wyraźnie, jak zmierza w kierunku furtki jej ogrodu. Może to wiejski covidowy paranoik w kombinezonie ochronnym? Stwór ma nie więcej niż metr sześćdziesiąt wzrostu, nosi hełm z przyłbicą i zintegrowanymi nausznikami, sięgającą do kolan kamizelkę ochronną oraz sięgające do kolan, patrząc od dołu, gumowe buty. Stawia tak drobne kroki, że wydaje się raczej toczyć, niż iść, co jeszcze bardziej upodabnia go do białego krewniaka z *Gwiezdnych wojen*. Po obu bokach niesie dużą futurystyczną broń, prawdopodobnie zdolną do wystrzeliwania laserowych promieni lub wytwarzania tarczy chroniącej przed promieniowaniem.

– W czym mogę pomóc? – pyta Dora, gdy R2-D2 próbuje przecisnąć się ze swoją bronią przez ogrodową furtkę. Nie odpowiada na pytanie, być może z powodu nauszników. Po chwili szarpaniny w końcu udaje mu się wejść do ogrodu.

– Ilu Arabów potrzeba do skoszenia łąki? – pyta R2-D2 radośnie i trochę za głośno, jak wszyscy niedosłyszący.

Dora otwiera usta, ale nie dobywa z siebie ani słowa. Nic nie szkodzi, gdyż R2-D2 sam sobie odpowiada.

– Ani jednego, bo możemy zrobić to sami.

Śmieje się serdecznie i wytrwale, aż jego śmiech zostaje zagłuszony przez potworny ryk pierwszej tajnej broni. R2-D2 chwyta ją oburącz i zaczyna kołysać na prawo i lewo. Dora nie jest do tego potrzebna. R2-D2 wgryza się w ogród. Młode klony ścielą się gęsto niczym armia zdziesiątkowana przez zmyślną technologię. Wokół fruwają porozrywane strzępy pokrzyw i jeżyn. Większe drzewka R2-D2 zostawia na razie w spokoju. Pewnie zajmie się nimi później za pomocą drugiej tajnej broni. Tkwiącej w futerale piły łańcuchowej z napisem „Makita".

Dora przygląda się masakrze, zakrywając dłońmi uszy. Choć przez ostatnie dwa i pół tygodnia nauczyła się nienawidzić tej działki, wcale nie odczuwa satysfakcji. R2-D2 i jego tajna broń karczują obszar wielkości kortu tenisowego w tym samym czasie, w którym Dora i jej kosa zdołały oczyścić skrawek wielkości stołu do ping-ponga. To niesprawiedliwe. Ani śladu zbrojnego równouprawnienia. To nie pojedynek z materią organiczną, ale bezduszna eksterminacja. Z powodu nieustającego ryku Dora ucieka do domu.

Gotuje wodę na kawę i zastanawia się, czy w przypływie szaleństwa nie zadzwoniła przypadkiem do firmy ogrodniczej. Mało prawdopodobne, by firma taka miała siedzibę akurat w domu naprzeciwko. Agent nieruchomości jako zleceniodawca sanacji ogrodu także nie wchodzi w rachubę. Cena zakupu jednoznacznie dotyczyła wymagającej remontu nieruchomości w jej aktualnym stanie. Zachowanie R2-D2 musi być zatem formą sąsiedzkiej pomocy.

Gdy ryk cichnie, Dora ponownie wychodzi przed dom, niosąc filiżankę kawy, którą R2-D2 odbiera z jej rąk tak naturalnie, jakby ją zamówił. Broń opiera o płot, zdejmuje kask i po pierwszym łyku kiwa z aprobatą głową.

– Piję czarną – oznajmia. – Mam nadzieję, że nie będę miał kłopotów ze skarbówką.

– Dobre. – Dora posłusznie się śmieje. Przynajmniej tyle może zrobić. Przecież ten mały człowieczek właśnie wykarczował całą frontową część działki. Poza tym cieszy się, że nie musi słuchać kolejnego dowcipu o cudzoziemcach.

– Ale nadal jestem zmęczony, kawa jest chyba popsuta – kontynuuje R2-D2.

Dora postanawia odpowiedzieć żartem. Może to jedyny sposób na nawiązanie rozmowy z R2-D2.

– Schomikowałam mnóstwo rzeczy – wyjaśnia. – Potrzebuję jeszcze tylko klatek dla tych wszystkich bydlątek.

R2-D2 patrzy na nią bez krzty zrozumienia. Może nie lubi pandemicznych dowcipów. A może lubi tylko te, które sam opowiada.

– Prowadzę zdrowy tryb życia – rzuca w końcu. – Piję trzy litry wody dziennie. Tylko najpierw przepuszczam ją przez ekspres do kawy.

Dora uznaje ostatnie powiedzonko za całkiem udane. Może je wypróbuje na swoim bracie Axelu, który często rozprawia o wodzie mineralnej i codziennie pije dostateczną jej ilość. Jeśli jeszcze kiedykolwiek zobaczy brata. Axel bardzo poważnie traktuje ograniczenia w kontaktach oraz godzinę policyjną, ponieważ odpowiadają jego naturalnej skłonności do spędzania dnia na kanapie.

– Jak rozśmieszyć blondynkę w poniedziałkowy poranek? – R2-D2 zmienia temat i od razu dodaje: – Opowiedz jej dowcip w piątkowy wieczór.

Żarty o blondynkach to istna plaga, choć to i tak lepsze niż dowcipy o Arabach. Dora nie jest rygorystyczną zwolenniczką *politycznej poprawności*. Mimo to nie godzi się na rozgłaszanie ksenofobicznych haseł. Rasizm ją zmraża. W milczeniu łapie powietrze, a później się wstydzi, że nie szukała dialogu ani nie opowiedziała się wyraźnie za demokracją i człowieczeństwem. Co prawda nie ma pojęcia, czy któremukolwiek nierasiście udało się kiedykolwiek przekonać jakiegokolwiek rasistę o bezsensowności wszelkiego rasizmu. Czuje jednak moralny obowiązek, by dołożyć wszelkich starań. I ponosi porażkę. Nawet nie wie, czy to prawda, że większość prawicowców nie lubi rozmawiać. Ponieważ sama nie przepada za rozmową. Jej taktyka polega na unikaniu za wszelką cenę ludzi, którzy wygłaszają prawicowe slogany.

– Kawa jest tak czarna – mówi wesoło R2-D2 – że zaraz zacznie zbierać bawełnę.

Być może będzie jednak musiała przemyśleć swoją taktykę.

8
Ciapaki

Oczywiście, że Dora zrobiła research. Bracken w faktach i liczbach. W ostatnich wyborach do landtagu AfD uzyskała w okręgu prawie dwadzieścia siedem procent głosów. O kilka punktów więcej niż średnia krajowa.

To właśnie najbardziej ją przerażało. Nie jadowite pająki, pękające rury wodociągowe czy brak oferty kulturalnej. Nawet nie wiejska samotność. Tylko poglądy polityczne nowych sąsiadów. Wciąż miała w pamięci pytanie Jojo: Czego ty szukasz wśród tych wszystkich prawicowych radykałów?

AfD w Brandenburgii to raczej wyjątek niż reguła. Niemniej na AfD głosuje nie tylko skrajna prawica. Przede wszystkim, zdaniem Dory, mięczaki. Przez dziesięciolecia polityka oraz media wyspecjalizowały się w apelowaniu do najniższych ludzkich instynktów – strachu, zawiści, egoizmu. Nic dziwnego, że ludzie w końcu głosują na partię, której biadolenie przypomina ich własne. To jednak nie czyni jeszcze z Bracken twierdzy nazistów.

Tyle, jeśli chodzi o wstępne próby samouspokojenia.

Jak przedstawił się ów Ostrogota z sąsiedztwa? „Cześć, jestem wioskowym naziolem". Zdanie byłoby pozbawione semantycznego sensu, gdyby wszyscy pozostali też byli nazistami. Choć nie jest powiedziane, że Gote zna się na semantyce.

Zatem w Bracken nie napotkasz nazizmu. Tylko odrobinę kultywowanego na co dzień rasizmu. Jak w przypadku R2-D2.

W tym właśnie pewien szkopuł. W obliczu nazisty, który wygląda jak nazista i jak nazista się zachowuje, przynajmniej wiadomo, na czym się stoi. Rasiści przygodni zaskakują znienacka. W trakcie miłej pogawędki pada nagle niestosowna uwaga. Co wtedy? Przerwać rozmowę, a niestosowność potępić? Czy może przemilczeć sprawę, udając, że się przesłyszeliśmy?

Zmrożenie rasizmem przypomina szok. Jakby połączenia nerwowe zostały zablokowane. Bywa, że Dora jeszcze trzy dni później formułuje w myślach mądre riposty, które powinna była wypowiedzieć we właściwym momencie.

Często rozmyślała nad tym, co się za nim kryje. Być może dylemat. Niemożliwy wybór między moralizatorstwem a tchórzostwem. Między osobistymi przekonaniami, misją społeczną a indywidualną obawą przed wywołaniem konfliktu. Do tego dochodzi zażenowanie, gdyż rasizm jest tak cholernie zawstydzający. Jakby się kogoś przyłapało na sikaniu w miejscu publicznym. Chciałoby mu się powiedzieć, żeby schował te swoje organy i zabierał się w diabły. Ale potem człowiek czuje się tak skrępowany, że szybko odwraca wzrok i rusza dalej.

Nadto Dora ma niewielkie doświadczenie w tej materii. W jej dotychczasowym środowisku nikomu na szczęście nie przyszłoby do głowy poważyć się na ksenofobiczny żart. Dla Roberta prawicowcy to głównie klimatyczni i pandemiczni negacjoniści. Jej brat Axel uważa, że prawicowy populizm to buractwo, którym ludzie z klasą się brzydzą. Jojo postrzega AfD jako manifestację męskiej depresji, którą należałoby leczyć amitryptyliną. A w Sus-Y, o czym Dora wie z wewnętrznej ankiety, prawie wszyscy, tak jak ona, głosują na zielonych. Ogólnie rzecz ujmując, wszyscy znajomi Dory uważają, że AfD jest okropna, są przeciwko zamykaniu się Europy, wzywają do ochrony klimatu i współpracy międzynarodowej, podkreślają historyczną odpowiedzialność Niemiec i zawsze przerywają rozmowę w chwili, w której należałoby zapytać, co właściwie się stanie, jeśli do Europy przybędzie pięć milionów uchodźców. Czy głoszenie liberalizmu i filantropii w sercu Niemiec jest w ogóle uzasadnione, gdy tymczasem kraje ościenne są zajęte blokowaniem dróg tranzytowych?

W otoczeniu Roberta podobne pytania padały częściej. Po roku dwa tysiące piętnastym ludzie z kręgu jego znajomych zaczęli zwracać się przeciwko sobie. Pozytywny stosunek do cudzoziemców przeobraził się w świadomość problemu, świadomość problemu – w strach przed zalewem obcokrajowców. Równocześnie podejrzenia o rasizm działały jak trucizna, która rozmowę o ratowaniu rozbitków w ciągu kilku sekund zamieniała w narastającą kłótnię. Długotrwałe przyjaźnie przyćmiła wrogość, ponieważ jeden powiedział coś, czego drugi nie mógł ścierpieć. Dora odczuła wtedy na własnej skórze, jak może nabrzmiewać agresja. Jak to się dzieje, że kiedy zmrożenie rasizmem ustępuje, człowieka nagle ogarnia wściekły gniew. I mówi się rzeczy, których się później żałuje.

W pewnym momencie grono ich przyjaciół się oczyściło. Spotykali się z niektórymi ludźmi, z innymi już nie. Kontakty na Facebooku, Twitterze i Instagramie zostały skasowane i zastąpione przez nowe. Do słów kluczowych *kariera* oraz *posiadanie dzieci* dodano politykę, by jeszcze bardziej uporządkować życie społeczne.

Mimo to Dora nie zapomniała o wybuchowej sile kryjącej się za rasistowskim zmrożeniem. Żaden inny temat nie jest w stanie wywołać takiego oburzenia u spokojnych zazwyczaj ludzi, niezależnie od tego, po której stoją stronie. Z tego punktu widzenia zmrożenie rasizmem jest być może jedynie mechanizmem obronnym. Zainstalowanym przez ukryty strach, by człowiek w ciągu kilku sekund stracił nad sobą panowanie i razem z połową świata uległ demoralizacji. Albo razem z całą wioską.

Kiedy Dora dochodzi do tej konkluzji, krztusi się tak gwałtownie, że R2-D2 zdejmuje rękawicę, by poklepać ją po plecach.

– Co z nim nie tak? – pyta Dora, wciąż kaszląc i wskazując na mur.

– Że co? – dziwi się R2-D2. Najwyraźniej jego sposób komunikacji polega wyłącznie na opowiadaniu dowcipów. Nie jest zaprogramowany do odpowiadania na proste pytania. Nadal też nosi nauszniki.

– Z Gotem! – krzyczy Dora i ponownie wskazuje w stronę muru.

Nie widziała Gotego od ich pierwszego spotkania. Płaszczka trzykrotnie znikała, by rozgrzebywać sadzeniaki, i trzykrotnie wracała bez szwanku. Pewnego dnia Dora przysunęła do muru ogrodowe krzesło, wspięła się na nie i zajrzała na drugą stronę. Myśl, że Gote mógłby w tej samej chwili wystawić głowę ponad krawędzią, przyprawiła ją o szybsze bicie serca. Nikogo tam jednak nie było. Posesja wyglądała na uporządkowaną i opuszczoną. Dora postanowiła wszystko dokładnie obejrzeć. Na przystrzyżonym trawniku biały plastikowy stół z krzesłami. W oknach przyczepy pasiaste zasłony. Na schodach donice z kwitnącymi pelargoniami. Obok metalowych stopni wyrzeźbiony w pniu posąg wilka nadnaturalnej wielkości. Z boku budynku mieszkalnego zaparkowany pikap. Toyota hilux, prawdopodobnie z lat osiemdziesiątych. Dora zauważa, że trawa pod samochodem urosła. Widać, że nie był używany od dłuższego czasu. Może nawet jest niesprawny. W każdym razie Gote wyjechał innym pojazdem.

Zastanawia się, dlaczego nie naprawia samochodu. Dlaczego mieszka w przyczepie, podczas gdy budynek stoi pusty. Dom nie wygląda na zaniedbany, choć szyby w oknach są brudne. Na fasadzie wiszą dwie flagi. Czerwono-biała, której Dora nie potrafi zidentyfikować, oraz niemiecka, na tyle duża, że mogłaby zdobić gmach rządowy. Nawet czternaście lat po zakończeniu letniej bajki futbolowej Dora nie lubi oglądać czarno-czerwono-złotych barw, a już na pewno nie we wschodnioniemieckich przydomowych ogródkach.

Może Gote wyjechał na urlop. Albo na montaż. R2-D2 też chyba nie wie, w każdym razie wzrusza ramionami, bierze do ręki broń i szykuje się do odejścia.

Dora chwyta Płaszczkę i przechodzi na drugą stronę ulicy. Chce zajrzeć do jego skrzynki na listy, by się dowiedzieć, jak ma na imię. Żeby nie musiała go w nieskończoność nazywać R2-D2.

Nieco dalej w dół drogi przed pomalowanym na biało budynkiem należącym do dawnego gospodarstwa zaparkowano trzy białe furgonetki. Dora już wcześniej zauważyła tę nieruchomość. Dość duży budynek mieszkalny oraz dwa gospodarcze z panelami słonecznymi na dachach. Z samochodów właśnie wyskakują kierowcy, czarnowłosi młodzi mężczyźni śmieją się i rozmawiają tak głośno, że Dora mogłaby ich bez trudu zrozumieć, gdyby znała ich język. Nie potrafi nawet określić, o jaki język chodzi. Na dźwięk monotonnego zaśpiewu, któremu towarzyszą parsknięcia, czuje nagłe uniesienie. Od dawna nie słyszała, by ludzie razem się śmiali. I co za wspaniała nowina, że oto w Bracken mieszka garstka cudzoziemców! Już sobie wyobraża, jak opowie o tym Jojo. Swobodnie machnie ręką: – Problemy? Nie u nas.

R2-D2 podąża za jej spojrzeniem.

– Szparagowe ciapaki – mówi przepraszającym tonem.

– Że co? – pyta Dora.

– Pracują dla Toma i Steffena.

To jego pierwsze nieżartobliwe zdanie. Umysł Dory zaczyna skandować *ciapaki szparaki*. Musi uważać, żeby nie zaplątać się w tej rymowance. Wolałaby jeszcze przez chwilę porozmawiać z R2-D2. W ramach programu treningowego przeciwko rasistowskiemu zmrożeniu. R2-D2 jest do tego odpowiednim partnerem. Spod ogromnego pomarańczowego hełmu wygląda nader przyjaźnie. Dora nie ma pojęcia, czy można nie brać ksenofobii za złe, ale jeśli ktoś to potrafi, to z pewnością R2-D2. Ostrożnie chwyta za lewy nausznik i odsuwa go do tyłu, jak małemu dziecku.

– Czemu akurat *szparagowe ciapaki*?

– Bo zbierają szparagi. Dla Steffena i Toma.

Dora czytała w prasie o problemach przy zbiorze szparagów. O obywatelach Rumunii, którym mimo pandemii zezwolono na przyjazd, ponieważ Niemcy są zbyt niezdarni, by wyciągać z ziemi własne szparagi. Zachęcona przyjazną miną R2-D2, zdobywa się na odwagę i podejmuje próbę.

– Czy to nie jest podłe?

– Niby co?

– Ciapaki. Słowo.

– Wszyscy tak mówią.

– Ktoś może poczuć się urażony.

– Niby czemu? – R2-D2 zdejmuje hełm i drapie się po głowie. Jest starszy, niż sądziła. Na pewno po pięćdziesiątce. Ale ma bujną, tylko lekko posiwiałą czuprynę. – Oni nawet nie rozumieją.

Przestępuje z nogi na nogę. Z pewnością chce wejść do środka. Nic dziwnego, musi mu być niewygodnie, w słońcu, z tajną bronią i pełnym ekwipunkiem. Natarczywe pytania Dory odcięły go nagle od dostępu do żartów. Płaszczka również robi się niespokojna. Wije się w ramionach Dory i chce zeskoczyć na ziemię. Niestety, Dora nie może się powstrzymać. Program treningowy świetnie się rozwija. Jest wręcz podekscytowana swoimi nowo odkrytymi umiejętnościami komunikacyjnymi.

– Skąd oni są?

– Nie są stąd.

– Czy stwarzają jakieś problemy?

– Pracują dla Toma i Steffena.

Powtarzając to po raz trzeci, R2-D2 akcentuje każde słowo, jakby Dora rzeczywiście była tępa jak pień. Najwyraźniej wszyscy na tej planecie – oprócz niej – wiedzą, kim są Tom i Steffen oraz dlaczego nie miewają kłopotów. Nawet z ciapakami.

To wszystko. R2-D2 kiwa głową na pożegnanie i się odwraca. Gdy on przeciska się ze swoim sprzętem przez ogrodową furtkę, jeszcze węższą niż u Dory, ona rzuca okiem na jego skrzynkę na listy. Widnieje na niej tabliczka: Heinrich.

9
Latarka

Wieczorem Dora przenosi ogrodowe krzesło na podest przed domem. Tutaj może usiąść jak na balkonie i obserwować ulicę. Zerka na dom pana Heinricha naprzeciwko oraz, lekko odwróciwszy głowę, na oddzielający ją od sąsiada mur, za którym nic się nie porusza. Gruba kurtka chroni ją przed nasilającym się chłodem. Dobrze jej się pracuje z notebookiem na kolanach. *Błąd* nie pojawia się już od dłuższego czasu. Może notebookowi służy wiejskie powietrze. Tylko Płaszczka uparła się, żeby zostać w domu.

Kiedy w stopach pojawia się mrowienie, Dora spaceruje wokół domu. Dzięki staraniom pana Heinricha działka przypomina już teren użytkowy. Jeśli pominąć stosy wyciętych młodych drzewek. Dora nie ma pojęcia, co z nimi zrobić. Załadować na nieistniejącą ciężarówkę i zawieźć na prawdopodobnie nieistniejące składowisko ogrodowych odpadów? Spalić na działce w świętomarcińskim ogniu? Może do miejscowych zwyczajów należy wyrzucanie ich za mur. Dora aż się uśmiechnęła. Co by powiedział Gote po powrocie? Kilkakrotnie miała wrażenie, jakby słyszała dochodzące stamtąd odgłosy. Kiedy jednak stawała na krześle i zaglądała za mur, zawsze panował tam spokój. Sąsiad nazista, którego nigdy nie ma w domu, jest niemal równie dobry jak sąsiad, który żadnym nazistą nie jest.

Niekiedy za to docierają do niej z oddali głosy ciemnowłosych mężczyzn. Pracują na posesji z dużymi zabudowaniami gospodarczymi, należącej, jeśli dobrze zrozumiała pana Heinricha, do Toma i Steffena. Zapewne prowadzą gospodarstwo rolne. Dora myśli o szparagach z ziemniakami w mundurkach i roztopionym masłem. Kiedy nie może dłużej wytrzymać, przyrządza sobie talerz makaronu z dużą ilością soli, roztapia ostatnią odrobinę masła i pałaszuje wszystko, siedząc na krześle przed domem.

Gdy zapada zmrok, na tyłach działki zaczyna śpiewać słowik. Bardzo głośno, bardzo psychodelicznie. O wiele mniej romantycznie, niż twierdzą poeci. Przypomina to raczej ornitologiczne zakłócanie spokoju. Dora zastanawia się, czy te szaleńcze sekwencje dźwięków nie przeszkodzą jej w zaśnięciu. Już od jakiegoś czasu odczuwa mrowienie w żołądku. Myśl o kolejnych nieprzespanych nocach sprawia, że w jej głowie pojawiają się bąbelki. Czym prędzej pochyla się nad niebieskawą poświatą ekranu notebooka. Gdy nad Bracken zapada noc, Dora intensywnie pracuje nad swoją kampanią. Jeśli działa *flow*, historie same składają się w całość. Dwie godziny później gotowych jest pięć dwudziestosekundowych spotów oraz ich okrojone warianty po siedem sekund każdy.

Najbardziej lubi scenę, w której Dobroludek jedzie zatłoczonym autobusem. Chce ustąpić miejsca leciwemu współobywatelowi i dotyka od tyłu ramienia łysego mężczyzny. Kiedy facet się odwraca, okazuje się, że nie jest to żaden staruszek, ale mocno zbudowany skinhead, który natychmiast unosi pięść z wytatuowanym na knykciach napisem WON. Dobroludek wycofuje się przerażony. Skinhead siada na zwolnionym miejscu, lekceważącym wzrokiem zerka na dżinsy bohatera z wyhaftowaną metką.

– Typowy dobrolud – komentuje pogardliwie skinhead. Narrator z offu dodaje wesoło:

– Noś to, czym jesteś – i spraw, by świat stał się lepszy.

Naziści to chyba największe tabu niemieckiej reklamy. Być może nadszedł jednak czas, by to zmienić. Nie można winić za to scenariusza. Raczej rzeczywistość, którą przedstawia. A przecież o to właśnie klientowi chodzi: o przeobrażenie świata.

Wstaje, opiera się o żeliwną balustradę i rozprostowuje plecy. Odchyla głowę i spogląda w niebo. Mrowie gwiazd! Pas przypominający smugę chmur musi być Drogą Mleczną. Ciekawe, czy Alexander Gerst jest tam w górze? Dora chętnie poczęstowałaby go papierosem. Choć Gerst z pewnością nie pali. Może przez grzeczność zakurzy z nią jednego? Słyszała w radio, że astronauci to najmilsi ludzie pod słońcem. Nieprzypadkowo. I nie z powodu swojej pracy. To dlatego właśnie ich wybrano. Muszą całymi miesiącami znosić obecność garstki kolegów na bardzo małej przestrzeni. Kosmiczna kwarantanna. Udaje się tylko pod warunkiem, że wszyscy uczestnicy są prawdziwymi profesjonalistami grzeczności.

Dora zastanawia się, kiedy ostatnio spotkała naprawdę miłą osobę. W Sus-Y wszyscy są niby mili, ale jest to raczej mentalność międzyludzkiej usłużności. Większość kolegów usilniej dba o swoje profile w mediach społecznościowych niż o przyjaźnie w prawdziwym życiu. Niestrudzenie prezentują swoje dzieci, psy, domy czy zestawy śniadaniowe. W pracy reklamują marki, w wolnym czasie reklamują siebie. Poza branżą wcale nie wygląda to lepiej. Ludzie starają się być interesujący i ważni. I oczywiście odnosić sukcesy, w życiu zawodowym i prywatnym. Wyścig konformistów, którzy chcą uchodzić za wyjątkowych. Aby spotkać kogoś naprawdę miłego, być może trzeba polecieć w kosmos.

Dora nie jest lepsza od innych, jest tylko trochę bardziej samotna. Odwraca wzrok od gwiazd i rozgląda się dokoła. Cicha ulica. Tablica z nazwą miejscowości. A za nią pola pogrążone w mroku, nieoświetlone blaskiem ulicznych latarni.

Nagle uświadamia sobie, czego tu nie ma. Niesamowicie wiele, prawie wszystkiego. Nie ma morza zabudowań. Nie ma samochodowego chaosu. Żadnych rowerzystów, żadnych pieszych. Żadnej kolei nadziemnej, żadnych reklam, żadnych kolorowych świateł. Jest tylko kilka domów, drzewa, wieczna trawa.

Dora zaciąga się dymem z papierosa i wypuszcza go w postaci obłoków unoszących się w nieruchomym powietrzu. Zastanawia się, czy naprawdę jest samotna. Prócz kolei nadziemnej i pieszych nie ma też kilku innych rzeczy. Nie ma partnera leżącego w jej łóżku. Nie ma kolegów, których spotka nazajutrz w biurze. Nie ma rodziny, do której można by czasem wpaść. Nie ma najlepszej przyjaciółki, która późno w nocy czeka na telefon. Nie ma grupy tanecznej, nie ma kółka czytelniczego. Właściwie Dora ma tylko to, co ją otacza: Płaszczkę, pozbawiony mebli dom oraz napoczętą paczkę papierosów. Nadto Gotego i pana Heinricha. Telekonferencje i spotkania na Zoomie. O dziwo, wcale jej to nie przeraża. Przeraża ją tylko pytanie, czy w ogóle jej czegoś brakuje. Tak naprawdę brakuje jej tylko Alexandra Gersta.

Zapala drugiego papierosa. Wewnątrz domu Płaszczka wzdycha przez sen. Dora zazdrości suczce umiejętności zasypiania w dowolnym miejscu o dowolnej porze. Czasem myśli sobie, że spanie jest najważniejszą ze wszystkich umiejętności. Kto nie może spać, już przegrał. Kto to potrafi, jest bezpieczny. Co się może przydarzyć komuś, kto każdej nocy po prostu się kładzie i odpływa? A każdy poranek zwiastuje nowy, rześki dzień?

Nagle myśli zatrzymują się w biegu. Coś je zirytowało. Tam. U Gotego. W oknach na piętrze domu widać poruszający się snop światła. Dora wytęża wzrok. Światło staje się coraz mocniejsze, jaśniejsze, przesuwa się po ścianach, znika, znów się pojawia. Bez wątpienia ktoś grasuje z latarką po domu.

Czy ma zadzwonić na policję? Czy tu w ogóle jest jakaś policja?

Światło znika. Ktokolwiek się tu kręci, zgasił lampę albo zszedł na dół, a okien parteru Dora nie widzi. Staje na palcach, oburącz wspiera się na poręczy. Przed posesją Gotego nie parkuje żaden samochód, na pewno żaden van z otwartymi tylnymi drzwiami. Jeśli to włamywacz, musi schować łup pod pachą i uchodzić na piechotę. I cóż miałby zabrać Gotemu? Sadzeniaki? Kilka kolejnych flag niemieckich?

Dora wyczekuje. Nie słychać żadnych odgłosów, nikt nie wychodzi z domu. Na ulicy panuje cisza. Nawet słowik zamilkł. Dora wypuszcza powietrze z płuc, próbuje się rozluźnić. To musi być Gote we własnej osobie, chodzi nocą po domu z latarką. Może nie zapłacił rachunku za prąd. Szuka czegoś po ciemku. Kiedy wrócił? Wyrzuca papierosa i postanawia położyć się do łóżka. Cokolwiek się tam dzieje – zdecydowanie to nie jej sprawa.

10
Autobus

Oprócz pół kostki masła w lodówce nie zostało nic przydatnego. Na kredensie stoi oskrobany słoik po dżemie. Chleb został zjedzony, napoczęte mleko skwaśniało, nawet kawa w proszku się kończy. Z ostatnich resztek Dora parzy kawę, czarną i tak mocną, że pan Heinrich na pewno wymyśliłby o niej kilka kolejnych żarcików, po czym siada przy kuchennym stole. *Do najbliższego sklepu 18 km* – widniało w ogłoszeniu. Dziś sprawdzi, co się za tym kryje.

Mapy Google pokazują tuż przed Plausitz centrum handlowe o nazwie Elbe-Center. Co można w nim znaleźć? Market budowlany, fryzjera, rozmaite butiki oraz REWE. Między Bracken a Plausitz kursuje linia autobusowa numer 42.

Dora wybiera kilka bawełnianych toreb, tłumiąc w sobie myśl o liczbie trzy tysiące dziewięćset, głaszcze Płaszczkę po głowie i wychodzi z domu.

Przed remizą strażacką stoi pięciu mężczyzn w granatowych kombinezonach z żółtymi paskami odblaskowymi na rękawach i nogawkach. Zachowują półtorametrowy dystans, palą papierosy. Gdy Dora mija ich po drugiej stronie ulicy, cztery głowy powoli odwracają się za nią, piąta zaś patrzy w drugą stronę. Cała piątka unosi dłonie, zbliża je do ust, zaciąga się dymem, po czym ponownie je opuszcza. Wygląda to na jakąś instalację na Documenta. Mężczyźni są wysocy i barczyści. Każdy z nich mógłby bez trudu podnieść Dorę jak piórko. Oblicza, ilu z nich głosowało na AfD, wychodzi, że jeden i trzydzieści pięć setnych. Jeden mówi coś do pozostałych, ci wzruszają ramionami i ściągają kąciki ust. Dora myśli, że pewnie chodzi im o nią. Zaskoczona zastanawia się, czy przypadkiem nie jest niedziela. Nie, sobota, na szczęście. Przyspiesza kroku i rozluźnia się dopiero, gdy remiza znika jej z pola widzenia.

Na przystanku stoi nadpalona wiata z pleksi z rozkładem jazdy, który nie zawiera więcej tekstu niż ukryta w ciastku wróżba i jest niewiele bardziej zrozumiały. To rozkładowe odrzucenie idei transportu publicznego. Podobno trwa przerwa wielkanocna, choć szkoły z powodu pandemii i tak pozostają zamknięte. W czasie ferii autobus kursuje rano, w południe i wieczorem. Trasę do Plausitz, która według map Google istotnie wynosi osiemnaście kilometrów, pokonuje w czterdzieści minut.

Na poranny kurs Dora się spóźniła, na południowy jest jeszcze za wcześnie. Przynajmniej już wie, co mruczeli do siebie strażacy: – Patrzcie, durna mieszczucha, naprawdę myśli, że w Niemczech na zakupy można zwyczajnie pojechać autobusem.

Nie ma ochoty ponownie mijać tych mężczyzn. Już sobie wyobraża te ich uśmieszki. Kiedy jednak dociera do remizy, okazuje się, że strażacy zniknęli. Bez śladu, bezgłośnie. Wystawa skończona, instalacja odstawiona do zajezdni.

Po powrocie do domu Dora z pustką w głowie wpatruje się w swój rozpoczęty scenariusz i stara się zapomnieć o głodzie. Musi zaadaptować spoty z Dobroludkiem na potrzeby radia, co okazuje się nie lada wyzwaniem. W radio bohatera nie widać, a Dora nie chce, by narrator z offu zwyczajnie czytał treść epizodów. Musi istnieć jakaś inna opcja, tylko nie potrafi jej wymyślić.

Kiedy wychodzi po raz drugi, Płaszczka z wyrzutem zwija się w kłębek na swojej tekturze i nawet nie odprowadza jej do drzwi. Jeśli wy, ludzie, nie macie pojęcia o szczęściu – mówi jej spojrzenie – to przynajmniej powinniście być dobrze zorganizowani.

Dora liczy się z tym, że znów na próżno będzie czekać na przystanku. Najpierw minuty, potem godziny i dni, aż czas przestanie mieć znaczenie, aż wioska się rozpłynie, domy rozpadną i zostanie tylko ona i przystanek autobusowy na rozległej, zakurzonej przestrzeni, zamarłej w surrealistycznym obrazie pod tytułem *Apokalipsa*.

Autobus jednak najeżdża, z numerem 42 na czole. Dora zastanawia się, czy powinna założyć maseczkę. Chwila paniki: na uchu kierowcy maseczka dynda. Dora powinna wsiąść z tyłu. Nie ma maseczki ani biletu. Kierowca macha ręką, gdy o nią pyta. Nie wie, gdzie ma usiąść. Autobus jest pusty.

Kiedy w końcu zajęła miejsce, uświadamia sobie, że zapomniała zabrać bawełniane torby.

Autobus pachnie środkami dezynfekującymi i nie jest po prostu pełen wolnych miejsc. Jest pusty w sposób definitywny. Dora przemierza wyludnione okolice. Może to obszar epidemii. Zwłoki dawno uległy rozkładowi. Ona i kierowca są jedynymi ocalałymi. Robią to, co mogą robić autobus, kierowca i pasażer: bez końca pokonują w kółko wytyczoną trasę, codziennie od nowa.

Maszty energetyczne, turbiny wiatrowe, płaskie dachy hal nieczynnych farm. Dalej pola szparagów ciągnące się niemal bez końca. Równe jak od linijki rzędy pokryte folią odblaskową. Kubistyczne morze fal.

Kilka domów, skrawek lasu. Sójka między gałęziami. Dora widzi swoją matkę, ten jej szeroki śmiech, blond włosy. Chce wyjąć telefon i do niej zadzwonić. – Czyż to nie bajeczna wiosna? – wyznałaby matka. Opowiedziałaby o ostatnich obserwacjach ptaków. Wyśmiałaby covidową panikę. – Ludzkie lęki nie dbają o statystyczne prawdopodobieństwo.

Śmierć jej matki była bardzo mało prawdopodobna. Dora przyciska dłonie do oczu. Czasem tak się po prostu dzieje. Wie, że musi odczekać, aż samo minie.

Autobus zatrzymuje się na poboczu drogi, ani śladu przystanku. Kierowca zakłada maseczkę, wysiada i pomaga wsiąść starszej pani, również w maseczce na twarzy. Kiedy docierają do parkingu przed centrum handlowym, Dora wciąż się zastanawia, czy kierowca trzyma maseczkę w pogotowiu jedynie przez wzgląd na staruszkę. Czy tylko przez wzgląd na nią w ogóle jeździ tą trasą.

11
Centrum handlowe

W pasażu Elbe-Center co drugi sklep stoi pusty, a mimo to jest tłoczno. W piekarni i aptece pracownicy kryją się za szybami z pleksi. Czekający w kolejkach klienci zachowują dystans. Taśma klejąca na podłodze, niczym na scenie teatralnej, wskazuje, gdzie należy stanąć i którędy iść. Ruch publiczności. Nie ma żadnych oznak stanu wyjątkowego wprowadzonego w wielkim mieście. Może to element sprawiedliwości wyrównawczej: podczas gdy lepiej sytuowani mieszkańcy miasta wariują zamknięci w swoich mieszkaniach, na wyśmiewanej prowincji ludzie przekopują ogródki i czekają na deszcz. Dora przystaje na chwilę i obserwuje normalność. To miłe uczucie. Banalność codziennego życia. Nie wiedziała, jakie to ważne.

Przy wejściu do REWE znajduje się regał z czasopismami. Jeszcze kilka tygodni temu na wszystkich okładkach widnieli Donald Trump albo Greta Thunberg. Teraz w każdej gazecie, w każdym czasopiśmie zastąpiła ich czerwonawa gumowa piłka z kolcami. Dora czuje w żołądku mrowienie. Zapomniała zabrać wózek i musi wrócić na parking. Potem stoi w dziale z produktami niespożywczymi, bombardowana bodźcami nie wie, co kupić. Jakby po dwóch i pół tygodnia pobytu na wsi zapomniała już, co to konsumpcja.

Próbuje się skupić. Owoce i warzywa. Chleb, masło, wino, ser. Nie może wziąć więcej, niż jest w stanie unieść. Kawa, mleko. Ale też nie za mało, w przeciwnym bowiem razie długa wyprawa autobusem stanie się nieopłacalna. Dziesięć paczek makaronu i ryżu. Radio w supermarkecie nadaje. Pani Merkel nie zgadza się na rozmowy o poluzowaniu obostrzeń. Żel pod prysznic, środki czystości. Zdaniem ekspertów szczepionka wkrótce zostanie opracowana – według opinii innych trzeba będzie czekać na nią latami. Karma dla psów. Dwie paczki papieru toaletowego. Szkoły z całą pewnością winny pozostać zamknięte aż do wakacji – albo ponownie otwarte.

Przy kasie Dora kładzie na taśmie cztery nowe torby bawełniane. Dziewczyna za szybą z pleksi chce za zakupy prawie sto pięćdziesiąt euro. Dora aż musi przełknąć. Widocznie słabość ekonomiczna kieruje się zasadami, których ona jeszcze nie rozumie.

Z opakowaniami papieru toaletowego wciśniętymi pod obie pachy Dora czuje się jak karykatura niemieckiego pandemika. Przynajmniej pękate torby nie obijają się mocno o jej kolana. Taszcząc ciężkie zakupy, wstępuje jeszcze do marketu budowlanego.

Stoi tam oniemiała jak dziecko w sklepie z zabawkami. Ogrodowe węże, ogrodowe ławki, ogrodowe lampy. Narzędzia, dzięki którym każdy gąszcz można zamienić w raj. Worki z ziemią, nawozami i innymi cudami, za które nie tylko trzeba zapłacić, ale należy je także przetransportować. Sadzeniaki zostały wyprzedane.

Po frustrującej wycieczce po dziale ogrodniczym Dora bierze z półki kilka torebek z nasionami. Sałata, zioła, ogórki. Coś z tego na pewno wyrośnie. Ma przecież dwie konewki.

W drodze do kasy zostaje niemal staranowana przez wózek, na którym piętrzą się worki z ziemią doniczkową. Stos się chwieje, bawełniane torby Dory uderzają o podłogę, kilka jabłek toczy się pod najbliższy regał ze śrubami. Dobrze, że zapomniała o jajkach. Właściciel owej ziemnej wieży próbuje pozbierać zakupy Dory i zarazem nie dopuścić do przewrócenia się ładunku, wygłaszając przy tym niekończące się przeprosiny. Ma przyjemnie dźwięczny głos, jak aktor dubbingowy, który zawsze dostaje rolę miłego gościa. Kiedy uniknąwszy większego nieszczęścia, wspólnie naprawiają szkody, Dora ma okazję przyjrzeć się mężczyźnie. Lat co najmniej pięćdziesiąt, nieszczególnie wysoki, za to o masywnych plecach. Siwiejące włosy związane w koński ogon. Ma na sobie szorty cargo i mimo łagodnej aury norweski sweter, najwyraźniej założony na gołe ciało, o czym świadczy naciągnięty dekolt. Dora czuje, jak włoski na jej przedramionach stają dęba.

– Bez urazy – mówi mężczyzna i z ciężkim wózkiem rusza w kierunku kas.

Dziwny facet, pomyślała Dora. Jakoś tu nie pasuje. W Berlinie byłby pewnie eksmenedżerem w samoodkrywczej podróży i właśnie kupiłby sklep z winami.

Ma ochotę podążyć za masywnym mężczyzną i przytulić się do niego od tyłu, jak do pnia drzewa, chcąc się przekonać, czy zdoła go objąć w całości. Z pewnością dałby radę ją podnieść. Najwyraźniej jest obecnie ogromnie zainteresowana podnoszeniem. Robert tego nie potrafił. Dora nie należy do osób nader szczupłych czy niskich. Czasami Robert postępował z przesadną ostrożnością, jakby nie miał pewności, czy obejmowanie jest dobrym pomysłem. Dora zawsze to lubiła. Robert nie lubił robić widowiska. Przez kogoś takiego jak on człowiek nie czuł się zagrożony.

Co teraz porabia? Pewnie siedzi w gabinecie i stuka w klawiaturę notebooka. Ciekawe, czy za nią tęskni. Jakoś jej tego wszystkiego żal. Nie są oficjalnie w separacji. Po prostu robią sobie przerwę. On nadal nie wie, gdzie przebywa Dora. Nie wysłał jej przez WhatsAppa ani jednej wiadomości. Dora nieraz się zastanawia, czy nie powinna do niego zadzwonić, ale nie wie, co miałaby mu powiedzieć.

Kiedy idzie do autobusu, ciężar toreb naciąga jej ramiona. Ma wrażenie, jakby zwichnęła stawy barkowe. Przynajmniej może wykorzystać swoje duże dłonie. Pokonuje dystans, robiąc po drodze kilka przerw. Z ulgą opiera torby o słupek wyznaczający przystanek. Dlaczego nie ma ławki ani zadaszenia, dlaczego przystanek musi być usytuowany tak daleko od wyjścia z centrum handlowego – to kolejna prowincjonalna zagadka.

Bez daszku nie ma cienia. Dora ociera pot z czoła i studiuje rozkład jazdy. Zbladła. Z naiwnością graniczącą z idiotyzmem założyła, że podróż powrotna rządzi się innymi prawami. Następny autobus przyjeżdża dopiero o siedemnastej trzydzieści pięć. Dochodzi dopiero trzecia. Dora zaczyna rozumieć, dlaczego niektóre pomysły dotyczące zmian klimatycznych nie wszystkim w kraju przypadły do gustu.

12
Axel

Postanawia nie panikować. Zawsze jest jakieś rozwiązanie. Taksówka, spacer, autostop. Gdy wyciąga smartfon, właśnie otrzymuje powiadomienie. Myśli, że to Robert. Ale to Axel.

Papa + Sibylle chcą spotkania.

Jej brat ma w zwyczaju skracać wiadomości tekstowe, jakby nadal żyli w świecie stu sześćdziesięciu znaków. Albo pracowali w wojskowej służbie telekomunikacyjnej, gdzie obowiązują reguły radiokomunikacji. Albo jakby cyfrowe literki stanowiły iście drogocenne zasoby, z których należy oszczędnie korzystać.

W rzeczywistości za pomocą kilku zaledwie znaków można sporo powiedzieć. Ponieważ Dora ma mnóstwo czasu, podejmuje się analizy wiadomości Axela. *Papa + Sibylle chcą spotkania.* Ani Axel, ani ona sama nigdy nie nazywali Jojo *papą*. Dora właściwie nie wie dlaczego. Może Jojo nie lubił słowa *papa* i podczas przewijania powtarzał niemowlętom sylaby *jo* zamiast *pa*. Jeśli kiedykolwiek znalazł się w pobliżu przewijaka. Zresztą słowo *papa* zupełnie do niego nie pasuje. Nie trzyma się go,ześlizguje się po nim. Mama była mamą, Jojo pozostał Jojo. Jednak odkąd Axel ma dzieci, niekiedy używa słowa *papa*. Chce zadzierzgnąć nową, wspartą przez wnuki więź z własnym ojcem. Przez długi czas to Dora była tą lepszą. Pracowitą i godną zaufania. Dobrze radzącą sobie w szkole. Po śmierci matki Axel był jakby wyłączony, natomiast Dora starała się wszystkim zająć. Nie pozwoliła Jojo zatrudnić niani. Nie chciała zastępczej mamy. Jedynie sąsiadka mogła do nich przychodzić, ugotować obiad i przez dwie godziny pomagać w domu. To Dora była szefem. Nieodrodna córka Jojo. Ale to Axel jest męskim potomkiem. Rozmnaża się. Teraz jest synkiem tatusia. I chce, żeby Dora o tym wiedziała.

Papa + Sibylle chcą spotkania. Właściwie Sibylle jest nazywana *nową partnerką Jojo*, mimo że są razem już od ponad piętnastu lat. Może nawet dłużej. Jojo przedstawił Sibylle dzieciom krótko po tym, jak Dora wyprowadziła się z domu. Dora nie ma nic przeciwko Sibylle, ale unika jej imienia, jakby to mogło nieco rozmiękczyć jej istnienie. Axel na to przystał. Skoro więc pisze *Papa + Sibylle* zamiast *Jojo i jego nowa partnerka*, znaczy to, że chce się przeprowadzić. Nie do innego mieszkania, ale na nową planetę. Chce opuścić ich wspólny świat i zamieszkać w uniwersum dorosłego mężczyzny z rodziną. Dora go rozumie. Mimo to odczuwa smutek.

Chcą spotkania – to także wiele znaczy. A dokładnie tyle: mimo pandemii Jojo przyjeżdża w tym tygodniu operować w Charité i chociaż należy do grupy ryzyka, a spotkania rodzinne są zabronione, nalega, byśmy spotkali się jak zwykle w jego mieszkaniu w Charlottenburgu na kolacji. Uważam, że to nieodpowiedzialne i niestosowne, ale nie mam odwagi mu o tym powiedzieć, więc mimo wszystko przyjadę, choć bez Christine i dzieci.

Dora się uśmiecha. Tak doskonale rozumie brata, że jego wiadomość jest dla niej niczym otwarta księga. Mimo reguł radiokomunikacji. Odpisuje: *Kiedy?*

Axel odpowiada: *Czwartek*.

Profesor doktor Joachim Korfmacher jest jednym z najbardziej znanych neurochirurgów w całej republice i dlatego nie uczestniczy w codziennych zmaganiach z pandemią. Terminy operacji chirurgicznych profesora Korfmachera nie mają charakteru kwalifikacyjnego, lecz egzystencjalny. Co dwa tygodnie przyjeżdża do Berlina, by operować w Charité, dlatego posiada drugie mieszkanie w Charlottenburgu. Jeśli profesor Korfmacher zechce, by jego nowa partnerka towarzyszyła mu w podróży do Berlina na spotkanie z dziećmi, to tak się stanie, niezależnie od tego, co rząd federalny umyśli sobie w sprawie lockdownu. Jako ordynator posiada również tajemną wiedzę medyczną, która wynosi go ponad dyskurs medialny oraz wzburzenie tłumu. Upierając się przy małym zjeździe rodzinnym, na swój sposób okazuje pogardę wobec wirusa.

Dora uświadamia sobie, że nie może się doczekać spotkania z ojcem. Nawet jeśli Jojo okazuje czasem irytującą arogancję, rozmowa z nim może być cholernie zajmująca. Zwłaszcza w czasach kryzysu. Jak zwykle będą pić wyborne czerwone wino, od czasu do czasu wyjdą na balkon z widokiem na Savignyplatz i zapalą papierosa, rozkoszując się poczuciem, że mają w sobie więcej stylu niż ci wszyscy słabeusze. Jojo będzie rozprawiać o tym, że prawdziwą pandemią w tym kraju jest *entitlement*. Myślenie roszczeniowe. To jeden z jego ulubionych tematów. Odzywające się w ludziach poczucie, że mają coraz większe prawo. Do większego bezpieczeństwa, większego komfortu, mniejszych utrudnień, mniejszego przeznaczenia. *Entitlement* prowadzi do ustawicznego poczucia kryzysu. Bo nigdy nie dostaje się tego, czego się pragnie. Ponieważ myślenia roszczeniowego nie sposób zaspokoić. Po okresie permanentnego kryzysu pojawia się podejrzenie nadchodzącej apokalipsy. Epoka biadolenia, powie Jojo. Każdy czuje się urażony, boi się, a do tego uważa, że racja jest po jego stronie. Wybuchowa mieszanka.

U boku Jojo można spojrzeć na wydarzenia z lotu ptaka. Dora nie zna nikogo poza Jojo, kto wznosiłby się ponad wszystko tak wysoko. Bądź co bądź życie i śmierć to jego najbliżsi współpracownicy.

Porozmawiają też o książkach i filmach. A Dora opowie o R2-D2. Będą się razem dziwić i śmiać. Nowa partnerka Jojo z radością spędzi większość czasu w kuchni, gotując coś ostentacyjnie zdrowego z quinoa lub tofu, z czego Jojo jak zwykle będzie sobie stroił żarty: Czy znowu podasz te gumowe kostki z sosem? Jego nowa partnerka ozdobi tę drwinę czułym uśmiechem, który pokaże, jak bardzo trzyma Jojo w szachu. Z pewnością niewiele kobiet tak zręcznie poradziłoby sobie z profesorem Korfmacherem. Jakiś czas temu nowa partnerka Jojo zrezygnowała z zawodu pielęgniarki i po odbyciu kilku szkoleń pracuje jako instruktorka jogi oraz dietetyczka, dobrze na tym zarabiając. Z powodu pandemii zajęcia jogi oraz coaching żywieniowy prowadzi za pośrednictwem wideokonferencji, za co zestresowani klienci są tak głęboko wdzięczni, że biznes kręci się jak nigdy przedtem.

Aby nieco zirytować Axela, Dora wysyła mu dowcip: My na prowincji bardzo chcielibyśmy nosić maseczki ochronne, ale skąd weźmiemy lokalny pekaes?

Axel odsyła trzy znaki zapytania. Nie lubi żartów o koronawirusie. Nie podoba mu się także to, że Dora wyprowadziła się z Berlina. Koniec rozmowy. Jezioro śpi.

Axel wyobrażał sobie, że Dora będzie dobrą ciocią, która mieszkając tuż za rogiem, hołubi jego bliźniaczki i w każdej chwili może się nimi zaopiekować. Dora nie ma nic przeciwko bliźniaczkom, ale

za dziećmi jakoś nie przepada. Dużo pracuje, często także w weekendy. Axel nie może tego pojąć. Jego zdaniem ludzie są stworzeni do tego, by się nim opiekować. Zwłaszcza Dora. Po śmierci matki Axel rozwinął w sobie koncepcję bierności. Najpierw była tratwą ratunkową, potem pozą, później więzieniem. Koncepcja bierności zakłada, że wszystko, co istotne, dzieje się samo z siebie, nie ma zatem sensu się wysilać. Zgodnie z tą zasadą Axel przez długie lata wylegiwał się na kanapie, podczas gdy Dora, zaciskając zęby, zmagała się z życiem. Udało mu się zdać maturę tylko dlatego, że w pewnym momencie siostra stała się bardziej dokuczliwa niż wysiłek związany z chodzeniem na klasówki. Kiedy przeniosła się do Berlina, pojechał za nią do stolicy, lecz zamiast studiować i szukać pracy, nadal grał na komputerze i włóczył się po klubach. Dorę zawsze zdumiewał fakt, że Jojo nadal był gotów go wspierać. Dopóki nie pojawiła się Christine i nie dowiodła słuszności koncepcji bierności. Przejęła zadanie zapewnienia Axelowi środków do życia oraz wychowała go na męża i pełnoetatowego ojca – funkcję tę nadal z dumą wypełnia. Chyba nawet polubił przesiadywanie w zamknięciu czterech ścian przestronnego mieszkania w Berlinie-
-Mitte razem z pięcioletnimi bliźniaczkami Fenną i Signe, podczas gdy jego energiczna żona spędza całe dni w dużej kancelarii prawnej.

13
Tom

Nadjeżdża autobus. Albo coś, co w pierwszej chwili Dora za autobus uznaje. Spowija ją cień. To duży dostawczak, być może nawet pojazd zastępczy lokalnego transportu osobowego. Jednak Dora wcale nie czekała dwie i pół godziny, ale zaledwie dziesięć minut. A furgonetka nie ma z tyłu okien. Na poboczu zatrzymuje się zabudowany sprinter, biały, bez żadnych nadruków. Typowy pojazd do porywania kobiet i dzieci. Pewnie z kablami do krępowania i chloroformem w ładowni. Dora robi kilka kroków wstecz, kierowca musi się mocno pochylić nad siedzeniem, by mogła go dosłyszeć.

– Zapomnij! – woła przez otwarte okno od strony pasażera. – Przez całe popołudnie nic tu nie jeździ.

Rozpoznaje siwy kucyk i dźwięczny głos. Mężczyzna wskazuje na zapomniany plakat wyborczy wiszący na pniu lipy za plecami Dory. Na jaskrawoniebieskim tle widnieją dwa słowa: Ratuj diesla. I logo AfD. Skoro prawicowi populiści z rozmysłem umieszczają takie hasła na przystankach autobusowych, to mają całkiem niezłą agencję. Gdyby ją zapytano o zdanie, pewnie doradziłaby AfD zastosowanie takiej właśnie taktyki. Myśl ta ją przeraża. Nigdy nie podjęłaby pracy dla tych ludzi, to oczywiste. Nie zrobiłby tego żaden znany jej twórca reklam. Ktokolwiek jednak to obmyślił, zna się co nieco na rzeczy. Jeśli nawet podszedł mało kreatywnie, to z pewnością strategicznie. Największe partie zawsze umieszczają na plakatach skamieniałe w uśmiechu twarze czołowych kandydatów, od słabo opłacanych młodszych menedżerów po dziwnie odmłodzone, wygładzone maski starców. Do tego dwa wiersze tekstu, zawierające zazwyczaj słowa *Niemcy* oraz *Przyszłość*. Bez odpowiedniego koloru trudno byłoby rozpoznać, którą partię reklamują. Znacznie lepsze są liczne małe plakaty rozwieszane na latarniach. Nie sposób przejść obok nich obojętnie. Trafić tam, gdzie doskwiera ból. Na przykład na ten przystanek autobusowy. Każda minuta spóźnienia autobusu to minuta dla prawicowych populistów. Nie potrafią uzdrowić lokalnego transportu, a do tego chcą wyeliminować diesla! Tak oto gniew przemienia się we wściekłość. A wściekłość w nienawiść.

– Mam metr pięćdziesiąt – mówi mężczyzna z kucykiem, śmiejąc się i wskazując na siedzenie obok, gdzie faktycznie można zachować przepisowy dystans. Dora zastanawia się, czy może wsiąść do furgonetki z obcym facetem. Albo czy po spotkaniu w markecie budowlanym nadal są dla siebie obcy. W Berlinie przyjęcie takiego zaproszenia byłoby samobójstwem. Tutaj samobójstwem będzie raczej wyczekiwanie z zakupami przez dwie i pół godziny na fikcyjnym przystanku autobusowym. Bez zadaszenia. Ten gość kupił furę worków ziemi kwiatowej, pewnie leżą w bagażniku furgonetki. Bez wątpienia istnieje jakaś statystyka potwierdzająca, że gwałciciele nigdy nie kupują ziemi doniczkowej.

– Wracasz do Bracken, prawda?

Dora przytakuje zaskoczona.

– Wie pan, kim jestem?

– Wiem, gdzie mieszkasz.

Przypuszczalnie to także nie jest żadna groźba, a jedynie informacja. Kiedy i gdzie ludzie zaczęli tak bardzo bać się siebie nawzajem?

Mężczyzna nie czeka, aż Dora skończy medytować. Wysiada i obchodzi furgonetkę.

– Tom.

Zamiast podać jej rękę, oferuje łokieć, o który Dora trąca swoim łokciem. Mężczyzna umieszcza zakupy przed fotelem pasażera. Z łatwością podnosi ciężkie torby, jakby wypełniała je pianka. Pewnie z podobną swobodą pakował cetnarowe worki z ziemią. To fascynujące. Najwyraźniej istnieją ludzie, którzy mają nie tylko trochę więcej siły niż Dora, ale… dziesięć razy więcej. Kiedy Tom się pochyla, znoszony norweski sweter luźno zwisa, a wtedy Dora zauważa wełnistoszare owłosienie na klatce piersiowej sięgające aż do pępka. Gapienie się na Toma nastraja ją pozytywnie. Ma spory brzuch, ale nie jest gruby. Ramiona i barki pracują jak maszyna. Jakże różne są ludzkie ciała. Ten facet wydaje się zrobiony z zupełnie innego materiału. Może z wyjątkiem dłoni. Dłonie Dory przypominają trochę dłonie Toma. Jego ciało mocno wspiera się na nogach, stabilnych, jakby były przytwierdzone do podłoża. Choć nosi klapki.

– No to w drogę – mówi Tom, a Dora posłusznie wdrapuje się do kabiny kierowcy.

– Dora.

– Jedźmy.

Dora rozkoszuje się jazdą. Siedzi wysoko i obejmuje wzrokiem rozległą okolicę. Tom utrzymuje rozsądną prędkość, kierownicę, pedały i dźwignię zmiany biegów obsługuje tak, jakby był z nimi zrośnięty. Co to musi być za życie, gdy ma się taki pojazd. Można wykupić połowę marketu budowlanego i przetransportować do domu. W każdej chwili można się przenieść z całym dobytkiem. Mieszkać w samochodzie. Uciec wraz z całą rodziną, jeśli trzeba.

Za zagajnikiem Dora widzi nadciągające ciemne chmury, tak ogromne, że przesłaniają spory kawał nieba. Przerażona wskazuje w tamtym kierunku.

– Czy to pożar?

Tom uśmiecha się w stylu *ech-wy-miastowi*.

– To pył. Z powodu suszy.

Kiedy mijają zagajnik, za którym otwiera się widok na kolejne pole, Dora dostrzega pojazd wzbijający za sobą potężne tumany pyłu. Maszyna pełznie przez bruzdy szparagów, a z jej tylnej części wypływa niekończący się strumień czarnej plastikowej folii. Biegną za nią mężczyźni i kobiety o ciemnych włosach, przytwierdzając folię do ciągnących się kilometrami zwałów ziemi.

Dora chodzi na zakupy z bawełnianymi torbami, podczas gdy rolnictwo pokrywa połowę kraju plastikową folią. Czeka, aż pojawi się mrowienie. Nic z tego. Przez chwilę patrzy na tę scenę nieruchomym wzrokiem. Równo sprasowane wały ziemne zawinięte w czarną folię. Maszyna przypominająca owada. Ciemne sylwetki pochylonych ludzi. Brakuje tylko odrobiny muzyki fortepianowej. Anachroniczny futuryzm. Zniewolenie człowieka przez maszynę. Głos Toma wyrywa ją z zamyślenia.

– Nasi ludzie też tam są.

Dora czuje, jak w zwolnionym tempie pojawia się przebłysk zrozumienia. A wtedy jej umysł podaje jak na tacy jakże oczywisty wniosek: jej nowy obiekt badań nad ludzkim ciałem jest częścią *Toma i Steffena*.

– Ciapaki – wyrywa jej się z ust.

Tom szczerzy zęby.

– Widzę, że zaczynasz rozumieć.

– Czy pan zajmuje się… szparagami?

– Broń Panie Boże. – Tom na chwilę zdejmuje obie ręce z kierownicy. – Szparagi to mafia. Kontrolują supermarkety. Pomniejsi przedsiębiorcy nie mają tam wstępu. Jak zresztą wszędzie. Duzi są promowani, mali doprowadzani do ruiny. A z powodu tej najnowszej ściemy interes idzie tak kiepsko, że musimy wypożyczać naszych ludzi.

Nawet jeśli Dora uważa, że nazywanie wirusa ściemą zakrawa na absurd, to jednak rozmowa z kimś, dla kogo nie liczą się zasady, lecz interes, okazuje się całkiem przyjemna.

– Żal mi tych młodzieniaszków – przyznaje Tom. – Potężnie bolą ich plecy.

Dora zastanawia się, kiedy ostatni raz słyszała słowo *młodzieniaszki*. Wtedy pojawia się kolejny przebłysk zrozumienia. Siedzi jak urzeczona i czuje, że jej policzki oblewa lekki rumieniec. Tom i Steffen. Jej obiekt badań nad ludzkim ciałem mieszka z mężczyzną. Zauważa, że Tom przygląda jej się z ukosa. Znów ten jego uśmiech *ech-wy-miastowi*. Czyżby według ciebie – zdaje się pytać jego kpiarska mina – homoseksualiści mieszkali wyłącznie w modnych dzielnicach śródmieścia?

Dora nie może się doczekać, gdy w czwartek opowie o tym Jojo i Axelowi. W Bracken mieszkają nie tylko migranci, są tu również pary homoseksualne, i nie stanowi to dla mieszkańców żadnego problemu. Zupełny luz. Jak bardzo prawicowa może być pipidówka?

– Czy macie sadzeniaki? – pyta w wesołym nastroju.

– Chcesz uprawiać ziemniaki?

– Przygotowałam grządkę. Trochę duża wyszła.

Mówi swobodnie. O obolałych mięśniach można zapomnieć, liczy się tylko efekt. Dora nieco się prostuje. Jest kobietą, nie posiada superbroni jak R2-D2, a jej ciało, prócz dłoni, nie jest wykonane z tego samego specjalnego tworzywa co ciało Toma. Mimo to przygotowała grządkę, nawet trochę za dużą.

– Dopiero co byłaś w markecie budowlanym.

– Sadzeniaki się skończyły.

– I pomyślałaś, że facet z warkoczykiem kupuje dziesięć cetnarów torfu, żeby uprawiać ziemniaki? Ech, wy miastowi.

Brzmi to raczej czule niż pogardliwie. Może Tom wcale nie jest stąd. Może sam był niegdyś mieszczuchem.

– Zapytaj sąsiada – sugeruje Tom.

– Gotego?

– On tu jest facetem od ziemniaków.

– Wiem – twierdzi Dora. – Ale nie ma go w domu. Od wielu dni go nie widziałam.

Tom odwraca głowę i patrzy przez okno, jakby na zewnątrz poza szparagami i lucerną było coś ciekawego do obejrzenia. W końcu odchrząkuje.

– Pewnie tam jest. Po prostu odczekaj jeszcze trochę.

Kiedy furgonetka nagle hamuje, Dora dopiero po kilku sekundach zdaje sobie sprawę, że zatrzymali się przed jej domem. Wygląda na to, że Tom wie lepiej od niej, gdzie mieszka. Wysiada, bierze wszystkie torby z zakupami i zanosi je po schodach pod same drzwi.

– Jeśli będziesz czegoś potrzebować, po prostu wpadnij. – Wskazuje na duży biały dom w oddali, po czym wsiada i odjeżdża, zanim Dora zdąży mu porządnie podziękować.

CZĘŚĆ II
Sadzeniaki

14
AfD

Akcja wymaga profesjonalnego przygotowania. Dora szuka przede wszystkim plecaka odpowiedniej wielkości, niezbędnego elementu wyposażenia. Plecak jest dla Płaszczki jedynym środkiem transportu na dłuższych dystansach, gwarantującym, że pies się nie udusi, nie wypadnie ani nie będzie stroić fochów. Dora nie pojmuje, jak to możliwe, by tak długo trzeba było szukać czegoś tak istotnego. Zaraz zadzwoni do Roberta albo po prostu oszaleje. Nagle odkrywa plecak zawieszony na haku dość wysoko na ścianie sypialni. Nie pamięta, jak się tam znalazł. W plecaku znajduje kilka T-shirtów i liczne pary skarpet, których brakowało jej od dnia przeprowadzki. Dora wyjmuje ubrania, wkłada na ich miejsce Płaszczkę i robi z nią kilka próbnych rund po domu. Ostatnią wspólną wycieczkę odbyły jesienią. Na szczęście ten trik nadal działa. Płaszczka wystawia głowę i bez sprzeciwu pozwala się nieść. Dora potrzebuje jeszcze tylko roweru. Niestety, nie ma z sobą Gustawa.

Kiedy wychodzi z domu, rozlega się ryk maszyny tak potworny i przeraźliwy, że Dora aż się kuli. Przystaje i nasłuchuje. Hałas dochodzi z ogrodu Gotego. Jakiś rodzaj szlifierki. Dora nieomal czuje na własnym ciele, jak płyta ścierna przesuwa się po drewnianej powierzchni. Walka materii, materiału z materiałem. Podchodzi do muru i wdrapuje się na krzesło. Przed przyczepą piętrzy się stos drewnianych palet. Na stoliku leżą ułożone rozmaite narzędzia. Pomarańczowy, rozwinięty z bębna kabel zasilający znika za domem. I jest Gote. Przepadł na wiele dni, ale nagle powrócił i robi mnóstwo hałasu. Trzymając oburącz szlifierkę, pochyla się nad jedną z palet, maszyna aż wyje, gdy tylko Gote dociska ją do drewna.

Dora niezauważona zeskakuje z krzesła, wychodzi na szosę i idzie w stronę posiadłości Toma. Działka nie jest ogrodzona. Dora podchodzi do drzwi domu i szuka dzwonka. Niczego takiego nie znajduje. Nie ma też wizytówki. Na skrzynce na listy, w miejscu, gdzie zazwyczaj umieszcza się nazwisko, widnieje jaskrawoniebieska naklejka AfD. Dora próbuje pukać, bez skutku. Zaczyna łomotać do drzwi i omal nie wpada do sieni, gdy ktoś je otwiera.

– Czy nadszedł koniec świata? – Tom przywraca ją do równowagi, podtrzymując silną ręką.

– Tego nie wiem – mówi Dora.

– Czy aż tak pilnie potrzebujesz sadzeniaków?

– Moglibyście pożyczyć mi rower?

Równie dobrze mogłaby poprosić Toma, by późnym popołudniem zawiózł ją na dworzec kolei regionalnej. Ale Dora chce radzić sobie sama. Potrzebuje codziennej rutyny, którą sama może zarządzać. Możliwość dotarcia do Berlina stanowi jej element. Każde schronienie pozbawione wyjścia zamienia się w więzienie. Berlin był przedmiotem rozmowy Dory z pośrednikiem nieruchomości, a raczej częścią jej własnej strategii autoperswazji, mówiącej: trochę tu co prawda samotnie, ale przecież w każdej chwili można wrócić do miasta. Stwierdzeniem tym Dora chce dać Jojo i Axelowi do zrozumienia, że za niczym nie tęskni. Agent w to powątpiewał, ale przez wzgląd na swoją profesję nie zaprzeczył.

– Steffen! – woła Tom gromkim głosem.

Po chwili w drzwiach pojawia się drugi mężczyzna, również z kucykiem, ale zupełnie odmiennego typu. Jest dużo młodszy, bardzo szczupły, z długimi rudymi włosami, które bardziej pasowałyby do ładnej kobiety niż średnio atrakcyjnego mężczyzny. Nosi luźną lnianą koszulę, płócienne spodnie oraz okulary z cienkimi metalowymi oprawkami i przyciemnianymi szkłami, które sprawiają, że wygląda jak karykatura intelektualisty.

– To jest Dora, nowa sąsiadka – mówi Tom. – Potrzebuje dwóch kółek.

– Dwóch półek łatwo dziś nie uświadczysz – odpowiada Steffen.

– *Dwóch kółek* – powtarza z naciskiem Tom, jakby mówił do małego dziecka. – Roweru. Mamy jakiś?

Steffen uśmiecha się do siebie i bezszelestnie znika na bosaka. Najwyraźniej lubi zwodzić swojego przyjaciela, który wcale tego nie zauważa. Dora stoi w drzwiach razem z Tomem i nie ma pojęcia, o czym miałaby z nim rozmawiać. Z ochotą opowiedziałaby mu o swoim odkryciu. Dora ma bowiem w swoim ogrodzie koboldy. Albo krasnoludki. Z Płaszczką u boku i filiżanką kawy w dłoni wybrała się rano na spacer wokół domu. Jest pewna, że zostawiła szpadel na skraju warzywnika. Był jednak oparty o pień buka. W trawie stały też dwa stare wiadra, których nie wynosiła z szopy. Krzesło ogrodowe pod murem przesunięto nieco w bok. Klony ścięte przez pana Heinricha leżały ułożone w równe i poręczne stosy.

Nie chce jednak, by Tom uznał ją za wariatkę. Wystarczy, że nie może znieść milczenia. Jemu to chyba nie przeszkadza. Patrzy w niebo zmrużonymi oczami i gwiżdże. Może Dora opowiedziałaby mu o ptakach. W konarach lipy gruchają dwa gołębie, słowik w biały dzień improwizuje w zaroślach bzu. W oddali słychać nawet wołanie kukułki. Wręcz przesadne, jakby z jakiegoś słuchowiska radiowego dla dzieci. Dora nie sądzi, by Toma zainteresowały ptasie głosy. Co właściwie dziwnego w tym, że dwoje ludzi stoi naprzeciw siebie w milczeniu? Dora uważa, że to skomplikowane. Nieznośnie żenujące. Zgoła bardziej męczące niż rasistowskie zmrożenie.

– Głosowaliście na nich? – wypala, wskazując na naklejkę AfD.

To ostatnia rzecz, o której chce rozmawiać. Woli już raczej ptasie odgłosy albo koboldy grasujące nocą w ogrodzie. Wydaje się jednak, że podobnie jak milczenie, pytanie to wcale Tomowi nie przeszkadza.

– Nie ma innej drogi. – Odwraca się i woła w głąb domu swoim aktorskim głosem: – Nuno! *Don't forget* o bławatkach *in the drying chamber!* – Następnie wyciąga z kieszeni woreczek z tytoniem i zaczyna skręcać papierosa. Dora nabiera nieodpartej ochoty, by zapalić, aż wilgotnieją jej usta. – Ci na górze traktują nas jak idiotów.

– Kim są ci na górze? – dopytuje Dora.

– Rząd. W Berlinie.

Mimo trzymanego w dłoni woreczka na tytoń oraz ściśniętej między palcami bibułki Tomowi udaje się nakreślić w powietrzu cudzysłów, choć nie wiadomo, czy ma on się odnosić do *rządu* czy do *Berlina*. Być może do obu.

– Zachwalają znaczenie rolnictwa, a rujnują rolników zakazami nawożenia. Bredzą o edukacji, zaniedbując jednocześnie szkoły. Podczas gdy emeryci niemal przymierają głodem, oni nagle odkrywają solidarność z osobami starszymi. Zapytaj babcie z wioski. Czy chcą większego zainteresowania, czy lockdownu. – Tom liże brzeg bibułki. – Podczas pandemii widać to bardzo wyraźnie. Jakby ci na górze całkiem postradali zmysły.

Ostatnie zdanie mogłoby pochodzić z ust Roberta. Polityka postradała zmysły, *how dare you!* Tyle że Robert jest przeciwieństwem wyborcy AfD.

– Połowa Bracken pracuje w opiece społecznej. – Tom szuka w kieszeniach spodni zapalniczki. – Opieka domowa, dowożenie posiłków, domy spokojnej starości. Gówniane godziny pracy, marne wynagrodzenie, ciężka harówka. Myślisz, że któreś z nich przeszło szkolenie z powodu pandemii? Pracują jak dotychczas. Nie mają wyboru. Brak środków higieny, nie mówiąc już o odzieży ochronnej czy regularnych testach. Jeżdżą od domu do domu, od jednego pacjenta z grupy wysokiego ryzyka do drugiego. Bo nic innego nie potrafią. Tymczasem politycy w kółko tylko głędzą, niszczą gospodarkę narodową, rujnują życie maluczkich. Przesiadują w telewizji bez masek i chlapią jęzorem o tym, jaka to groźna jest pandemia.

Dora znajduje zapalniczkę, wręczając mu ją, czuje się przydatna. Żadna tam Makita, ale zawsze coś.

– Problemem nie są środki – mówi Tom. – Chodzi o to, że ludzie nie lubią, kiedy robi się ich w balona.

– A ci ludzie to wy?

– Jasne. Niby kto? – Tom zapala skręta i oddaje zapalniczkę. – W Bracken jesteś wśród ludzi. Tu nie tak łatwo zadzierać nosa. Musisz do tego przywyknąć.

Dora znów myśli o Robercie. Kiedyś oskarżyła go o wywyższanie się nad innych. O to, że uważa się za nadczłowieka. Może nie wprost w sensie nietzscheańskim. Ale za kogoś, kto więcej wie, więcej potrafi i więcej mu wolno. Ponieważ jest w posiadaniu wyższej prawdy. Roberta to rozzłościło. Oświadczył, że pragnie dla ludzi tylko tego, co najlepsze. Dlaczego Dora w tym właśnie dostrzegła problem – tego nie potrafił zrozumieć.

– A w AfD nie ma idiotów?

– Pewnie, że są. Ale oni przynajmniej się do tego przyznają.

Dora mimowolnie się roześmiała. Rasistowskie zmrożenie chyba dziś nie działa. Zadała już trzy pytania. I rozbawił ją żart wyborcy AfD. Co Tom powiedział niedawno w samochodzie? Widzę, że zaczynasz rozumieć. Może powinna uważać, by nie zrozumieć za wiele. Z drugiej strony Tom z całą pewnością nie jest rasistą. Norweski sweter, własnoręcznie skręcany papieros, siwy kucyk. Strój byłego działacza na rzecz praw obywatelskich w NRD albo aktywisty z Wackersdorfu. A obok naklejka AfD. Kiedy to wszystko tak się pomieszało? Dora chciałaby wiedzieć, co Tom i Steffen tu porabiają. Bławatki. *Drying chamber*. Duże budynki gospodarcze z panelami słonecznymi. Może prowadzą ogromną plantację marihuany? Ukrytą przed tymi-tam-na-górze, przed kłamliwą prasą oraz firmą RFN. Skręt ładnie pachnie. Dora próbuje aktywnego sposobu biernego palenia i wciąga dym unoszący się w powietrzu. Tom podaje jej papierosa.

– Możesz zatrzymać resztę.

Niedopałek jest wilgotny od jego warg. Pewnie przykleiły się doń tony wirusów, ale Dora jakoś się tym nie przejęła. Zaciąga się głęboko i rozkoszuje lekkim zawrotem głowy. Chętnie zrobiłaby dla Roberta selfie. *Właśnie palę skręta z uprawiającym haszysz, negującym pandemię wyborcą AfD. Pozdrowienia z równoległego wszechświata.*

Na szczęście przed realizacją tego pomysłu powstrzymuje ją Steffen, który pojawia się na podjeździe obok domu z zakurzonym rowerem. Pojazd zupełnie nie pasuje do jego wyglądu niemieckiego buddysty. To duży męski rower, kupiony niegdyś w markecie budowlanym, a potem porzucony i zapomniany. Steffen pcha go na bosaka po żwirze, co jego stopom zdaje się w ogóle nie przeszkadzać.

– Musiałem go odszukać – mówi. – Czy ten bicykl przypadnie ci do gustu?

Dora od dawna nie słyszała słowa *bicykl*, podobnie zresztą jak zwrotu *przypaść do gustu*. Miło znów powitać takie słowa niczym starych znajomych, których straciło się z oczu. Dziękuje im wylewnie, z trudem przekłada nogę przez wysoką ramę i serpentynami pokonuje niewielką odległość dzielącą ją od domu.

15
Jojo

Aby dostać się na dworzec kolei regionalnej, trzeba pojechać do Kochlitz, oddalonego od Bracken o jakieś siedem kilometrów. Rowerem to żaden dystans. Jednak z powodu wysoko ustawionego siodełka Dora może jeździć tylko na stojąco, co sprawia, że bolą ją uda, a Płaszczka podskakuje w plecaku. Coraz mocniej tęskni za Gustawem. Gdyby rower Steffena miał jakieś imię, w najlepszym razie nazywałby się Ronny.

Dworzec to zaledwie betonowy peron z zegarem, stojakiem na rowery oraz cyfrowym wyświetlaczem, na którym od prawej do lewej przesuwają się bezsensowne komunikaty. Nie ma automatu biletowego. Pociąg przyjeżdża o czasie i jest prawie pusty. Konduktora też nie uświadczysz. Przez połowę drogi Dora stuka na smartfonie, próbując kupić bilet. Po godzinie i piętnastu minutach pociąg zatrzymuje się na dworcu głównym w Berlinie. Gdy Dora wjeżdża z Płaszczką w plecaku po kolejnych ruchomych schodach, by dotrzeć na peron kolejki podmiejskiej, czuje się oszołomiona. A więc tak szybko pokonuje się granice prowincjonalnego wszechświata i dociera do metropolii. Kolej regionalna musi być zakamuflowanym teleporterem. Albo stolica jest jedynie kulisą. Na statystach jednak zaoszczędzono. Wiele sklepów jest zamkniętych, podróżuje niewielu pasażerów, co sprawia, że ogromna przeszklona hala robi upiorne wrażenie. Nagle Dora czuje się intruzem. Boi się, że mogą ją zatrzymać i zapytać, czego tu szuka.

 Na Savignyplatz spogląda na zegarek. Alexander Gerst potrzebował trzech godzin, by dotrzeć z ISS z powrotem na Ziemię. Droga z Bracken do Charlottenburga zajmuje Dorze półtorej godziny. Efekt jest podobny. W nogach czuje zwiotczenie mięśni niczym astronautka, nadto ma nieodpartą potrzebę zasłaniania oczu i uszu. Z kolei Płaszczka, skoro tylko wydostała się z plecaka, wpada w doskonały nastrój. Entuzjastycznie wita każde drzewko, wdycha tysiące wiadomości z wielkiego miasta. Dora nie skąpi jej czasu na wąchanie. Witaj w domu, Łajka. Obserwując psa, uświadamia sobie, że *zderzenie cywilizacji* naprawdę istnieje. Nie tylko między Wschodem a Zachodem. Także między Berlinem a Bracken. Między metropolią a prowincją, między centrum a peryferiami.

 Chciałaby opowiedzieć o tym Robertowi. Robert lubi takie ogólnoświatowe formułki. Mogliby przedyskutować ten temat na balkonie przy butelce czerwonego wina. Wtedy przypomina sobie, że Roberta skorego do dyskusji na balkonie już nie ma. Jest tylko ofiara rozwodu, rower o imieniu Gustaw, który być może przewiezie później pociągiem do domu, no i oczywiście czerwone wino. A przede wszystkim uwielbiany przez Jojo czarny cabernet o nazwie Montes, który przyprawia Dorę o ból głowy już w momencie odkorkowania.

 – Hej, witaj. Wejdź.

 Axel otwiera drzwi, jakby był u siebie, a Dora zna go na tyle dobrze, by wiedzieć, że sprawia mu to przyjemność. Chętnie by go uściskała, choć w maseczce i kuchennym fartuchu wygląda jak olbrzymi owad w przebraniu pokojówki. Robi krok wstecz, składa ręce i kłania się jak Japończyk. Dora wzdycha. Nieobejmowanie się jest oczywiście jak najbardziej w porządku. Za to teatralny ukłon przyprawia ją o mrowienie przepony.

Z nieobecności hałasu w tle wnioskuje, że Fenna i Signe rzeczywiście nie przyszły. Żadnych wrzasków dziadziu-dziadziu, żadnego szczęku walających się po podłodze zabawek. A więc brakuje także Christine. Wszystko ma swoje dobre strony. Dora lubi bratanice, lubi także szwagierkę. Jednak w obecności Christine i dziewczynek każda rozmowa przeradza się we wnuczkorozmowę, a cały wieczór we wnuczkowieczór, w trakcie którego najważniejsze jest pełne podziwu patrzenie, jak dzieci są dziećmi. Zdaniem Dory dziewczynki są kiepsko wychowane, co Christine tłumaczy sobie jako *bardzo uzdolnione*. Kiedy maluchy nie są w centrum uwagi, podnoszą piekielny wrzask, aż dorośli przerywają rozmowę i kontynuują swoje wnuczkozachwyty.

Jojo i jego nowa partnerka, która od czasu przebranżowienia w nauczycielkę jogi określa ludzi mianem *aktualnych manifestacji*, dzieci zaś nazywa *bramami duszy*, zachowanie dziewczynek traktują z całkowitą obojętnością. Po kilku godzinach dzieci znikają w końcu we własnym świecie, nie pozostawiając po sobie żadnych trwałych szkód poza kilkoma kolejnymi tłustymi plamami na kanapie. Kiedy Dora przypomina sobie gromy, jakie w dzieciństwie sypały się na jej głowę, gdy niechcący przewróciła szklankę z wodą, tolerancja dziadka budzi w niej mieszane uczucia.

Dora uważa, że Fenna i Signe to normalne dziewczynki, których ojciec jest zbyt leniwy, a matka zbyt zajęta, by wyznaczyć pewne granice. Christine, prawniczka specjalizująca się w podatkach, pracuje na potęgę i na potęgę zarabia, a śliczne córeczki urodziła prawdopodobnie po to, by sprawę od razu załatwić w sposób efektywny.

Po kilku tygodniach nerwowego karmienia piersią wróciła do pracy, Axel zaś w krótkim czasie zmutował z kanapowego filozofa w kochającego ojca i męża. Od tej pory uchodzi za syna, który wszystko robi jak należy. W opinii Jojo poślubienie i zapłodnienie wziętej prawniczki liczy się tak samo jak zaliczenie państwowego egzaminu prawniczego, podczas gdy Dora, przerywając studia komunikacji społecznej, pracując w reklamie, zrywając nieudany związek z ekoaktywistą i rozpoczynając nieodgadnioną wiejską egzystencję, jednoznacznie stała się przypadkiem problematycznym.

Montes stoi już zdekantowany na stole i oddycha. W tle rozbrzmiewa muzyka fortepianowa w stylu Erika Satiego, stanowiąca zapewne kompromis pomiędzy medytacyjnymi płytami Sibylle a Jojowymi symfoniami Brucknera. Jojo wstaje, by pocałować powietrze po lewej i prawej stronie twarzy Dory. Płaszczka radośnie biega od nóg do nóg, podczas gdy Axel spekuluje, czy głaskanie psa może powodować transmisję wirusa. Nowa partnerka Jojo wychodzi z kuchni z podwiniętymi rękawami, macha do Dory i unosi mokre dłonie nad głową na znak, że dosłownie urabia sobie ręce po łokcie.

– Sibylle, czy mam ci pomóc w kuchni? – pyta Axel.

Dora wcale nie jest zdziwiona. Axel to niezły lizus. Ale ma dobrą technikę. Pewnie za pomocą podobnego triku usidlił Christine. W dzisiejszych czasach mężczyzna dysponujący mnóstwem wolnego czasu oraz chęcią służenia prawdopodobnie cieszy się u władczych kobiet większym bodaj wzięciem niż odnoszący sukcesy macho w skrojonym na miarę garniturze.

– Usiądź.

Płaszczka odpowiada na zaproszenie, wskakując na jedno z wolnych krzeseł przy stole. Jojo się śmieje i głaszcze ją po wypukłym czole, aż suczka wspina się na podłokietniki i rozsiada wygodnie na jego kolanach. Mimo swoich krzywych nóg Płaszczka w razie potrzeby potrafi być zwinna jak wiewiórka.

Dora przysiada się do Jojo i bierze kieliszek Montesa. Satie gra przejmująco, smutno i zarazem radośnie. Z kuchni dobiega stukot garnków i przytłumiony śmiech. Axel i Sibylle zamknęli drzwi, by do pozostałych pomieszczeń nie przeniknęły kuchenne opary. Rzadka chwila prywatności między ojcem a córką. Kiedy po raz ostatni robili coś tylko we dwoje? Kiedy Jojo przyjeżdża do Berlina, lubi organizować swoje *wesołe wieczorki*. Bywa, że przy stole oprócz rodziny gromadzą się także przyjaciele i znajomi. Może spotkanie z wieloma osobami jednocześnie uznaje za bardziej efektywne. A może w ten sposób unika zbyt osobistych tematów.

Kiedy Dora była jeszcze małą dziewczynką, Jojo przychodził czasem do jej pokoju, siadał na biurku i zaczynał rozmowę. O książce, szkole albo granicach wszechświata. Rozmawiał z nią jak z dorosłą. Potem zachorowała matka i Jojo już nigdy więcej nie zapukał do drzwi Dory. Może będzie musiała go ponownie odwiedzić w Münsterze. Szczerze mówiąc, unika wizyt w domu rodzinnym. Chociaż Jojo i jego nowa partnerka wszystko przebudowali, z okna dawnej kuchni wciąż roztacza się taki sam widok.

Dora upija spory łyk Montesa, który ciepłym strumieniem wypełnia jej żyły. Odwykła od picia, odkąd Robert i balkon przestali istnieć. W rozmowie idzie jej jeszcze gorzej. Koniecznie chce opowiedzieć Jojo o swoim nowym życiu. O starym domu zarządcy z imponującą, choć nieco skruszałą stiukową fasadą. O tym, że naprawdę do niej należy, wyłącznie do niej, i o tym, jakie to niesamowite uczucie posiadać własny kawałek świata. O syzyfowej pracy w ogrodzie, o panu Heinrichu, Tomie i Steffenie oraz o tym, że wciąż nie zdołała rozgryźć Bracken.

Nadal się zastanawia, od czego by tu zacząć, gdy naraz otwierają się drzwi, a z kuchni do salonu wnika fala dźwięków i zapachów. Woń szparagów, szum kuchennego wyciągu. Axel i nowa partnerka Jojo podają pierwsze danie. Carpaccio z buraków, domowy chleb orzechowy oraz masło limonkowo-kolendrowe.

Dora nigdy by nie przyznała, że pochodzi z rodziny, w której mężczyźni mówią, a kobiety słuchają. Jednak w rzeczywistości tak właśnie jest. Podczas kolacji głos zabierają wyłącznie Jojo i Axel, mówią na zmianę jeden przez drugiego. Axel zdjął maseczkę i psioczy na wciąż zbyt łagodną politykę rządu oraz utyskujących ludzi, którzy już domagają się złagodzenia obostrzeń. Jojo opowiada o lekarzach grających w skata w pustych szpitalach, a także o pacjentach, którzy zaniedbują niezbędną terapię, bo nie mają odwagi pójść do specjalisty.

– Ludzie są zupełnie zastraszeni – stwierdza Jojo.

– Ludzie nie zdają sobie sprawy z powagi sytuacji – ripostuje Axel, po czym obaj wracają do pałaszowania buraczanego carpaccio.

Słuchając brata, Dora znów myśli o Robercie. Obaj są w podobnym wieku. Być może nie całkiem już młodzi mężczyźni wykazują w walce z wirusem szczególną zawziętość. Rozstrzygająca batalia przeciw utracie kontroli. Wypowiedzenie wojny impertynencji, z jaką przyszłość wciąż człowieka postarza, a poza tym robi, co jej się żywnie podoba. Dora nie zna ani jednej kobiety, która by rozsiewała taką panikę. Zresztą nie zna zbyt wielu ludzi. Tak czy owak, Axel i Robert mogą sobie pozwolić na zgrywanie twardzieli. Jednego utrzymuje żona, drugi czerpie zyski z medialnej ekscytacji.

– Otwieranie teraz szkół jest nieodpowiedzialne – wścieka się Axel.

– Nieodpowiedzialne jest to, że w kraju ton nadają ludzie, którzy nie znają różnicy między zachorowalnością a śmiertelnością – złości się Jojo.

– Już dobrze, dobrze – uspokaja nowa partnerka Jojo, która nie lubi ani politycznych prowokacji, ani złych manier przy stole, i podsuwa partnerowi koszyk z domowym chlebem orzechowym.

To niesamowite, że Jojo zachowuje spokój. Zazwyczaj gotów jest eksplodować niczym laska dynamitu, gdy ktoś wyrazi odmienną opinię, zwłaszcza w dziedzinie medycyny, co do której zastrzega sobie prawo posiadania najwyższego stopnia wtajemniczenia. Teraz zaś żuje swój chleb orzechowy, podczas gdy Axel zarzuca wszystkich danymi na temat nowych zakażeń. Być może ego Jojo zostało dziś w pełni zaspokojone, gdyż mimo zakazu odwiedzin udało mu się zebrać rodzinę przy stole.

Gdy Sibylle sprząta nakrycie po pierwszym daniu i znika w kuchni, by doglądnąć szparagów, Jojo opowiada historię pacjentki, „kobiety w kwiecie wieku, z dwójką dzieci", która mimo podejrzenia nowotworu na długie tygodnie zaszyła się w swoim mieszkaniu, ponieważ jej mąż był przeciwny pójściu do szpitala.

Dora wie od małego, że ów nowotwór to z pewnością rozrastający się guz, a misją życiową Jojo jest ich wycinanie z ludzkich głów. Jak wszystkie małe dziewczynki była niezmiernie dumna z ojca i z entuzjazmem słuchała relacji o cudownych ocaleniach. Teraz jednak nie potrafi dłużej znieść jego opowieści. Kiedy Jojo zaczyna szczegółowo opisywać objawy niewydolności pacjentki, która „miała poważne trudności z mówieniem i widzeniem, ale bała się koronawirusa!", bąbelki unoszą się tak gwałtownie, że omal nie dławi się burakiem.

Ucieka od stołu na balkon. Papieros cudownie smakuje, dym niby rzeźba zastyga w nieruchomym powietrzu. Berlin potrafi być piękny, zwłaszcza w wieczornym świetle i na Savignyplatz, gdy stoi się na gustownie obsadzonym balkonie na drugim piętrze starej secesyjnej kamienicy. Na ulicach panuje ożywiony ruch. Ludzie wyprowadzają psy na spacer albo taszczą do domu torby z zakupami. Taksówki, zaopatrzenie, młodzi ludzie z e-papierosami, mężczyźni z przypinkami rowerowymi na nogawkach. Dora po raz kolejny uświadamia sobie z ulgą, że Robert i Axel nie mają racji. Wirus wprawdzie istnieje, ale to nie koniec świata. Normalność jest niezniszczalna, jest siłą natury. Toruje sobie drogę wszędzie, gdzie tylko zdoła.

Dora wyjmuje z kieszeni smartfon i pisze wiadomość do Roberta, zgodnie z regułami radiokomunikacji:

Przyjadę po Gustawa.

Kiedy? – dostaje odpowiedź.

Dora oblicza drogę do Kreuzbergu, uwzględniając godzinę odjazdu ostatniego pociągu.

Za półtorej godziny.

Stoi na dole.

Jasne. Nie chce wpuścić jej do mieszkania. Nawet nie chce się z nią zobaczyć. Zapewne złożyłby to na karb przepisów o zachowaniu dystansu. Dora postanawia jeszcze tego samego wieczoru anulować stałe zlecenie, którym opłaca połowę czynszu.

Wraca do stołu i tłumaczy, że nie może zostać dłużej, ponieważ musi coś jeszcze odebrać od Roberta, a ostatni pociąg odjeżdża o jedenastej.

Na wzmiankę o pociągu Axel wykrzywia twarz w drwiącym grymasie.

Nikt jej nie pyta o stosunki z Robertem. Nikt nie chce wiedzieć, czy rzeczywiście zamieszkała w Bracken. Jak jej się tam podoba. Czy czuje się samotna. Nie pytają, jak sobie radzi w pracy, ani nawet o to, co chce odebrać na Kreuzbergu. To nie żaden mobbing. Tak to już bywa w jej rodzinie.

– Ale zjesz deser? – pyta nowa partnerka Jojo. – Planowaliśmy coś wam powiedzieć.

– Możemy to zrobić od razu – oznajmia lapidarnie Jojo, podnosi się z krzesła i stuka ironicznym gestem w kieliszek. – Zamierzamy się pobrać.

– Wszyscy? – wyrywa się Dorze, co wywołuje salwę śmiechu.

– Mimo pandemii? – pyta Axel, a wtedy Jojo po raz pierwszy unosi poirytowany brwi.

– Nie będzie przyjęcia – uspokaja partnerka Jojo. – Pójdziemy tylko do urzędu stanu cywilnego. Ale chcieliśmy, żebyście wiedzieli o tym wcześniej.

– Gratuluję wam obojgu – mówi Axel, wzorowy syn.

Czasem Dora się zastanawia, czy Axel także stracił matkę, czy może jedynie ona wciąż widzi jej wychudłą twarz ze zbyt dużymi oczami oraz łóżko, ustawione przed prowadzącymi na taras drzwiami, w którym leżała nieruchomo i patrzyła na zewnątrz. Dalszej rozmowy przy stole Dora już nie słucha. Pojęcia w rodzaju *rozdzielność podatkowa*, *ubezpieczenie emerytalne* czy *testament berliński* puszcza mimo uszu. Myśli tylko o tym, że od tej pory nową partnerkę Jojo będzie musiała nazywać *nową żoną Jojo*. Wyrusza wcześniej niż to konieczne, dużymi susami zbiega po schodach.

Kiedy dwie godziny później, z Płaszczką w plecaku i Gustawem u boku, wysiada z pociągu w Kochlitz, niebo jest czarne. Nietoperze przemykają w kręgach światła dworcowych lamp niczym powiększone owady, na które polują. Bezgłośnie przelatuje nocny ptak. Ćwierkają pierwsze świerszcze, w oddali szczeka lis. Zwierzęta opanowały stację. Ronny wciąż stoi na swoim miejscu, choć Dora go nie zapięła. Czuje nieomal żal. Czekać przy stacji bez zabezpieczenia i nie paść ofiarą kradzieży to dla roweru trudny los. Zaskakująco łatwo wskakuje na siodełko Gustawa, a Ronny'ego prowadzi za kierownicę. Szybko i niemal bezszelestnie mknie przez mrok. Do domu, myśli Dora. Jadę do domu.

Odstawia rowery w szopie, otwiera drzwi i idzie prosto do sypialni, by przygotować sobie posłanie. Zapala światło – i aż się wzdryga. Widzi łóżko. Prawdziwe łóżko, a nie tylko leżący na podłodze materac. Wykonano je z drewnianych palet, które oszlifowano i pomalowano na biało. W powietrzu wciąż unosi się zapach świeżej farby. Jest tak duże, że wokół materaca biegnie szeroka rama, na którą można odłożyć komórkę i książki, postawić budzik i lampkę nocną. Dora nie mogła sobie wymarzyć lepszego łóżka. Nie zmienia to jednak faktu, że to nie jego miejsce. Gdy wychodziła z domu, na pewno go tu nie było.

Powoli zbliża się do mebla. Łóżko nie rozpływa się w powietrzu. Można go nawet dotknąć. Dora podchodzi do drzwi na tyłach domu. Są zamknięte. Drzwi od frontu także zamknęła na klucz, jest tego absolutnie pewna. Przystaje na podeście. Nietoperze i sowy przemykają w chłodnym powietrzu. Dora patrzy na mur, za którym nic się nie porusza.

16
Brandenburgia

– Gote! – krzyczy Dora. – Gote!

Rankiem staje pod murem na ogrodowym krześle. Przyczepa, pelargonie, wilk. Pusty dom. Jest zdeterminowana, nie pozwoli się spławić.

– Gote!

Najpierw musiała przenieść krzesło na właściwe miejsce. Kiedy o poranku wyjrzała przez kuchenne okno, wszystkie meble ogrodowe stały nieco dalej, pod drzewami owocowymi, tworząc kącik, w którym koboldy urządziły sobie nocne spotkanie przy kawie. Dzięki Bogu Gustaw i Ronny wciąż stoją obok siebie w szopie jak para posłusznych koników.

– Wyłaź! Wiem, że tam jesteś.

I tak przez dłuższą chwilę. Dopiero pół do ósmej. W Brandenburgii to późne przedpołudnie, myśli rozgniewana Dora. Pobudka, czas wstawać. Płaszczka drobiazgowo szuka najlepszego miejsca do porannej toalety. Dora stoi na krześle i krzyczy. Po drugiej stronie muru nic się nie porusza – do czasu. Naraz drzwi przyczepy się otwierają, z łoskotem uderzają o ścianę i na powrót się zamykają, niemal miażdżąc Gotego, który przytrzymuje się oburącz framugi.

Chwieje się na nogach. Dłonią osłania oczy, jakby słońce boleśnie go oślepiało. Musi mieć potężnego kaca.

– Tutaj! – woła Dora.

Gote niepewnym krokiem schodzi po trzech metalowych stopniach i rusza w jej stronę, na wpół ślepy, wciąż osłaniając oczy. Zatrzymuje się w odległości kilku kroków.

– Co jest?
– Czy to ty?
– Niby co?
– Łóżko.

Zamyśla się. Kiedy opuszcza rękę, Dora spostrzega, że ma zaczerwienione oczy. Między ściągniętymi brwiami widnieje ostra bruzda, na tyle głęboka, że można by w niej umieścić fiszkę.

– Ano.

Oczywiście Dora spodziewała się takiej odpowiedzi. Widziała palety w ogrodzie, ktoś to przecież musiał zrobić. Mimo to bezpośredniość Gotego wywołuje zmieszanie w jej myślach. Swój stan emocjonalny uporządkuje później.

Na razie musi podtrzymać rozmowę, zanim sąsiad z powrotem zaszyje się w swojej pieczarze.

– Dlaczego?

Gote wygląda na poirytowanego. Dora to rozumie. Także w jej życiu *Dlaczego?* należy do pytań natrętnych. Dlaczego znowu nie może zasnąć? Dlaczego nieustannie myśli o ślubie Jojo i Sibylle? Dlaczego nie potrafi iść w ślady Axela, który zawsze pyta jedynie o to, co mu szkodzi, a co się opłaca? Albo Roberta, który wgryza się w daną rzecz, zapominając o całej reszcie? Gote odchrząkuje, kaszle i spluwa.

– Bo żadnego nie miałaś.

Dora chętnie by tę odpowiedź przemyślała. Poddała filozoficznej analizie: „Pytanie *dlaczego*: chimera nowoczesności?". Skoro nie odpowiada, Gote sądzi, że znów go nie zrozumiała.

– Nie miałaś łóżka – wyjaśnia cierpliwie.

– Skąd wiesz?

– To widać.

– Przez okno?

– Ano.

– Wchodzisz do mojego ogrodu i zaglądasz przez okna?

– Co piątek.

To stwierdzenie trzeba przetrawić. Podobnie jak fakt, że Płaszczka pojawia się akurat po niewłaściwej stronie muru, tuż za Gotem, który na szczęście jej nie zauważa. Dysząc przyjaźnie, spogląda na Dorę, po czym rusza w stronę grządki ziemniaków. Dora nie ma odwagi przywołać psa, bo to mogłoby zdradzić jego obecność. Decyduje się na odwrócenie uwagi.

– A więc zaglądasz w moje okna w każdy piątek.

Gote nie odpowiada. Ściśle rzecz biorąc, to nie było pytanie. Zresztą przecież dopiero co tak właśnie powiedział.

– A dlaczego przestawiłeś moje meble ogrodowe? – pyta.

Gote znów nie reaguje. Sprawia wrażenie, jakby rozmowa go męczyła, raz za razem mruży oczy i masuje skronie.

– Gote! Nie rozumiem, dlaczego przestawiasz moje meble ogrodowe.

– Do cholery! – wrzeszczy. – Co mnie obchodzą twoje meble?

– Ktoś je w nocy poprzestawiał.

– Nie ja.

– Więc kto?

– Nie mam pojęcia!

Nie ma sensu go złościć.

– Okej. – Dora przenosi ciężar ciała na rozchwianym krześle, robi głęboki wdech i stara się mówić przyjaznym tonem. – Posłuchaj, Gote, łóżko jest naprawdę ładne. Ale nie chcę, żebyś do mnie przychodził.

Podnosi głowę i po raz pierwszy dokładnie przygląda się Dorze.

– Zawsze dbałem o dom.

– O mój dom?

– Stał tu przed twoim przybyciem.

– To znaczy... kiedy dom stał pusty, doglądałeś go od czasu do czasu?

– Ktoś musiał to robić.

– A więc masz też klucz?

Gote przytakuje skinieniem. Kolejna zagadka rozwiązana.

– Ale teraz – mówi Dora nadzwyczaj łagodnie – teraz ja tu mieszkam.

Gote wzrusza ramionami.

– Jesteś sama. I jesteś kobietą. Nawet nie potrafisz kosić.

– Chyba żartujesz. Świetnie sobie radzę.

– Powiedziałem Heiniemu, żeby przyszedł do ciebie z Hiltim.

Lekkie szarpnięcie, kolejne olśnienie. Heini. Hilti. Heinrich.

– Powiedziałeś panu Heinrichowi, żeby wykarczował mi działkę?

– Komu?

– R2-D2. To znaczy, Heiniemu.

Gote wyjmuje z kieszeni pogniecioną paczkę papierosów i podchodzi do muru, by ją poczęstować. Ohydne wschodnioeuropejskie fajki, bez banderoli, i to z samego rana. Nie ma mowy, krzyczy rozsądek, podczas gdy prawa ręka już sięga ponad murem. By Gote mógł podać jej ogień, Dora musi stanąć na palcach i przytrzymać się górnej krawędzi muru, powodując przechylenie się krzesła i rozchwianie pustaków.

Dyplomacja wymaga poświęceń, przyznaje rozsądek, idąc na ustępstwa. Dora delektuje się papierosem.

– Pochodzisz może z Polski? – pyta, nie pozwalając rozmowie zasnąć.

Gote patrzy na nią, jakby ostatecznie postradała zmysły.

– Z powodu flagi. – Wskazuje na budynek. – Od frontu.

– To niemiecka flaga.

– Ta druga! Czerwono-biała.

– Brandenburgia.

Dora czuje, że się rumieni. Bardziej do stereotypu mieszczucha chyba nie sposób się zbliżyć.

– Nie jestem Polakiem – wyjaśnia Gote na wypadek, gdyby nadal nie rozumiała.

Być Polakiem w Bracken, podpowiada ośrodek językowy Dory. Szybko potrzebuje innego tematu.

– Nie widziałam cię od jakiegoś czasu. Pracujesz poza domem?

– Nie poszło za dobrze – mruczy Gote.

Palą w milczeniu i niemal jednocześnie ciskają pety. Każde na stronę sąsiada.

– A zatem wszystko sobie wyjaśniliśmy – podsumowuje Dora. – Jeszcze raz dziękuję za łóżko. Ale chcę, żebyś oddał mi klucz.

Nie zwracając na nią uwagi, Gote rusza w stronę przyczepy. Jego kroki wydają się nieco pewniejsze.

– Gote? Przyniesiesz mi klucz, prawda?

Drzwi przyczepy się zatrzaskują.

17
Steffen

Przed południem Dora pisze nowe *treatments*, by mieć wystarczająco obszerny ich wybór do następnej prezentacji. Oto Dobroludek w zoo – kiedy uwalnia lwa ze zbyt ciasnego wybiegu, zwierzę chce go pożreć. Dobroludek pomaga mężczyźnie zmienić przebitą oponę w samochodzie, ale ten okazuje się zbiegłym rabusiem, który napadł na bank. Dobroludek oferuje nieznajomemu swój pokój gościnny, by następnego ranka odkryć, że zniknęły wszystkie meble.

Im dłużej Dora obcuje z Dobroludkiem i jego perypetiami, tym bardziej go lubi. Sama jest takim Dobroludkiem. Podobnie jak wszyscy, których zna. Może poza Gotem, choć nawet on wykonał mebel dla nowej sąsiadki. Każdy na swój sposób próbuje się odnaleźć w bezlitosnym świecie. Dodać coś pozytywnego, nadać zamętowi nieco sensu. Każdy posiada instynkt pomagania innym, bez względu na to, jak szlachetne albo jak marne kierują nim pobudki. Dobroludek to ironiczna karykatura ducha czasu, której celem jest sprzedaż jak największej liczby dżinsów wyprodukowanych w sposób zrównoważony. Jest również ikoną głęboko ludzkiego pragnienia, by uczynić świat lepszym. Pomimo towarzyszącej mu nieodłącznie daremności. To zabawne i zarazem tragiczne, a przede wszystkim egzystencjalne.

Po skończonej pracy zamyka komputer. Szum wentylatora ustaje. W domu zapada ołowiana cisza. Każdy odgłos – odkładanego długopisu, odstawianej filiżanki, otwieranych i zamykanych drzwi – nagle wydaje się nienaturalnie donośny. Dora czuje mrowienie w żołądku. Jej projekty trafią teraz do klienta. Pozostaje czekać na jego uwagi. Może parę dni, może nawet kilka tygodni. W normalnych okolicznościach Dora natychmiast otrzymałaby kolejne zlecenie. Ale obecnie nic nie jest normalne. Dora przechodzi w stan zawieszenia. W jednej chwili dopada ją bezczynność.

Bierze prysznic, je drugie śniadanie i idzie z Płaszczką na spacer. Pół do dwunastej. Ścięte młode drzewka przenosi w głąb działki i układa je w ogromną stertę, którą pewnego dnia będzie można spalić. Ponownie bierze prysznic, na obiad smaży jajka, które kupiła w żarciobusie. Dwa dla siebie, jedno dla Płaszczki. Je jak najwolniej i zabrania sobie czytania internetowych nagłówków. Mimo pełnego skupienia posiłek kończy po dwudziestu minutach. Jest pół do drugiej.

Pół do drugiej to najokropniejsza pora na świecie. Pół do drugiej oznacza, że minęła dopiero połowa dnia. Dora siedzi przy kuchennym stole i kawałkiem chleba wyciera z talerza ostatnie resztki żółtka, a jej ciało mrowi, jakby wypełniały je bąbelki dwutlenku węgla. Tyloma rzeczami mogłaby się zająć. Odpisać na zaległe maile, zrobić porządek na twardym dysku, zaktualizować swoje CV. Zaktywizować się w mediach społecznościowych oraz zastanowić, czy nie powinna założyć własnej strony. Czuje jednak, że nie ma serca do takich spraw. Pod wpływem stresu potrafi robić pięć rzeczy naraz. Bezczynność natomiast pochłania całą jej energię. Karmienie własnymi pracami leżącego odłogiem obiegu projektów wydało jej się wręcz obłudne.

Oczywiście może spróbować poczytać książkę. Może posprzątać łazienkę i kilkakrotnie wyjść na spacer. Tyle że nie zabije tym czasu. Po każdej wypełnionej pustką godzinie nadejdzie kolejna. Dora wmawia sobie, że dostała kilka dni urlopu. Normalnych ludzi świadomość ta by ucieszyła. Niestety, czas wolny okazuje się darem wyłącznie wtedy, gdy wcale wolny nie jest, lecz wypełniony zajęciami. Wycieczkami, imprezami sportowymi, rodzinnymi spotkaniami. Pisaniem powieści albo potrzebami małych dzieci. Prawdziwie wolny czas to istny horror. Rozciąga się we wszystkie strony niby pole bitwy, na którym nigdzie nie widać wroga. Jedynie niemą groźbę. Każdy krok naprzód jest tak samo fałszywy jak pozostanie w bezruchu.

Dora wstaje od kuchennego stołu i wygania muchę, która od jakiegoś czasu brzęczy na szybie. Oszołomiony owad wylatuje przez okno, niezręcznie, jakby idea wolności kusiła swym pięknem dopóty, dopóki istnieje szyba, która może ją zatrzymać.

Przynajmniej brzęczenie ustało. Mucha miała tę niezrównaną zaletę, że nie była złudzeniem, w odróżnieniu od much w sypialni jej i Roberta. Dora nie poluje już na nieistniejące owady. Może pewnego dnia znów będzie mogła poczytać gazetę, nie czując skurczów żołądka. Może pewnego dnia przestanie wreszcie myśleć wyłącznie o sobie. Po prostu zrobi coś tylko dlatego, że to możliwe. Podobnie jak osoba, która wykonała leśną ławkę. Tak czy owak, potrzebuje na najbliższe dni jakiegoś projektu. Zdobyć sadzeniaki i je zasadzić. Pomalować ściany. Z pewnością coś wymyśli. Ważne, by zrobić to samodzielnie. Nie chce nikogo prosić o pomoc. Nie może być tak, że nie jest w stanie spędzić kilku dni w pojedynkę. Nawet jeśli akurat czuje, jak podgryza ją pustka. Jak kontury jej ciała się rozmywają. Musi stąd wyjść.

Na początek może zrobić coś pożytecznego: odprowadzić Ronny'ego. Wyciąga go z szopy i pcha poboczem drogi. Gdy mija dom Gotego, lekki podmuch wiatru porusza obie flagi, Dora rozpoznaje na brandenburskich barwach orła.

Tym razem to Steffen otwiera jej drzwi. Długie rudawe włosy nosi rozpuszczone, opadają gładko, okalając jego twarz okularnika niczym kurtyna, którą można zasunąć po zakończonym przedstawieniu.

– Czego chcesz tym razem? – pyta.

– Odprowadzam Ronny'ego.

– Kim jest Ronny?

Dora wskazuje na duży męski rower. Oparła go o latarnię.

– Nadałaś mu imię?

Dora wzrusza ramionami.

– Wygląda jak Ronny.

– I mimo to już go nie chcesz?

– Nie, po prostu pomyślałam, że chcecie…

– Coś z nim nie tak?

– Nie, nie, tylko właśnie przywiozłam swój rower z Berlina. Był dosyć drogi.

– Niby że drogi znaczy lepszy?

– Nie, to jest…

– Ronny też nie był tani.

– Być może, ale Ronny jest dla mnie o wiele za duży i…

– A może dlatego, że tamten jest z Berlina?

– Nie w tym rzecz, Gustaw jest…

– Gustaw! – Oczy Steffena skryte za szkłami okularów pobłyskują gniewnie. – A więc wolisz Gustawa od naszego Ronny'ego?

Dora ma wrażenie, jakby znalazła się w niewłaściwym miejscu.

– Czy myślałeś, że chcę kupić Ronny'ego? Dlatego jesteś taki wściekły?

– Kupić! – Kiepski humor Steffena przeradza się w prawdziwą złość. – Wy, mieszczuchy, myślicie wyłącznie o kupowaniu! Jesteście bez reszty uwikłani w kwestię własności. Czy kiedykolwiek próbowałaś coś docenić, nie zastanawiając się nad tym, kto jest właścicielem?

– Nie to miałam na myśli – podejmuje kolejną próbę Dora – chciałam tylko…

Ale Steffen nie daje jej dojść do słowa.

– Próbują wyświadczyć ci przysługę, oddając nowiutki rower, może na powitanie, może ze zwykłej uczynności, pożyczka, prezent, to bez znaczenia. Ronny to fantastyczny jednoślad, mogłabyś go używać tak długo, jak tylko zechcesz. Ale ty wszystko odrzucasz, zwyczajnie go odprawiasz!

Dora stoi oszołomiona i nie wie, co powiedzieć. Wpatruje się w Steffena, w jego smukłą sylwetkę, gniewny wyraz twarzy, okrągłe okulary i rude włosy, i zauważa, że jego dziwaczna przemowa wciąż wisi w powietrzu, niczym słowna rzeźba, akustyczna instalacja, być może zatytułowana *Gustaw i Ronny* albo *Mieszczuchy na wsi*. A wtedy Steffen się składa, jakby przecięto sznurki marionetki, jego długie włosy opadają do przodu, wykonuje coś w rodzaju ukłonu. Kiedy na powrót się prostuje, Dora spostrzega, że się śmieje. On się z niej śmieje. Może jest naćpany. Nawet jeśli jego oczy wydają się przejrzyste.

– Powinnaś zobaczyć swoją minę – mówi, szczerząc zęby. Następnie składa ręce jak dalajlama. – Wejdź – mówi uprzejmie. – Twój pies już czeka w środku.

18
Mon Chéri

W korytarzu Płaszczki nie widać. Pewnie przeczesuje właśnie wszystkie pokoje w poszukiwaniu misek z kocią karmą albo pater z ciastkami, ustawionych na niskich ławach. Kiedy pożre już wszystko, co jadalne, znów się pojawi i irytująco znudzona zacznie żałośnie piszczeć to swoje *czy-możemy-już-iść*.

– Do samego końca – mówi Steffen, kierując Dorę przez wąski korytarz na tyły domu. – Pewnie chcesz zobaczyć plantację marihuany.

Dora zastanawia się, czy on potrafi czytać w myślach. Albo czy pochodzący z miasta ludzie rzeczywiście są tacy przewidywalni. Idąc korytarzem, z zaciekawieniem zagląda przez otwarte drzwi. Nowoczesna kuchnia z jasnymi frontami i wyposażeniem ze stali nierdzewnej. Pokój dzienny z niskimi meblami i płaskim ekranem telewizora. Łazienka, w której chyba rozpoznaje jacuzzi. Wygląda na to, że roślinny biznes ma się całkiem dobrze.

Płaszczka prześlizguje się przez uchylone drzwi, za którymi, jak podejrzewa Dora, mieści się sypialnia, i coś żuje, choć lepiej nie wiedzieć co.

– Tędy.

Steffen otwiera tylne drzwi. Płaszczka błyskawicznie go wyprzedza, chce jako pierwsza zdobyć nowe tereny łowieckie. Drzwi nie prowadzą jednak na podwórze, lecz do jednego z przyległych budynków, niskiej, wydłużonej dobudówki. We wnętrzu unosi się słodka, lekko odurzająca woń ciętych kwiatów. Na długich stołach wzdłuż ścian piętrzą się ułożone w pęczki rośliny – paprocie, trawy, kwiaty, łodygi, wiele wysuszonych, niektóre świeże. W rogu Dora dostrzega gotowe produkty: bukiety i wieńce pogrzebowe, ale przede wszystkim mnóstwo uroczych drobnych kompozycji z suszonych kwiatów, w koszyczkach lub malowanych ceramicznych miseczkach, na tyle małych, że mieszczą się na półce przed lustrem w łazience.

– W tym kraju ludzie czasem się pobierają, częściej umierają. Ale najpowszechniejszą rzeczą jest dekorowanie – wyjaśnia Steffen.

To brzmi jak przemyślany slogan reklamowy. Dora wyobraża sobie, jak Tom wypowiada go swoim tubalnym głosem. Podchodzi do jednego ze stołów, żeby przyjrzeć się bliżej kompozycjom. Każda jest wyjątkowa, niektóre zdobią kolorowe kamyki albo owoce dzikiej róży, inne to skromniejsze, miniaturowe ogródki skalne z rozmaitych gatunków traw.

– Prowadzimy głównie sprzedaż przydrożną. Nasi ludzie rozkładają stoiska w całym okręgu. Wiekowy stolik po maszynie do szycia znaleziony w sklepie ze starociami, na nim koronkowa serwetka, odręczny napis i zwykły słoik zastępujący kasę, samodzielna zapłata na zasadzie wzajemnego zaufania. U turystów z Berlina natychmiast podnosi się alarm autentyczności. W ich mniemaniu te kwiatowe bukieciki wiązała stara babina w kraciastym fartuchu. Kupują towar jak szaleni i płacą średnio piętnaście euro za kompozycję. Nasi ludzie objeżdżają okolicę, zapełniają stoły i opróżniają słoiki. W weekendy sprzedajemy nawet po kilkaset sztuk.

– Są naprawdę ładne. – Dora unosi jedną z kompozycji. To miniaturowy las z iglastych i liściastych roślin oraz maleńkich, kolorowych szklanych koralików, przypominających siedzące na drzewach ptaki.

– Większość kwiatów i traw uprawiamy w naszych szklarniach – wyjaśnia Steffen. – Ale zbieram je także w lesie.

Jakimś sposobem nawet to do niego pasuje. Połączenie wiedźmy zielarki i lifestyle'owego projektanta. Mimo że stara się zachować ironiczny ton, jego słowa przepełnia artystyczna duma.

– Zazwyczaj sporo sprzedajemy w kwiaciarniach i na cotygodniowych targach. Ale teraz jest lockdown. Niestety właśnie zainwestowaliśmy w nową suszarnię. Mamy kredyty do spłacenia. Ale walczymy. Wolimy jeść nasze kwiaty, niż wziąć choćby centa od rządu.

Płaszczka już zaczęła. Leży płasko na brzuchu i żuje łodygę rośliny.

– Oprócz sprzedaży przydrożnej Tom uruchamia dystrybucję w internecie. Idzie całkiem nieźle. W obecnych czasach ludzie lubią mieć na kuchennym stole kawałek lasu.

Dora wyobraża sobie, jak by to było nadal siedzieć w mieszkaniu na Kreuzbergu, w którym Robert przesadnie głośno rozmawia przez telefon, i tak długo wpatrywać się w jedną z kwiatowych kompozycji Steffena, aż usłyszy się ptasi świergot.

– Wasi ludzie… czy to uchodźcy?

Steffen przytakuje z powagą.

– To *boat people* z Aleppo. Wykorzystujemy ich trudną sytuację, pracują dla nas praktycznie za darmo.

– Głupie pytanie, głupia odpowiedź?

Steffen znów poważnie przytakuje.

– A tak na serio? – pyta Dora.

– Co roku zatrudniamy dwóch lub trzech portugalskich studentów z Erasmusa. Studiują w mieście, a u nas sobie dorabiają. Z powodu pandemii chcieli wyjechać z Berlina, ale nie chcieli wracać do Lizbony. Mieszkają więc u nas i pomagają przy zbiorach szparagów.

– I nie macie z tego powodu kłopotów?

– Ze skarbówką?

– Z wioską.

– Bracken jest całkowicie lewicowo-liberalny. To prawdziwa twierdza kultury otwartości.

Dora się uśmiecha.

– Co właściwie robiłeś, zanim zostałeś starą babiną w kraciastym fartuchu?

Steffen kieruje wzrok ku górze, jakby musiał się mocno zastanowić.

– Być może w zamierzchłej przeszłości studiowałem u Ernsta Buscha.

Uśmiech Dory się pogłębia. Wyższa szkoła imienia Ernsta Buscha uczy aktorstwa. Słynie z kształcenia lalkarzy.

– A Gote, czy on także jest lewicowym libkiem?

– Gote… No cóż. – Steffen zaplata włosy w warkocz. Najwyraźniej spektakl dobiegł końca. – Gote ostatnio trochę się uspokoił. Thorowi niech będą dzięki.

– A wcześniej?

Steffen przechadza się wzdłuż stołów i zaczyna zbierać materiał na kompozycję kwiatową. Trawa pampasowa, liście brzozy, gipsówka, kilka szklanych kulek.

– Czasem przychodził rozrabiać przed domem. Pedały, ciapaki, wszystkich was wykończę. Tego typu rzeczy.

– O mój Boże. – Dora pobladła. – Czy on pije?

– Uważasz, że aby być naziolem, trzeba być alkoholikiem?

– Nie o to mi chodziło.

– Tom wyjaśnił mu kiedyś całą sprawę w bardzo prostych słowach.

– Jaką sprawę?

– Że zbierzemy kilku ludzi i stłuczemy go na miazgę, jeśli dalej będzie się nam naprzykrzał.

– O mój Boże – powtarza Dora jak nastolatka.

– To język, który Gote rozumie.

Steffen zręcznymi palcami umieszcza rośliny w styropianowej kostce oklejonej mchem. Niebieskie szklane kulki sprawdza pod światło, zanim ułoży je wśród traw.

– Czy to pomogło? – dopytuje się Dora.

– Trochę. – Steffen wzrusza ramionami. – Może Gote i jego kumple są zbyt zajęci. Rozklejaniem na drzwiach gróźb śmierci, napełnianiem skrzynek na listy keczupem, stawianiem czarnych drewnianych krzyży w ogródkach. Praca obywatela Rzeszy jest wymagająca.

– Takimi rzeczami się tutaj zajmują?

– Nie czytasz gazet?

Dora przełyka. Wylądowała w strefie działań wojennych. Już słyszy pogardliwy głos Axela, gdy wkrótce złoży u niego wniosek o azyl: A ty myślałaś, że dokąd się przeprowadzasz? Do krainy czarów?

Dora nie może zebrać ludzi, żeby kogoś stłukli na miazgę. Może mieć tylko nadzieję, że Gote nie uzna jej któregoś dnia za osobistego wroga.

– Wszystko w porządku?

Najwyraźniej pobladła jeszcze bardziej. Odpowiada skinieniem głowy, odchrząkuje, odgarnia rękami włosy.

– Nie rozumiem, jak w takim razie możecie głosować na AfD.

Twarz Steffena nieruchomieje. Jakby zamknął okno od środka.

– Nie głosuję – oznajmia. – Głosowanie jest nieduchowe.

Dora zerka na niego, by sprawdzić, czy znowu się z nią nie droczy. Jego mina pozostaje jednak nieprzenikniona.

– Tom głosuje – mówi Dora.

– Musisz zapytać Toma.

– Powiedział mi.

– W takim razie jesteście bliskimi przyjaciółmi.

Steffen wkłada styropianową kostkę do odpowiedniego koszyczka i przygląda jej się, mrużąc oczy. Następnie kładzie obok kulek dwie puste muszle ślimaków i stawia kompozycję przed Dorą. Nie ma ochoty pochwalić, że wygląda ładnie. Jest poirytowana jego postawą *Nie głosuję*. Woli już głupie głosowanie protestacyjne Toma.

– Opowiem ci coś o Gotem – mówi Steffen. – Zdradzała go żona. Miesiącami, z dostawcą mrożonek. Cała wieś się z niego śmiała. Znosił to, aż pewnego dnia ona uciekła, zabierając z sobą córeczkę. Teraz mieszka w Berlinie, a on wegetuje w tej swojej przyczepie.

– Jest obcokrajowcem?

– Gote?

– Dostawca mrożonek!

– Jest z Plausitz, tak sądzę.

– To dlaczego został nazistą?

– Dostawca mrożonek?

– Gote! – krzyczy gniewnie Dora.

– Nazistą był już wcześniej – mówi spokojnie Steffen.

– To gdzie się kryje ten cholerny związek?

Steffen się uśmiecha.

– Lubisz czarno-białe sytuacje, prawda?

Dora chce zaprotestować, ale nikły głosik w jej głowie podszeptuje, że Steffen może mieć rację.

– Ponieważ chcesz, żeby wszystko było proste, w twoim mniemaniu świat zawsze jest zły. To dlatego jesteś taka niespokojna.

– Nie jestem niespokojna.

– Nie potrafisz spokojnie utrzymać rąk i bez przerwy ruszasz lewą nogą.

Dora odkłada dyskretnie na bok kawałek sznurka, którym od jakiegoś czasu się bawiła, i przestawia ciężar ciała, by zapanować nad lewą stopą.

– Wiesz, czego tu uczą?

Głos Steffena brzmi teraz poważnie i przyjaźnie, jest zupełnie pozbawiony ironii. Dora potrząsa głową.

– Rzecz nie w tym, by sprzeczności rozwiązywać, ale żeby je znosić.

Dora nie przepada za mądrościami z ciasteczek z wróżbą. Wykrzywia usta.

– Niektóre rzeczy są całkiem proste – oznajmia. – Na przykład prawicowi populiści. Dzięki tej swojej prostocie wygrywają nawet wybory.

– Co jest prostego w prawicowych populistach?

– Albo jesteś rasistą, albo nie.

– Nie sądzę.

– Czy uważasz, że obcokrajowcy są do niczego?

– Jasne. Całkowicie.

– W takim razie jesteś rasistą.

– Ale tak samo oceniam Niemców.

Dora mimowolnie się uśmiecha. Zuchwała bezczelność Steffena jest równie irytująca, jak rozbrajająca.

– Mnie też?
– Ciebie szczególnie.
– A jeśli kupię bukiecik?
– Wtedy już nie.

Dora wskazuje na aranżację, którą Steffen właśnie ukończył. Niebieskie kulki sprawiają, że wygląda jak replika niewielkiego stawu otoczonego trzcinami i drzewami.

– Dwadzieścia euro. Dla ciebie dziewiętnaście.

Dora wyciąga z kieszeni smartfon, w którego ochronnym etui zawsze trzyma kilka banknotów.

– Dam trzydzieści.
– Dziękuję, bogata mieszczko.

Steffen wręcza jej kompozycję.

– Uważaj na Gotego.
– Dlaczego tak mówisz?

Unosi ręce.

– To tylko przeczucie. Naziol czy nie, coś jest nie tak z jego głową.

Zanim Dora zdąży odpowiedzieć, Steffen wskazuje na kąt, gdzie stoją duże wiązanki.

– Lepiej już idź. Twój pies pożarł wszystkie Mon Chéri z koszów upominkowych.

19
Franzi

Kiedy Dora była mała, żyło mnóstwo koboldów i elfów. Krasnoludki mieszkały w korzeniach drzew, powietrzne duchy wytwarzały wiatr, małe wróżki dbały o dobrobyt robaczków. Był też zajączek wielkanocny, było bożonarodzeniowe Dzieciątko i każde dziecko miało własnego anioła stróża. Dorę i Axela otaczały niewidzialne istoty, które ich chroniły i upiększały im świat. Nic złego nie mogło się przydarzyć, dopóki ich mały wszechświat był przesiąknięty miłością, która wciąż rodziła nową magię. Gdy jedna dziewczynka ze szkoły podstawowej zakwestionowała istnienie wielkanocnego zajączka, Dora jej przywaliła. Burę wychowawczyni zniosła ze spokojem. Obronę istot, które ją chroniły, uznała za logiczną.

Wtedy umarła jej matka, a wraz z nią wszystkie magiczne istoty. Prawda zaatakowała ją jak bezlitosny psychopata. Dorze nie pozostało nic poza dziecięcą słabością oraz garścią błędnych przekonań. Opowieść o bezpieczeństwie i ochronie była równie mało prawdziwa jak ta o wielkanocnym zajączku.

Już po raz drugi siada na ławce na rozstaju leśnych dróg, to jej ulubiony zakątek. Płaszczka wyleguje się na mchu w tym samym co ostatnio miejscu. Słońce łaskocze Dorę w nos, lekki wietrzyk igra z jej włosami. Ukośne promienie światła wspierają się o pnie sosen, pomiędzy nimi bezszelestnie przemyka szponiasty ptak. Słychać szmery i szepty. Magiczne stworzenia. Wróciła też sójka.

– Cześć, mamo – mówi Dora, a ptak wydaje swój ostrzegawczy krzyk. – Mogłaś nas nauczyć trochę lepiej rozumieć rzeczywistość. Nikt nie lubi, kiedy go biorą za głupca. – Sójka potrząsa piórami, jakby wzruszała ramionami. – Daję się zwodzić nawet takim ludziom jak Steffen. Albo jakimś szelestom w gęstwinie.

Rzeczywiście, Dora ma wrażenie, jakby coś przyczaiło się za nią wśród krzewów jeżyn. Coś większego od wróżki. Może elf albo kobold. Sójka ponownie się otrzepuje, po czym znika w lesie.

– Chyba trochę za bardzo idziesz na łatwiznę! To nie powód, żeby od razu uciekać.

Dorze wydaje się, że słyszy chichot. Odwraca się powoli i trzema susami wskakuje w zarośla. Chwyta żółty T-shirt, a w nim dziewczynkę, niewysoką, ośmio-, może dziewięcioletnią. Mała stawia opór. Jej długi warkocz śmiga w powietrzu, jakby toczył własną walkę, podczas gdy dziewczynka wymachuje piąstkami. W końcu Dora łapie ją za nadgarstki i przyciska do siebie, aż przestanie się bronić.

– Ależ uspokój się – mówi Dora najłagodniej, jak potrafi. Czuje, jak ciepłe ciało dziecka przeszywają dreszcze. Z początku myśli, że dziewczynka płacze. Potem znów słyszy chichot.

– Rozmawiałaś z ptaszkiem.

– Poprzednio też mnie podglądałaś, prawda? Czy ty mnie szpiegujesz?

– Powiedziałaś do małego ptaszka *mamusiu*!

Chichot przeradza się w śmiech. Głos dziewczynki brzmi nienaturalnie, zdecydowanie za wysoko, jakby odgrywała rolę malucha. Nawet słowo *ptaszek* wydaje się sztuczne, a śmiech nie płynie prosto z serca.

– To była sójka.

– Sójka? Czy ona umie mówić? – Dziewczynka śmieje się jeszcze głośniej. – Z ptakami się nie rozmawia!

– Rozmawiam też z moim psem – oznajmia Dora nader spokojnym tonem.

Wzmianka o Płaszczce łagodzi napięcie dziecka. Mała sprzeczka oraz sójka już go nie interesują. Odwraca głowę i szuka wzrokiem psa. Płaszczka nadal wyleguje się na posłaniu z mchu, niewzruszona przygląda się zmaganiom. Być może w oczekiwaniu na to, kto wygra, by potem przyłączyć się do zwycięzcy.

– Jest taki słodki. Mogę go pogłaskać?

– Jeśli odpowiesz mi na kilka pytań.

– Zgoda.

– Obiecujesz? Nie uciekniesz?

– Obiecuję.

Dora puszcza dziewczynkę, która wstaje z poszycia i klęka przed Płaszczką.

– No, jak tam? – mówi łagodnie, ostrożnie głaszcząc suczkę po łbie. Płaszczka przewraca się na grzbiet, rozkłada kończyny i pokazuje różowy, gotowy do pieszczot brzuszek.

– On mnie lubi! – wykrzykuje z entuzjazmem dziewczynka, podczas gdy Płaszczka pokazuje całemu leśnemu otoczeniu swoje genitalia. Dora zastanawia się, czy dziecko nie potrafi odróżnić psa od suki.

– To jest ona.

Dora ostrożnie usuwa z dżinsów kolce jeżyn, wstaje z ziemi i siada z powrotem na ławce. Ramiona ma podrapane, nie tylko przez ciernie, ale także przez paznokcie dziewczynki. Na szczęście ta mała bestyjka jej nie pogryzła.

Dora przygląda jej się uważniej. Może mieć nawet dziesięć lat. Jej rozpuszczone włosy pewnie sięgają bioder. Warkocz wygląda niechlujnie, jest raczej związany niż zapleciony. Ręce i nogi ma brudne, obcięte dżinsy chyba nie były prane od tygodni. Na bosych stopach nosi gumowe sandały, niegdyś koloru różowego. Przed chwilą rozhisteryzowana, teraz jest pochłonięta głaskaniem szyi Płaszczki, wewnętrznej strony jej ud, delikatnej skóry pod pachami. Płaszczka zapada w odprężającą drzemkę. Jej uszy leżą na leśnym poszyciu niby strzępy materiału. Fafle są rozchylone, spomiędzy zębów wystaje język.

Dora właściwie nigdy nie interesowała się dziećmi. Nie da się jednak uciec od tego zagadnienia. Felietony rodziców, wywiady z psychologami, wojenne reportaże z niemieckich szkół. Jakby na świecie nie było ważniejszych kwestii. We współczesnych rodzinach, jak w jakiejś kopalni, trwa permanentne urabianie. Losy ludzkości zależą od jak najwcześniejszych lekcji angielskiego oraz odpowiednich dla dzieci hobby. Dora czyta sporo artykułów na ten temat. Sama nie wie dlaczego. Może dlatego, że nie ma nic bardziej relaksującego niż problemy innych ludzi. Zna już kryteria uzdolnień oraz objawy ADHD. Wie, czym jest *regretting motherhood*. Słyszała też o *regresji*: to psychiczny powrót do wczesnego stadium dzieciństwa, będący nierzadko reakcją na zaniedbanie albo stres. Dziesięciolatki mówiące dziecięcym głosikiem, bo ich rodzice się rozeszli. Na przykład.

– Jak masz na imię?
– Franzi. Jak wabi się twój pies?
– Płaszczka.
– Płaszczka?
– Masz rację, to niecodzienne. Wabi się Płaszczka, ponieważ jej ciało przybiera kształt trójkąta, gdy leży na brzuchu.

Dziewczynka w milczeniu marszczy brwi, jeszcze bardziej pochylając się nad psem.

– Nie wiesz, co to płaszczka?

Nie odwracając wzroku, Franzi kręci głową. Dora stara się zachować neutralny ton.

– Płaszczki to duże ryby. Są całkiem płaskie i wyglądają, jakby miały skrzydła i fruwały w wodzie.

– Super. – Głos Franzi przestaje być dziecinny. Brzmi za to smutno. – Chciałabym je kiedyś zobaczyć.

– Mogę ci je pokazać na YouTubie.

– Tak! Pokaż mi! – Franzi wyciąga obie ręce w górę i znów zachowuje się jak maluch. – Proszę, proszę! Obiecujesz?

Dora zaczyna żałować swojej propozycji. Przerwa między kolejnymi projektami nie jest powodem, by wprowadzać w domu zamieszanie. Znudzone dzieci mogą się przeobrazić w natręciuchy. Franzi prawdopodobnie od dawna wie, gdzie mieszka Dora.

– Czy mieszkasz w Bracken? – pyta Dora.

– Tylko z powodu pandemii.

Kolejny wygnaniec, myśli Dora.

– Gdzie dokładnie?

– Hm?

– Gdzie dokładnie mieszkasz?

– U taty.

– Kto jest twoim tatą?

Franzi zastanawia się przez chwilę.

– No, mój tata!

– Czym się zajmuje?

– Mój tata jest stolarzem. Ale ostatnio często leży w łóżku.

Bezrobotny ojciec, myśli Dora. Depresja zasiłkowa.

– A gdzie jest twoja mama?
– No, w Berlinie. Pracuje.
– Dlaczego za mną chodzisz?

Dziewczynka spuszcza głowę, jakby chciała sprawdzić, czy w futrze Płaszczki nie ma pasożytów.

– Franzi! Dlaczego za mną łazisz?
– Twój pies jest taaaki słodki. – Znowu ten głos malucha. – Dasz mi go?

Dora ma ochotę złapać dziewczynkę za ramiona i nią potrząsnąć. Mów normalnie! Nie zachowuj się w ten sposób! I patrz na mnie, do cholery, gdy ze mną rozmawiasz!

– Nie chcę, żebyś mnie szpiegowała. Rozumiesz?

Franzi przytakuje, a wtedy gniew Dory natychmiast się ulatnia.

– Czy mogę… czy mogę pójść z Płaszczką na spacer?
– Płaszczka nie za bardzo lubi spacerować. Nie jest taka jak inne psy.
– Czy mogę… czy mogę ją kiedyś odwiedzić? Tylko żeby ją pogłaskać?

Dora nie chce, żeby dziewczynka ją odwiedzała. Oglądała z nią filmy czy głaskała Płaszczkę. A jednak kiedy Franzi podnosi wzrok, w jej oczach pojawiają się łzy. To dlatego starała się ukryć swoją twarz. Dora odchrząkuje.

– Zobaczymy.
– Dobrze.

Franzi zrywa się na równe nogi, otrzepuje z kolan ziemię i wyciąga rękę do Dory. Prawdziwa Brandenburka. Długi warkocz zatacza w powietrzu krąg, gdy dziewczynka odwraca się i kilkoma susami znika w zaroślach.

20
Horst Wessel

Znów coś się zmieniło. Może czas do tego przywyknąć. Na podeście schodów stoją cztery krzesła. Nie żadne ogrodowe meble, ale krzesła kuchenne z szerokimi oparciami i wyplatanymi siedziskami. Ktoś je oszlifował i pomalował na biało. Tutaj, na dworze, krzesła te mogłyby służyć za element nowoczesnego ogrodu rzeźb, jako dzieło sztuki zatytułowane *Nieobecność*. Dora siada i je wypróbowuje. Wygodne, ani trochę się nie chwieją. Będą się świetnie prezentować we wnętrzu kuchni. Zmienią bylejakość w *shabby chic*, udowadniając, że wszystko jest tu przemyślane.

Dora nie chce, by Gote dawał jej meble w prezencie, ale te krzesła zamierza zatrzymać. Tym razem zostawił je przed drzwiami. To znak, że szanuje jej prywatność. Że robi to, o co go prosiła. Dora rozpiera się na krześle. Jest jedyną istotą z krwi i kości w tej czteroosobowej grupie. Puste miejsca zajęli niewidzialni. Matka, ojciec, brat. Albo troje dobrych przyjaciół. Albo mąż i dwójka dzieci. Także Płaszczka ma niewidzialnych gości. Walczy w przedniej części działki z duchem, szczeka, skacze, podrzuca małe patyki. Nawet Gote nie jest dziś sam. Przy drodze stoją zaparkowane dwa samochody. Zza muru dobiegają męskie głosy. Zapewne żadne tam duchy.

Dobry powód, by nieco przedłużyć kolejną z nim rozmowę. Podziękuje mu i da zarazem do zrozumienia, że nie chce od niego kolejnych prezentów. Że dobrze się czuje w swoim pustym domu, nawet jeśli to nieprawda. Dora nie chce zaciągać długów, a już na pewno nie u wioskowego naziola.

Ponieważ niewidzialni goście okazują się nudziarzami, Dora wyjmuje smartfon. W ostatnich latach wielokrotnie ściągała na telefon powieści cieszące się pochlebnymi opiniami, ale żadnej z nich nie przeczytała. Tyle książek się wydaje. Tyle z nich się poleca albo poddaje surowej krytyce. Podążanie za współczesną literaturą przekracza ludzkie siły. Kolejna niemożność, której człowiek instynktownie się opiera.

Teraz jednak Dora ma czas – i ma krzesła. Może odłożyć na bok własną niechęć i przejrzeć całą cyfrową bibliotekę. Czytanie może stać się jej nowym hobby. Czymś, co świetnie nadaje się do opowiadania. *Odkąd mieszkam na wsi, bardzo dużo czytam.* Może zostać ekspertką od literatury współczesnej i pewnego dnia zacząć pisać recenzje dla Amazona.

Przypadkiem trafia na książkę zachwalaną jako „błyskotliwy dyskurs ze współczesnym stylem życia". A także jako „poetycka analiza obecnej *conditio humana*".

Już na pierwszych stronach powieści rozlegają się dźwięki budzików, dzwoniących o tej samej godzinie na nocnych szafkach kobiet w całym kraju. Dźwięki wrzaskliwe, pikające, ulubione melodie albo poranne audycje stacji radiowych. W wystawnych albo nędznych sypialniach, w wielkomiejskich rezydencjach i skromnych domach na przedmieściach, w reprezentacyjnych apartamentach w starych kamienicach albo ciasnych mieszkaniach robotniczych. Koncert ogólnokrajowy, jakby wszystkie budziki były połączone niewidzialnymi kablami. Wszędzie kobiety, wszędzie budziki. To właśnie opisuje owa powieść. I nie ustaje. Budzikowy lament, ciągnący się przez długie stronice.

Dora opuszcza smartfon. Autorka zdaje się nie wiedzieć, że w USA istnieją różne strefy czasowe. Ale nie w tym szkopuł. Dora ma kłopot z jej przesłaniem: Skandal! Te wszystkie kobiety muszą wcześnie wstawać. Muszą pracować, zajmować się rodziną – albo jedno i drugie. Wszystkie dryfują w tej samej łodzi. Nieznośny stan rzeczy. Radykalnie preferowany styl życia nagle okazuje się piekłem na ziemi. Skoro taka właśnie jest *conditio humana*, do czego zatem należałoby dążyć? Jeśli nawet ów wyjątkowy w dziejach powszechny luksus nie prowadzi do znośnego dobrobytu, jakie zadanie winien spełniać postęp? Jeśli życie to bezczelność, fakt zaś, że kobieta musi rano wstawać z łóżka, okazuje się hańbiący, po co w ogóle mielibyśmy się wysilać, jako jednostki i jako wspólnota? Skoro sam dźwięk budzika – myśli Dora – zagraża ludzkiemu szczęściu, to właściwie… możemy sobie darować.

Tragedią naszych czasów, jak mawia Jojo, jest to, że ludzie mylą swoje osobiste niezadowolenie z problemem politycznym.

Może to nie tylko typowy dla Jojo bon mot. Może to prawda. Może nie ma tu wcale mowy o pomyłce. Niezadowolenie ludzi *jest* problemem politycznym, i to gigantycznych rozmiarów. Niezadowolenie jest w stanie wysadzić w powietrze całe społeczeństwa. Wystarczy jakiś zapalnik, uchodźcy albo pandemia, a cała konstrukcja grozi zawaleniem, ponieważ nikt tak naprawdę nigdy nie uwierzył w błogosławieństwo pokoju i dobrobytu.

Dora zamyka czytnik i odtwarza nagranie wideo z Alexandrem Gerstem. Jego sympatyczna mysia twarz przyjaźnie spogląda w obiektyw kamery, a wytrenowane ciało tkwi w białym szafiastym kombinezonie. Gerst wygląda jak mały chłopiec, który dorósł, przebrał się i wyruszył na poszukiwanie przygody. I w zasadzie to właśnie stara się powiedzieć: eksploracja kosmosu jest przedłużeniem dzieciństwa w głąb bezkresnego wszechświata. Dla zaciekawionego dziecka za mały staje się najpierw przydomowy ogródek, potem podmiejski las, cały kraj, a w końcu planeta. Ciekawość nie zna granic. Astronauci są prawdopodobnie ostatnimi ludźmi posiadającymi cel. Po zakończeniu filmu Dora otrzymuje propozycję obejrzenia następnego, a potem jeszcze jednego. Nie może oderwać wzroku.

Jednak nawet najlepsze krzesła z czasem stają się niewygodne. Nogi sztywnieją, bolą plecy. W kuchni nasypuje karmy do miski Płaszczki, a dla siebie przygotowuje talerz kanapek z serem. Zerka z ukosa na Gersta i Wisemana wspinających się po ISS, wieloskrzydłej ważce krążącej w przestrzeni kosmicznej z karkołomną prędkością. W tle widać kulę ziemską. Rzeczywiście, to kula. Ogromna piłka ze skał i wody, po której biega prawie osiem miliardów ludzi. Tylko nieliczna garstka astronautów widziała to na własne oczy. Jedynie oni w pełni rozumieją odpowiedź na wielką zagadkę istnienia, która brzmi: całe to cholerstwo istnieje naprawdę. I dlatego ciekawość ma wieczny cel. I dlatego nie ma powodu przejmować się brzęczącymi budzikami. I dlatego astronauci są nie tylko najmilszymi, ale i najszczęśliwszymi ludźmi pod słońcem. Z poczucia czystego szczęścia zdają się śpiewać pełną piersią. Jakiś rodzaj ludowej pieśni.

Dora otwiera okno. Śpiew nie dochodzi z kosmosu, ale z ogrodu sąsiada. I nie jest to pieśń ludowa.

Chorągiew wznieś! Szeregi mocno zwarte!

Międzynarodówka, donosi zdezorientowany mózg Dory. Nie wiedziała, że to nadal jest tu w modzie.

SA to marsz: spokojny, równy krok.

Dora zamyka okno, nóż do chleba odkłada na kredens. Straciła apetyt. Chętnie się tym zajmę! – sygnalizuje Płaszczka tęsknym spojrzeniem w stronę talerza kanapek. Dora jednak nie zwraca na nią uwagi. Zamiera w bezruchu. Dzwoniące budziki, ciekawscy astronauci, śpiewający naziści. Przy zamkniętym oknie głosy są stłumione, słowa niezrozumiałe. Może w ten sposób da się zignorować śpiew. Dora próbuje się o tym przekonać. Zaparzy herbatę. Da szansę kanapkom z serem. Obejrzy jeszcze kilka dokumentów o kosmosie. Ale nogi same niosą ją ku drzwiom. Gdy Płaszczka próbuje czmychnąć obok niej na zewnątrz, wpycha psa z powrotem w głąb sieni.

– Zostań! – Cicho zamyka drzwi.

Na hakenkreuz z nadzieją patrzą już miliony...

Głosy przybierają na sile. Dora nie wie, co miałaby zrobić. Właściwie nic. Chce tylko rzucić okiem. Jakby za murem znalazło się wielkie egzotyczne zwierzę, tak dziwne i przerażające, że koniecznie trzeba mu się przyjrzeć.

Hitlera flagi wkrótce wioną ulicami.

Dora podchodzi do muru i wspina się na krzesło. Widzi czterech mężczyzn, jest wśród nich Gote.

Siedzą przed przyczepą przy stoliku kempingowym, przed nimi stoi cała bateria butelek po piwie, a także duża butelka nordhäuser doppelkorn. Dwóch mężczyzn zdaje się pochodzić z tej samej serii produkcyjnej co Gote. Okrągłe głowy na masywnych ramionach, szorty cargo kamuflaż, sprane T-shirty. Jeden z nich ma ciemną brodę, mógłby uchodzić za dżihadystę. Ciało drugiego pokrywają tatuaże – od rąk przez ramiona aż po brzeg twarzy.

Z kolei czwarty mężczyzna wydaje się wśród nich ciałem obcym. Jest niski i szczupły, ma proste, trochę przydługie włosy, dlatego bez przerwy musi odgarniać z czoła kosmyki. Jego nogi zakrywają długie dżinsy, a szczupły tors – jesienna, brązowa sztruksowa marynarka. Choć przy Gotem i pozostałych wydaje się niemal dzieckiem, emanuje niepokojącą energią. Podczas śpiewu nadaje ton, kłuje powietrze palcem wskazującym i na koniec niemal podrywa się z krzesła.

Dawnej niewoli już się kończy czas!

Umilkłszy, czterej mężczyźni trącają się butelkami.

Naraz Dora uświadamia sobie prosty fakt: jeśli ona widzi tych mężczyzn, oni również mogą ją zauważyć. Powinna wrócić do pałaszowania kanapek z serem, i to niezwłocznie.

W jednym z tekstów poświęconych Trzeciej Rzeszy Dora znalazła niegdyś wyjaśnienie, jak wcześnie strach przejmuje władzę w rozchwianych społeczeństwach. Jak niemal niezauważalnie nowe kryteria wkradają się w najdrobniejsze codzienne decyzje. Co komu można jeszcze powiedzieć. Kiedy lepiej wyjść z restauracji lub wybrać inną drogę do pracy. Mózg przyzwyczaja się do wytycznych strachu, włącza je do sposobu myślenia i zaciera ślady. Człowiek nie cierpi z powodu strachu, ale go praktykuje. Dostosowuje się do odmiennej sytuacji, aż bezboleśnie wtapia się w tło.

Ten mechanizm sprawia, że okropieństwa wciąż się w świecie powtarzają. Jest tylko jeden środek zaradczy: to nie ze złem trzeba walczyć, ale z własnym tchórzostwem.

Zamknij się, nakazuje Dorze jakiś głos w jej głowie. Wracaj do środka i obejrzyj kolejny film Gersta.

Ona jednak zostaje. Chce być porządną obywatelką i myśli o tym, co należy zrobić. Zadzwoń na policję. Jeśli się nie myli, pieśń Horsta Wessela jest zakazana. Poza tym to nielegalne przyjęcie w czasie pandemii. Ale czy funkcjonariusze pofatygują się do radiowozu z powodu paru prowincjonalnych pijaków? I czy byłaby wtedy dobrą obywatelką, czy raczej donoszącą na sąsiadów denuncjatorką?

Wejdź do środka, zjedz kanapki i zajmij się swoimi sprawami.

Nie można jednak wykluczyć, że tworzy się tam właśnie nowe narodowosocjalistyczne podziemie. Piwo i sznaps na krzesłach kempingowych oraz ogromny arsenał broni w budynku mieszkalnym.

Ale Gote przecież taki nie jest. To ktoś, kto rozdaje w prezencie łóżka i krzesła.

W tej właśnie chwili Gote unosi głowę, jakby usłyszał swoje imię. Mruży oczy, skupia wzrok i kiwa do niej głową, zanim Dora zdążyła się pochylić.

Wstaje ociężale i przez moment przytrzymuje się blatu, by przyzwyczaić ciało do pozycji pionowej. Potem rusza przed siebie, chwiejąc się na nogach jak marynarz po miesiącach spędzonych na morzu.

Za późno na odwrót. Gote zmierza prosto w jej stronę. Dora zaczyna odczuwać na karku mrowienie. To nie są unoszące się bąbelki, to prawdziwy strach.

Gote zatrzymuje się tuż przed murem, nie wchodzi na skrzynkę. Zważywszy na jego stan, byłoby to zapewne zbyt duże ryzyko. Nawet z pewnej odległości tak mocno cuchnie doppelkornem, jakby się w nim wykąpał.

– Nie byłem u ciebie w domu – oznajmia.

Mrowienie na karku Dory ustępuje.

– Wiem – odpowiada.

– Nie zaglądałem też przez okna.

Dora przytakuje.

– Oddam ci klucz, już wkrótce. – Patrzy prosto na nią ufnym spojrzeniem zaczerwienionych oczu. – Czy podobają ci się krzesła?

– Są świetne. Ale… Gote…

– Cieszę się. – Uśmiech wykrzywia jego usta. Odwraca się. Na podziękowaniu najwyraźniej mu nie zależy.

– Chwileczkę! – Dora szuka odpowiednich słów. – Krzesła są ładne, ale nie chcę od ciebie żadnych mebli.

Mina Gotego wyraźnie świadczy o tym, że nie rozumie, w czym rzecz.

– Dlaczego? – pyta, a Dora w tym samym momencie odpowiada:

– Dla zasady.

Patrzy na nią przez chwilę, po czym wzrusza ramionami i wraca do swoich towarzyszy.

Dora próbuje wykrzesać z siebie odrobinę dumy. W końcu wyraziła własne zdanie. Nie w internecie, nie na kolumnach komentarzy, nie podczas degustacji wina z przyjaciółmi o podobnych poglądach. Ale w obecności naziola, który jeszcze kilka minut temu bredził coś o swastykach i hitlerowskich flagach. To z pewnością więcej, niż może o sobie powiedzieć dziewięćdziesiąt procent lewicowo--liberalnego Berlina. Nawet jeśli, ściśle rzecz biorąc, chodziło jedynie o krzesła.

– Nie potrzebuję żadnych mebli! – wykrzykuje Dora. – Ściany nie są nawet pomalowane.

Gote się nie odwraca. Wpatrują się w nią za to trzej pozostali naziści, wytatuowany tak mocno się przechyla, że omal nie spada z krzesła. Facet w marynarce marszczy brwi. Wydaje się mniej pijany od pozostałych.

Dora ma ochotę pojechać z Gustawem i Płaszczką do Kochlitz, wsiąść do pociągu i zabarykadować się w mieszkaniu Jojo w Charlottenburgu.

– Co jest, Gote? – słyszy głos mężczyzny w marynarce.

– Nic, Krisse – odpowiada Gote.

Dora zeskakuje z krzesła i wbiega do domu.

Płaszczka wita się z nią tak, jakby nie widziały się od miesięcy. Dora chce do kogoś zadzwonić. Ale nie na policję. Stojąc w sieni, wystukuje numer Roberta. Odbiera natychmiast.

– Cześć, jak się masz?

Jego głos brzmi nader zwyczajnie. Jakby nic się nie wydarzyło. Jakby nic ich nie poróżniło. Jakby Dora wyjechała tylko na urlop, by nabrać nieco dystansu. Odchrząkuje.

– Właściwie to całkiem dobrze.

– Jak tam prowincja?

Dora zastanawia się, skąd Robert wie, gdzie przebywa, ale on sam odpowiada sobie na pytanie:

– Axel powiedział mi, gdzie się ukrywasz. Jak się nazywa ta wioska?

– Bracken.

– Zabawnie. Kiedy wracasz?

– Jeszcze nie wiem.

– Spokojnie, nie spiesz się.

W pogodnym tonie jego głosu pobrzmiewa sarkazm. Robert panuje nad sobą. Nie chce pokazać, jak bardzo czuje się zraniony. Może to duma. A może sądzi, że chętniej do niego wróci, jeśli będzie udawał, że nic się nie zmieniło.

– A u ciebie?

– Ach, sama wiesz. Te orgie dyskusji o zniesieniu ograniczeń nieźle mnie dołują.

Z początku Dora nie rozumie, o co właściwie mu chodzi. Potem przypomina sobie wypowiedź Angeli Merkel, że nie chce żadnych rozmów na temat złagodzenia obostrzeń. Dora nie śledzi dyskusji na bieżąco. To, co w stolicy gra pierwsze skrzypce, tutaj jest zaledwie cichą muzyką w tle.

– Lockdown musi być utrzymany za wszelką cenę – mówi Robert.

– W ogrodzie sąsiada siedzi czterech nazistów, śpiewają pieśń Horsta Wessela – oznajmia Dora.

Robert milczy przez chwilę. Musi najpierw przetrawić usłyszane zdanie. Dora czeka na uszczypliwą ripostę. Od *A widzisz* do *Sama jesteś sobie winna* – niejednego można się spodziewać. Robert jednak oznajmia:

– Może w tej okolicy to normalne.

W jego słowach nie pobrzmiewa złośliwa satysfakcja. Jakby chciał ją raczej uspokoić. Dora to docenia.

– Trochę się boję.

– Nazistów?

– Chyba tego, że nie wiem, jak postąpić.

– Ja się boję nadejścia drugiej fali – mówi Robert. – Będzie gwałtowna.

Po kilku minutach kończą rozmowę. Dora wychodzi na dwór i nasłuchuje. Wszystko ucichło. Żadnych śpiewów, wrzasków ani śmiechów. Podchodzi do muru. Nic nie słychać. W koronach drzew przelatuje sroka. Gdzieś tu musi mieć swoje gniazdo. A może to gniazdo jakiegoś drapieżcy?

Zdjęta ciekawością, Dora ponownie wdrapuje się na krzesło. Ostrożnie wychyla głowę ponad murem. Nic. Ogród sąsiada jest pusty. Nawet butelki zniknęły. Dora przebywała w domu najwyżej dziesięć minut. Można to nazwać pospiesznym wyjazdem. I kto tu kogo się boi? – myśli sobie.

Pozostaje jednak pytanie, czy owo przypominające ucieczkę zniknięcie to dobry czy może zły znak.

21
Płaszczki

Dwie godziny później, po obejrzeniu trzech kolejnych dokumentów Alexandra Gersta, Dora już wie, że lot na ISS trwa niewiele dłużej niż na Wyspy Kanaryjskie, że w kosmosie można zachorować na osteoporozę i że nie ma nic piękniejszego niż widok Ziemi z oddali.

Sama chciałaby choć raz zobaczyć siebie z zewnątrz. Opuścić swoje ciało w niewielkiej rakiecie, pokonać pole grawitacyjne własnego ego i wznieść się do stanu bezosobowej nieważkości. Może wtedy wreszcie przekonałaby siebie, że naprawdę istnieje. Że copywriterka z małym pieskiem jest tak samo realna jak ten podest, przydrożne latarnie i wioska Bracken. Kawałek powszechnego bytu, a nie tylko bełkoczący głos w zagmatwanym filmie.

Dora pamięta, że w dzieciństwie miewała czasem chwile niezwykłej jasności. W samym środku zabawy narracyjny głos w jej głowie nagle milkł. Jakby zawiesił się system operacyjny. *Błąd 0x0*. Miała wrażenie, jakby ktoś nagłym szarpnięciem zerwał zasłonę skrywającą prawdziwą naturę rzeczy. Zadziwione spojrzenie w tekst źródłowy. Naraz Dora przestawała być zarówno narratorem, jak i słuchaczem. Zastygała w bezruchu, unosiła wzrok i spoglądała na otoczenie nowymi oczami. Biurko z rozpoczętą pracą domową, komoda z dwiema szufladami, po prawej T-shirty, po lewej skarpety. Myślała sobie wtedy: A niech to, ja istnieję. Podobnie jak biurko i regał. Potem uczucie to blakło, a Dora wracała do zabawy, jakby nic się nie stało.

YouTube proponuje następny film, ale Dora odkłada tablet. Zrobiło się późno. Od kilku godzin siedzi przed domem na jednym z nowych krzeseł. Gote i jego przyjaciele już nie wrócili.

Właśnie ma zamiar umyć w łazience zęby, gdy Płaszczka wszczyna w sieni alarm. Skowyt, szczekanie, drapanie starych desek podłogowych. Czyżby ktoś pukał do drzwi? Dochodzi północ. Może Gote przyniósł znowu jakieś meble. Albo chce jej powiedzieć, że ją załatwi, jeśli jeszcze raz zajrzy za mur. Albo Heini przyszedł ściąć robinię. Dora szybko płucze usta. Gdy wchodzi do sieni, ktoś uderza dłonią w drzwi wejściowe. Przerażający łomot. Zwłaszcza że przez obie szybki w drzwiach nikogo nie widać. Koboldy, myśli sobie Dora. Zdobywa się na odwagę i otwiera.

– Cześć – mówi Franzi.

Jest tak niska, że czubek jej głowy nie sięga nawet przeszklenia drzwi. Ma na sobie to samo ubranie co po południu: żółty T-shirt, obcięte dżinsy i gumowe sandały. Długi warkocz jest bodaj jeszcze bardziej zmierzwiony. Płaszczka podskakuje wokół niej, jakby przez cały wieczór czekała na tę wizytę.

– Jest środek nocy – mówi Dora. – Co ty tu robisz?

– Powiedziałaś, że pokażesz mi płaszczki.

– Nie sądzę, by twój ojciec pozwalał ci włóczyć się o tej porze po wsi.

– U taty wszystko mi wolno. U mamy nie.

Wolność czy może puszczenie samopas, myśli Dora. Na głos zaś mówi:

– Wracaj do domu.

– Prroooszę! – Dora nie może znieść sposobu, w jaki dziewczynka przeciąga sylaby. Brzmi jak drapanie paznokciami po łupkowej tabliczce. – Prroooszę!

Już nabiera tchu, by ponownie odesłać Franzi, ale znów pojawia się błagalne spojrzenie i drobne, zaciśnięte jakby do płaczu usta. Wzdycha.

– Ale tylko tyle, ile zajmie mi wypalenie papierosa.

Kiedy wskazuje na krzesła, Franzi gwałtownie potrząsa głową. Chce usiąść na schodach. Płaszczka kładzie się połową tułowia na jej kolanach i pozwala się głaskać. Dora włącza YouTube'a. Po chwili przez Ocean Indyjski płyną dwie gigantyczne manty. Ruchy ich płetw są powolne i majestatyczne, rozwarte pyski trochę przerażające. Manty zataczają kręgi jakby w zwolnionym tempie, wcale nie zważając na filmujących je nurków. Zwariowane maszyny latające rodem z filmów science fiction. Na ich widok Dora czuje respekt przed potęgą natury. Ogromną inteligencją stworzenia. Nawet bez rakiety uzmysławia sobie, że przynależy do tego świata. Ludzie, manty, mikroby – to wszystko formy tego samego istnienia. Jest tak zafascynowana, że zapomina o papierosie. Franzi patrzy, rozdziawiając usta.

Kolejny film pokazuje, jak manta szuka bliskości nurków, by uwolnić się od żyłki wędkarskiej wrzynającej się głęboko w jej płetwę. Widocznie manta wie, że wszystkie gatunki spowija jedno wielkie *my*. Zniweczyć i ocalić. Współpracować i walczyć. Zagłada i opieka. To wszystko aspekty tego samego związku, który jak sądzi Dora, można by nazwać wspólnym domem.

– Na dziś wystarczy – mówi do Franzi.

– Jeszcze jeden – błaga dziewczynka.

Oglądają ostatni film o mancie. Dora wypala papierosa, podczas gdy dłonie Franzi nadal głaszczą sierść śpiącego psa.

– To było ładne – mówi Franzi po zakończeniu filmu.

O dziwo, Dora uważa podobnie. Miło jest posiedzieć w środku nocy na schodach, kiedy nietoperze i sowy wyruszają na łowy, a w trawie szeleści jeż i sapie jak dzik. Dora obejmuje Franzi ramieniem i przez chwilę ją przytula.

– Czas do łóżka – mówi. – Gdzie ty w ogóle mieszkasz?

Franzi wpatruje się w nią, jakby nie zrozumiała pytania.

– Z moim tatą – odpowiada powoli i stanowczo.

– To znaczy… w którym domu?

Franzi kiwa głową, być może naśladując reakcję nauczycielki na głupotę jej uczniów.

– Tamte krzesła – mówi.

– Co z nimi?

– Kiedyś na nich siedziałam. Z trzema poduszkami.

Podczas gdy umysł Dory wzbrania się przed łączeniem faktów, Franzi mówi dalej:

– Tata zabrał je z domu specjalnie dla ciebie. Zwykle w ogóle tam nie wchodzi.

Franzi spycha Płaszczkę z kolan i wstaje. Zdezorientowany pies potrząsa uszami, dziewczynka zaś zbiega po schodach i przemyka przez działkę. W kierunku muru, nie do ogrodowej furtki.

Tata. Krzesła. Pusty dom. Światło latarki na piętrze. Koboldy w ogrodzie Dory.

Franzi wspina się na krzesło, jednym susem wdrapuje się na szczyt muru, przekłada nogi na drugą stronę, unosi dłoń w geście pozdrowienia, po czym zeskakuje na ziemię. Dora słyszy głuchy łoskot w trawie.

22
Krisse

Tej nocy wybacza sobie bezsenność. Córka nazisty. Brzmi niemal jak tytuł powieści sprzedawanej na stacjach benzynowych. Dora leży na łóżku, które nadal pachnie lekko farbą, i surfuje po internecie.

Covidowi denialiści z prowincji – nazistowski protest w sieci.

Stołeczny dziennikarz donosi, że wschodnioniemieccy naziści, którzy z powodu pandemii koronawirusa nie mogą organizować wieców na rynkach prowincjonalnych miasteczek, nasilają kampanię w mediach społecznościowych. Na przykład Christian G. z Plausitz, niegdysiejszy nauczyciel w szkole podstawowej, tak skrajnie prawicowy, że Björna Höckego nazywa mięczakiem. Christian G. uruchomił właśnie kanał na YouTubie o nazwie FER, będącej skrótem od *Freiheit, Einheit, Reinheit* (*Wolność, Jedność, Czystość*). Całkiem serio uważa, że koronawirus jest wymysłem Angeli Merkel, a exodus wsi wynikiem tajnego programu wymiany ludności: infrastruktura wiejska jest demontowana w celu wyludnienia całych regionów, które następnie można będzie ponownie zasiedlić muzułmanami.

Dziennikarz pisze, że Christian G. pisze, że mamy tu do czynienia z naruszeniem konstytucji, które uruchamia prawo do oporu zgodnie z art. 20, ust. 3, pkt 4 ustawy zasadniczej. Artykuł ilustrują screenshoty odpowiednich wpisów na Twitterze. *Odludowieniu* Christian G. i jego stronnicy chcą przeciwstawić *ludową ekspansję*. Za wszelką cenę.

Dora prawie się roześmiała. Ludowa ekspansja! Powinna wysłać Jojo zrzut ekranu. Z podpisem: Ekspansja tkanek nowotworowych rasizmu.

Porzuca tę myśl i czyta dalej. Próbuje oburzać się faktem, że stołeczni dziennikarze zaglądają do Brandenburgii tylko wtedy, gdy trzeba wynająć łodzie mieszkalne albo podziwiać nazistów. Do świętego oburzenia sam lokalny patriotyzm jednak nie wystarczy. Odwleka moment, w którym obejrzy youtube'owy kanał Christiana G. Widziała jego zdjęcie. Było kiepskiej jakości, ale nader jednoznaczne. Drobna postura, zbyt długie włosy. I ta sama sztruksowa marynarka.

Kiedy Dora w końcu włącza kanał, znikają ostatnie wątpliwości. To Krisse. Jak na nauczyciela, ma zadziwiająco cienki głos, który dobrze współgra z jego szczupłymi ramionami. Siedzi przy biurku jak jakiś doradca finansowy, wpatruje się beznamiętnie w aparat telefonu komórkowego i bełkocze o wymianie ludności, odludowieniu i ludowej ekspansji. Od całej tej ludowości Dorze kręci się w głowie. Wyłącza tablet i zamyka oczy. Christian G. przebywał w ogrodzie jej sąsiada i śpiewał pieśń Horsta Wessela. Może świętowali udany start jego kanału na YouTube. No cóż, wystarczy jeden jedyny raz zasugerować, że koronawirus jest wymysłem Angeli Merkel, by portal informacyjny zapewnił darmową reklamę.

Dora uważa, że musi zmienić swoje życie. Musi zniknąć. Z tej wsi, może z Niemiec. Potrzebuje nowej pracy, przyjaciół, samochodu. To pewne. To nie jest przelotna nocna myśl, ale stwierdzenie faktu. Zajmie się tym z samego rana. Zwinie manatki i zacznie wszystko od nowa. Gdzieś indziej.

23
Hortensje

Kiedy się budzi, słońce zagląda do okien. Stare deski podłogowe lśnią soczystym odcieniem złota, w powietrzu tańczą połyskujące drobiny kurzu. W nogach łóżka rozlega się ciche chrapanie. Płaszczka leży na plecach, śpi głębokim, twardym snem. Może jednak spróbuje jeszcze przez chwilę pomieszkać w Bracken.

Coś obudziło Dorę. Przeszywający sygnał, gorszy niż jakikolwiek dźwięk budzika. Znowu to samo. Klakson, naciskany kilkakrotnie z rosnącym zniecierpliwieniem. Dora nie spodziewa się ani gości, ani przesyłki. Mimo to klakson wyrywa ją ze snu. Musi sprawdzić, co się dzieje na ulicy. Ewentualnie zbesztać idiotę za zakłócanie porannej ciszy.

Zerka na ekran smartfona. Aż tak wcześnie wcale nie jest. Już dawno nie zdarzyło jej się pospać tak długo.

Przed domem stoi pikap. Toyota hilux w kolorze brudnej bieli, z kanciastą maską, pewnie już oldtimer. Dora nigdy by nie pomyślała, że ta fura wciąż jest sprawna. Za kierownicą siedzi Gote i naciska klakson. Kiedy dostrzega Dorę, pochyla się nad siedzeniem pasażera.

– Zbieraj się!

Stoi w promieniach słońca ze zmierzwionymi włosami. Ma na sobie tylko stary T-shirt i majtki. Ale na Gotem nie robi to chyba żadnego wrażenia.

– Zamurowało cię?

– Że co?

– Zakupy! – woła Gote. – No, dalej.

Dora jest posłuszna. Wbiega z powrotem do domu, wkłada dżinsy, bierze na ręce Płaszczkę i niezwłocznie wychodzi. Wsiada do samochodu Gotego, jakby to była najzwyklejsza rzecz pod słońcem. Ledwie zamknęła drzwi, Gote ostro wciska pedał gazu.

Jej żołądek się buntuje. Przeciwko przyspieszeniu, ale jeszcze bardziej przeciwko pytaniu, co ona tu właściwie robi. Obok niej siedzi mężczyzna, który poprzedniego wieczoru razem z podżegaczem ludowym śpiewał nazistowskie pieśni. Patrzy na drogę, ściskając oburącz kierownicę. Może zmierza do najbliższego kamieniołomu, by pozbyć się natrętnej sąsiadki. Jego wyziewy uderzają w jej nozdrza. Papierosy, gorzała, brak higieny. Zapach niczym wypowiedzenie wojny. Ukradkiem przygląda mu się z ukosa. Po raz pierwszy nie dzieli ich mur. Rzeczywiście jest wysoki, pewnie metr dziewięćdziesiąt wzrostu i sto kilo wagi. *Homo giganteus brackensis*. Czasem mruży oczy, jakby nie widział wyraźnie drogi. Prawdopodobnie ma we krwi dwa promile alkoholu.

Jak to się stało, że wsiadła do tego samochodu? Zamurowało cię? No, dalej. Chce wrócić do domu. Choć tam pewnie by się zastanawiała, jak spędzić dzień i dlaczego przeprowadziła się na to bezludzie, skoro własne towarzystwo jest dla niej tak mało budujące. Już lepiej jej będzie na siedzeniu w samochodzie neonazisty.

Dora trzyma na kolanach Płaszczkę, która pilnie musi zrobić siusiu. Po dziesięciu minutach cisza staje się nie do zniesienia.

– Jak tam Franzi?

– Dobrze.

– Co porabia?

– Jeszcze śpi.

– Była u mnie zeszłego wieczoru.

Gote nie odpowiada. Wyraz jego twarzy nie zdradza, co o tym sądzi.

– Dokąd jedziemy?

– Market budowlany.

– Czy dzisiaj nie jest niedziela?

– Otwarte z powodu pandemii.

– Niby czemu?

– Nie wiem. Od jutra maski.

Bracken gromadzi zapasy, myśli Dora. Nawóz do trawnika i wiertła zamiast makaronu i papieru toaletowego. Noszenie maseczki jest pewnie poniżej godności *homo brackensis*. Dora czeka na wyjaśnienie, dlaczego również ona musi się tam udać. Na próżno. Ani słowa komentarza na temat tego, że Angela Merkel i Bill Gates chcą wstrzyknąć całej ludzkości mikroczipy. Albo że wirus jest tylko formą selekcji naturalnej, która oczyści społeczeństwo ze słabeuszy. Gote milczy i patrzy na drogę.

– Ile właściwie lat ma Franzi? – zagaja rozmowę Dora.

– Czy możesz być cicho? Prowadzę.

Jeśli kiedykolwiek będzie szukała nauczyciela w zmaganiach z wielozadaniowością, Gote będzie odpowiednim kandydatem. Trzymać kierownicę. Dodać gazu. Nic poza tym.

Gote jedzie drogą do Plausitz ze stałą prędkością stu dwudziestu kilometrów na godzinę, w terenie zabudowanym zwalnia do osiemdziesięciu. Szybko docierają do Elbe-Center. Gote parkuje i nie czekając, aż pasażerka wysiądzie z samochodu, rusza przodem ku drzwiom obrotowym. Dora kładzie na chwilę Płaszczkę na suchej ziemi kwietnika, gdzie pies natychmiast się załatwia, po czym biegnie za Gotem, który zniknął już we wnętrzu. Przy drzwiach musi chwilę zaczekać, gdyż ludzie jeden po drugim tłoczą się z wózkami pełnymi zakupów. Nikomu to chyba nie przeszkadza, wszyscy są cierpliwi. Atmosfera jest tak samo swobodna jak poprzednim razem.

Dora podąża przez sklepowe alejki w ślad za szerokimi plecami Gotego, zastanawiając się, czy inni klienci nie biorą ich przypadkiem za małżeństwo. Rzeczywiście, tego ranka dobrze się dobrali. Oboje w poplamionych T-shirtach, oboje nieumyci, Dora nadto nieuczesana i bez śniadania. Fakt, że Gote wcale nie dba o to, czy Dora za nim nadąża, również świadczy o długoletnim związku. Myśl ta ma w sobie dziwny urok. Inne życie. Upojne poczucie wolności, pojawiające się w chwili, gdy postanowisz wszystko olewać.

Kiedy Gote przystaje, prawie na niego wpada. Znaleźli się w dziale z farbami ściennymi. Gote przeszukuje półki, marszcząc czoło, jakby obliczał coś w pamięci. W końcu wyjmuje sześć dużych pojemników. Biała, do wnętrz, średniej jakości. Odwraca się do niej.

– A może chcesz inny kolor?

Dora potrząsa głową zaskoczona. Nie chce żadnego koloru. Niczego nie chce. Ale Gote już ruszył dalej, w kierunku kasy. Jeśli teraz spróbuje odebrać mu pojemniki z farbą, dojdzie do awantury. Co wczoraj wykrzyczała? Nie potrzebuję żadnych mebli. Ściany nie są nawet pomalowane. Gote obliczył w pamięci powierzchnię ścian w jej pokojach. W każdej ręce dźwiga trzy dziesięciolitrowe pojemniki. Dora sięga do tylnej kieszeni dżinsów. Dzięki Bogu zabrała portfel.

Gdy Gote zatrzymuje się tuż przed kasami, Dora rzeczywiście na niego wpada. Czuje, jakby uderzyła o wyściełaną ścianę. Omal nie nadepnęła przy tym na Płaszczkę. Prawie w tym samym miejscu niedawno zderzyła się z Tomem. Gote nie zachwiał się ani trochę.

– Te są ładne. – Wskazuje na regał w kształcie piramidy, na którym wystawiono duże donice z kwiatami w promocyjnej cenie. Większość jest obsadzona hortensjami, których bujne kwiatostany mienią się pastelowymi odcieniami.

– Duża obniżka. Weź od razu dwie.

Horst Wessel i hortensje. Mógłby to być początek dadaistycznego wiersza. Oczywiście, nigdzie nie napisano, że neonaziści nie lubią hortensji. Mimo wszystko bardzo to zabawne. Groźba nader istotnego fałszu, jakoby bajecznie łatwo dało się oddzielić dobro od zła.

– Te są najładniejsze. – Nie odstawiając pojemników z farbą, Gote czubkiem buta wskazuje dwa okazy. – Postawisz je na schodach.

Dora bierze doniczki z kwiatami i zanosi je do kasy. Chce zapytać sprzedawcę, czy pojawiły się sadzeniaki. Ale Gote stawia już pojemniki z farbą na taśmę. Pora zapłacić.

24
Żołnierzyki

Przed ogrodową furtką Gote hamuje tak gwałtownie, że Dora aż zgina się wpół. Nie wyłączywszy silnika, wyładowuje pojemniki z farbą, taszczy je po schodach i stawia między kuchennymi krzesłami. Na podeście robi się tłoczno. Ani słowem nie wspomina o tym, że wciąż nie wniosła krzeseł do domu. Zapala papierosa i przygląda się, jak Dora ustawia donice z hortensjami po lewej i prawej stronie schodów. Prezentują się naprawdę dobrze.

– Dużo podlewaj – nakazuje Gote, częstując ją papierosem. Palą w milczeniu, śledząc wzrokiem biegającą po ogrodzie Płaszczkę. Dora zerka na ekran smartfona. Pół do dwunastej. Omal nie zadaje pytania: A co robimy dziś po południu?

W tej samej chwili rzucają niedopałki przez balustradę.

– Coś ci pokażę – mówi Gote.

Otwiera drzwi, wchodzi do środka i kieruje się schodami prosto na strych, jakby doskonale znał ten dom. Dora była na strychu tylko kilka razy. Jest niezagospodarowany i wygląda trochę strasznie, jak z horroru dla dzieci. Świat chropowatych belek, pajęczyn, kurzu i skąpego światła wpadającego przez małe świetliki. Podłogę pokrywają stosy martwych much i motyli.

Gote bez wahania idzie na sam koniec dużego środkowego pomieszczenia. Jego buty zostawiają ślady na zakurzonej podłodze. Ze względu na skosy dachu musi się pochylić. Wygląda na to, że szuka czegoś konkretnego. Przyklęka i dłońmi przeciera podłogę z kurzu i martwych owadów.

– Co robisz?

– Kiedyś było tu przedszkole – mówi Gote.

– To znaczy... w moim domu?

– Wiejskie przedszkole. – Gote uderza płaską dłonią w belkę nośną, jakby poklepywał bok wiernego konia. – Od zawsze. Dopóki go nie zamknęli.

Przed oczami Dory rozgrywa się film przypominający *Dzieci z Golzowa*. Czarno-biały, szarpany. Dzieci w mundurkach machają do kamery, wchodzą parami po schodach i znikają w domu zarządcy majątku, odprowadzane surowym spojrzeniem guwernantki.

– Czy ty też tu chodziłeś? Jako dziecko?

– Jasne.

– Heini także?

– Wszyscy tu byli.

A więc nie tylko Gote zna ten dom. Zna go całe Bracken. Nowi sąsiedzi Dory spędzili pierwsze lata życia w jego pomieszczeniach i zapewne wciąż co nieco pamiętają. Kształt klamek w drzwiach albo szczeliny w kuchennej podłodze. Otwory po sękach w podłogowych deskach, wyglądające gdzieniegdzie jak ślepia zwierząt. Wilgotny zapach dobywający się z piwnicy. Dora przypomina sobie popsute zabawki znalezione w warzywniku. Nie wiedziała, że przyjdzie jej zamieszkać w cudzym dzieciństwie.

Podchodzi do Gotego, przyklęka. Jego palce dotykają podłogi. W końcu znajduje to, czego szuka. Duży otwór po sęku z tkwiącym w nim ciemniejszym kawałkiem drewna. Gote wsuwa w szczelinę paznokieć palca wskazującego i wyjmuje deszczułkę. Następnie usiłuje coś wyjąć, ale jego palce nie mieszczą się w dziurze.

– Nie mogę dosięgnąć – mówi zaskoczony. – Ty to zrób.

Dora chce powiedzieć, że ma za duże dłonie, a jednak udaje jej się wcisnąć do otworu palce wskazujący i środkowy. Szuka po omacku pod deskami podłogi, aż natrafia na jakiś przedmiot. Ostrożnie chwyta opuszkami jego róg i go wyciąga.

– Musi być jeszcze jeden.

Udaje jej się wyłowić także drugi przedmiot. Kładzie oba na dłoni, wychodzi z kąta i staje pod świetlikiem. To ołowiane żołnierzyki w jaskrawych barwach, pełne szczegółów i zadziwiająco ciężkie, jak na swoją wielkość. Jeden klęczy w wykroku z karabinem gotowym do strzału, drugi stoi na baczność i prezentuje broń. Gote podchodzi do Dory i uśmiechając się, pochyla się nad jej dłonią.

– Czy to są… To znaczy, ukryłeś je tutaj? – pyta Dora. – Gdy byłeś mały?

Gote przytakuje.

– Uznałem, że są zbyt cenne, żeby się nimi bawić. Nie chciałem, żeby ktoś mi je zabrał.

Dorze zbiera się na płacz. Opuszkiem palca głaszcze małe brzuszki żołnierzy. Gote się prostuje.

– Prezent dla ciebie.

Zanim zdążyła cokolwiek powiedzieć, odwrócił się i ruszył po schodach. Nadal nie oddał jej kluczy.

25
E-mail

Dora wnosi krzesła do domu i ustawia je przy kuchennym stole. Następnie sięga po kompozycję kwiatową Steffena z błękitnymi szklanymi kulkami. Dwa ołowiane żołnierzyki umieszcza w trawie, wyglądają tak, jakby czatowały na wroga w trzcinowych zaroślach mokradeł. Długo siedzi przy stole i podziwia efekt. Z projektu Steffena i przeszłości Gotego wyłonił się miniaturowy świat. Małe dzieło sztuki. Dora uznaje, że dobrze pasuje do wnętrza. Cały dom zdaje się skupiać wokół tej kwiatowej aranżacji. Kolorowe płytki, drewniana podłoga, hortensje i łóżko z palet. Teraz, kiedy kompozycja znalazła swoje miejsce na stole, Dora nie mieszka już w prowizorce. Może poprosi Toma i Steffena o kilka dodatkowych skrzynek na rośliny i ustawi je w regały, jakie widuje się w magazynach lifestyle'owych. Wieże z drewnianych skrzyń z wyblakłym nadrukiem, wypełnione jedynie kilkoma ostentacyjnie bezużytecznymi przedmiotami. Dwie ustawione skośnie książki, lampa, która oświetla wyłącznie samą siebie, pojedyncze jabłko na półmisku. Miejsce to zacznie przypominać wiejski domek berlińskiego artysty, a wtedy Dora może już słać zaproszenia w rodzaju *ach-jakże-tu--pięknie*. Gratuluje sobie. Zgodność własnego autoportretu z rzeczywistością to bodaj najlepsze, co może osiągnąć współczesny człowiek.

Zastanawia się, kogo mogłaby zaprosić, choć już wie, że same rozmyślania nie zmaterializują kręgu znajomych. Powraca do przeszłości. Do spotkań z Robertem i jego przyjaciółmi. Kiedy siedzieli przy stolikach berlińskich knajpek, z kieliszkiem wina lub piwa, zajęci nieustannym wymyślaniem siebie. Rozmawiali, dużo się śmiali. Zjednoczeni na kilka godzin w jedną wielogłową, zadowoloną z siebie istotę. Piękny to obraz, ale niestety fałszywy. Nie dlatego, że wskutek pandemii zamknięto lokale – Dora zdaje sobie sprawę z tego, jak ów wizerunek prezentuje się od drugiej strony. Siedzi, rozmawia, śmieje się – i zarazem czuje, że znalazła się w niewłaściwym miejscu. Słyszy wciąż te same rozmowy o najnowszych serialach na Netflixie, błędnej polityce rządu i rosnących czynszach. Ich fragmenty zna na pamięć i z góry wie, kto i co powie. Późnym wieczorem rozmowa dotyczy związków. Współczuje się nieobecnym młodym rodzicom, którzy nie mogli przyjść, ponieważ muszą opiekować się dziećmi. Ktoś chce wiedzieć, który ekspres do kawy wytwarza najlepszą cremę. Ktoś inny oświadcza, że urlop spędzi tylko w Niemczech. Tymczasem Dora rozmyśla o tym, jaki pretekst mogłaby podać, by pożegnać się wcześniej. Ostatecznie zostaje jednak do samego końca.

To głupie, tęsknić za czymś, czego się wcale nie pragnie. Ale też bardzo ludzkie. Sięga po smartfon i wystukuje na WhatsAppie wiadomość do Jojo.

Mam już krzesła. Możesz przyjechać w odwiedziny.

Słowa te okrasza uśmiechniętą buźką, by dać do zrozumienia, że nie jest zdesperowana.

Po kilku sekundach słychać dźwiękowe powiadomienie, wyświetla się odpowiedź.

Co masz na myśli, mówiąc o krzesłach? Pzdr, Sibylle.

Dora z konsternacją wpatruje się w ekran. Najwyraźniej komórka Jojo nie należy już tylko do Jojo, ale także do jego przyszłej żony.

Sprzęt do siedzenia – odpisuje.

Sytuacja nie pozwala obecnie na żadne podróże do Brandenburgii – oznajmia Sibylle.

Dora z odrazą zaciska usta. Czyż nie spotkali się w zeszłym tygodniu w Charlottenburgu na szparagowej kolacji? Czyż Sibylle nie poparła wtedy przekornego łamistrajka Jojo?

Najwyraźniej sama zauważyła tę sprzeczność. Po serii uśmiechniętych buziek następują słowa:

Joachim jest zestresowany. Zapytam go.

Nie ma żadnego Joachima – chce jej odpisać Dora. Wymyśliłaś go sobie.

Zamiast tego otwiera portal informacyjny. Greta Thunberg widzi w koronawirusie odpowiednik kryzysu klimatycznego. Angela Merkel przestrzega przed drugą falą pandemii. Po raz kolejny ma zostać otwarte lotnisko w Berlinie. Znany reżyser teatralny nie chce być przymuszany do mycia rąk i nie ma problemu z umieraniem.

Bąbelki się unoszą. Dora kładzie dłoń na brzuchu.

W Kanadzie jakiś mężczyzna przebrał się za policjanta i zastrzelił dwadzieścia dwie osoby, ponieważ był zły na swoją byłą dziewczynę. Donald Trump zaleca wstrzykiwanie sobie środka dezynfekującego.

Bąbelki unoszą się tak gwałtownie, że Dora kładzie tablet na kuchennym stole ekranem do dołu i odsuwa go od siebie. Wyciąga palec i dotyka nim lufy karabinu klęczącego żołnierzyka. Lekkie ukłucie. Miłe. Dora kłuje się raz za razem. Myśli o Gotem. O małym chłopcu, który woli ukryć swoje zabawki, niż się nimi bawić. Zakrada się na strych, by podziwiać swoje skarby. Może on także lubił się kłuć w opuszkę palca. Im dłużej o tym rozmyśla, tym mniej bąbelków się pojawia. Czuje ulgę.

Później w drzwiach pojawia się Franzi i pyta, czy Płaszczka może wyjść się pobawić. Przez całe popołudnie Dora słyszy radosny głos dziewczynki i od czasu do czasu szczekanie psa. Wieczorem gotuje spaghetti. Franzi siada na jednym z krzeseł swojego dzieciństwa i pałaszuje trzy porcje. Potem chce malować. Dora wręcza jej papier do drukarki oraz kredki, po czym wychodzi zapalić. Po powrocie widzi wiszące w kuchennym oknie dwa tęczowe serca. Franzi jest zajęta rysowaniem portretu Płaszczki, wychodzi jej całkiem dobrze. Dora daje jej jeszcze pół godziny, aż wreszcie prosi, żeby sobie poszła. Franzi posłusznie przytakuje i znika bez ociągania.

Po raz pierwszy od wielu tygodni Dora włącza muzykę. Ostatnimi czasy w Berlinie nie potrafiła już znieść jej brzmienia. Muzyka była kolejnym głosem, który czegoś się od niej domagał – uczuć, myśli, opinii. Teraz odkrywa, że muzyka może jej także coś ofiarować. Słucha ujmujących dźwięków fortepianu Ludovica Einaudiego i siada na parapecie z kieliszkiem wina, by stać się częścią obrazu. Miniaturowy świat złożony z wina, okna i myśli.

Kiedy rozlega się brzęk smartfona, sądzi, że to Jojo wreszcie się odezwał, pewnie pisze, że wkrótce zamierza do niej wpaść. Nadszedł jednak e-mail od jej szefowej Susanne. W niedzielny wieczór, o tak późnej porze. Lepiej w ogóle go nie otwierać. Za oknem zapadł mrok. Odbicie kuchni w okiennej szybie wygląda przytulnie. Dora klika wiadomość i czyta początkowe słowa.

Droga Doro, z przykrością muszę Cię powiadomić…
Nie musi czytać dalej. I tak doskonale wie, co potem nastąpi.

26
Farba

– Słyszałem, że dają tu coś za darmo – mówi Heini. – Pracę.

Dora aż musi się roześmiać, co sprawia, że twarz Heiniego się rozpromienia. Dziś wygląda jak mały astronauta, który wyruszył pomalować niebo. Ma na sobie biały kombinezon ochronny, na głowie białe kepi. Do tego duże wiadro z pędzlami, taśmą malarską i folią ochronną. Pod pachą trzyma kilka malarskich wałków na długich kijach. Scena ta jest szczególnie dziwaczna, gdyż Heini stoi w cieniu dużej tropikalnej rośliny. Musiała wyrosnąć przez noc na schodach domu Dory, i to w ozdobnej drewnianej donicy. Jest ogromna, ma rozłożyste ramiona i palczaste liście, wciąż noszące ślady przecierania.

– Chwast rośnie coraz szybciej – mówi Heini, zerkając na palmę.

Jeśli Dora poskarży się Gotemu, na pewno zwróci jej uwagę, że roślina to nie mebel.

Heini bierze się do roboty. Razem otwierają drugie skrzydło drzwi wejściowych i wloką kołyszące się monstrum przez sień do gabinetu, gdzie palma rozkłada swoje ramiona we wszystkie strony – i fantastycznie się prezentuje. Poranny blask rozświetla jej liście.

Dora uświadamia sobie, że nie czuje już dyskomfortu, gdy ludzie oraz rzeczy pojawiają się u niej zupełnie niespodziewanie.

Wchodzi do kuchni i parzy duży dzbanek kawy, a Heini bez zbędnych wyjaśnień zaczyna oklejać w gabinecie listwy przypodłogowe.

Pół godziny później wypił trzy filiżanki kawy i pomalował połowę ściany. Franzi wchodzi bez pukania, pyta, co się dzieje, i w odpowiedzi dostaje od Heiniego do ręki pędzel.

– No proszę, ty też tu jesteś? – zwraca się do palmy w gabinecie. Potem zabiera się do malowania kątów.

Około jedenastej pojawia się Gote, ignoruje Dorę, kiwa głową w stronę palmy i chwyta wałek z najdłuższym kijem.

Przy tak dużej liczbie osób praca szybko postępuje. Dora parzy więcej kawy, dla Franzi przynosi szklankę wody. Wszyscy się pocą. Heini sypie dowcipami ze swojej nieprzebranej skarbnicy i pilnuje, żeby folia się nie marszczyła.

Uporawszy się z gabinetem i sypialnią, zabierają się do malowania sieni. Gote zaczyna gwizdać. Potrafi to robić, demonstrując tryle i vibrato, jak ktoś, kto nigdy nie uczył się gry na instrumencie, choć jest z natury muzykalny. Dora rozpoznaje melodię *Z niebieskich gór przybywamy*, Franzi przyłącza się z takim entuzjazmem, jakby niegdyś śpiewali ją razem w samochodzie podczas rodzinnych wycieczek. Heini wyśpiewuje refren na całe gardło, a kiedy już trzykrotnie przebrnęli przez pierwszą zwrotkę, Dora ośmiela się dodać dalszy ciąg tekstu: *W szkole najbardziej lubi wakacje*. Nim się obejrzała, wszyscy śpiewają razem, wymachując pędzlami w rytm muzyki. Następnie Heini intonuje *Zamrożony na lód Bommerlunder*, który jeszcze bardziej wpada im w ucho, przypominając Dorze o wycieczkach klasowych do zachodnioniemieckich wiejskich szkół, podczas których największą atrakcją była sama podróż autobusem. Od tamtej pory Dora nie doświadczyła już wspólnego śpiewu. Mimo ogólnej wesołości wciąż boi się Horsta Wessela, jak się okazuje bezpodstawnie, gdyż Franzi proponuje następnie *Kto ukradł kokosa?*, po którym przychodzi kolej na stare enerdowskie piosenki, *Bolle wyjechał na Zielone Świątki* oraz *Czerwona wstęga opasuje Ziemię*. Dora i Franzi muszą spasować, podczas gdy mężczyźni wyśpiewują wszystkie zwrotki, wręcz wykrzykując ostatnie zdanie: *To hasło rozumieją wszyscy: Solidarność!* i zrywając przy tym boki ze śmiechu.

Dość śpiewania, przez dłuższą chwilę malują w milczeniu. Dora przypomina sobie wtedy otrzymany poprzedniego wieczoru e-mail, który na jakiś czas wyparła z pamięci.

Droga Doro, z przykrością muszę Cię powiadomić, że FAIRkleidung zaciągnęło hamulec i na razie nie będzie realizować kampanii. Nadal bardzo podoba im się pomysł z Dobroludkiem, ale przyszłość jest po prostu zbyt niepewna, by podejmować tak duże ryzyko budżetowe. Jeśli sytuacja się poprawi, chcieliby zrealizować kampanię w 2021 roku.

Następnie Susanne daje jej wypowiedzenie, w słowach uprzejmych i pełnych ubolewania. Tak to się odbywa i Dora o tym wie. Kiedy budżet pęka, ludzie muszą odejść. Wielu już to spotkało – i spotka wielu kolejnych. Mimo to jest przerażona. Najwyraźniej sądziła, że jest jedną z niezastąpionych. Tych, których los oszczędzi.

Najgorsze jest zakończenie, w którym Susanne po raz kolejny podkreśla, że solidarność i zrównoważony rozwój są dla Sus-Y arcyważne, jednak *obecne czasy* nie pozostawiają jej wyboru. Ma nadzieję, że w przyszłości, gdy sytuacja się uspokoi, będzie mogła ponownie liczyć na Dorę. Z serdecznymi pozdrowieniami, Susanne.

Dora była tak mocno poirytowana, że nawet się nie zastanawiała, co to wszystko w rzeczywistości oznacza. Teraz, gdy spokojnie sunie pędzlem po ścianie, w głowie zaczynają kłębić się myśli. Właśnie kupiła dom. Wydała wszystkie oszczędności. Ma do spłacenia comiesięczne raty. Doskonale wie, co poradziliby jej w tej sytuacji koledzy po fachu: freelancing. I to niezwłocznie. Przygotować portfolio z najlepszymi pracami z ostatnich kilku lat i zaoferować swoje copywriterskie usługi na własnej stronie internetowej. Zgłosić się do agencji z całych Niemiec z prośbą o zatrudnienie na dni lub tygodnie, kiedy ich pracownicy będą chorzy, ciężarni albo przepracowani. Freelancing i tak jest lepszy, mówią freelancerzy. Pracuj mniej, zarabiaj więcej. Stawka dzienna od siedmiuset do ośmiuset euro. Jak mawiał Oli, kolega Dory: pieniądze są wyrzucane przez okno, trzeba się tylko pod nim ustawić.

W przypadku Dory nie wchodzi to jednak w rachubę. Nie jest pewna, czy w czasach pandemii pieniądze nadal sypią się z okien. Tak czy owak, nie w tym cały szkopuł. Dora pracowała już z wieloma freelancerami i wie, jak toczy się ich życie. Ci ludzie są doskonale usieciowieni i odporni na stres niczym żołnierze elitarnych jednostek. O jedenastej dostają zlecenie, a o siedemnastej muszą przedstawić swoje pomysły o wartości od siedmiuset do ośmiuset euro. Każdy projekt przypomina egzamin końcowy, przy każdym stawką jest ich własna reputacja. Etatowcy czatują na błędy freelancerów, podobnie jak prowincjonalni piłkarze cieszą się z kiksów zawodników Bundesligi. Życie pod ogromną presją. Praca pod stałym nadzorem. Dora aż się wzdryga. Nie ma najmniejszej ochoty na projekcje umysłu i wrzody żołądka. Nie ma ochoty zajmować się przepisami ochrony przed nieuzasadnionym zwolnieniem ani kontaktować się z urzędem pracy, podobnie jak nie ma ochoty wypełniać pustki myciem okien czy pisaniem maili. Szczerze mówiąc, nie wie nawet, na co w ogóle ma ochotę. Najlepiej, żeby wszystko wróciło do stanu sprzed dwóch lat. Stała praca, życie wypełnione pewnikami, Robert i ona siedzący na balkonie. Podejrzewa jednak, że nie dałaby rady do tego wrócić, nawet gdyby to było możliwe. Że coś się mimo wszystko zmieniło.

    Snuje te swoje refleksje, gdy nagle stojący obok niej Gote zanurza palec w farbie i szturcha Franzi w nos. Dziewczynka krzyczy i ucieka z białym czubkiem nosa, a Gote z wyciągniętym palcem zmierza w stronę Dory. Ona także rzuca się do ucieczki, przez gabinet, sypialnię, sień, kuchnię, łazienkę. Wszystkie pokoje są przechodnie, można biegać po nich w kółko. Gote jest nadzwyczaj szybki, ale Dora okazuje się zwinniejsza. Dopiero gdy niespodziewanie zmienia kierunek i zaczaja się na nią w kuchni, łapie ją, mocno przytrzymuje i ozdabia jej twarz serią białych plamek. Dora się śmieje, aż zaczyna brakować jej tchu, a wszystkie e-maile świata zamieniają się w odległe wołania, wiadomości z gdzie indziej, które można spokojnie zignorować.

    Heini znika, niedługo potem wokół domu rozlega się pobrzękiwanie. Kiedy Dora wygląda przez kuchenne okno, Heini właśnie wyłania się zza rogu. Ciągnie za sobą stację kosmiczną na kółkach. Zamiast kombinezonu ochronnego ma teraz na sobie fartuch z napisem *Uwaga, seryjny grillożerca*. Ustawia stację ze stali nierdzewnej pod oknem, wkrótce po całym domu roznosi się zapach pieczonych kiełbasek. Heini podaje je przez okno, Dora układa na talerzach. Sama zjada trzy, nie przegryzając chlebem, Gote pochłania pięć, Franzi dwie i pół. Na wołania Heiniego *Gorące kiełbaski!* dziewczynka za każdym razem odpowiada *Z przyjemnością, bobaski*, śmiejąc się przy tym do rozpuku.

    Po skończonym posiłku Heini wypija swoją entą kawę, podczas gdy Gote i Dora palą przy oknie papierosy. Serdeczności, Susanne. Dora pozwala sobie na kolejnego papierosa. W ogrodzie jaskółki dokonują ataków wyprzedzających na srokę, która właśnie przechadza się po trawniku, zupełnie niezainteresowana cudzymi gniazdami.

Nim wszyscy się rozeszli, zapadł już wieczór. Pomalowali więcej pokoi, zjedli więcej kiełbasek i zaśpiewali jeszcze więcej piosenek. Gote zapytał Dorę, czy nie potrzebuje porządnego biurka, odpowiedziała mu energicznym potrząsaniem głową. Heini zapowiedział, że wkrótce powróci z osprzętem elektrycznym i zainstaluje kilka lamp.

Dora nie chciała, by się rozchodzili. Miała wręcz ochotę zapytać, czy nie mogliby od razu podłączyć lamp. Odkąd drzwi wejściowe się zatrzasnęły, w uszach dudni jej cisza. Leży na łóżku i czuje każdy mięsień. Wszystko wokół niej wydaje się czyste i nowe. W powietrzu unosi się zapach świeżej farby. Powinna niezwłocznie wziąć prysznic, ale nie może wykrzesać z siebie sił. Płaszczka także wydaje się wyczerpana, choć wylegiwała się przez cały dzień i nikt jej nie zmuszał do wyjścia na spacer. Pewnie ukradkiem zjadła resztę kiełbasek. Co za uroczy dzień. Heini. Z niebieskich gór. Jak bardzo wszyscy byli zrelaksowani. Franzi. Jakże pogodnie się śmiała i jak pilnie pracowała.

Dora próbuje sobie uzmysłowić, że oto na łóżku leży bezrobotna. Osoba, która nie ma nic do zrobienia i do niczego nie jest już potrzebna. Na próżno.

Dawno temu Jojo powiedział, że w przyszłości ludzkie życie będzie się kręcić wokół zdrowia: „Idea zdrowia wyprze ideę polityki. Będą lekarze oraz walczący z nimi prawnicy. Do tego dziennikarze relacjonujący zmagania lekarzy z prawnikami. Wybierz jeden z tych zawodów".

W tym właśnie cały kłopot: w odróżnieniu od Jojo Dora jest dla systemu nieistotna. Nie zmienią tego ani jej własna strona internetowa, ani zarejestrowanie się jako freelancerka. Serdeczności, Susanne.

27
Sadie

Następnego ranka znów ktoś stoi przed domem, tym razem dzwoni do drzwi, dzięki czemu Dora ma czas spiąć włosy i włożyć spodnie. Źle spała i czuje, że nie zdoła dziś znieść czegokolwiek. Ani siebie, ani żadnych wizyt.

Przed drzwiami czeka kobieta, której nigdy wcześniej nie widziała. Nieco od niej młodsza, z mocnym makijażem. Krótkie włosy ufarbowane na platynowy blond, przekłute usta i pokrywające ramiona niezliczone tatuaże. Na lewym ramieniu Dora rozpoznaje biust syreny, który bardziej pasowałby do mężczyzny.

– Dobry, Sadie – mówi kobieta.

Skoro Dora nie ma na imię Sadie, musi to być imię jej gościa.

– Sadzeniaki – kontynuuje Sadie, unosząc pękatą torbę, która waży co najmniej dziesięć kilogramów. Wszyscy mieszkańcy wioski piją chyba jakąś magiczną miksturę. Dora zastanawia się, skąd ta kobieta wie, że potrzebuje sadzeniaków. Pytanie wydaje się raczej zbędne, ponieważ odpowiedź brzmi po prostu: *wioskowe radio*.

– Kawa? – pyta Sadie, odsuwając Dorę na bok i ruszając przez sień w kierunku kuchni. Kolejna dorosła wychowanka przedszkola, która czuje się w tym domu jak u siebie. Kiedy Dora wchodzi do kuchni, Sadie siedzi już przy stole. Przynajmniej nie zabrała się do parzenia kawy. Zajmie się tym Dora, bo sama jej potrzebuje.

– Czarna – oznajmia Sadie, zanim woda się zagotowała, a po chwili dodaje: – Bez mleka i cukru. – Dora mogłaby jeszcze pomyśleć, że czarny to jej ulubiony kolor. Albo jakiś program polityczny.

– Uciekinierka z Berlina?

Dora zamierza wyjaśnić, że pochodzi z Münsteru, ale jej się to nie udaje.

– Wielu tak robi – mówi Sadie. – Miasto jest do bani. Teraz bardziej niż kiedykolwiek.

Dora chce wyjaśnić, że pandemia rzeczywiście może spowodować prawdziwe odrodzenie wiejskiego życia, bo zdalnie można pracować nawet na odludziu, a człowiek czuje się swobodniej, jakby wirus w ogóle nie istniał. Ot, nadmiernie wydumany koszmar metropolii. Sadie nie potrzebuje jednak partnera do rozmowy. Zanim mózg Dory zdołał wygenerować stosowne zdanie, sama sobie dopowiada:

– Tu było przedszkole.

Dora kiwa głową i daje za wygraną. Monosylabiczność i gadatliwość wcale się w Bracken nie wykluczają. Woli się skupić na parzeniu kawy.

– Zamknięto, jak wszystko. Przedszkole jest teraz tylko w Kochlitz. Muszę zawozić tam Audrey i ją stamtąd odbierać. André chodzi już do szkoły. – Ponieważ mówi *O-dre* i *An-dre*, Dora dopiero po chwili się domyśla, że to imiona. – W Plausitz. Szkoła. Godzina autobusem. Zaczyna się o siódmej. O tej porze jestem już od trzech godzin po pracy.

Dora zastanawia się, czy dobrze zrozumiała, że Sadie, choć ma dwoje dzieci, wraca z pracy o czwartej nad ranem. Ale wcale nie musi pytać. Monolog Sadie toczy się w najlepsze.

– Duży do Plausitz, mała do Kochlitz, potem prace domowe i krótka drzemka, zanim znów jadę po małą. Mam prawo tylko do sześciu godzin opieki nad dzieckiem, to wszystko. Finanse. Samotna matka, mój były nie płaci. Czasami to trochę skomplikowane.

Dora stawia na stole dwie pełne filiżanki, przysiada się. Sadie pociąga łyk i kiwa głową:

– Dobra.

Obraca filiżankę między palcami i dopiero się rozkręca.

– Przez pandemię przedszkole i szkoła są teraz zamknięte. Ale mojego szefa to nie obchodzi. Nadal muszę pracować. Ten lockdown nas zniszczy. Ci w Berlinie nawet tego nie zauważają.

Dora chce zwrócić uwagę na to, że nie ma czegoś takiego jak *ci-w-Berlinie*, podobnie zresztą jak *ci-w-Bracken*, poza tym decyzje dotyczące obostrzeń zapadają w stolicach krajów związkowych, a nie w Berlinie. Zamiast tego mówi:

– Właśnie sama straciłam pracę.

Kiedy wypowiada się takie zdanie, najwyraźniej nic się nie przewraca ani nie znika. Słowa te brzmią jak deklaracja przynależności. Dora straciła pracę i oto teraz jest jedną z tutejszych. Zamierza spróbować z *Jestem bezrobotna*, ale to zajmie trochę czasu.

– Niedobrze – przyznaje Sadie.

Potem opowiada swoją historię. W trakcie rozmowy nieustannie gładzi swoje krótkie włosy lub skubie kolczyki w przekłutych wargach. Dora dolewa kawy. Opowieść Sadie zaczyna ją ciekawić.

Pracuje w odlewni na zachodnich obrzeżach Berlina, gdzie jest odpowiedzialna za obsługę suwnicy pomostowej. Stała nocna zmiana, godzina jazdy. Mimo że Dora nie wie dokładnie, czym jest suwnica, wyobraża sobie drobną kobietę, która w środku nocy pod dachem rozległej hali fabrycznej obsługuje dźwignie, przenosząc z wielkich pieców ogromne kadzie pełne rozgrzanego do czerwoności stopionego metalu do jakichś form odlewniczych.

O pół do szóstej wieczorem Sadie przygotowuje dzieciom kolację i zazwyczaj musi ruszać w drogę, zanim skończą jeść. Dziesięcioletni André kładzie swoją młodszą siostrę do łóżka i spędza pół nocy w internecie, w czym Sadie nie może mu przeszkodzić, mimo że dzwoni co pół godziny i przypomina mu, żeby szedł spać. Wraca do domu około czwartej nad ranem, drzemie przez dwie godziny na kanapie, zwykle zbyt zestresowana, by zasnąć, a o szóstej zaczyna przyrządzać śniadanie.

– Z początku nie chcieli mi przyznać opieki, bo przecież w ciągu dnia jestem w domu. – Sadie się śmieje. – Teraz mam kilka godzin w świetlicy. Ale od początku pandemii sypiam wyłącznie w weekendy. Mogę mieć tylko nadzieję, że firma się utrzyma. Jeśli okroją mi etat, pójdziemy na dno. – Ponownie podsuwa Dorze pustą filiżankę. – André chce mieć rower górski. Odkładam na niego od pół roku. – Przeciera twarz, uważając, by nie rozmazać makijażu oczu. – W weekendy mama zabiera czasem dzieci. Wtedy leżę w łóżku przez dwanaście godzin. – Uśmiecha się i milknie, jakby myśl o łóżku wywołała w niej jakiś rodzaj mikrosnu.

Dora pyta, czy dobrze zrozumiała, że każdego wieczoru dzieci są w domu same.

Sadie aż się prostuje: ależ tak, jasne, odlewnia to dla niej jedyna możliwość pracy na pełny etat. Nocna zmiana pozwala jej być przy dzieciach w ciągu dnia.

Co powiedziałyby matki z Prenzlauer Bergu dwojgu małym dzieciom, które wieczorem muszą się nawzajem kłaść do łóżka? Dora próbuje sobie wyobrazić, jak to jest pracować przez całą noc, a w ciągu dnia zajmować się domem i potomstwem. Jakby życie składało się wyłącznie z przemęczenia i trosk – o dzieci, finanse, o to, jak długo jeszcze zdoła się wytrwać.

A jednak nie potrafi. Opowieść Sadie jest dla Dory niewyobrażalna. Rozmyśla o rzeczach, o które sama zazwyczaj się martwi. Wyimaginowane muchy w sypialni. Nerwicowe bóle brzucha, które przypominają unoszące się pęcherzyki powietrza. Partner, który boi się koronawirusa.

Przynajmniej straciła właśnie pracę. Może to pierwszy krok ku normalności. Wyjście z baniek informacyjnych i komór pogłosowych w stronę prawdziwego życia. Ku rzeczywistości Sadie, gdzie rozgrywają się prawdziwe dramaty, o których nikt w Prenzlauer Bergu nie ma bladego pojęcia. Może powinna być wdzięczna Sus-Y za wręczone wypowiedzenie. Serdeczności, Susanne.

– Bardzo się staram, ale nie ze wszystkim daję radę – wyznaje Sadie.

W ostatnim półroczu po kilka razy w tygodniu wzywano ją do szkoły, aby porozmawiać o nagannym zachowaniu André i jego coraz gorszych stopniach. Ostatnio podpalił na szkolnym podwórku kosz na śmieci. Czasami nie wraca po szkole do domu, więc po południu matka szuka go po najbliższej okolicy. Kiedy próbuje z nim rozmawiać, mówi jej tylko, że jest dziwką i że przegnała tatę z domu.

– Wtedy zaczynam beczeć i rozmowa się kończy. – Sadie się śmieje. – Głupi to on nie jest. – Podsuwa Dorze filiżankę po dolewkę. – W tym sensie pandemia jest błogosławieństwem. Zamierzali wyrzucić André ze szkoły. Teraz ma przerwę, a potem dostanie drugą szansę. – Skinieniem głowy dziękuje za świeżą kawę i natychmiast wypija połowę filiżanki. – Wszystko ma swoje dobre strony, prawda?

Szczerze mówiąc, Dora zawsze postrzegała to na opak. Wszystko ma swoje złe strony. Praca, mieszkania, miasta, partnerzy, przyjaciele, partie polityczne, wakacje. Błędy należy znaleźć, rozważyć, przedyskutować i o ile to możliwe – wyeliminować. Ukradkiem przygląda się Sadie, która po raz kolejny zastyga, patrząc pustym wzrokiem przed siebie. Jest taka młoda, pewnie nie ma nawet trzydziestki. Siedzi zmarniała przy stole, skrywając pod makijażem bladość i cienie pod oczami. Dora czuje respekt przed tą młodą kobietą. Staroświeckie uczucie, którego od dawna nie zaznała, a jednak od razu je rozpoznaje. Czuje też zdumienie. Jakby zajrzała pod podszewkę narodu. Trudno uwierzyć, że tak bogaty kraj może sobie pozwolić na istnienie regionów, w których niczego nie uświadczysz. Ani lekarzy, ani aptek, klubów sportowych, autobusów, pubów, przedszkoli ani szkół. Nie ma warzywniaka, piekarni, masarni. Regionów, w których emeryci nie mogą wyżyć z emerytur, a młode kobiety muszą pracować dzień i noc, by zapewnić dzieciom utrzymanie. A do tego stawia się tam mnóstwo turbin wiatrowych, zakazuje dojeżdżającym do pracy używania diesla, licytuje pola rolników wśród inwestorów, ludziom, których nie stać na gaz ziemny, odbiera się piece opalane drewnem, a nawet debatuje się głośno o zakazie grillowania i palenia ognisk, przy których skupiają się ostatnie resztki rekreacji. I oczekuje się, że wszyscy będą współdziałać bez słowa sprzeciwu. Kto się buntuje, jest piętnowany jako głupi wieśniak, negacjonista, a nawet wróg demokracji.

Jakimś cudem, myśli Dora, Niemcy zamówiły we wszechświecie AfD – i ją dostały.

Sadie nawet się nie skarży. Uważa, że we wszystkim kryje się odrobina dobra. Dora najchętniej wstałaby i wzięła młodą kobietę w ramiona. Ale nie ma odwagi.

Sadie musiała wyczuć ten impuls, gdyż podnosi wzrok i po raz pierwszy patrzy Dorze prosto w oczy.

– Całkiem miło tak posiedzieć przy kawie. Trochę porozmawiać. Dawno tego nie robiłam.

Stukają się filiżankami. Słychać głuchy szczęk.

– Czasem mam wrażenie, jakby mnie tu w ogóle nie było – mówi Sadie. – To dziwne. Pewnego dnia znikasz, a przecież wcale nie istniałaś.

Na początku studiów Dora miała wykładowcę, który chciał ich nauczyć podstawowych zasad dramaturgii. Wyjaśnił, że w każdej historii pojawia się chwila, w której główny bohater uświadamia sobie coś, co odmienia jego życie. Najczęściej owo doznanie kryje się w drobnym szczególe. W obserwacji albo pozornie nieistotnej informacji. Albo w zdaniu wypowiedzianym przez postać drugoplanową. Dora pamięta, że wykładowca nazwał ten proces dostąpieniem eliksiru. Patrzy na Sadie. Doręczycielka eliksiru. *Czasem mam wrażenie, jakby mnie tu w ogóle nie było.* Właściwie to zawsze, myśli Dora. I znowu powraca uczucie *oto-ja-istnieję*, którego czasem doświadczała w dzieciństwie. *Błąd 0x0*. Wówczas jej to nie przerażało. Rety, to właśnie *tu i teraz*. Gadatliwy umysł milkł na chwilę, lecz zaraz potem kontynuował. Dora zastanawia się, czy nie opowiedzieć o tym Sadie. Zapytać, czy ona także zna to uczucie.

Ale Sadie patrzy akurat przez okno.

– Rety, mała Prokschówna. Co ona tu robi?

Franzi biegnie przez łąkę zygzakiem, Płaszczka usiłuje ją złapać. Kiedy jej się to udaje, pies i dziewczynka turlają się po trawie, a potem, zerwawszy się na równe nogi, zaczynają od nowa.

– Córka Nadine. – Sadie zerka na Dorę. – Czy ty się nią teraz opiekujesz?

Prokschówna, Nadine, opieka. Z niewielkim opóźnieniem Dora składa poszczególne elementy w całość.

– Franzi jest u ojca z powodu pandemii. Lubi się bawić z moim psem.

Sadie przytakuje.

– Dawniej lubiła się bawić z André. Było mu smutno, gdy Naddy ją stąd zabrała. Nie sądziłam, że pozwoli Franzi znów tu wrócić.

– Dlaczego? Przecież zdradzała Gotego.

– Co takiego? – Sadie się zaśmiała.

– Z dostawcą mrożonek.

– Bzdury. – Sadie śmieje się jeszcze głośniej. – Ktoś ci naopowiadał bajeczek. – Kładzie ręce płasko na stole. Paznokcie ma długie, spiczaste, jasnoniebieskie. – Znałam ją całkiem dobrze. Naddy też była samotną matką, tyle że z mężem. Ale wtedy Gottfried nawarzył piwa i Naddy odeszła.

– Jakiego piwa?

Dora boi się odpowiedzi, ale koniecznie chce ją usłyszeć. Otwiera okno, a na stole kładzie spodek jako popielniczkę.

– Ekstra. – Sadie częstuje się papierosem. Zaciągają się przez chwilę w milczeniu.

– Usiłowanie zabójstwa, ciężkie uszkodzenie ciała.

Dora nie ukrywa swojego przerażenia.

– Uchodźcy?

– Lewicowca.

Pojawiają się bąbelki, okropne uczucie.

– W Plausitz, trzy lata temu. Gottfried i jeszcze dwóch innych. – Sadie zerka na zegarek, aż się wzdryga. Zaciąga się papierosem tak mocno, że spala jedną trzecią. – Kłótnia z młodą parą. Kobiecie grozili, a mężczyznę dźgnęli nożem.

Dora musi zgasić papierosa. Za dużo kawy, a nic jeszcze nie jadła. Najchętniej by się położyła. Albo poszła na długi spacer. Sadie też powinna już iść. Koniec przerwy, powrót do kieratu. Ale Dora musi się dowiedzieć.

– Dlaczego Gote jest na wolności?

– Tak to już bywa w naszym kraju. – Sadie szczerzy zęby. – Trochę odsiedzisz, reszta w zawieszeniu.

Dora wnioskuje, że w takim razie aż tak źle zapewne nie było. Okoliczności łagodzące. Może nawet obrona konieczna. Pewnie to mieszkańcy wioski rozdmuchali całą historię.

Doskonale jednak wie, do czego to prowadzi. Szuka powodów, by nie wierzyć Sadie. Usprawiedliwia Gotego, ponieważ nie chce mieszkać obok kryminalisty. Tak właśnie działa produkcja faktów alternatywnych.

– Ja też nie znoszę multi-kulti. – Sadie wstaje i gasi papierosa. – Haruję jak wół, a obcokrajowcy dostają wszystko za friko. Ale żeby od razu nożem? To moje zdanie. – Wzrusza ramionami i odwraca się do wyjścia. – Dzięki za kawę.

Dora nie ma czasu na rasistowskie zmrożenie ani na pytanie, czy nie poczuła się urażona z powodu ksenofobicznych haseł Sadie, czy może powinna uznać nową znajomą za jedną z tych dobrych, bo odrzuca przemoc. Musi odprowadzić gościa, który maszeruje żwawym krokiem przez sień do drzwi.

– Dzięki za ziemniaki! – woła, ale Sadie wyszła już na zewnątrz. Wsiada właśnie do jaskrawożółtego clio zaparkowanego przed ogrodową furtką.

Dora przystaje w otwartych drzwiach i spogląda na ulicę, po której od czasu do czasu mknie z nadmierną prędkością samochód. Zazwyczaj jest tu bardzo cicho. Niezwykle cicho. Cisza ma dla niej wiadomość: Franzi i Płaszczka gdzieś zniknęły.

28
Muzeum

Krąży z Gustawem po wiejskich uliczkach, także tych wąskich, co mogłoby sprawiać jej frajdę, gdyby nie była taka wściekła. Próbuje się uspokoić. Dokąd Franzi i Płaszczka mogły pójść? Mało prawdopodobne, by pojechały autostopem do Kochlitz, a stamtąd uciekły pociągiem do Berlina. Gdy dorwie Franzi, da jej niezłą reprymendę. Jak śmiała tak po prostu zniknąć razem z Płaszczką?! I jak Płaszczka śmie chodzić z Franzi bez smyczy i obroży, które wiszą w domu na haku obok drzwi?

Osoby przebywające w ogródkach mają jeszcze więcej czasu niż zwykle na koszenie trawnika. Nikt jednak nie widział dziewczynki z małym beżowym pieskiem. Dora wyjeżdża z wioski. Na piaszczystych ścieżkach Gustaw zaczyna się ślizgać. Docierają do lasu, a następnie do ławki na rozstaju dróg. Nic. Wołania za Płaszczką nikną między drzewami. Nawet sójka się nie pojawia. Jakże chciałaby teraz zadzwonić do matki. Cały świat staje się cyfrowy, a w życiu pozagrobowym nie ma nawet telefonu. „Ach, moja myszko! – powiedziałaby matka. – Co się takiego stało?"

Dobre sobie. I kto to mówi! Wszystko może się zdarzyć. Być może Płaszczka postanowi wrócić do domu, a wtedy na szosie potrąci ją samochód.

– Wszystko będzie dobrze – zapewnia matka, a wtedy Dora ciska wyimaginowaną słuchawkę telefonu.

Po powrocie do wioski jest mokra od potu i pokryta warstwą kurzu. I co ma teraz począć? Nie może siedzieć w kuchni z założonymi rękami i czekać, aż Płaszczka sama się pojawi. Na myśl o tym, że już nigdy nie zobaczy swojego psa, ogarnia ją rozpacz, sama jest tym zaskoczona. Nikt nie powinien znikać, w ostatnim czasie zniknęło wystarczająco dużo. W spontanicznym odruchu Dora zatrzymuje się przed murem posesji Gotego i próbuje otworzyć bramkę. Nie jest zamknięta. Usiłowanie zabójstwa. Ciężkie uszkodzenie ciała. Z drugiej jednak strony podarował jej ołowiane żołnierzyki. Bawili się w berka i mazali farbą. Nie zabije jej tylko dlatego, że weszła na jego działkę. Mimo to czuje się nieswojo.

Przepycha Gustawa przez bramkę i rozgląda się dokoła. Do tej pory obserwowała królestwo Gotego, zerkając ponad murem. Okazuje się bardziej rozległe, niż sądziła. Teren pomiędzy domem a przyczepą ma wielkość kortu tenisowego. Jest uporządkowany, trawnik starannie skoszony. Krzesła kempingowe stoją oparte o stół. Pelargonie przed przyczepą w pełni rozkwitu. Pod murem oddzielającym go od działki Dory stoi skrzynka po owocach. Odpowiednik ogrodowego krzesła. Jedyny przedmiot, którego Gote nie uprzątnął.

Odstawia Gustawa i podchodzi do przyczepy. Trawa pod stopami jest miękka. Nie to co jej ściernisko. Obok metalowych schodów przysiadł na tylnych łapach wilk, ma lekko otwarty pysk, widać zęby i język. Spogląda bardziej przyjaźnie, niż się wydawało z pewnej odległości. Tak realistycznie, jakby za chwilę miał mrugnąć. Futro jest kunsztownie wyrzeźbione w drewnie, lekko falujące kosmyki pokrywają całą postać. Ktokolwiek go wykonał, ma prawdziwy talent.

Dora wchodzi po metalowych schodach i puka do drzwi przyczepy. Nic. Widocznie Gote znów wyjechał, choć pikap stoi na swoim miejscu. Może poszedł na kawę z zaprzyjaźnionymi kryminalistami. Wypiera z myśli ten obraz i obchodzi przyczepę. Pole ziemniaków rozciąga się aż po samą granicę działki. Z zazdrością patrzy na dobrze nawodnioną glebę i zielone rośliny. Na jej grządce nadal pleni się wyłącznie kurz. Odkrywa również ślady prac wykopaliskowych Płaszczki. Ale brakuje zwłok rozdeptanej suczki. Nie wie, gdzie jeszcze miałaby szukać. Właściwie pozostała tylko jedna możliwość. Odwraca się i przez trawnik zmierza w stronę domu.

Wejście znajduje się z boku. Zanim zdążyła się zastanowić, naciska klamkę. Drzwi nie są zamknięte.

Uderza ją typowy zapach pustych domów. Woń wilgotnych ścian i przeszłości. Wchodzi do sieni służącej za garderobę. Na ścianie wiszą kurtki, na podłodze stoją buty, niedbale zrzucone ze stóp. Buty męskie, damskie sandały, kapcie dla malucha. Wszystko wygląda tak, jakby rodzina właśnie wróciła do domu. Gdyby tylko kurtki i buty nie pachniały stęchlizną. Dorę przechodzą ciarki. Mija garderobę, otwiera drzwi do przedpokoju i skręca w prawo do kuchni, gdzie uderza ją dziwaczny widok. Na stole rozłożona gazeta z programem telewizyjnym z datą 22 września 2017 roku. Obok kubek po kawie, w którym pleśń zamieniła się w czarną maź. Zaschnięte naczynia w zlewie. Na kredensie pół bochenka chleba twardego jak kamień. Przy kuchennym stole brakuje krzeseł.

Dora krąży po pozostałych pokojach z mieszaniną obrzydzenia i fascynacji. W sypialni podwójne łóżko jest niezasłane. Drzwi szafy są otwarte, szuflady wysunięte, jakby ktoś w wielkim pośpiechu zabrał najpotrzebniejsze rzeczy. W salonie duży, pokryty kurzem telewizor z płaskim ekranem. Niedbale złożony koc na kanapie.

Można by sądzić, że całkiem niedawno ktoś na niej siedział. Z tym że owo *całkiem niedawno* musiało nastąpić 22 września 2017 roku. Dora znalazła się w obrazie sprzed prawie trzech lat. We fragmencie zastygłej przeszłości. W muzeum ucieczki.

    Na dywanie odkrywa okrągły ślad czystszy niż reszta podłogi. To tutaj musiała stać duża roślina, która teraz upiększa jej gabinet. Na niskim stoliku stoją trzy mniejsze palmy, które wyglądają całkiem zdrowo. Pewnie Gote zagląda tu od czasu do czasu i je podlewa. Dora podchodzi do okna i jest zaskoczona, widząc swój dom. Z tej perspektywy wygląda obco, na poły schowany za murem i robiniami. Jakby do niej nie należał. Jakby nie należał do nikogo. Dora czuje, że nie powinna tu była przychodzić. Nagle coś się dzieje. Unosi się zasłona. Pokój zmienia swój kształt. Wyrazistsze kontury, bardziej intensywne kolory. Zdumiona rozgląda się dokoła. To wszystko jest prawdziwe, podpowiada jej rozsądek, a potem milknie. Zostawia ją sam na sam z obrazami. Wokół niej dom Gotego, pod nim ziemia, ponad nim niebo. Osiem miliardów ludzi na skalnej bryle krążącej w kosmicznej przestrzeni. Dora to czuje. To pradawna, pozbawiona słów wiedza. Wiedza na temat różnicy pomiędzy czymś a niczym.

    0x0, myśli Dora. Wtedy coś się przewraca.

    Stłumiony dźwięk dochodzi z góry. Szelest.

    – Płaszczka!

    Biegnie korytarzem, gna po schodach na górę. Od razu spostrzega, że w odróżnieniu od reszty domu schody są używane. Warstwa kurzu pośrodku stopni została starta. Na podeście widać ślady stóp, niezbyt dużych, jakby dziecięcych.

    Dotarłszy na piętro, podąża śladami prowadzącymi przez korytarz. Drzwi są otwarte. W przelocie zauważa, że pomieszczenia były niegdyś przygotowane do rozbudowy. W połowie wykończona łazienka, być może pokój gościnny. Zamarły plac budowy, płyty gipsowo-kartonowe i folia ochronna. Tylko ostatnie drzwi po lewej są zamknięte. Dora otwiera je bez pukania.

Potrzebuje chwili, by przetrawić ten widok. Najwyraźniej jest to pokój dziecka – i to zamieszkany. Niemniej stopień dewastacji zapiera dech. Podłoga pokryta jest popsutymi przedmiotami, zabawkami dla maluchów, książeczkami dla maluchów i ubrankami dla maluchów, niedbale rozrzuconymi i zadeptanymi. Biurko to pobojowisko wypełnione szczątkami przyborów: pożółkły papier, zaschnięte tubki kleju, flamastry bez nasadek. Koce i poduszki na łóżku przywodzą na myśl legowisko bezdomnego. Przy ścianie widać falangę pluszaków, które wyglądają na smutne i osowiałe. Dora dostrzega na podłodze puste torebki po chipsach i latarkę na nocnym stoliku. Widocznie nie ma tu prądu, prawdopodobnie także wody.

A więc to tutaj mieszka Franzi, osamotniona w zmumifikowanym domu. Wśród kruszejących reliktów jej własnego dzieciństwa.

Dora nie potrafi sobie wyobrazić, by Nadine Proksch o tym nie wiedziała. Pewnie sądzi, że córka mieszka z tatą w domu rodzinnym, jakim go zapamiętała. Dora musi odnaleźć matkę i odprowadzić do niej Franzi. Albo niezwłocznie powiadomić opiekę społeczną.

Franzi siedzi bez ruchu na podłodze, podczas gdy Dora lustruje wzrokiem pole bitwy. Dziewczynka trzyma na kolanach Płaszczkę, jej sierść pokrywają okruchy chipsów. To wyjaśnia, co pies tu robi. Najpierw jedzenie, potem morale. Jeśli w ogóle.

– A więc tutaj jesteście.

Dora zachowuje przytomność umysłu i żadnym dźwiękiem ani gestem nie zdradza własnego przerażenia. Widok rozdziera jej serce. Ale Franzi nie powinna o tym wiedzieć. Nie powinna myśleć, że coś jest nie tak z nią lub z jej położeniem.

– Mój pokój – mówi dziewczynka z udawaną dumą. Znowu to samo, tryb malucha. Dora zachowuje pokerową twarz. Wkłada ręce do kieszeni i ostentacyjnie rozgląda się dokoła.

– Ładnie tu – przyznaje.

Gdy Franzi promienieje, znów ściska jej się serce.

– Mam tu wszystko, czego mi trzeba – zapewnia Franzi dziecięcym głosem i wskazuje na panujący wokół niej chaos.

– Czy znasz Pippi Pończoszankę? – pyta Dora.

– Jasne!

– Ona także mieszka sama w dużym domu. Ze swoimi zwierzętami.

– No właśnie! – Franzi aż podskakuje, a wtedy Płaszczka zsuwa jej się z kolan. – Jestem Pippi Pończoszanka, a to jest Pan Nilsson! – Wskazuje na psa i powtarza jeszcze kilka razy: – Pan Nilsson, Pan Nilsson! – A potem zaczyna zabawny taniec, kołysze górną częścią tułowia i śpiewa, lekko sepleniąc: – Trzy razy trzy równa się sześć, widawidawi, a dwa to dziewięć.

Pomyliła tekst.

– Już dobrze, Franzi – mówi Dora. – W porządku.

Dziewczynka natychmiast milknie, siada na brzegu łóżka i zwiesza głowę, jakby zrobiła coś złego. Dora milczy i czeka.

– Nie wolno ci o niczym mówić mojej mamie – wyznaje Franzi normalnym głosem.

– Czy lubisz przebywać z tatą?

Franzi energicznie przytakuje.

– Dlaczego nie śpisz w przyczepie?

– On tego nie chce. Za ciasno. Tu jest lepiej. – Znowu włącza dziecięcy głosik: – Jak Pippi w Willi Śmiesznotce!

– Czy tato jest w pracy?

– Pewnie kimie. Często tak robi.

– To znaczy, że cały dzień leży w łóżku?

– Czasami. – Franzi zastanawia się przez chwilę. – Ostatnio coraz częściej. – Macha ręką. – I tak jest najlepszym tatą na świecie!

– Absolutnie.

– Nikomu nie powiesz, prawda? – błaga Franzi.

I wtedy Dora już wie, co zrobi. Nic. Z pewnością Gote nie należy do ojców, którzy raz w tygodniu zjawiają się w szkole, by przekonywać dyrektorkę o wybitnych uzdolnieniach swoich latorośli. A potem w sklepie ze zdrową żywnością przeżywają załamanie nerwowe, ponieważ ciastka orkiszowe zostały wyprzedane. Gote jest raczej agresywny i nadużywa alkoholu. Mimo to Franzi go kocha. A on odwzajemnia jej miłość na swój własny sposób. Dziewczynka potrzebuje tylko odrobiny wsparcia. Nie potrzebuje kogoś, kto próbuje przejąć kontrolę.

– Uważaj na siebie, Franzi.

Jeszcze przed kwadransem Dora zamierzała ją przestrzec, by na przyszłość trzymała się z dala od niej i od Płaszczki. Nie prowadzi wakacyjnego obozu dla maluchów. Zwłaszcza gdy dzieci porywają psy, a za ojców mają skazanych nazioli. Ale to było piętnaście minut wcześniej.

– Kiedy bawisz się z Płaszczką, nie wolno ci opuszczać mojego ogrodu, nie informując mnie o tym.

– W porządku. – Franzi przytakuje z powagą. – Nigdy więcej tego nie zrobię.

– A potem możesz… – Dora wzdycha i zbiera się w sobie. – Po prostu przychodź częściej na kolację, jeśli chcesz. Będzie mi miło.

29
Nóż

Przez cały dzień Dora walczy z własnym lenistwem. Jakaś jej cząstka domaga się, by usiadła przy komputerze i pisała maile. Ma nawet pewien pomysł. Mogłaby wyspecjalizować się w reklamie radiowej, z myślą o klientach regionalnych. Mniejsze pieniądze, mniejsza konkurencja, mniejszy stres. Dora jest przekonana, że potencjał radia nie został jeszcze wyczerpany. Zna inżyniera dźwięku, mogłaby się z nim niezwłocznie skontaktować. Zasugerować mu, by połączyli siły. Może nawet założyli niewielką agencję.

Ten leniwy drań utrzymuje jednak, że najlepiej zaczekać, aż świat znów będzie działał normalnie. Zakładanie własnej firmy w czasie pandemii byłoby kompletnym idiotyzmem! Dopóki kolejne budżety są zamrażane, nie ma sensu polować na klientów. Poza tym… sadzeniaki muszą trafić do ziemi.

W normalnych okolicznościach leń poległby w starciu z najbliższym deadline'em. Nie tym razem.

Dora spulchnia glebę i rozsadza przyniesione przez Sadie ziemniaki, zachowując między nimi odpowiednią odległość, tak jak zaobserwowała na YouTube. *Dystans społeczny* w warzywniku. Sadzonki obsypuje ziemią, tworząc niewielkie kopce, wyobraża sobie przy tym, że zakopuje jaja królowej obcych. Podczas podróży w kosmos w towarzystwie Gersta Dora została uprowadzona przez nieznane istoty, które wszczepiły jej do mózgu czip. Dzięki temu mogą nią zdalnie sterować. Czip zmusza ją do szesnastokrotnego powrotu do domu i przywleczenia do warzywnika trzydziestu dwóch pełnych konewek. Konewki są ciężkie, obijają się o jej uda i moczą spodnie. Dora nie ustaje, póki pył nie zamieni się w błoto. Jej plecy protestują, bolą ją ręce i nogi, ale jest to ból sensowny, przynajmniej do chwili, gdy padnie pytanie, co sensownego kryje się w obcym lęgu. Albo w przydomowych ziemniakach.

Po kolacji siada z notebookiem przy kuchennym stole. Lepiej nie googluj. Powinnaś raczej napisać do dźwiękowca albo przynajmniej przygotować wstępny zarys swojej autoprezentacji. Jednakże jej wewnętrzny leń koniecznie chce wiedzieć. Dora wpisuje w wyszukiwarkę *Gottfried Proksch* oraz *nóż*.

Lista wyników jest tak długa, że aż drętwieje zaskoczona. Najwyraźniej wciąż miała skrytą nadzieję, że Sadie kłamała.

Atak nożem po zaczepce: mężczyzna trafił do szpitala.

Żona ofiary z Plausitz: Jestem zszokowana.

Mike B. okazuje w sądzie niewielką skruchę.

Werdykt po napaści nożownika: sąd rejonowy orzeka usiłowanie zabójstwa.

Jak bardzo ultraprawicowe jest Prignitz?

Każdy kolejny link jest jak policzek wymierzony prosto w twarz. Mimo to Dora nie potrafi przestać otwierać jednej strony po drugiej. Czyta nagłówki z zachłannością hipochondryka szukającego coraz to nowszych objawów chorobowych.

Sprawa Mike'a B., Gottfrieda P. i Denisa S.: Stowarzyszenie ofiar krytykuje niski wymiar kary.

Adwokat oskarżycieli posiłkowych zapowiada apelację.
Plausitz: Policja donosi o 50 agresywnych neonazistach.

Im dłużej Dora czyta, tym gwałtowniej kłębią się w nieładzie jej własne nagłówki. Przyjazny sąsiad wykonuje meble dla nowo przybyłych. Mieszkańcy wioski pomagają w remoncie dawnego przedszkola. Franzi P.: Szczęśliwe dzieciństwo czy sprawa dla opieki społecznej? Wszystko miesza się niczym puzzle, które ktoś celowo rozrzucił. Dora nie potrafi stworzyć sobie klarownego obrazu. Brakuje jej odpowiedniej perspektywy. Bez niej nie ma mowy o porządku. Bez niej świat pozostaje chaotyczny i niezrozumiały, a wywołany przezeń ból jest nie do zniesienia. Robi więc to, co robią wszyscy zdezorientowani w zagmatwanych czasach: szuka prawdy w informacji.

Informacje są jednoznaczne. Plausitz, 20 września 2017 roku. Po południu pewnego pięknego dnia późnym latem para czterdziestolatków spaceruje po rynku. Karen M., pracownica biurowa, i Jonas F., projektant stron internetowych, oboje pochodzą z tego samego regionu i od dawna mieszkają w małym miasteczku w Ostprignitz. Nagle zostają zaatakowani przez grupę mężczyzn popijających piwo na ławce przed domem kultury.

– Wykrzykiwali *Zdychaj, leszczu!* – relacjonuje Karen M. – Mnie nazwali *lewacką pizdą*.

Według jego własnych zeznań Jonas F. był członkiem lokalnej Antify.

– To słabo zaludniona okolica – opowiada redakcji „Oder-Zeitung". – Wszyscy wiedzą, kto jest kim.

Potwierdza, że dwóch z trzech sprawców, Mike'a B. i Denisa S., zna od czasów szkolnych.

– Nikt tu nigdy nie występował przeciwko nazistom – mówi. – Jedynie Antifa. Policja bezczynnie się temu przyglądała.

Na rynku dochodzi do słownej utarczki. Karen M. próbuje odciągnąć na bok swojego chłopaka. Kiedy mężczyźni przechodzą do rękoczynów, oddala się, by sprowadzić pomoc.

– W latach dziewięćdziesiątych bójki zdarzały się niemal codziennie – stwierdza Jonas F. – To było zupełnie normalne.

Według zeznań świadków to Mike B. wyciągnął nóż. Jonas F. był zaskoczony. Pchnięcie między żebra. Płuco cudem nie zostało uszkodzone.

– Tam nawet ginęli ludzie – mówi Jonas F. podczas procesu. – Opinia publiczna nie była tym zainteresowana. Z tego punktu widzenia mogę mówić o szczęściu. Mam nadzieję, że mój przypadek będzie dla władzy pobudką.

Dora zamyka notebook. To nie Gottfried P. trzymał w ręku nóż. Istotna informacja. Ale czy informacja jest tożsama z prawdą? Na zdjęciach z procesu oskarżeni zasłaniają twarze. Mimo to Dora je rozpoznaje. Mike B. to ten z brodą, a Denis S. ma tatuaże. Gote to Gote. Wszyscy trzej znów przebywają na wolności. Prawda jest taka, że to bez znaczenia, kto miał przy sobie nóż. Winni są wszyscy.

Na miejscu Jonasa F. i Karen M. równie dobrze mogli się znaleźć Dora K. i Robert D. z Berlina. Lewackie libki na spacerze po prowincjonalnym miasteczku. Napadnięci i zadźgani przez nazioli z powodu przekonań politycznych. Z powodu ich wiary w demokrację. Oto Niemcy w dwudziestym pierwszym wieku.

Płaszczka chrapie, leżąc na wyłożonej płytkami podłodze, nie wzrusza jej żadna lista wyników Google'a. Dora przykuca obok niej i kładzie dłoń na ciepłym ciele suczki. Muszą stąd odejść. W zasadzie wiedziała o tym od samego początku. Ale dokąd? Kupiła dom i straciła pracę. Znalazła się w potrzasku. Mogłaby poprosić Jojo o pomoc. Albo pogodzić się z Robertem. Zaakceptować jego zasady i być na jego utrzymaniu. Na samą myśl o tym czuje niechęć, silniejszą niż kiedykolwiek przedtem. A więc inna wioska. Może poprzez zamianę domów.

Co jednak, myśli sobie, jeśli nowy sąsiad również okaże się nazistą? Może nie tuż za płotem, ale kilka domów dalej? Jakiego dystansu potrzebuje lewicowy liberał do najbliższego neonazisty, by mógł żyć w spokoju? Czy wolna od nazizmu musi być cała wieś, a może nawet gmina? Okręg? A może cała republika?

Dora skrywa twarz w dłoniach. Może zabrałaby ją z sobą królowa obcych. Będzie żyć w kosmosie i zajmować się obcym lęgiem. Czasem wpadnie Gerst i razem wypiją kosmiczną kawę. Dwoje najmilszych ludzi pod słońcem, mówiących i robiących tylko to, co słuszne.

Można o tym wszystkim rozmyślać, i wiele więcej. Można przekręcać i zniekształcać informacje. Prawda pozostaje jednak niezmienna. Prawda jest taka, że to bez znaczenia, czy Dora odejdzie, czy zostanie. Bo naziści nie przestaną istnieć tylko dlatego, że już się obok nich nie mieszka.

30
O ludziach

Jest krótko po dziewiątej, zapadł już zmrok, kiedy Dora postanawia pójść do Toma i Steffena. Chce się rozmówić ze Steffenem na temat bajeczki o dostawcy mrożonek. A może po prostu chce z kimś porozmawiać. Bądź co bądź w tej wiosce panuje zwyczaj niezapowiedzianych sąsiedzkich wizyt. Płaszczka musi zostać w domu z powodu czekoladek Mon Chéri, Dora nadal się też gniewa, że zniknęła razem z Franzi.

Już z daleka, idąc ulicą, słyszy głos Steffena. Śpiewa donośnie, z dużą dozą vibrato przeciąga samogłoski. To utwór Reinharda Meya *Ponad chmurami*, ale ze zmienionym tekstem.

Stroskani obywatele / wasza głupota musi być bezgraniczna.

Dźwięki unoszą się w półmroku. Dora nasłuchuje. Dziwne to uczucie, zastać wieczorne Bracken wypełnione śpiewem. Bez akompaniamentu muzycznego, tylko sam głos. Dora nigdy by nie pomyślała, że Steffen potrafi śpiewać. Wcale na takiego nie wygląda.

Wasze lęki, wasze troski…

Dora próbuje zlokalizować głos.

…stępią nienawiść / a pojutrze / gdzieś zapłonie…

Idzie przez trawnik w kierunku domu.

Na parapecie stoi donica z rozmarynem. Zapewnia niewielką osłonę. Dom nie posiada wysokiego parteru, można więc bez trudu zajrzeć do wnętrza. Trzeba jednak wygasić dłońmi odbicie w szybie.

…kolejny dom dla azylantów / A wszyscy pytają: Jakże to możliwe?

Steffen siedzi bokiem do okna, pośrodku pokoju, na stołku barowym. Pali się tylko jedna lampa podłogowa, jej reflektory skierowane są wprost na niego, niczym spoty na teatralnej scenie. Resztę pokoju skrywa mrok. Mimo to Dora rozpoznaje salon, który widziała podczas pierwszej wizyty. Wszystkie meble mają krótkie nogi. Niskie fotele, niska kanapa, niski stół. Niski kredens z płytkimi, dekoracyjnymi misami. Stołek barowy musi pochodzić z kuchni. Wśród krótkonogich wygląda jak żyrafa pośród jamników. Pozostałe meble zdają się patrzeć na niego z podziwem.

Śpiewając refren, Steffen unosi dłoń.

Stroskani obywatele / wasza wolność winna być bezgraniczna…

Prawą rękę trzyma tak, jakby niósł pochodnię Statuy Wolności. Następnie wyciąga ją do przodu, rozkłada dłoń w hitlerowskim pozdrowieniu. Potem z kolei zaciska ją w socjalistyczną pięść. I znów Statua Wolności. Hitlerowski salut. Socjalistyczna pięść. Śpiewa la--la-la, coraz mocniej, coraz głośniej, vibrato zmieniając w tremolo i stając się parodią śpiewaka teatralnego. Pochodnia, Hitler, pięść socjalisty. Ostatnią nutę wydłuża niemal bez końca, aż nagle urywa. Spowija go obłok pary, w snopie światła staje się niemal nieprzenikniony. Dora rozgląda się za maszyną do mgły. Między palcami Steffena dostrzega e-papierosa. Gwałtownie się zaciąga, jakby chciał bez reszty ukryć się w oparach. Dora jest pewna, że na co dzień nie pali. Wygląda inaczej niż zwykle. Włosy spięte w kok, bez okularów, nogi lubieżnie skrzyżowane. Dziwaczna męska wersja Marilyn. Znów zaczyna śpiewać, cicho, tylko dla siebie. To melodia z *Happy Birthday*.

Neonazi, bu-hu / Neonazi, bu-hu.

Od czasu do czasu kręci głową, zaśmiewa się cicho, jakby rozmyślał o rzeczach, w które sam nie może uwierzyć.

Tak wiele straaachu / tak wiele trosk...

Dora wyciąga smartfon i googluje palcami jednej ręki. Uświadamia sobie, że nie zna jego nazwiska. Wystukuje *Steffen, Berlin, teatr, Ernst Busch*. I dodatkowo *Bracken*.

Neonazi, bu-hu.

Już pierwszy link kieruje ją bezpośrednio do Wikipedii.

Steffen A. Schaber, urodzony w 1979 roku nad Dolnym Renem, niemiecki artysta kabaretowy.

Niewielka liczba kolejnych wierszy świadczy o tym, że przełom wciąż jeszcze nie nastąpił.

Dora klika w następny link i widzi dokładnie taki sam obraz, jaki właśnie ma przed oczami: stołek barowy, obłok pary, męska Marilyn. Zdjęcie reklamujące imprezę, zamieszczone na stronie głównej klubu *Bezkresna frajda*. Steffen Schaber, nowy program: *O ludziach*, premiera 28.04.2020 o godz. 21.00.

Dwudziesty ósmy kwietnia to dzisiaj, dwudziesta pierwsza właśnie wybiła. Dora odkłada smartfon i ponownie zagląda w okno. W poprzek strony widniała jeszcze jedna informacja, na czerwono:

Odwołane z powodu pandemii.

Steffen skończył śpiewać, sapie, siedząc na barowym stołku, od czasu do czasu łapie oddech, jakby chciał coś powiedzieć, ale woli zachować to dla siebie, ponieważ mówienie w takich czasach nie ma właściwie sensu. Zbiera się jednak w sobie, unosi głowę, patrzy prosto w ciemny ekran telewizora, jakby siedziała tam jego publiczność. A może w czarnej szybie widzi własne odbicie.

– Czy to nie jest… śmieszne? Czyż to nie jest… zabawne? Czy to nie jest przezabawne, prześmieszne, przekomiczne? Tak! To jest przezabawne! *Wy* jesteście przezabawni!

Wyłącza e-papierosa i odkłada go na bok. Zaczyna przemowę.

– Pamiętacie jeszcze? To zdarzyło się nie tak dawno. Siedemdziesiąt, osiemdziesiąt lat temu. Byliście wtedy nadludźmi. Byliście rasą panów. Rasowe blond ogiery na drodze do dominacji nad światem. Opisywali was filozofowie, opiewali kompozytorzy, obce kraje przed wami drżały, a lud się do was garnął. A dzisiaj? – Steffen robi wielkie oczy. – Dzisiaj przesiadujecie przy biwakowym stoliku. Za wami mieszkalna przyczepa, przed wami ciepłe piwo. Palicie polskie papierosy, salutujecie przed flagą Rzeszy i malujecie własne legitymacje. Nadludzie w podkoszulkach. – Steffen symuluje salwę śmiechu. – Nie ratujecie Niemiec. Ratujecie przemysł bieliźniarski. – Śmieje się jeszcze mocniej i z trudem kontynuuje: – Jesteście szumowinami. Nie zauważyliście? Jesteście szumowinami, które zawsze chcieliście wytępić. Nikt was nie lubi, nikt was nie potrzebuje. Przesypiacie całe dnie i przepijacie całe noce. Wierzycie w każdą brednię wypisaną w internecie i sadzicie ziemniaki na Dzień X.

Dora stoi jak urzeczona. Steffen mówi o Gotem, to oczywiste. Rozliczenie. Bezczelność. Czy wolno tak mówić? Szumowiny. Czyż właśnie nie roześmiała się przez pomyłkę? Czy Gote jest szumowiną? Nadczłowiekiem w walce z degradacją? Czy Gote nie jest po prostu… Zdanie pozostaje niedokończone. Steffen powinien przestać. W jakimś sensie ma rację, ale nie powinien tak mówić. Mimo to koniecznie chce go wysłuchać do końca. Artysta przed wyimaginowaną publicznością. Kabarecista na swojej premierze przy pustej sali.

– A w pałacach republiki, wiecie, kto tam zasiada? Ludzie ze spinkami rowerowymi na nogawkach spodni, mówiący o trzecim rodzaju toalet dla trzeciej płci! Dwudziesty pierwszy wiek wystawia wam goły tyłek. Każda kobieta w siłach zbrojnych, każde małżeństwo homoseksualne, każdy imigrant, każdy nowy pakiet klimatyczny, to wszystko was upupia!

Prawie wrzeszczy. Dora opiera się o gzyms, żeby lepiej widzieć. Chce coś wykrzyczeć, ale nie wie co. Gdyby obecna była publiczność, z pewnością powstałoby zamieszanie. Szemranie, śmiech, wiwaty, może nawet protesty. Wszystko to jednak dzieje się jedynie w głowie Dory. Reprezentuje ich wszystkich.

– Wy, niedorobieni mądralińscy, zostaliście wyselekcjonowani. Nie okazaliście się najsilniejsi w walce o przetrwanie. Nadczłowiek stał się podludkiem. Cóż za chichot przeszłości! Śmiejcie się! Jesteście przekomiczni, jesteście jak figurki na strzelnicy, które wkrótce zostaną zdmuchnięte, ostatecznie zmiecione przez nową epokę. Pijcie swoje puszkowane piwo, czekając, aż was wywiozą… na śmietnik historii!

Nagle coś roztrzaskuje się o ziemię. Dora niechcący strąciła z gzymsu donicę z rozmarynem. Steffen odwraca się na stołku, omal nie spada z niego. Nie wie, co się dzieje, dopóki jego wzrok nie napotyka Dory, która macha ręką zdjęta poczuciem winy. Kilkoma gwałtownymi ruchami ramion usiłuje ją przepędzić, jego twarz przybiera gniewny wyraz. W końcu się poddaje, zeskakuje ze stołka i wybiega z pokoju. Niemal w tym samym momencie otwierają się drzwi wejściowe.

– Czyś ty zwariowała?

Dora podchodzi nieśmiało. Przykro jej z powodu donicy z rozmarynem, nie zamierzała mu przerywać, ale nie rozumie, dlaczego aż tak się rozłościł. Czy nie chciał, by ktoś go oglądał? Przecież odgrywał przedstawienie. Dora jest całą jego publicznością.

– Schrzaniłaś mi nagranie!

Teraz to ona się rumieni. A więc wcale nie mówił do wyłączonego telewizora. Musiało tam stać jeszcze inne niewidoczne urządzenie, aparat, tablet, a może po prostu telefon komórkowy.

– Czy to pokaz na żywo?

– Nie. – Przeciera dłonią twarz, nieco już spokojniejszy. – Nagranie na YouTubie. Dzięki tobie mogę zacząć od nowa.

– Przepraszam, nie wiedziałam.

– Czego ty w ogóle chcesz? Przyprowadziłaś kolejny rower?

Dora sama nie rozumie, po co właściwie przyszła. Czuje zażenowanie. Nic lepszego od prawdy nie przychodzi jej jednak do głowy.

– Ta historia o dostawcy mrożonek…

– Co takiego?

– Dostawca mrożonek. I Gote.

– O Boziu. Czyżby ktoś ci powiedział, co się naprawdę wydarzyło?

– Sadie.

– Więc teraz już wiesz, kim jest Gote.

– Czemu mnie okłamałeś?

– Wydawało mi się, że to ładniejsza wersja tej historyjki.

Steffen ponownie przeciera twarz. W świetle ulicznych latarni wygląda jak zjawa. Blada cera, obwódki pod oczami. Dora zastanawia się, jak on się czuje. Artysta estradowy, który nie może występować.

– Właśnie dostałam wypowiedzenie.

– To dobrze. Teraz możesz zacząć rozmyślać.

– Tak zrobię. – Próbuje się uśmiechnąć. – Dlaczego mówisz o nim w ten sposób?

– Że co?

– O Gotem. W twoim programie.

– Hm. – Steffen udaje przesadne zakłopotanie. – Czym to mogło być spowodowane, niech pomyślę...

– Największym niebezpieczeństwem w walce jest upodobnienie się do wroga.

– Co to niby ma być, najnowsze powiedzonko z kalendarza aforyzmów?

– Wydaje mi się, że to z *Batmana*.

– Wiesz co, możesz mnie pocałować. Jeśli znów zobaczę cię w oknie...

– To zbierzesz kilku ludzi, żeby mnie stłukli na kwaśne jabłko?

– Właśnie.

Drzwi wejściowe zamykają się z hukiem.

CZĘŚĆ III
Nowotwór

31
Au revoir

Właściwie nie ma nic nieprzyjemnego w skrywaniu twarzy za kawałkiem materiału. Dora przygotowała sobie maseczkę ze starego podkoszulka, dwóch gumek recepturek oraz wycioru do fajki. Jojo obiecał przysłać ze szpitala profesjonalne maseczki, nazywając je *legitymacjami wyznawców zasad* i zapytując przy okazji, czy wymóg zakrywania twarzy doprowadzi do wzrostu tolerancji wobec kobiet noszących nikab. Tak czy owak, paczuszka wciąż jeszcze nie dotarła, być może dlatego, że Dora nie posiada skrzynki pocztowej.

Skrawek podkoszulka może i nie jest modowym arcydziełem i ciągle się zsuwa, ale za to nie od razu widać, jak bardzo Dora jest zmęczona. Kiepsko spała. W środku nocy przyszedł drugi mail od Susanne. Czy przy okazji, ale możliwie jak najrychlej i najlepiej po godzinie osiemnastej, mogłaby wpaść do agencji i uprzątnąć swoje biurko, ponieważ cały ten *kram* ma zostać przebudowany i dostosowany do antycovidowych wytycznych, nie wyłączając szyb z pleksi, stosownych odstępów i specjalnych stanowisk do prowadzenia konferencji na Zoomie. Trzymaj się zdrowo i tak dalej. Serdeczności, Susanne.

Zapowiedź reorganizacji biura, w ramach której miało zniknąć jej miejsce do pracy, obudziła w niej to, czego nie zdołało obudzić faktyczne wypowiedzenie: strach. Zamiast spać, wstała z łóżka, spojrzała na wyciągi bankowe i obliczyła, na jak długo wystarczy jej pieniędzy, jeśli nie pójdzie do urzędu, nie porozmawia z Susanne i nie będzie kupować niczego prócz jedzenia. Sprawdziła, czy może zawiesić spłatę kredytu i na jakich warunkach otrzyma pożyczkę. Na wszelki wypadek zwiększyła limit kredytowy na koncie i przeczytała, kiedy można zebrać pierwsze wczesne ziemniaki.

Rezultat okazał się otrzeźwiający. Jakkolwiek by spojrzeć, musi jak najszybciej znów zacząć zarabiać pieniądze. Z domu. W Bracken.

Podczas przesiadki na dworcu głównym jej wzrok pada na cyfrowy wyświetlacz: 7 maja 2020 roku, godzina 17.35. Jak niewiele znaczą teraz dla niej daty i godziny. Zastanawia się przez chwilę, jaki dziś dzień tygodnia. Czwartek. Może Jojo przebywa akurat w Berlinie. Mija witrynę kiosku z gazetami i zauważa, że wirus w kształcie piłki do masażu zdobi okładki czasopism nie tylko w kolorze czerwonym i fioletowym, ale także zielonym, co uznać pewnie należy za chwilowy przejaw różnorodności opinii. Od kiedy jest bezrobotna, znowu czyta wiadomości w internecie, co wcale nie wychodzi jej na dobre.

Zostawia za sobą kiosk z prasą i rusza dalej przez wnętrzności dworca. Jakiś emeryt wrzeszczy na młodego mężczyznę, który przeszedł zbyt blisko niego. Bezdomny szuka w koszach butelek zwrotnych, nieustannie przy tym kasłając. Matki rozdzielają bawiące się dzieci. Na peronach dla pociągów ICE pojedyncze osoby w garniturach czekają na połączenia dalekobieżne i oczywiście rozmawiają przez smartfony. Na ekranach, które zazwyczaj wyświetlają reklamy, ukazują się wezwania do mycia rąk i zachowania dystansu. Przy torze kolejki podmiejskiej ludzie ostentacyjnie trzymają dystans albo tworzą przekorne gromadki. Pytanie o to, gdzie stanąć, stało się dosłownie deklaracją polityczną. Przynajmniej pociągi są przyjemnie puste.

W Prenzlauer Bergu Dora wysiada z pociągu i rusza przez dzielnicę dobrze znaną sobie drogą. Ulice są niemal wymarłe, kawiarnie i restauracje zamknięte, place zabaw odgrodzone biało-czerwoną taśmą. Przed otwartymi do późna sklepami jak zawsze stoją nietykalni, ale oni pewnie staliby tam nawet w samym środku wojny atomowej.

Dora dobrze pamięta dni i noce spędzone z Robertem w ich wspólnym mieszkaniu. Wyobraża sobie, że jest uwięziona z dwójką małych dzieci i mężem pracującym w niepełnym wymiarze godzin. Za niezliczonymi oknami niekończących się ulic siedzą przerażeni ludzie i prowadzą pandemiczne dzienniki. Ponieważ nie wolno im wychodzić, ich własne myśli i uczucia stają się ogłuszające. Rozmyślają nad sensem życia oraz samobójstwem. Tymczasem Dora spaceruje w Bracken po lesie, spędza całe dnie w ogrodzie i martwi się o mieszkającego po sąsiedzku naziste. Pandemia dokonała redystrybucji przywilejów. By to sobie uświadomić, wystarczy krótka wizyta w Berlinie.

Dora liczy się z tym, że jakiś mundurowy zapyta ją o powód przebywania na ulicy. Nie mogła zabrać z sobą Płaszczki jako kamuflażu, bo plecak i tak będzie wypełniony po brzegi. Na jednym z blogów przeczytała, że we Francji uzbrojeni policjanci sprawdzają, czy w torbach na zakupy obywatele rzeczywiście dźwigają tylko niezbędne produkty. Dziękuje niebiosom za to, że mieszka w Niemczech. Bez przeszkód dociera do celu.

Sus-Y zajmuje górne kondygnacje eleganckiej kamienicy. Kod do drzwi Dora zna na pamięć. Jak zwykle wybiera schody zamiast windy, ponieważ uwielbia podziwiać kolorowe secesyjne okna na podestach. Na trzecim piętrze po raz kolejny wstukuje kod i uświadamia sobie, że lubi także brzęk i profesjonalne kliknięcie zamka w drzwiach. Niemal z nabożną czcią maszeruje po szerokich, lśniących deskach podłogowych, których odrestaurowanie musiało niegdyś kosztować fortunę.

Pokoje pachną środkami dezynfekującymi oraz pustką. Pod ścianami ułożono duże, płaskie paczki, które z pewnością zawierają zasłony z pleksi. Na flipcharcie ktoś narysował czerwonym markerem falujące kółka, w których widnieją *nowocześni performersi*, *hedoniści* oraz *środowisko adaptacyjno-pragmatyczne*. Analiza grupy docelowej dla wegańskich owocowych gum do żucia. O marce *sweets4all* Dora nigdy dotąd nie słyszała.

Odwraca się i patrzy na otwartą przestrzeń biura. Choć często przesiadywała tu do późnej nocy, nigdy jeszcze nie widziała tak opustoszałego wnętrza. Nad biurkiem Svena wisi zeszłoroczny papierowy łańcuch urodzinowy. Monitor Loretty wciąż jest obramowany zdjęciami koni. U Very stoi mnóstwo pustych kubków po kawie. Dwa biurka zostały już uprzątnięte: należały do Simona i Glorii. Widocznie nie tylko ją jedną zwolniono. Stoją w pomieszczeniu ogołocone, czekając, aż zostaną wywiezione na śmietnik historii. Widok ten ją przeraża. Glorii i Simona prawie na pewno nigdy więcej nie zobaczy.

Pod jej biurkiem leży posłanie Płaszczki w lamparcie cętki. Każdego ranka piesek biegł przez salę i witał się ze wszystkimi. Nagle Dora zaczyna tęsknić za hałasem, który nierzadko działał jej na nerwy. Pracownicy stali przy ekspresie do kawy albo opierali się o biurko któregoś z kolegów, by wymienić się nowinami. Gadatliwe głosy, stukające klawiatury i dzwoniące telefony. Prawie jak muzyka. W powietrzu unosiła się woń kawy, mocniejsza za każdym razem, gdy ogromny ekspres z głośnym pomrukiem zabierał się do pracy.

To już minęło. Bez uroczystej ceremonii pożegnalnej pewien okres jej życia tonie w głębinach przeszłości. Dora nie miała pojęcia, jak wiele dla niej znaczy. Bez względu na to, jak potoczą się sprawy – do Sus-Y wrócić nie może. Po *Serdeczności, Susanne* uznałaby to za kłamstwo. Zna siebie na tyle dobrze, by wiedzieć, że to nie mogłoby się udać.

W drodze powrotnej pociesza się myślą, jak bardzo Płaszczka uraduje się ze swego futrzanego kosza. Wciąż ma przed oczami sterylne pomieszczenia Sus-Y, ale nic już jej z nimi nie łączy. Pozostały jedynie zdjęcia, seria fotografii pod tytułem *Day after* albo *Au revoir*, opowiadająca o tym, jak ludzkość wszystko dezynfekuje, zanim sama zniknie z powierzchni ziemi. Dora czuje się spokojniejsza. Nadal nie ma zielonego pojęcia, co dalej, ale przynajmniej wie, co *nie* nastąpi, a to bodaj wszystko, czego człowiek może się w życiu dowiedzieć.

32
Rzeźba

Kiedy na stacji w Kochlitz wysiada z pociągu kolei regionalnych, jest dziewiąta wieczorem i niemal zupełnie ciemno. Dora zarzuca na ramiona plecak z przyborami biurowymi, a futrzany kosz mocuje do przedniego bagażnika Gustawa. Czujniki zmierzchu włączają oświetlenie rowerowe. Ostrożnie pokonuje wyboiste uliczki Kochlitz, aż dociera do drogi prowadzącej do Bracken, wzdłuż której biegnie wyasfaltowana i dobrze utwardzona ścieżka rowerowa. Mocno naciska pedały. Czuje wyrzuty sumienia, gdyż na tak długi czas zostawiła Płaszczkę samą. Mimo to cieszy ją szybka jazda. Pola ciągną się hen po horyzont, na którym ciemnieją skrawki lasu. Świergot świerszczy wprawia powietrze w napięte drganie. Wiatr pozwala wyczuć wiosenne ciepło wypełniające miniony dzień.

Dora uważa, że wszystko jest w istocie całkiem proste. Odpowiedź na wszelkie pytania kryje się tuż przed jej oczami. W krajobrazie, ciszy i ciemnościach. Zatrzyma się. Będzie się przyglądać, jak toczy się życie. Zerwie kontakt z Gotem, uprzejmie, acz stanowczo. Zachowując dystans, zatroszczy się o Franzi, dopóki dziewczynka ponownie nie zniknie w swoim miejskim życiu. Jeśli chodzi o pracę, wszystko się ułoży, gdy tylko skończy się pandemia. Na razie może sprzedać Gustawa – tutaj, na wsi, potrzebuje tak niewiele, że dochód ze sprzedaży wystarczy jej na dwa miesiące. Żaden problem. Steffen nie miał racji. To nie jest czas, by zacząć myśleć, ale... by przestać. Pokojowa koegzystencja ze wszystkim, co istnieje.

Ta błoga myśl ulatnia się jednak w obliczu tego, co Dora spostrzega tuż przed sobą na drodze. Coś wznosi się w górę. Coś dużego. Mroczny cień w blasku księżyca przeobraża się w wycinankę, a w końcu w ostro zarysowaną sylwetkę samochodu. Ściślej mówiąc, jego tylną część. Przód utknął w rowie na skraju pola, pojazd wygląda tak, jakby stanął skośnie na głowie.

Dora zbliża się coraz wolniej, by dać sobie czas na analizę sytuacji. Samochód to pikap, starszy model, chyba z lat osiemdziesiątych. W tej pozycji przywodzi na myśl potężną, dziwaczną rzeźbę z blachy, niczym rekwizyt z tajemniczego serialu, na przykład *Opowieści z Pętli*, gdzie dzieją się rzeczy osobliwe, gdyż wioska mieści się na szczycie akceleratora cząstek. Wkrótce pikap wydostanie się z rowu i zacznie lewitować w powietrzu.

Zatrzymuje się w bezpiecznej odległości i zsiada z roweru. By dostać się do drzwi kierowcy, musi pchać Gustawa środkiem drogi, ponieważ tył pikapa zablokował ścieżkę rowerową. Rażący przypadek nieporządku. En-tro-pia, skandują jej myśli. Koła pojazdu są nieruchome, silnik wyłączony. Całość tej aranżacji spowija niezwykła cisza. Dora zastanawia się, jak długo samochód stoi już w tej pozycji. Od jak dawna nikt tędy nie przejeżdżał? A może porzucony w rowie pojazd mieszkańców Bracken w ogóle nie obchodzi? Pokojowa koegzystencja ze wszystkim, co istnieje – i nikt się entropią nie przejmuje.

Wsłuchuje się w mrok. Żadnych dźwięków silnika. Żadnego samolotu, żadnego ludzkiego głosu, żadnych odgłosów zwierząt poza nadgorliwymi świerszczami. Dora rozważa, czy aby nie śni.

Zazwyczaj jej sny nie dotyczą dziwacznych rzeźb, tylko irytujących scen z życia codziennego, takich jak przegapione pociągi czy nieudane prezentacje. Wydaje się raczej, że pikap nie jest fragmentem sennego marzenia, ale tak zwanej rzeczywistości. Gdzie w takim razie są policja, straż pożarna, karetka pogotowia, blokada oraz gapie, obecni zazwyczaj w pobliżu każdego wypadku? Jeśli wydarzył się przed chwilą, dlaczego kierowca nie wysiadł i nie stoi zdumiony obok przekrzywionego samochodu? Dlaczego Dora nie słyszała po drodze żadnego hałasu? A może takie zdarzenie wcale nie jest głośne? Uświadamia sobie, że w kwestii wypadków nie ma żadnego doświadczenia. Bo i kto ich doświadcza w tej bezwypadkowej epoce, o której wszyscy mówią, że właśnie się kończy? Najbardziej prawdopodobne jest to, że czas stanął w miejscu. Tak, czas się zatrzymał. Dora przystaje obok samochodu.

Chaotyczność jej myśli świadczy o tym, że doznała lekkiego szoku. Jej mózg przygotowuje się na to, co ujrzą jej oczy, gdy wreszcie podejdzie do kabiny kierowcy. Jest tak cicho, iż można by pomyśleć, że kierowcy w ogóle tam nie ma – wysiadł i poszedł odespać w domu kaca. Niestety, Dora dostrzega jego plecy.

Samochód, droga, drzewa, okrągła biała tarcza księżyca zawieszona nad polem, zapewniająca odpowiednie oświetlenie. Dora, trzymając kierownicę roweru, stoi obok górującego w księżycowym blasku pikapa. Świetne zdjęcie. Pustka krajobrazu wydaje się iście amerykańska, podobnie jak i sam pikap. Gdyby Dora zrobiła krok w tył, mogłaby wyjść z tego obrazu, spojrzeć nań z zewnątrz i w spokoju pomyśleć, jak mistrzowsko jest zaaranżowany, jak wiele kryje w sobie treści, skupiając w jednej zamrożonej chwili szereg dramatycznych wydarzeń. A potem mogłaby przejść do następnego obrazu, na którym kilka osób siedzi nocą w barze.

To jednak niemożliwe. Nie sposób zeń wyjść. Sama jest częścią obrazu, pospołu z poświatą księżyca, plecakiem i futrzanym koszem na przednim bagażniku. Stoi przed nim ktoś inny, patrzy i zastanawia się, co się wydarzy.

Odstawia Gustawa i podchodzi do drzwi kierowcy. Mężczyzna poddał się przechyłowi samochodu i leży na kierownicy. Bez ruchu. Dora wie, że musi wezwać pomoc. Policję, karetkę, straż pożarną. Ten rodzaj entropii należy zostawić profesjonalistom, którzy zajmą się nią za pomocą nożyc hydraulicznych, noszy i helikopterów. Najpierw trzeba sprawdzić, czy kierowca w ogóle reaguje. Szyba jest opuszczona. Mężczyzna jechał przy otwartym oknie, być może po to, by nie zasnąć, być może dlatego, że nastała łagodna wiosenna noc.

Oczywiście, wiedziała o tym od samego początku. Rozpoznała samochód, rozpoznaje też kierowcę. Ogolona głowa. Szerokie ramiona, sprany podkoszulek. Ręce zacisnął na górnej krawędzi kierownicy, głowę ukrył między ramionami. Kojący widok. Ponieważ głowę odwrócił w przeciwną stronę, Dora nie widzi jego twarzy. Jeśli ją jeszcze ma. Obawia się, że twarz mogła przepaść. Brakuje jednak śladów krwi. Żadnych plam na podkoszulku, żadnych rozprysków na przedniej szybie.

I wtedy zauważa coś jeszcze. Plecy się poruszają. Ramiona się unoszą, klatka piersiowa rozszerza się w rytmie spokojnych oddechów. Dora wsuwa rękę przez okno i kładzie ją między łopatkami mężczyzny. Są ciepłe. Żyje. Tak bardzo jej ulżyło, że omal się nie popłakała. Usiłowanie zabójstwa, ciężkie uszkodzenie ciała. Naraz przestało to mieć jakiekolwiek znaczenie. Tu leży człowiek – i Dora jest szczęśliwa, że oddycha. Głaszcze nazistę po plecach i po głowie, a na koniec delikatnie poklepuje go po policzku.

– Gote?

Uderza nieco mocniej i potrząsa za ramię.

– Gote? Gote!

Głęboki oddech napina masywny korpus. Drgnęły ramiona. Gote próbuje się wyprostować.

– Leż. Nie ruszaj się.

Oparł się z powrotem na kierownicy, ale odwrócił głowę, próbując zlokalizować jej głos.

– To ja, Dora. Twoja sąsiadka.

Oczy ma zamknięte. Wygląda jak noworodek szukający swojej matki. Dora kładzie dłoń na jego czole. Suche. Chłodne. Nigdy nie stała tak blisko niego. Rzadko kiedy bywa tak blisko innych ludzi. Nigdy nie lubiła tego ciągłego przytulania i całowania przez znajomych. Dobrze, że pandemia położyła temu kres. Przesuwa dłoń po ramieniu Gotego, jest muskularne, co najmniej dwa razy mocniejsze od ramienia Roberta. Inny gatunek stworzenia, strącony na ziemię z kosmosu w zardzewiałym statku kosmicznym. Przymusowe lądowanie w Bracken.

– Hej – mówi Dora tak czule, że aż musi odchrząknąć. – Poznajesz mnie?

Gote otwiera oczy. Błyszczące i łagodne, jakby zrobił to po raz pierwszy w życiu. Kiwa głową, ale Dora jest niemal pewna, że jej nie widzi. Wspiera się rękami na kierownicy i prostuje ciało, choć musi napinać ramiona, by utrzymać równowagę.

– Powinieneś leżeć. Możesz mieć obrażenia głowy.

– Nie. Wszystko w porządku.

Dora spostrzega, że nie zapiął pasów. Zauważa coś jeszcze, rzecz istotną, choć zupełnie niepojętą.

– Dzwonię na policję.

– Nie!

Jego wzrok się wyostrza, patrzy prosto na Dorę, próbuje coś powiedzieć, ale z trudem dobiera słowa. Dora dobrze wie, o co mu chodzi. Nie widać innych uczestników zdarzenia, żaden martwy dzik nie leży na poboczu drogi. Gote wjechał do rowu zupełnie bez powodu, ma zamglone oczy i nie może mówić. Prawdopodobnie dwa i pół promila. Jest na zwolnieniu warunkowym. Jeśli policja znajdzie go w takim stanie, zapewne trafi na jakiś czas za kratki. Słyszy smutny głos Franzi: jest najlepszym tatą na świecie.

– Czy twój samochód sobie poradzi?

– Napęd na cztery koła – mówi Gote. – Myślę, że tak.

– Musisz usiąść na miejscu pasażera – oznajmia Dora.

Przytakuje. Z zadziwiającą zwinnością przesuwa swoje potężne ciało nad drążkiem zmiany biegów i ręcznym hamulcem, po czym opiera się o podręczny schowek, by usiąść prosto w przechylonym do przodu pojeździe. Dora szarpie za klamkę, drzwi się otwierają. Na skrzynię pikapa wrzuca plecak, który natychmiast zsuwa się do najbardziej wysuniętego do przodu rogu. Wdrapanie się do kabiny wcale nie jest łatwe, choć nie stanowi też poważniejszego problemu. Dora musi przesunąć fotel nieco do przodu, aby dosięgnąć pedałów, prawie na nich staje. Kluczyk tkwi w stacyjce. Silnik się uruchamia. Nawet światła działają.

Gote chce jej coś objaśnić, w końcu pokazuje na migi, jak włączyć blokadę mechanizmu różnicowego. Musi porządnie dodać gazu i powoli puszczać sprzęgło. Silnik wyje, koła łapią przyczepność. Czuć szarpnięcie, pojazd zsuwa się jednak z powrotem, przednie koła tracą kontakt z podłożem, pikap ponownie przechyla się do przodu. Następuje kolejne szarpnięcie. Gote otwartymi dłońmi kreśli w powietrzu huśtawkę. Dora ma wrażenie, jakby znalazła się w wesołym miasteczku. Wyczuwa, jak wielką moc generują koła, gdy zetkną się z ziemią. Dodaje gazu. Nagły potężny skok do tyłu sprawia, że pikap ląduje wszystkimi czterema kołami na twardym gruncie, w połowie na ścieżce rowerowej, w połowie na szosie.

Gote kiwa z uznaniem głową, wyjmuje z kieszeni paczkę papierosów, zapala dwa, jeden podaje Dorze. Rzadko kiedy papieros tak dobrze smakuje. Rzadko kiedy dym lepiej się prezentuje w blasku księżyca.

Dora wyskakuje z kabiny, pcha Gustawa na tył pikapa, otwiera klapę i z papierosem w kąciku ust kładzie rower na skrzyni ładunkowej. Siada za kierownicą, rezygnuje z zapięcia pasów i z łoskotem wrzuca wsteczny bieg. Gote opuszcza szybę i opiera łokieć o brzeg okna.

Mkną przez noc, podmuchy wiatru wnikają do wnętrza. Pikap jest głośny i cuchnie dieslem. Jazda nim sprawia sporo frajdy. Dora mogłaby tak jechać aż do świtu.

Po dziesięciu minutach podróż dobiega końca. Zatrzymują się przed domem Gotego, który wysiada, by otworzyć bramę. Dora z ulgą obserwuje, jak porusza się bez wysiłku. Powoli wjeżdża na posesję i parkuje obok domu. Gote jest już w drodze do swojej przyczepy, więc musi biec, by go dogonić.

– Gote!

Odwraca się.

– Źle się czujesz?

Potrząsa głową.

– Czy boli cię głowa?

Waha się przez chwilę i znów kręci głową.

– Chcesz jechać do szpitala?

Uśmiecha się i puka się w czoło.

– Nie wolno ci tyle pić, Gote, słyszysz? Tym bardziej wtedy, gdy zamierzasz prowadzić. Mogłeś się zabić. Albo kogoś innego.

Gote salutuje, Dora postanawia dać sobie spokój. Dla pewności odprowadza go do przyczepy. Pochyla się nisko, by włożyć klucz do zamka. Potem się prostuje.

– Dora. Dziękuję.

Nigdy dotąd nie wymówił jej imienia.

– Dobranoc, Gote.

Bijący od niego zapach papierosów i męskiego potu wydaje jej się dziwnie znajomy. Gote znika we wnętrzu przyczepy i zamyka za sobą drzwi.

W tym momencie Dora uświadamia sobie rzecz zadziwiającą. Szczegół niepasujący do obrazu. Otóż to: Gote roztacza wokół siebie intensywną woń, jak zresztą zawsze. Ale brak w niej bodaj krzty alkoholu.

33
Ojciec, córka

Wciąż czwartek, siódmy maja. Dwudziesta trzecia trzydzieści. Dora ponownie policzyła. W pierwszy czwartek miesiąca przypada dzień Charité, Jojo jest więc w Berlinie. Nie cierpi prosić go o przysługę. Nie przypomina w tym Axela, który uznał, że to inni mają obowiązek się nim zajmować. Ale tu nie chodzi o nią. Musi coś zrobić. A może nie powinna się wtrącać? Od godziny leży w łóżku, przewracając się z boku na bok. O zaśnięciu nie ma mowy. Obok łóżka umieściła futrzane posłanie Płaszczki. Suczka śpi na grzbiecie i wygląda na uszczęśliwioną, jakby nie zamierzała nigdy więcej opuszczać swego legowiska. Na zewnątrz, w szopie, odpoczywa Gustaw. Za murem, w swojej przyczepie, leży Gote. Wszystko jest w najlepszym porządku. Gdyby nie sprawa z alkoholem, którym Gote wcale nie cuchnął.

Dora nigdy nie była fanką neurologicznych monologów Jojo. Ale i tak ich słuchała. Zna objawy i wie, co oznaczają. Pytanie tylko, czy powinno ją to obchodzić. I czy naprawdę chce się tym zająć. Kiedy padają pewne słowa, wszystko się wali. Wie to z własnego doświadczenia. Wcale nie musi tego ponownie przeżywać. Alternatywą jest pokojowa koegzystencja ze wszystkim, co się wydarza.

Bądź co bądź Gote to tylko sąsiad. I to raczej nieznośny. Szumowina, jak mawia Steffen.

Jojo pewnie już śpi. Byłoby absurdem budzić go o tej porze. Bez względu na wagę problemu może poczekać do jutra. Albo do przyszłego tygodnia.

Nagranie Steffena jest dostępne na YouTubie od tygodnia, opatrzone mnóstwem roześmianych emotikonek oraz wściekłych komentarzy. Szumowina w podkoszulku.

Nie może. Nie może nic nie robić. Musi przynajmniej porozmawiać z Jojo. Zadać pytania. Rozlega się sygnał wybierania. Wyobraża sobie, jak dzwonek na drugim końcu łącza rozbrzmiewa w cichym berlińskim mieszkaniu. W dużych pokojach z niewielką liczbą mebli. Długie cienie utworzone przez wpadające do wnętrza uliczne światło. Półki z orzecha włoskiego, skórzana kanapa, fotel telewizyjny. Kilka wybranych obrazów na ścianach. Kolorowe perskie dywany na podłodze.

Tuu, tuu.

Nigdzie ani jednego pyłku, okrucha czy włosa. Jojo i jego przyszła żona utrzymują porządek zupełnie w życiu Dory nieosiągalny. Lekka woń papierosów, żelu pod prysznic i wody po goleniu.

Tuu, tuu.

W salonie wiszą reprodukcje obrazów Edwarda Hoppera. Żadnych nocnych marków. Kobieta przy oknie, mężczyzna na balkonie.

Dora się rozłącza, po czym próbuje wybrać numer komórki. Wygląda na to, że Jojo nie wrócił jeszcze do domu. Bardziej jednak prawdopodobne, że leży w łóżku i nie ma ochoty podejść do aparatu. Dora wie, że i on często nie może zasnąć. W przeciwieństwie do niej nie rości sobie jednak pretensji. Dlatego niewyspanie prowadzi co najwyżej do wyczerpania, ale nie do rozpaczy.

– Ach, to ty.

Rozpoznał jej numer na ekranie smartfona i natychmiast odebrał. Przez sekundę Dora czuje, że go kocha.

– Cześć, Jojo. Leżysz już w łóżku?

– Prawie. Siedzę w fotelu i trochę czytam. Świetna powieść Iana McEwana. Ten człowiek potrafi opisać mecz squasha równie dramatycznie jak bitwę pod Verdun.

No tak, on nie tylko ratuje życie, pije wyborne wino i słucha nowoczesnej klasyki – czyta też współczesną literaturę światową. Jakby prowadził swoje życie w domu historii, dział mieszczaństwa i humanizmu. Żywy pomnik dla pokolenia Dory, które utraciło zdolność do zajmowania się czymkolwiek dłużej niż przez pięć minut. Dora mu zazdrości, a mimo to nadal nie chciałaby się z nim zamienić. Może pewnego dnia zrozumie dlaczego.

– Zatem mów, co ci leży na sercu. – Jego słowa brzmią dość staroświecko, jakby przemienili się w bohaterów sitcomu z lat osiemdziesiątych.

I Dora zaczyna opowiadać. Ponieważ nie wie, od czego zacząć, po prostu mówi o wszystkim. O Heinim i Gotem, o Franzi i Płaszczce, o nowych meblach i przekopanym ogródku, o wyprawie do marketu budowlanego i akcji z malowaniem. Jojo jej nie przerywa, po prostu słucha. Czasem mamrocze swą aprobatę albo wydaje drobne dźwięki zdumienia. Mówienie sprawia Dorze tak ogromną satysfakcję, że przytacza coraz więcej szczegółów. Koloryzuje, zatraca się w detalach, ożywia postacie i poszczególne scenki. Jojo nie okazuje zniecierpliwienia. Dora czasem nie pojmuje, co właściwie ich łączy. Dlaczego nierzadko ma wrażenie, że on nie jest nią zainteresowany. Przecież zawsze grali w jednej drużynie, zawsze wiedzieli, co o sobie myślą, niezależnie od tego, jak wiele lub jak niewiele mieli z sobą wspólnego. Ojciec i córka, historia równie stara jak ludzkość.

Opowiada o Horście Wesselu i o przyjaciołach Gotego. Brodacz, wytatuowany i facet w marynarce.

– Ooch – mówi Jojo. – Wyjdę na balkon. Zapalić.

Dora również wychodzi przed drzwi i zapala papierosa. Słyszy grzechot zapalniczki Jojo. Wygląda na to, że naziści oraz ordynatorzy są ostatnimi osobami, z którymi można się zrelaksować, paląc papierosa.

Przez chwilę w milczeniu wydmuchują dym w nocne wiosenne powietrze, jedno w Bracken, drugie w Berlinie.

Następnie Dora opowiada o ataku nożownika z Plausitz. Uświadamia sobie, że czuje się zawstydzona. Jakby to ona była w jakimś stopniu winna temu, co się stało. Jojo nic nie mówi. Żadnych *To oczywiste*, *A widzisz* czy *Od razu ci mówiłem, że brandenburska prowincja to nie jest dobry pomysł*. Słucha i trzyma język za zębami, co w jego przypadku dorównuje najlepszym osiągnięciom sportowym.

Kiedy robi pauzę, słyszy, jak Jojo wystukuje z paczki kolejnego papierosa bez filtra. Odgłos ordynatora, rzeczowy i spokojny. Dora czuje, że to ją uspokaja. Jojo zawsze był człowiekiem, którego nastrój miał wpływ na całe otoczenie. Kiedy Dora i Axel byli jeszcze dziećmi, zawsze nasłuchiwali odgłosu jego kroków, gdy wracał z pracy do domu. Po sposobie, w jaki szedł przez przedpokój, mogli rozpoznać, czy wieczór okaże się kiepski, czy udany. Jeśli Jojo był zestresowany, zestresowani byli wszyscy wokoło. Jeśli on był radosny, radość udzielała się także pozostałym. Matka Dory jako jedyna potrafiła się przeciwstawić jego chwilowym nastrojom. Gdy był ponury, śmiała się i mówiła: „Idź najpierw wziąć prysznic". A potem dokładała starań, by wieczór, w ten czy inny sposób, wypełniła miła atmosfera.

Podczas gdy Dora przedłuża pauzę, Jojo wypala w spokoju drugiego papierosa, aż w końcu pyta:

– Właściwa sprawa dopiero przed nami, prawda?

Dora zbiera się w sobie i opowiada, jak znalazła Gotego oraz jego pikapa w rowie. Nie wezwała ani policji, ani straży pożarnej, by oszczędzić mu kłopotów. I jak sama wyciągnęła samochód z rowu.

Jojo nie pyta, czy postradała rozum.

– Całkiem sprytnie z twojej strony. Za coś takiego mogliby mu cofnąć zwolnienie warunkowe.

– Nie mógł mówić – dodaje Dora.

Jojo milczy przez chwilę.

– Musiał być zalany w pestkę.

– Myślę, że był trzeźwy.

Jojo nie pyta, skąd o tym wie. Zastanawia się.

– THC? – pyta.

– Nie sądzę.

Słyszy, jak Jojo zaciąga się po raz ostatni, po czym wyrzuca papierosa za balkon.

– W takim razie jadę.

Połączenie zostaje przerwane. To chyba moment, o którym w książkach mawiają, że „naraz wszystko potoczyło się błyskawicznie". W umyśle Dory wyświetla się film, na którym widać, jak Jojo przemierza swoje mieszkanie w Charlottenburgu. W przedpokoju otwiera szafę i wyjmuje przygotowaną skórzaną torbę w kolorze koniaku, z mosiężnymi zapięciami. Bierze z wieszaka kurtkę i wychodzi. Zbiega po schodach po dwa stopnie naraz i idzie w towarzystwie swojego cienia przez pusty Savignyplatz. Człowiek bez psa, którego jednak nie obowiązuje godzina policyjna. Człowiek z misją. Zamaszystym krokiem dociera do garażu w kompleksie Stilwerk, gdzie wynajął miejsce parkingowe. Kilka minut później mknie przez miasto swoim jaguarem, którego doskonale klimatyzowane wnętrze wypełniają dobywające się z głośników dźwięki skrzypiec, podczas gdy świat zewnętrzny bezgłośnie przemyka za oknami. Na miejskiej autostradzie dodaje gazu, Dora niemal czuje na plecach potężną dłoń przyspieszenia, która pcha ją do przodu. Rozbrzmiewa koncert skrzypcowy w wykonaniu Chaczaturiana, jedno z ulubionych nagrań Jojo, trochę nazbyt wzburzone jak na gust Dory, ale jakże pasujące do owej przejażdżki w swej nagle spienionej dramaturgii.

Jojo prowadzi samochód, a Dora siedzi w myślach obok niego. Kiedy docierają do drogi krajowej, ścisza muzykę i spogląda na nią z ukosa.

– Miło jest zrobić coś dla ciebie.

Zaskoczona Dora nieomal zapomina, że słowa te są jedynie wytworem jej własnej wyobraźni. Wydają się logiczną kontynuacją rozmowy telefonicznej.

– Byłaś taka już w dzieciństwie – stwierdza Jojo. – Kiedy miałaś trzy lata, każdego ranka sama chciałaś zasznurować sobie buty. Przez pół godziny siedziałaś pod drzwiami i walczyłaś ze sznurowadłami. I syczałaś jak kocur, gdy próbowaliśmy ci pomóc. – Zerkając przez ramię, szybko zmienia pas ruchu, by wyprzedzić ciężarówkę. – Zawsze uważałem to za coś wspaniałego. To twoje dążenie do niezależności. Axel jest zupełnie inny. Pewnie do dziś pozwala Christine wiązać sobie buty.

Jojo się śmieje, Dora mu wtóruje.

– Czasami ledwie mam odwagę zapytać, jak się miewasz. Nawet nie opowiedziałaś nam o swojej przeprowadzce na wieś.

– Myślałam, że nie jesteś tym zainteresowany – szepcze Dora w mrok nocy.

– Już dobrze – mówi Jojo. – Pod tym względem jesteśmy do siebie podobni. Szanuję to. – Wychyla się z krainy fantazji i głaszcze ją po ramieniu. – W każdym razie cieszę się, że choć raz mogę ci pomóc.

34
Pan Proksch

Gdy przed dom zajeżdża jaguar, księżyc wznosi się wysoko na niebie. Jego srebrzysty blask tłumi światło gwiazd, z wyjątkiem gwiazdy wieczornej, połyskującej tak jasno, że można ją pomylić z nadlatującym samolotem. Jojo wysiada, prostuje plecy i rozgląda się dokoła. Dora próbuje spojrzeć na Bracken jego oczami. Bezbarwne domy stojące w mroku nocy wzdłuż wiejskiej drogi. Woń obornika i piasku. Człowiekowi pokroju Jojo nie sposób wytłumaczyć, dlaczego Dorze to się podoba. Dla Jojo *miasto* jest jedynym możliwym sposobem na życie, *prowincja* zaś to synonim śpiączki albo śmierci. Nie przyjechał tu po to, by się przekonać, że jest inaczej.

Dora otwiera ogrodową furtkę i wypuszcza niecierpliwie popiskującą Płaszczkę. W napadzie euforii pies wita się z Jojo na trawiastym poboczu drogi, merdając całym tyłkiem. Wyczerpawszy swoją radość, przysiada trójkątnym ciałem w kilku miejscach na trawie, by poszerzyć zewnętrzne granice swojego terytorium.

Dora przygląda się tej scenie. Opustoszała ulica. Limuzyna błyszcząca w świetle ulicznych latarni. Obok niej wyprostowany ojciec o siwiejących skroniach, w luźnej marynarce, czarnych dżinsach, ze skórzaną torbą, zupełnie niepasujący do otoczenia. Chodzący portal do innego świata.

Podchodzi do niego i chce go uściskać, on jednak na powitanie wystawia łokieć i uśmiecha się ironicznie, jakby wcale nie zamierzał przestrzegać zasad, tylko sobie z nich drwił. Dora odwzajemnia gest i mówi z ironią:

– Witamy w Bracken! – Wskazuje na okoliczne domy skulone nocą za płotami i murami. – Ja, Heini, Gote. Dalej mieszka nawet artysta kabaretowy.

Dodaje, że Steffen jest gejem i mieszka z kwiaciarzem, jakby na dowód, że w Bracken żyją też ludzie normalni, w rozumieniu kogoś takiego jak Jojo. Zarazem wstydzi się swoich słów i ironicznego tonu. Czuje się jak zdrajczyni własnej wioski.

– Całkiem tu ładnie – kłamie Jojo. – Gdzie on jest?

Dora idzie do furtki Gotego, przez którą wyszła z Gustawem ledwie trzy godziny wcześniej. Nadal jest niezamknięta. Uchyla ją i przepuszcza ojca.

Widok, który im się ukazuje, przywodzi na myśl kolejny obraz Hoppera. Na ciemnym trawniku leży przewrócone białe plastikowe krzesło. Stół został przestawiony pod okno przyczepy. Na stole stoi dziewczynka. Ma rozpuszczone blond włosy sięgające prawie do kolan. Oburącz opiera się o okno, twarzą przywarła do szyby i próbuje zajrzeć do środka.

– Tatusiu, tatusiu! – woła cicho i delikatnie stuka w szybę, wydając najżałośniejszy dźwięk na świecie.

Dora i Jojo stoją jak zamurowani, gdy nagle Płaszczka przemyka obok nich, zaczyna się kręcić wokół stołu i nie przestaje, dopóki dziewczynka nie zeskoczy i nie weźmie jej na ręce. Płaszczka liże ją po twarzy. Dora zauważa, że płakała.

– To jest Franzi – mówi na poły do Jojo, na poły do samej siebie. Podchodzi do przyczepy, wskakuje na stół i dłońmi osłania szybę w oknie. W środku pali się nikłe światło. Dopiero po chwili Dora jest w stanie cokolwiek dojrzeć. Wnętrze wydaje się bardziej przestronne, niż się spodziewała. Wyłożone jasnym drewnem, mieści stół z kącikiem wypoczynkowym, aneks kuchenny, do tego szafkę o licznych drzwiczkach, na której stoi również mały telewizor. Jest czyste i uporządkowane. Tuż pod oknem biegnie wąski gzyms, na którym ustawiono wyrzeźbione w drewnie figurki. Kilka wilków w postawie leżącej lub stojącej. Są też postacie ludzkie, kobieta, mężczyzna i dziecko, wypadły jednak gorzej niż wilki.

Wzdłuż krótszego boku przyczepy, nieco w cieniu, ustawiono łóżko. Piętrzy się na nim ciemny stos. Pewnie koce. Albo ludzkie ciało.

Dora zeskakuje ze stołu i przykuca obok Franzi, która przysiadła w trawie i szepcze do ucha Płaszczki dziecięce słowa.

– Franzi, czy twój ojciec jest w środku?

Dziewczynka wzrusza ramionami, nie odwracając wzroku.

– Nie wiem. Jest ciemno.

Dora spogląda na Jojo, który dyskretnie trzyma się z boku.

– Posłuchaj, Franzi. Musisz wyświadczyć mi przysługę. – Potrząsa nią lekko za ramię, by na nią spojrzała. – Płaszczka nie jadła jeszcze kolacji. Jest strasznie głodna. Czy możesz pójść i ją nakarmić? Wiesz, co i jak.

Twarz Franzi się rozpromienia. Zwinnie zrywa się na bose nogi i bierze od Dory klucz do domu.

– Zostań z nią i dotrzymaj jej towarzystwa, dobrze? Za chwilę do was dołączę. Możesz też sama wziąć sobie z lodówki coś do jedzenia.

Franzi ochoczo przytakuje, po czym rusza przed siebie, wołając psa klepnięciem w udo. Nie idą ku szosie, ale wzdłuż ziemniaczanej grządki w głąb ogrodu, do jakiejś tajemnej dziury w płocie, znanej tylko Franzi i Płaszczce. Ziemniaki słabo wyrosły, wyglądają, jakby nikt ich nie podlewał.

Jedynie dla formalności Dora naciska klamkę. Drzwi przyczepy są zaryglowane. Jojo już zaczął rozglądać się po posesji w poszukiwaniu odpowiednich narzędzi. Po chwili wraca z zardzewiałym słupkiem ogrodzeniowym, który zapewne wyciągnął z zarośli.

Znając Jojo wyłącznie jako mieszkańca kamienicy przy Savignyplatz, łatwo można by zapomnieć o jego zdolnościach praktycznych. W piwnicy domu rodzinnego Dory mieścił się warsztat, w którym wspólnie majsterkowali – szczudła, budki dla ptaków, a nawet drabinka do wspinaczki. Dora szlifowała papierem ściernym drewniane elementy, obsługiwała imadło i zatykała uszy, gdy Jojo uruchamiał wiertarkę. Była dumna, że wie, co to znaczy: *Podaj mi szesnastkę*.

Jojo umiejętnie wsuwa spiczasty koniec słupka w szczelinę i podważa drzwi. Otwierają się i uderzają o ścianę. Dora i Jojo aż się wzdrygają, czując się jak włamywacze. Wsłuchują się w mroczne wnętrze. Z przyczepy nie dobiega żaden dźwięk. Świerszcze kontynuują swój nocny koncert. Jojo sięga po torbę.

– Jak on się nazywa?

– Proksch.

– Panie Proksch, proszę się nie niepokoić – mówi głośno Jojo. – Idę do pana. – Wchodzi do wnętrza przyczepy. – Panie Proksch? Jest tutaj – mówi, odwracając się do Dory. Potem robi jeszcze kilka kroków. – Panie Proksch?

Rozlega się chrząknięcie, zaraz potem słychać głos Gotego, czysty i wyraźny:

– Spadaj, bo dostaniesz po mordzie!

Czując ulgę, Dora prawie się popłakała. Gote żyje, bez wątpienia.

– Wynocha!

– Panie Proksch, jestem lekarzem – mówi niezrażony tym Jojo. Dora jest zdumiona jego odwagą. – Zbadam pana. Czy może mi pan powiedzieć, jaki mamy dziś dzień?

Drzwi przyczepy zamykają się od środka. Jojo wie, jak uszanować prywatność swoich pacjentów. Dora podchodzi do muru, stawia na sztorc skrzynię na owoce i wdrapuje się na nią. Po raz kolejny widzi swój dom z obcej perspektywy. W kuchni pali się światło. Głowy Franzi nie widać, prawdopodobnie siedzi na podłodze i dzieli się z Płaszczką miską psiej karmy. Jak dotąd wszystko dobrze się składa. Dora zeskakuje z chybotliwej ambony, wsuwa ręce do kieszeni i krąży tam i z powrotem po ogrodzie Gotego. Wyczekiwanie. Kiedy do gry wchodzą lekarze, następuje wyczekiwanie. Z każdym krokiem wyczuwa grunt pod stopami. Darń, pod nią ziemię, warstwy skał o niewyobrażalnych rozmiarach, całą ogromną planetę. Ma wrażenie, jakby podczas spaceru kręciła kulą ziemską jak niedźwiedź cyrkowy swoją piłką. Czekanie zagęszcza czas i w końcu go rozpuszcza. Ile czasu minęło, odkąd usunęła resztki swojego dawnego życia z osieroconego biura Sus-Y? Dora wspomina ów epizod, jakby pochodził z zamierzchłej przeszłości. Coś, co niegdyś wydawało się ekscytujące, teraz utraciło wszelkie znaczenie. Teraz jest teraz. Jej ojciec jest z Gotem. Płaszczka jest z Franzi. Ona sama biega tam i z powrotem, by utrzymać planetę w ruchu, bo jeśli się zatrzyma, świat się zawali. Wszystko powinno zachować dotychczasowy kształt. Dora nie chce, by cokolwiek się zmieniło. Nie po raz kolejny.

Drzwi przyczepy się otwierają, wychodzi Jojo z torbą w ręku.

– Pan Proksch pakuje teraz kilka rzeczy – mówi oficjalnym tonem.

Typowe. W obecności pacjenta Jojo zamienia się w ordynatora, profesora Korfmachera zamieszkującego medyczny wszechświat, w którym nie ma ludzi, a tylko przypadki. Dora wcale by się nie zdziwiła, gdyby zaczął do niej mówić per pani.

– Zabieram pana Prokscha do Charité na dalsze badania.

Profesor Korfmacher nie mówi *klinika*, lecz *Charité*. A pacjenta zabiera *do Charité*, a nie *na oddział*, jakby to było jakieś tajemnicze miejsce kultu.

– Tak od razu?

– Od razu. Zabierzesz się z nami? – Stoi przed nią wyprostowany jak struna, ściskając w dłoni skórzaną torbę. Emanuje zniecierpliwieniem. W przyczepie rozlega się łoskot.

– Muszę zostać z Franzi.

Jojo przytakuje. To bez znaczenia. W lekarskim wszechświecie nie ma też żadnych córek. Wciąż tylko pośpiech i skupienie na pracy. Gote pojawia się na metalowych stopniach z plastikową torbą w ręku, która wydaje się prawie pusta. Wpatruje się w Jojo, jakby się zastanawiał, czy człowiek ten przypadkiem nie posiada wtyczki, którą można by wyciągnąć. Jojo wykonuje zachęcający gest, po czym żwawym krokiem rusza w kierunku furtki. Dora słyszy, jak na ulicy otwiera bagażnik jaguara. Po chwili bagażnik na powrót się zatrzaskuje.

– Panie Proksch! – woła Jojo przez mrok nocy.

Gote rusza przed siebie. Mijając Dorę, zerka na nią pozbawionym wyrazu wzrokiem. Podąża za wezwaniem jak pies za swoim panem. W medycznym wszechświecie szefem jest ordynator. Nawet ktoś taki jak Gote nie może odmówić wykonania rozkazu.

– Pozamykam tutaj – mówi Dora. – I zaopiekuję się Franzi.

Nawet jeśli Gote ją zrozumiał, nie dał tego po sobie poznać. Znika za ogrodzeniem, za którym słychać świszczący pomruk jaguara. Drzwi samochodu się zatrzaskują, pojazd zawraca na dwa razy, przyspiesza i odjeżdża. Jeszcze przez chwilę słychać warkot silnika, zanim przebrzmi na wiejskiej drodze.

Gote zniknął. Ktoś go wywiózł, jak przepowiedział Steffen, nawet jeśli Jojo nie zabrał go na śmietnik historii. Może jest jeszcze gorzej. Dora wie z doświadczenia, że w lekarskim wszechświecie zabieranie kogoś nie wróży niczego dobrego.

35
Nowotwór

Kiedy dzwoni telefon, Dora dopiero po chwili odzyskuje orientację. Jest jeszcze ciemno, w łóżku natrafia na części ciała, które nie należą ani do niej, ani do Płaszczki. Ręce, nogi i mnóstwo włosów. Franzi. Dora przypomina sobie, że zastała dziewczynkę śpiącą razem z Płaszczką i że sama zaskakująco szybko zasnęła, choć właściwie nie lubi, gdy ktokolwiek obok niej leży. Pospiesznie odbiera telefon, zanim dzwonek zdąży obudzić Franzi.

– Poczekaj chwilę, Jojo.

Wślizguje się w dżinsy, wkłada bluzę, po czym wychodzi przed drzwi. Na wschodnim horyzoncie pojawia się jasna łuna. Ptaki tak ochoczo ćwierkają, jakby mocą swych treli uczestniczyły w tworzeniu nowego dnia. Na nieboskłonie wciąż jaśnieją pojedyncze gwiazdy. Znów zapowiada się słoneczny, bezchmurny dzień, jakby kwestia pogody została raz na zawsze uregulowana. Hortensje potrzebują wody. Nie mówiąc już o ziemniakach. Dzisiaj Dora się tym zajmie. Nie tylko ziemniakami. Wszystkim.

– Jeszcze chwilka.

Ramieniem przyciska telefon do ucha i wyciąga z kieszeni spodni papierosy. Jeśli nie przystopuje, stanie się nałogowcem.

Nikotynowym nawykiem zajmie się jednak innym razem. To, co teraz nastąpi, bez papierosa w ustach będzie zapewne nie do zniesienia.

W tle rozpoznaje dźwięki skrzypiec Chaczaturiana. A zatem Jojo znów siedzi w samochodzie, bladym świtem, w drodze z Berlina do Münsteru, gdzie prawdopodobnie za trzy godziny wygłosi wykład, weźmie udział w spotkaniu albo będzie operował nagły przypadek. Dora zastanawia się, czy dzisiejszej nocy w ogóle mógł się wyspać. Wykluczone. Może nawet nie wrócił do swojego mieszkania. Z Charité prosto na autostradę.

– Gotowa? – Nadal mówi nieco oficjalnym tonem, ale nie porusza się już w lekarskim wszechświecie. Wydaje się, że jest w dobrym nastroju. To istne szaleństwo, myśli sobie Dora, do czego zdolny jest człowiek, kiedy wierzy w to, co robi.

– Już. I jak było?

– Dobre pytanie. – Jojo się śmieje. – W drodze do Berlina twój koleżka nie odezwał się ani słowem.

– Nie jest moim koleżką.

– Nawet na oddziale z początku zachowywał spokój. Obecnie niewiele się tam dzieje.

Jojo kilkakrotnie już o tym wspominał. Z powodu godziny policyjnej w izbach przyjęć panuje niewielki ruch. A do tego czterdzieści procent łóżek stoi pustych z powodu przełożonych badań i operacji. Kiedy już uratujemy ludzi przed koronawirusem, zwykł mawiać, będą padać jak muchy na zawał serca albo udar mózgu.

– Dobra nasza, cały sprzęt wolny. – Jojo pociąga łyk jakiegoś napoju. Pewnie na stacji benzynowej kupił sobie dużą kawę. – Wiesz, że mój zespół w Charité jest w pełnej gotowości. Nawet w środku nocy. Wystarczy jeden telefon i cała machina idzie w ruch.

To ulubiony temat Jojo: lojalność, *teamgeist*, bezwarunkowe oddanie obowiązkom oraz fakt, że sam, jak medyczny generał, kieruje owym sprawnie wirującym ludzkim mechanizmem. Wszyscy słuchają jego rozkazów, od wyższych rangą oficerów po zwykłych piechurów, którzy opróżniają baseny i sprzątają korytarze. Nawet o trzeciej nad ranem.

– Doktor Bindumaalini nie omieszkała stawić się osobiście. Jest moją najlepszą radiolożką, to prorokini rezonansu. Niestety, kiedy twój koleżka ją zobaczył, wpadł w lekki szał.

– On nie jest moim…

– Nazwał doktor Bindumaalini ciapakiem i niejako z miejsca zażądał jej deportacji.

– O mój Boże.

Okropnie jej wstyd za Gotego.

Jojo śmieje się wesoło. Odzyskuje humor, gdy ją trochę zawstydza. Dorzuca więcej szczegółów.

– Doktor Bindumaalini wyjaśniła mu, jakie badania zamierza wykonać, a on oświadczył, że… niedoczekanie. Potrzeba było czterech sanitariuszy, żeby go obezwładnić. Twój koleżka to prawdziwy mocarz, trzeba mu to przyznać.

Docinki Jojo są ceną, którą trzeba zapłacić za to, że z jej powodu zarwał noc. Dodanie mu animuszu to minimum, na jakie Dora może się zdobyć. Wydaje więc z siebie stłumiony jęk.

– Kiedy przewrócił się wieszak na ubrania, doktor Bindumaalini się wycofała. Za to blondwłosej pielęgniarce udało się go dość łatwo uspokoić.

– O… mój… Boże…

– Podaliśmy mu coś przed prześwietleniem. W tunelu nie wyleżałby nieruchomo.

Dora uświadamia sobie, że ta mało przyjemna relacja była prawdopodobnie najprzyjemniejszą częścią rozmowy. Postanawia zapalić kolejnego papierosa.

– I?

– Potem zabrali go do pokoju, żeby mógł się wyspać. Musiałem ruszać w drogę, o dziewiątej mam kilka spotkań w Münsterze. Doktor Bindumaalini właśnie do mnie zadzwoniła.

– I?

– Twój koleżka nie daje sobie nic powiedzieć.

Za każdym razem, gdy Jojo mówi *twój koleżka*, Gote nieco się od niej oddala. Koleżka nie jest prawdziwą osobą, a raczej przypadkiem. Dora zaczyna podejrzewać, że Jojo wcale nie zamierza jej rozzłościć. W jego lekarskiej piersi bije serce, które woli mieć do czynienia z koleżkami niż z żywymi istotami.

– Co masz na myśli, mówiąc, że nie daje sobie nic powiedzieć?

– Doktor Bindumaalini nie zdołała go poinformować o wynikach. Zakrył uszy i wrzeszczał, żeby zostawiła go w spokoju. Że nie chce nic wiedzieć.

– Grubo.

– Istnieje prawo do niewiedzy. Ale jeśli nie będzie współpracował, nic nie możemy zrobić. Jego wybór.

– I?

– Znowu śpi. Jak dziecko. Kiedy skończył krzyczeć na doktor Bindumaalini, po prostu zasnął. Dasz wiarę?

– I?

– Jest jeszcze jeden problem. Wygląda na to, że twój koleżka nie ma ubezpieczenia zdrowotnego.

Wiadomość ta wytrąca Dorę na chwilę z równowagi, ale Jojo ciągnie:

– Nie martw się o dzisiejszą nocną akcję, załatwimy to wewnętrznie. Ale w przyszłości pan Proksch nie będzie mógł korzystać z pomocy medycznej.

– Co to dokładnie oznacza?

– Może zupełnie nic. Terapia i tak niewiele tu pomoże.

– Chryste, Jojo! – Dora dłużej nie wytrzymuje. – Powiedz mi wreszcie, co wykazał ten cholerny rezonans!

– Rezonans nie jest żadnym cholerstwem, jest błogosławieństwem ludzkości. – Jojo ziewnął. – Obowiązuje mnie tajemnica zawodowa. – Upija łyk. Dora wyobraża sobie ogromne latte w kubku na wynos. – Nie wolno mi udzielać żadnych informacji. W zasadzie.

W zasadzie Dora nie chce żadnych informacji. W zasadzie i tak był to gówniany pomysł. Co ją opętało, żeby wplątywać w to Jojo? Gote nic a nic jej nie obchodzi. Skoro on nie chce o niczym wiedzieć, to ona tym bardziej. Zamierza zakończyć tę rozmowę, wrócić do łóżka i zapomnieć o całej sprawie. Sorry, to był błąd, głupio wyszło. Idziemy dalej.

– Dobrze, Jojo, w takim razie dziękuję ci bardzo i…

Natychmiast jej przerywa.

– Z drugiej strony złożyłem przysięgę Hipokratesa. I czasem lepiej jej służy przestrzeganie zasad w sposób niezbyt rygorystyczny.

– Myślę, że zdecydowanie powinniśmy się ich trzymać – mówi Dora. – Sprawa i tak jest zbyt skomplikowana.

– Twój koleżka będzie potrzebował wsparcia.

– On nie jest moim koleżką! – Dora mówi głośno, prawie krzyczy. – To mój sąsiad. Próbowałam mu pomóc. Jeśli nie chce, to nie. Okej, nie ma sprawy.

– To tak nie działa. – Jojo również podnosi głos. – To nie jest gra, w trakcie której można zrezygnować. Chciałaś, żebym przyjechał, i teraz tkwisz w tym na dobre. Ja wykonuję swoją pracę, i to najlepiej, jak potrafię, rozumiesz?

Dora rozumiała to już w dzieciństwie. Można by dodać: najlepiej, jak potrafię, i za wszelką cenę. Milczy. Nie ma siły kłócić się z Jojo. Nie o szóstej rano, nie po takiej nocy.

– Dostaniesz ode mnie niezbędne informacje, recepty i instrukcje. Reszta zależy od ciebie. W porządku?

Przytakuje skinieniem głowy, choć on oczywiście tego nie widzi. Wie, co teraz nastąpi. Padnie jedno z tych słów. Zawsze się nimi brzydziła. Od słów można się zarazić. Chorobliwe słowa są jak zarazki. Jej dom rodzinny był całkowicie skażony chorobliwymi słowami. Glejak, blastoma, nowotwór złośliwy, gwiaździak. Słowa te kleiły się do wszystkich ścian, obsiadły wszystkie kąty. Od tego zachorowała jej matka. Guz neuroendokrynny. To także jedno z owych słów. Słów, które odbierają to, co najdroższe. Nie powinno się ich używać. Wymawiać ich, nawet w myślach. A także słuchać. Dora rozumie, dlaczego Gote zakrył sobie uszy. Zrobiłaby tak samo.

– Skan mózgu wykazał, że pan Proksch ma zaawansowany nowotwór.

Trzeci papieros przed śniadaniem to zdecydowanie kiepski pomysł. Idealnie pasuje do sytuacji.

– W mojej ocenie to glejak.

Glejak wielopostaciowy to najbardziej gówniane ze wszystkich gównianych słów. Mroczny watażka w formie dosłownej. Darth Vader medycznego języka. Zawsze towarzyszą mu adiutanci o przydomkach *nieoperacyjny*, *nieuleczalny* i *paliatywny*. Dora natychmiast decyduje się pójść na skróty. Nie ma sensu wchodzić Darthowi Vaderowi w drogę.

– Ile?

– Rokowania są złe. Oczywiście, bywają przypadki… – Niczęsto się zdarza, by Jojo nie dokończył zdania. – No cóż. Pan Proksch ma poważne objawy. Wiesz, co to oznacza.

– Chcę wiedzieć ile.

– W najlepszym razie kilka miesięcy. Jeśli w ogóle.

Wkrada się pytanie, czy podobnie było w przypadku jej matki. Kiedy świat się skończył. Czy wówczas także ktoś powiedział *w najlepszym razie*, zaraz po *neuroendokrynny*?

Dora musi powstrzymać natłok myśli. Otwiera się w niej otchłań, tak głęboka, że nawet bąbelki nie wypływają na powierzchnię. Czy można zapaść się w sobie i zniknąć? Co wtedy pozostanie? Czarna dziura?

– Co dalej? – Jej system nerwowy próbuje przełączyć się w tryb radzenia sobie z problemami. Jojo go podchwytuje. Pytanie, co dalej, jest dlań eliksirem życia.

– Kiedy pan Proksch się obudzi, wyślemy go karetką do domu. Dostanie dawkę startową sterydów i coś na ból. – Dora kiwa do siebie głową. Brzmi rozsądnie. Oto plan. – Całą dokumentację medyczną, recepty, dawkowanie dostarczy ci kurier. Leki muszą być przyjmowane ściśle według zaleceń.

– Czy mam powiadomić jego żonę? A co z… – Chciała powiedzieć *Franzi*, ale imię to nie przechodzi jej przez gardło.

– Decyzja należy do ciebie – oznajmia Jojo. – Ale pamiętaj, proszę, że złamałem tajemnicę lekarską.

Dora rozumie. Oficjalnie o niczym nie wie. To alibi nie tylko dla Jojo, ale także dla niej samej. Cień, w którym może się poruszać.

– Najważniejsze, by nie prowadził już samochodu. Słyszysz, Dora? Pod żadnym pozorem nie wolno mu siadać za kierownicą. Naraża na niebezpieczeństwo nie tylko siebie, ale i innych.

– A jak miałabym go powstrzymać? – Dora zauważa, że jej głos stał się ochrypły. Tryb radzenia sobie z problemami znowu zawodzi. – Czy jestem jego opiekunką, czy co? Cholera, Jojo, ledwo go znam! Co mam, do diabła, zrobić?

– Najpierw napij się kawy. – Jojo pociąga kolejny łyk. Chaczaturian wspina się na wyżyny finału. – Poprosiłaś mnie o pomoc, a to coś znaczy. Nie wiem tylko, co dokładnie. Ale to się okaże. – W tle rozlegają się brawa zgromadzonej w filharmonii publiczności. – Powodzenia, moja droga. W razie pytań zadzwoń. Muszę teraz skręcić na A2.

Gdy tylko Jojo się rozłączył, Dora otwiera w smartfonie przeglądarkę i wyszukuje konkretny kanał na YouTubie. Klika w profil *FER* i pierwsze zamieszczone wideo. Jest na nim Krisse. Może do niego powinna wysłać papierzyska, o których wspomniał Jojo. Z najlepszymi pozdrowieniami od sprawiedliwości wyrównawczej. W trzeciej minucie i czterdziestej drugiej sekundzie odnajduje scenę. Przeciwdziałanie wymianie ludności za pomocą nowego ludowego tworu. Wciąż wraca do tego miejsca. Nowy ludowy twór, ludowy nowotwór. W końcu udaje jej się roześmiać. Nie może przestać. Śmieje się do rozpuku. Czysta histeria. Potem idzie do kuchni i parzy najmocniejszą kawę w dziejach.

36
Wczesne ziemniaki

– Czy można już je zbierać?

Zamiast odpowiedzieć, Franzi wzrusza ramionami. Dora wzdycha. Stoi na ziemniaczanej grządce Gotego, pod ogrodowym wężem zmywa z rąk największy brud i skrapia twarz chłodną wodą. Jest wyczerpana i mokra od potu. Przez kilka ostatnich godzin harowała jak szalona. W domu zamiotła wszystkie pokoje, zrobiła pranie i wysprzątała kuchnię. Podlała hortensje i ogródek warzywny, pełła i usunęła kilka metrów kwadratowych pokrzyw. Odkąd Franzi wstała, Dora ma irytującą asystentkę. Dziewczynka nie odstępuje jej na krok, snuje się za nią jak cień, chce pomagać i wciąż wchodzi jej w drogę. Dialog: „Kiedy tato wróci do domu? – Wkrótce" powtórzyły już ze sto razy.

Chcąc pozbyć się Franzi, Dora wysłała ją do domu, by uporządkowała swój pokój. Po dwudziestu minutach zrobiło jej się żal dziewczynki, poszła więc za nią po brudnych schodach, by pochwalić jej postępy w pracy. Skoro już tam była, zasłała łóżko, przewietrzyła pokój, umyła okno, przetarła uprzątniętą podłogę, a na koniec ozdobiła ściany namalowanymi przez Franzi obrazkami. Pokój wyglądał tak przytulnie, że dziewczynka uwiesiła się jej ramienia, krzycząc:

– Dziękuję, dziękuję.

Niestety, akcja ze sprzątaniem pokoju jeszcze bardziej zacieśniła ich więź. Dora miała wrażenie, że przy każdym kroku nadepnie na dziecięcą stopę albo psią łapę. Po raz kolejny wysłała Franzi i Płaszczkę na łąkę, by sprawdziły, czy znajdą dość wczesnych kwiatów do powitalnego bukietu dla Gotego. Wykorzystała dogodny moment, by wreszcie przeszukać przyczepę, pospiesznie, mocno zaciskając szczęki, jakby odczuwany dyskomfort można było ukryć za zębami. Dzięki Bogu szybko znalazła to, czego szukała: jedne kluczyki do samochodu wisiały na haczyku obok drzwi, drugie leżały w szufladzie stołu. Poza tym natknęła się na inny pęk, w którym rozpoznała klucze do swoich drzwi wejściowych. Przy okazji wytrzepała koce, starła kurze i wyczyściła prawie pustą lodówkę. Z ulgą wyszła z przyczepy i zaczęła podlewać ziemniaki na grządce Gotego, równie wysuszone jak jej własne. Dora przeczytała w internecie, że wczesne ziemniaki zbiera się, kiedy łęty są jeszcze zielone. Jakieś sześćdziesiąt dni po zasadzeniu. Policzyła. Kiedy przeprowadziła się do Bracken, sadzeniaki Gotego były już w ziemi. Być może z powodu łagodnej zimy zasadził je już na początku marca.

Woda w cudowny sposób chłodzi dłonie i czoło. Franzi przyniosła z pola duży bukiet złożony z koniczyny, mniszka lekarskiego, przetacznika i rzeżuchy, ustawiła go w słoju na stoliku w przyczepie. Ona także chce się ochłodzić. Dora trzyma wąż, a dziewczynka myje ręce, ramiona i twarz. Po raz pierwszy tego dnia Dora oddycha głęboko. W kieszeni spodni czuje przyjemny ciężar kluczy.

Na dobrą sprawę nic a nic się nie zmieniło. Wciąż jest początek maja, całkiem zwyczajny piątek. Wiosna wchodzi w fazę rozkwitu, nocą nie doskwiera już chłód, a za dnia robi się naprawdę ciepło. W ogrodzie zakwitają drzewa owocowe, wyglądają tak, jakby pokryła je biała piana. Dora dostrzegła nawet kilka pszczół, choć przecież pszczół wcale już nie ma. Wszystko prezentuje się tak, jak powinno. Doszło tylko jedno pojęcie. Nowotwór. Brzmi przyjaźniej dla ucha niż glejak wielopostaciowy. Darth Vader w wiosennym kamuflażu. Z powodu tego słowa Dora od wczesnego poranka walczy o odzyskanie kontroli. Równie dobrze mogłaby sobie odpuścić i uświadomić, że klucze sporo ważą, niebo jest błękitne, a po całej wiosce niesie się warkot traktorów. Wszystko, co ma skrzydła i głos, fruwa wokoło i ćwierka. Po murze przechadza się rudy pręgowany kot i patrzy z pogardą. Jesteście tacy żenujący, cały ten wasz gatunek, mówi jego spojrzenie.

W rzeczywistości dość opłakany to widok. Dora wciąż ma na sobie podkoszulek, w którym spała. Płaszczka jest ubłocona od kopania w ziemi. Franzi podczas mycia jeszcze śmielej rozprowadziła brud po twarzy i ramionach. Kot przysiada i cierpliwie czyści sobie prawą łapę. Udaje przy tym, że nie zauważa dwóch rudzików, które z głośnym krzykiem próbują go odciągnąć od swojego gniazda.

– Kiedy wróci tato?
– Wkrótce.
Dora wsuwa lewą dłoń do kieszeni i mocno ściska klucze.
– Dlaczego jest w szpitalu?
– Już ci mówiłam. Zrobili mu kilka badań.
– Z powodu jego bólów głowy?
– Zgadza się.
– Ale to nic złego?
Dora odchodzi, żeby zakręcić wodę.
– Pokażesz mi, jak się wykopuje ziemniaki?
– Jasne!
Franzi zrywa się jak wystrzelona z procy i po chwili wraca z narzędziem, które przypomina duży ptasi pazur. Dora zastanawia

się, czy Gote skopie im tyłki, jeśli dobiorą się do jego grządki. Nie ma to jednak żadnego znaczenia. I tak już po nich. Franzi zagłębia pazur w ziemi, spulchnia glebę wokół rośliny, w końcu chwyta łęt i ostrożnie go wyciąga. To, co wyłania się z ziemi, rzeczywiście wygląda jak lęg kosmity. Gniazdo umazanych ziemią jaj w plątaninie białych żyłek. Lekko zdegustowana Dora patrzy, jak Franzi wybiera jajka, wyciera je dłońmi i rzuca w trawę. Znów wzbrania się myśleć o glejaku.

– Jeszcze trochę małe – mówi Franzi.

– Ale można je ugotować – stwierdza Dora.

– Tata, tata!

Dora nie słyszała ani odgłosu silnika, ani otwieranej furtki. Gote zbliża się wielkimi krokami, niosąc w dłoni plastikową torbę. Rozmazane kontury jego sylwetki zdają się drgać, jakby niechlujnie przycięto ją do obrazu. Dora wybiega mu naprzeciw.

– Gote!

Nawet nie spojrzał w jej stronę. Mija Płaszczkę, odsuwa na bok Franzi, która próbuje objąć go za nogi, i najkrótszą drogą maszeruje do przyczepy. Otwiera drzwi i znika we wnętrzu. Drzwi się zatrzaskują. Po chwili ponownie się otwierają, powietrze przeszywa wysokim łukiem słoik z bukietem łąkowych kwiatów. Ląduje w trawie. Płaszczka ujada, kot na murze ziewa, a Franzi wybucha płaczem.

Co za dupek, myśli Dora. A zdychaj, i to jak najprędzej. Uwolnij świat od swojej obecności. Tak byłoby najlepiej dla wszystkich, ot, środek politycznej higieny.

Chętnie rozmyślałaby o tym dłużej, ale musi się zająć szlochającą w jej ramionach Franzi. Dora ją uspokaja, tłumaczy, że tato jest trochę zestresowany. Sama chciałaby się znaleźć daleko stąd, najlepiej u Alexandra Gersta na ISS.

Po późnym obiedzie oznajmia, że Płaszczka pilnie musi wyjść na spacer. Psa i dziewczynkę, złączonych teraz smyczą, wysyła do lasu. Potrzebuje nieco swobody do dalszych przygotowań. Chowa kluczyki do samochodu w ozdobnej donicy dużej palmy. Odbiera od kuriera UPS grubą kopertę nadaną przez Charité Berlin. Przegląda dokumentację, a potem czyta w internecie mnóstwo rzeczy, o których tak naprawdę wcale nie chce wiedzieć. Opróżnia zawartość pudełka na śruby, puste przegródki opatruje nazwami dni tygodnia. Dzwoni do apteki w Elbe-Center i składa zbiorcze zamówienie. Jako że wciąż ma napięte nerwy, sporządza listę zakupów, sprząta lodówkę i zaczyna się martwić, gdyż Franzi i Płaszczka wciąż nie wróciły z lasu.

Tłusta mucha z głośnym brzękiem uderza w kuchenne okno. Dora siedzi przy stole i doznaje krystalicznego uczucia, że nie chce dłużej żyć. I po co to wszystko? Brzęczeć nieustannie i obijać się o szybę, z wirem bąbelków we własnym ciele. Wolałaby zamienić się z Gotem. Wtedy on mógłby zrobić dla niej zakupy, podczas gdy ona zaczekałaby, aż to się skończy.

Dora robi to, co ostatnio zwykła robić, kiedy nie wie, co zrobić powinna: idzie pod mur, staje na ogrodowym krześle i patrzy. Chce sprawdzić, czy Franzi i Płaszczka już wróciły. Kiedy widzi Gotego siedzącego przed przyczepą przy kempingowym stoliku, aż się cofa przerażona. Gote pali papierosa i obserwuje własne palce wystukujące na blacie powolny rytm. Kontury jego sylwetki już nie drgają. Wygląda tak samo jak zawsze.

– Gote!

Natychmiast unosi głowę, jakby przez cały czas tylko czekał na jej wezwanie. Podchodzi do muru i wspina się na skrzynkę po owocach.

– Hej. Jak się masz?
– W porządku – odpowiada z wahaniem Dora. – A ty?
– Dobrze.

Zerkają na siebie, trzymając głowy niemal na tej samej wysokości. On stoi na skrzynce, ona na krześle, rozdzieleni murem z pustaków. Ponieważ Gote przywarł do muru, ich twarze znalazły się dość blisko siebie.

– Mój ojciec wypisał dla ciebie kilka recept.
– Na moje bóle głowy.
– Musisz regularnie łykać tabletki.
– Tak zrobię.

Dora patrzy mu prosto w oczy tak intensywnie, jakby chciała zajrzeć do wnętrza jego głowy. Po raz pierwszy zauważa, że oczy ma zielone, z jasnymi rzęsami. Biel wokół źrenic mieni się żółtawo i jest poprzecinana drobnymi czerwonymi żyłkami. Worki pod oczami jak zwykle napuchnięte. Nie są to ładne oczy. Ale spoglądają tak ufnie, że Dorze ściska się serce. Gdzieś tam w środku coś rośnie. Jak wczesny ziemniak. Zastanawia się, czy Gote o tym wie. Szuka w jego oczach przerażenia. Czy głowa nie powinna wiedzieć, co się dzieje w jej wnętrzu? Przypuszczalnie istnieją różne rodzaje wiedzy. Prawdopodobnie wiedza i niewiedza mogą współistnieć, wcale sobie nie przeszkadzając.

– Mam ci coś jeszcze do powiedzenia, Gote.
– Zabrałaś kluczyki.

Tak czy owak, nie jest ociężały na umyśle.

– Mój ojciec mówi, że nie wolno ci prowadzić.
– Fajnie mieć takiego ojca.

Spiesznie lustruje wyraz jego twarzy. Nie kryje się w niej ani odrobina ironii.

– Nie – odpowiada – nie bardzo. – Zastanawia się przez chwilę. – Czasami wolałabym mieć ojca, który robi coś zwyczajnego. Murarza albo stolarza, albo mechanika samochodowego.

– Ja jestem stolarzem.

Dora unosi brwi.

– Takim od drewna?

– Takim od drewna. – Śmieje się. – Zawsze myślałem, że w mieście mieszkają mądrzy ludzie. Ale ty rzeczywiście jesteś głupsza niż oni wszyscy razem wzięci.

– Może dlatego się tu przeprowadziłam. – Dora się uśmiecha. – Czy nadal pracujesz jako stolarz?

– Od jakiegoś czasu już nie.

– Dlaczego?

Wzrusza ramionami.

– Za często chorowałem.

– Czy dostajesz zasiłek?

– Jeszcze nie zwariowałem.

– Co masz na myśli?

– Nikt nie lubi być traktowany jak gówniarz.

Dora zastanawia się, czy wkrótce sama nie będzie taką gówniarą siedzącą przed doradcą zawodowym. Ale na razie nie ma to większego znaczenia. Cieszy ją, że Gote nie jest na nią zły. Najwyraźniej pogodził się z myślą, że nasłała na niego Jojo. Może nawet jest wdzięczny, na swój własny sposób.

– A ty, z czego żyjesz?

– Zawsze coś się znajdzie. Wiele mi nie trzeba.

Nigdy wcześniej tak z sobą nie rozmawiali. Gote inaczej też pachnie. Widocznie wziął w szpitalu prysznic. Ma też na sobie T-shirt, którego wcześniej nie widziała, granatowy i stosunkowo mało znoszony. Na piersi widnieje napis *Criminal Worldwide*. Dora dochodzi do wniosku, że nie czas i miejsce na szyderstwa. Zamiast tego należy poruszyć trudny temat.

– Słuchaj, Gote. Potrzebny mi twój samochód.
– Że co?
– Zakupy, market budowlany, apteka. Nie wolno ci siadać za kierownicą. – Omal nie dodała *nigdy więcej*. – Jeśli musisz gdzieś jechać, zawiozę cię.
– Czy od teraz jesteś moją nianią?
– Pomoc sąsiedzka. Ty też to robisz.
– To co innego.
– Bo jestem kobietą?
– Fura jest moja.
– Nie wolno ci prowadzić, Gote.
– Jeśli dotkniesz mojego pikapa, połamię ci wszystkie kości.

Świetnie poszło. Gote unosi dłoń, jest dość duża. Dora także ma duże dłonie, ale dłonie Gotego bardziej pasują do figurki superbohatera niż człowieka. Wyciąga ramię ponad murem, zbyt wolno jak na zamiar spoliczkowania. Niezręcznie głaszcze jej rozczochrane włosy.

– Będzie dobrze. – Zeskakuje ze skrzyni i odchodzi.

Chwilę później Dora znów się rozgląda. Spodziewała się, że ogród będzie opuszczony, przyczepa zabarykadowana, Gote schowany w swojej jamie jak poranione zwierzę. On tymczasem siedzi przy kempingowym stoliku, wyprostowany, nabrawszy kolorów, obok niego Franzi, której wesoła paplanina niesie się aż pod mur. Gote rozdziela na dwa talerze ugotowane wczesne ziemniaki. Jedzą razem, ojciec i córka, podając sobie sól i majonez. Na środku stolika widać słoik z bukietem łąkowych kwiatów.

37

Jednorożec

O siódmej rano Gote z pewnością jeszcze śpi. Najciszej, jak się da, Dora otwiera bramę, klnąc pod nosem na skrzypiące zawiasy. Samochód. Przelotnie zauważa, że szkło jednego z reflektorów jest pęknięte, z przodu brakuje też tablicy rejestracyjnej, zapewne w wyniku lądowania w przydrożnym rowie. Nie czas jednak na takie błahostki. Z impetem sadza Płaszczkę na fotelu pasażera, po czym uruchamia silnik. Koniec z cicho sza, teraz liczy się szybkość. Silnik buczy, Dora wyjeżdża tyłem z działki na szosę. Czuje się jak złodziejka, która za chwilę zostanie przyłapana na gorącym uczynku. Ma wręcz wrażenie, że słyszy gniewny głos Gotego. Kiedy odjeżdża, zerka w lusterko, by sprawdzić, czy przypadkiem nie biegnie za nią poboczem, jak w filmie o Dobroludku.

Kilka kilometrów za Bracken rytm jej serca zwalnia. Dostosowuje prędkość, otwiera okno i rozkoszuje się wwiewanym do wnętrza zapachem lasu. Mała kobieta w dużym samochodzie. Bonnie i Clyde w jednym ciele. Ciekawe, co by powiedział Robert, gdyby zobaczył ją w tej piekielnej maszynie. – Bardzo się zmieniłaś, Dora.

Na parkingu przed Elbe-Center jest całkiem pusto, sklepy otwierają dopiero za pół godziny. W piekarni Dora dostaje kawę i rogalik, po czym siada po turecku na skrzyni ładunkowej. Pikapowy piknik. W Berlinie-Kreuzbergu byłaby sensacją. Tutaj nikt nie zwraca na nią uwagi. Mężczyzna w żarciowozie, który właśnie rozpala grill, trzymając w kąciku ust cygaretkę, ani razu na nią nie spojrzał.

Dora zastanawia się, jak by to było, gdyby postarała się o nowy, pasujący do pikapa image. Fryzura z blond pasemkami zamiast kucyka brunetki. Ciężkie buty, papierosy bez banderoli oraz bluza od Thora Steinara. A do tego kanapka z metką zamiast croissanta.

To musi być relaksujące. Spokój po kapitulacji. Przez lata Dora czuła na sobie ciężar troski o demokrację w ogólności, a szczególnie o Europę. Musi znosić Farage'a, Kaczyńskiego, Strachego, Höckego, Le Pen, Orbána i Salviniego. Przyglądać się triumfalnemu pochodowi AfD. Patrzeć, jak media traktują każde naruszenie politycznej poprawności jak przestępstwo, pozwalając jednocześnie, by granice tego, co można powiedzieć w prasowych komentarzach i na fotelach telewizyjnych talk-show, stopniowo się poszerzały. Zaczęła się zastanawiać nad wyborami innych ludzi. Co się dzieje w zakamarkach ich mózgów, gdy odbierają dzieci albo jadą na zakupy. Jedno jest pewne: każdy się boi, sądząc zarazem, że tylko jego własny strach jest tym właściwym. Jedni boją się obcych wpływów, inni katastrofy klimatycznej. Jedni boją się pandemii, inni zdrowotnej dyktatury. Dora obawia się, że w bitwie strachów polegnie demokracja. I podobnie jak wszyscy uważa, że wszyscy inni zwariowali.

To cholernie wyczerpujące. Ileż łatwiej byłoby wybrać jedną ze stron. Z Robertem się nie udało. Może lepiej zagrać w drużynie przeciwnej. Włożyć sweter od Thora Steinara i uznać Europę za gówniany pomysł. Nagle wszystko stałoby się logiczne, wszystko nabrałoby sensu. Gote byłby tylko sąsiadem, a AfD partią o alternatywnej koncepcji. Frei.Wild to w istocie nie taka zła muzyka. *Exit* z ponurego sceptycyzmu, *enter* w beztroską tępotę umysłową. Naziole z pewnością nie cierpią na bezsenność ani na mrowiące pęcherzyki. I nie przejmują się tym, że mają za duże dłonie.

W dzieciństwie Dora kładła się czasem w salonie na dywanie i wyobrażała sobie, że sufit jest podłogą, a jej plecy są przyklejone do sufitu. Lampa stała pośrodku pokoju niby posąg, okna sięgały podłogi i miały klamki umieszczone o wiele za wysoko, a jeśli chciało się przejść przez drzwi, trzeba było pokonać bardzo wysoki próg. Dora błądziła w myślach po tym dziwnym pokoju, zachwycając się jego szaloną aranżacją. Pamięta, z jaką łatwością potrafiła przestawić w głowie przełącznik. Niewielki wysiłek, a rzeczywistość zaczynała się rządzić nowymi prawami. Wystarczyło po prostu wybrać nową perspektywę.

Może swetry od Thora Steinara są teraz dostępne w dziale niespożywczym w REWE.

Kiedy godzinę później pcha wózek z zakupami w kierunku samochodu, nie ma z sobą nowego swetra, za to kilka pękatych papierowych toreb. Wspaniałe uczucie, położyć zakupy na skrzyni, zamiast dźwigać je w pocie czoła na przystanek autobusowy. Nie może tylko zdzierżyć kosztów poniesionych w aptece. Ze względu na problemy Gotego z kasą chorych Jojo wypisał recepty pełnopłatne. Suma ta zniweczyła wszelkie kalkulacje dotyczące tego, na jak długo wystarczy jej pieniędzy.

W drodze powrotnej do Bracken jej serce znów zaczyna bić mocniej. Ma ochotę na małą przejażdżkę, ale to nie rozwiąże problemu, a jedynie odsunie go w czasie. Z jednej strony nie wierzy, by Gote był w stanie zrobić jej krzywdę z powodu zabrania pikapa. Wyciągnąć ją z kabiny, rzucić na ziemię, skopać. A jednak rozsądek nakazuje tego właśnie oczekiwać. Od czasu zajścia z doktor

Bindumaalini nie ulega wątpliwości, że Gote łatwo wpada w szał. Potwierdził to również Steffen. Chociaż do tej pory w obecności Dory zachowywał się poprawnie.

Kiedy zdejmuje nogę z gazu i mija tablicę z nazwą miejscowości, zauważa wystający ponad murem żółty wysięgnik ładowarki. Pojazd złożył łyżkę i wyjeżdża właśnie z posesji Gotego. Dora zatrzymuje się i włącza światła awaryjne, aby ułatwić ładowarce manewrowanie. Monstrum powoli wyjeżdża na drogę, dziękuje błyskiem reflektorów i mija ją z niezwykłą prędkością. Dora wykorzystuje otwartą bramę i z rozmachem skręca na działkę.

Obok domu widać w trawie brązowawy prostokąt, miejsce, w którym zawsze parkuje pikap. Jakby zdjęto ze ściany obraz. Dora ustawia samochód dokładnie w jego obrysie i wyłącza silnik. Płaszczka jednym susem przeskakuje z siedzenia pasażera na jej kolana, a stamtąd przez otwarte okno pędzi na zewnątrz w kierunku Franzi, która siedzi na ziemi obok kempingowego stolika i coś sprawdza. Dora nie może wyjść ze zdumienia, jak wysportowany potrafi być ten mały piesek, kiedy zajdzie taka potrzeba.

Przez chwilę siedzi bez ruchu za kierownicą, udając, że czyta coś na ekranie smartfona, i obserwuje, co się wydarzy. Jak dziecko snujące się po ulicy, zamiast wrócić mimo kiepskich ocen prosto do domu.

Tyle że nikt się nią nie interesuje. Gote stoi pośrodku ogrodu i z zadowoleniem spogląda na leżący przed nim w trawie masywny pień drzewa, który najwyraźniej przywieziono mu właśnie ładowarką. Obchodzi olbrzyma dokoła i ogląda go ze wszystkich stron, gwiżdżąc przy tym z zadowoleniem. Nie *Chorągiew wznieś!*, ale piosenkę dla dzieci, którą Dora zna z radia: *Jestem jednorożcem, takim się urodził*. Potwornie chwytliwa melodia. Wysiada i staje obok niego. Razem patrzą na kawał drewna jak na jakiś znany zabytek. Co w pewnym sensie jest prawdą.

– Wspaniały, prawda? – pyta Gote.

– Imponujący – przytakuje Dora.

Pień ma dwa metry długości i jest tak gruby, że nawet olbrzym pokroju Gotego nie byłby w stanie objąć go ramionami. Kora mieni się szarozielonym odcieniem i jest miękka jak skóra, powierzchnie cięte świecą jasną żółcią i wydzielają intensywny zapach. Słoje roczne widać jak na dłoni. Drzewo z pewnością liczy ponad sto lat.

– Klon – oznajmia Gote. – Najlepszy materiał do rzeźbienia.

Dora wzdryga się na myśl o rolniku sadzącym drzewko w ogrodzie za domem tuż po pierwszej wojnie światowej, być może dlatego, że żona urodziła mu syna, albo w nadziei, że po zakończeniu wojny wszystko się ułoży. Kiedy pień klonu osiąga grubość uda, przez planetę przetacza się druga wojna światowa. Syn rolnika odmawia pójścia na wojnę i zostaje rozstrzelany, a część rodziny ucieka po kapitulacji na Zachód. Rolnik jednak pozostaje, wywłaszczony przez socjalistów się wiesza. Klon nadal rośnie. Patrzy na NRD, widzi, jak gospodarstwo popada w ruinę, a ogród dziczeje. Po upadku komunizmu wznosi się już na dwadzieścia metrów w górę. Wiosną w jego rozłożystej koronie brzęczą czeredy pszczół. Każdej jesieni puszcza w ruch śmigła unoszące nasiona. Wokół niego na całej posesji pojawia się masa latorośli. Nowych właścicieli domu wita spokojnym szelestem liści, bądź co bądź tylko ze względu na niego kupili ten dom. To właśnie jego potężna sylwetka przydaje podupadłej posiadłości dostojeństwa. Nie wini ich za to, że usuwają młode pędy i zamieniają pustkowie w ogród. Pośród zglobalizowanego turbokapitalizmu stoi tak samo, jak stał we wszystkich innych systemach. Nie zaszkodzili mu ani naziści i socjalizm, ani ucieczka i wypędzenia.

Ostatecznie powala go dwudziestopierwszowieczny zapał optymalizacyjny w osobie gorliwego architekta krajobrazu, który zapowiada właścicielom, że pewnego dnia korzenie wielkiego drzewa zaatakują fundamenty ich domu. Poza tym jesienią sporo pracy nastręcza grabienie liści, a kiedy w czasie burzy złamie się gałąź, może zrobić komuś krzywdę. Mężczyzna dostaje pozwolenie. Kobieta płacze, gdy drzewo zostaje ścięte.

– Dostałem naprawdę tanio – mówi Gote. – Trzeba mieć dobrych kumpli.

Dora wyjmuje dwa małe kartoniki i wyciska ze srebrnej folii tabletki. Kortyzon w dużej dawce oraz silny środek przeciwbólowy. On wyciąga dłoń, ona kładzie na niej tabletki, on wrzuca je do ust i połyka bez popijania. Jakby przez całe życie nie robili nic poza podawaniem sobie lekarstw.

– Uważaj na noże, są ostre!

Teraz Dora spostrzega, czym zajmuje się Franzi. Na ziemi leży skórzany futerał z rozmaitymi narzędziami. Noże rzeźbiarskie we wszelkich rozmiarach, różne dłuta, a nawet małe siekiery.

– Zawsze chciałem zrobić drugiego – mówi Gote.

Wzrok Dory wędruje ku drewnianej rzeźbie stojącej obok schodów do przyczepy. Wilk spogląda na nich wyczekująco.

– Ja też chcę coś wyrzeźbić – mówi Franzi.

– Poczekaj tylko. Będzie dość odpadków.

Gote wchodzi tylnym wejściem do budynku mieszkalnego. Wraca z piłą łańcuchową, którą trzyma w jednej ręce jak zabawkę. Dora słyszy, jak nuci: *Jestem klonem, takim się urodził.* Z trudem tłumi śmiech.

– Czy przywiozłaś steki z karkówki? – pyta Gote.

Dora zastanawia się, co ma na myśli, po czym kręci głową.

– W takim razie pojedziesz jeszcze raz. – Wolną ręką sięga do kieszeni spodni i wyciąga zmiętą dwudziestoeurówkę. – Ale nie do marketu, tylko do rzeźnika w Wandow. Sześć kawałków, w ziołowej marynacie.

Jednym szarpnięciem uruchamia piłę łańcuchową, która wyje niby dzikie zwierzę.

38
Steki

Przez całe popołudnie powietrze wypełnia zrzędzenie piły łańcuchowej, tak natarczywe, że Dora rezygnuje z pracy w ogrodzie i zamyka w domu wszystkie okna. Mimo to słychać je także w środku, dźwięk wżerający się w mózg niby świst dentystycznego wiertła. Kiedy postanawia wybrać się na spacer, prześladuje ją daleko w głąb lasu. W trakcie całej wycieczki Płaszczka wlecze się metr za nią, demonstrując swą dezaprobatę dla tego zbytecznego przedsięwzięcia. Suczka jest obrażona, ponieważ Franzi od wielu godzin kuca na ziemi w ogrodzie, pochłonięta rzeźbiarskim projektem, osłaniając go nadto ramionami przed wścibskim wzrokiem.

Około ósmej wieczorem Dora ponownie zagląda do ogrodu sąsiada. Tym razem nie zerka ponad murem, szukając zaginionego psa czy planując ukraść samochód. W rękach niesie miskę z sałatką, jakby szła na przyjęcie. Zamieniła nawet trampki na sandały, mimo że zaproszenie składało się tylko z trzech wymruczanych słów: Możesz przyjść, grillujemy.

Gdy wchodzi przez furtkę, Gote kiwa do niej głową, ledwie się odrywając od swojego zajęcia. Trzymanym oburącz nożem odcina długie wióry z ustawionego pionowo pnia, pozbawionego kory i z grubsza ociosanego w kształt stożka. Dora czuje ulgę, nie słysząc warkotu piły. Grilla jednak ani śladu. Stawia sałatkę na stole i siada. Płaszczka kładzie się nadąsana obok Franzi.

Dora nie lubi czekać. Czekanie zawsze wydawało jej się szczytem marnotrawstwa czasu, spotęgowaną daremnością oraz upokorzeniem, ponieważ na każdą czekającą osobę przypada ktoś, kto czekać jej każe. Teraz jednak siedzi na kempingowym krzesełku i czuje się pogodzona ze światem, jakby znalazła nowe przeznaczenie. Cudownie jest nie zwracać na siebie uwagi. Wspaniale jest nie wiedzieć, co się wydarzy. Być tą, która po prostu patrzy, podczas gdy inni swoją pracowitością podtrzymują bieg historii.

Po pół godzinie Gote odkłada narzędzia, chwyta oburącz pień, przewraca go w trawę, jakby był z papieru, i toczy na skraj paleniska, gdzie w kręgu z kamieni piętrzą się skrawki drewna. Bez pytania częstuje Dorę papierosem, podpala długi wiór, podaje jej i sobie ogień, po czym rzuca go na stos, który powoli zaczyna płonąć. Franzi przybliża się w podskokach, wrzuca do ognia suche gałęzie, aż buchają płomienie, w końcu przynosi grube, dobrze wysezonowane polana, które Gote układa wprawną ręką.

Ogień strzela w zapierającym dech tempie. Powietrze tak bardzo się nagrzewa, że Dora musi się cofnąć. Drewno trzaska i pęka. W niebo wzbijają się fontanny iskier. Franzi wiwatuje i przynosi kolejne polana, które ojciec chętnie dokłada do ognia. Ładnie pachnie, dymem i wolnością. Dora nie pamięta, kiedy ostatni raz stała przy ognisku. Wie, że gdy człowiek wpatruje się w płomienie, milkną wszelkie pytania. Podobnie jak nad morzem, kiedy obserwuje się fale.

W pewnym momencie Gote powstrzymuje córkę przed znoszeniem kolejnych polan. Ogień powoli przygasa. Gote przynosi trójnożny stojak z łańcuchami i wielkim rusztem, rodem ze średniowiecznego filmu, i ustawia go nad paleniskiem. Franzi podaje mięso kupione przez Dorę w południe w Wandow. Gote kładzie steki gołymi rękami na grillu, do ich przewracania używa widelca. Dora myśli o Heinim i jego napędzanym gazem promie kosmicznym.

Steki smakują fantastycznie, lepiej niż cokolwiek ugotowanego ostatnio przez Dorę, są bodaj nawet lepsze niż większość z tego, co oferują berlińskie restauracje. Mięso jest soczyste, marynata nadaje mu aromat czosnku i rozmarynu. Siedzą we trójkę na drewnianym wilku in spe, balansują talerzami na kolanach i kroją niezdarnie duże kawałki mięsa, szturchając się przy tym łokciami. Gote podnosi się od czasu do czasu i przewraca na ruszcie drugą porcję steków. Nie ma żadnych przystawek. Miska z sałatką stoi nietknięta na kempingowym stoliku. Gote pomaga Franzi przy krojeniu i podrzuca tłuste skrawki Płaszczce, która przykucnęła u jego stóp i wpatruje się w niego, jakby był nowym mesjaszem, który właśnie zstąpił z nieba.

Po posiłku Franzi wraca do rzeźbienia, Dora z Gotem nadal siedzą przy ognisku. Wyraźnie wyczuwa tuż obok jego obecność, ponad wszelką epistemologiczną wątpliwość. Wyczuwa też Franzi, a także samą siebie, ale w sposób kojący, nieprzypominający zawrotów głowy na skraju przepaści, to raczej krystalizacja, skostnienie otoczenia, połączone ze zdolnością do wyraźnego widzenia.

Na studiach przeczytała pewien tekst Heideggera, mówiący – o ile dobrze go zrozumiała – że bycie można właściwie zrozumieć wyłącznie poprzez lęk. Może to nieprawda. Może bycie jest czymś, do czego da się przywyknąć. Wówczas *błąd 0x0* nie jest już *błędem*, ale zwyczajnym *0x0*. Odpowiedzią na wszystkie pytania. Jak u Douglasa Adamsa. Nawet jeśli jego superkomputer, opracowując pytanie o życie, wszechświat i całą resztę, podał ostatecznie 42 zamiast 0x0.

– Co zaszło w Plausitz? – Dora słyszy własne pytanie.

– Że co? – mówi Gote.

– Zdarzenie z nożem.

– Kto ci o tym powiedział?

– Sadie.

– Czego ona znów chce…

Ściągnąwszy brwi, wpatruje się w płomienie. Spokojny nastrój się rozwiał, ale już za późno, by się wycofać. Równie dobrze można iść dalej.

– Opowiedz mi o tym.

Gote wzdycha, wstaje i podchodzi do Franzi, by dać jej kilka rzeźbiarskich wskazówek. Delikatnie kładzie rękę na ramieniu dziewczynki. Kiedy wraca, ponownie wzdycha.

– Co chcesz wiedzieć?

– Co się wydarzyło.

– Wszystko potoczyło się dość szybko.

– Zacznij od początku.

Opiera łokcie na kolanach, chowa papierosa w zagłębieniu dłoni, jakby go osłaniał przed porywistym wiatrem, i zaczyna snuć swoją opowieść, wciąż wpatrując się w płomienie. Słoneczny dzień wrześniowy. Był w Plausitz z Mikiem i Denisem, by posłuchać Krissego, który z przenośnym wzmacniaczem stanął na schodach centrum kultury i beształ Angelę Merkel. Dlaczego wpuszcza miliony obcokrajowców, gdy tymczasem brakuje pieniędzy nawet na straż pożarną. Publiczność wrzeszczała, Gote i jego koledzy obalili kilka piw. Wtedy właśnie na rynku pojawiła się ta para. Faceta znali z widzenia, kobieta wyglądała szykownie, w spódnicy i kolorowej bluzce, pewnie z Poczdamu albo Berlina.

– Kobieta ma na imię Karen i pochodzi z Kochlitz.

– Nie sądzę.

– Pisali o tym w mediach.

– Od kiedy to, co wypisują w mediach, jest prawdą?

Dora wzrusza ramionami, żeby mówił dalej.

Właściwie nic do nich nie mieli. Jednak mijając ich, kobieta powiedziała: Cholerne naziole. Niezbyt głośno, ale na tyle wyraźnie, by ją usłyszano.

– Dziwna sprawa – mówi Dora. – Złościcie się, kiedy ludzie nazywają was nazistami.

– Nie jestem nazistą.

– No jasne!

– Po prostu jestem trochę staroświecki.

Dora krztusi się piwem.

– Nie mam nic przeciwko obcokrajowcom – twierdzi Gote. – Póki znają swoje miejsce. Tak jak ja. Każdy powinien zostać tam, gdzie jest.

– Czy to znaczy, że ja także nie powinnam się przenosić do Bracken?

– Być może.

Ze skrzynki stojącej pod przyczepą wyjmuje kolejne dwie butelki, otwiera je, jedną podaje Dorze. Ona przez chwilę rozważa, jak alkohol reaguje z kortyzonem i środkami przeciwbólowymi, ale uświadamia sobie, że wcale nie ma ochoty o tym rozmawiać.

– Wy, mieszczuchy, nazywacie nazistą każdego, kto ma inne zdanie.

– Śpiewasz pieśń Horsta Wessela, Gote. Sama słyszałam.

– Jaką?

– Horsta Wessela. – Dora gwiżdże cicho melodię.

– Aaa, tak. To tylko piosenka.

– To pieśń nazistowska. Zakazana.

– Siedzieć też nam tutaj nie wolno.

Racja. Znowu zapomniała o pandemii. Być może jej przyzwyczajenie do bycia jest niczym więcej niż utratą poczucia rzeczywistości.

– Typowa z ciebie mieszczka.

– Wcale nie. Chciałam wyjechać z Berlina.

– Dziwni jesteście, wy miastowi – mówi Gote. – Złościcie się, kiedy ludzie tak was nazywają.

Dora ma ochotę zapalić papierosa. Gote czyta jej w myślach i ją częstuje.

– Chyba jednak mamy coś wspólnego – oznajmia, wznosząc butelkę piwa do toastu. – Nie jesteśmy tymi, za kogo nas uważają.

Brak śladów zaburzenia w doborze słów. Zdania po prostu z niego wypływają. Kolejny łyk piwa i pozna ciąg dalszy historii z Plausitz.

Jak Denis zerwał się na równe nogi. Jak Jonas stanął w obronie swojej dziewczyny. Jak zaczęli na siebie wrzeszczeć i się naparzać.

– Trzech na jednego – mówi Dora.

– Ja właściwie stałem z boku.

– Taa, jasne.

Butelka z piwem uderzyła o ziemię i eksplodowała, kobieta zaczęła krzyczeć. Denis wrzeszczał coś o lewackiej zarazie, a facet o naziolskich świniach. Aż nagle pojawił się nóż.

– Czyj to był nóż?

– Tego faceta.

– Którego faceta? Jonasa?

– Dokładnie. Miał go przy sobie.

– Okłamujesz mnie.

– Serio?

– W gazetach pisano, że nóż wyciągnął twój przyjaciel Mike.

– To rozmawiaj z gazetami, a nie ze mną.

Przez chwilę uparcie milczą. Wreszcie Gote znów zaczyna mówić.

– W sądzie uwierzyli temu Jonasowi, że to nie był jego nóż. Ale to nesmuk, człowieku. Rękojeść z drewna oliwkowego. Mike takiego nie posiada.

– Znasz się na nożach.

– Każdy na czymś się zna. – Gote pociąga łyk, po czym kontynuuje: – Mike wyrwał go facetowi, zanim ten zdążył go otworzyć.

– I zadźgał przeklętego lewaka.

– To była samoobrona.

– Chyba sam w to nie wierzysz.

– Dziewczyna spryskała nas gazem pieprzowym, a potem przyjechały gliny.

Dora prawie się roześmiała. To jest tak cholernie tragiczne, że aż śmieszne. Ot, niemiecka rzeczywistość: w słoneczny wrześniowy dzień na środku rynku obywatele rzucają się na siebie z nożami i gazem pieprzowym. I wtedy zjawiają się gliniarze.

– Nóż ugodził tego Jonasa między żebra.

– Tak pewnie napisali w gazetach.

– Ten człowiek mógł umrzeć.

– Ja właściwie nic nie zrobiłem.

Dora zastanawia się, czy Gote ją okłamuje, bo nie chce, żeby źle o nim myślała. Czy może naprawdę wierzy w to, że został niesłusznie skazany. Ile wariantów rzeczywistości może współistnieć, nie niwecząc całej jej koncepcji?

– Dawniej robiliśmy tu zupełnie inne rzeczy. Tylko nikogo to nie interesowało. Lać lewaków, w każdy weekend.

– A cudzoziemcy?
– Prawie wcale ich nie było.
– Nie gadaj.
Gote się uśmiecha.
– Może innym razem.
– Brakuje słów – mówi Dora – jaki jesteś porąbany.

Z leżącej między nimi na pniu paczki wyjmuje kolejnego papierosa. Gote podsyca ogień i dorzuca drewna. Porusza się zupełnie inaczej niż zwykle. Pewniej, swobodniej.

– To zabawne, prawda?
– Co takiego? – pyta Dora.
– My.
– Tatusiu, patrz! – woła Franzi.

Kładzie rękę na ramieniu Dory, po czym odchodzi, by zobaczyć, co córka chce mu pokazać. Zaraz potem się śmieje i unosi coś w górę.

– Patrz! – woła. – Franzi wyrzeźbiła kość. Dla Płaszczki!

39
Pudding

W kolejnych dniach Dora stara się wypracować pewną rutynę. Magiczna sztuczka polega na tym, by brak normalności uznać za… normalność. Na zewnątrz pandemia, wewnątrz bezrobocie, po drugiej stronie muru sąsiad nazista z glejakiem. Cudownie. Po grillowym przyjęciu nastaje *Ndz.*, potem *Pn.* i *Wt.* Dni tygodnia grzecznie ustawiają się na swoich miejscach, utrzymywane w należytym porządku przez puzderko na tabletki Gotego z własnoręcznie wykonanymi naklejkami. Każdego ranka budzik dzwoni punktualnie o siódmej, jak zapewne u wielu innych kobiet w kraju. Najpierw Dora idzie do ogrodu i wspina się na krzesło przy murze. Po drugiej stronie Gote siedzi przy kempingowym stoliku, z kawą i papierosem, jakby na nią czekał, i to o godzinie, o której dawniej za nic w świecie nie wstałby dobrowolnie z łóżka. Kiedy ona gwiżdże, on podnosi wzrok, podchodzi do niej, wspina się na skrzynkę po owocach i odbiera tabletki, które natychmiast połyka, bez słowa i bez popijania. Tymczasem Płaszczka wygrzewa się na schodach w porannym słońcu i obgryza jedną z drewnianych kości wyrzeźbionych dla niej przez Franzi, a potem wymiotuje jej resztki w kuchni, przez co Dora zaczyna nazywać ją w myślach Kosteczką.

Dora parzy kawę, bierze prysznic, je śniadanie i zmusza się do półgodzinnej lektury internetowych wiadomości, bo tak robią zwyczajni ludzie w zwyczajny poranek. Jeszcze nie tak dawno nieliczni publicyści, którzy gwoli ochrony gospodarki narodowej, praw podstawowych oraz zbiorowego zdrowia psychicznego wzywali do złagodzenia najsurowszych obostrzeń dotyczących kontaktów i pracy, byli traktowani jak wrogowie państwa i wydawani na pastwę gównoburzy. Teraz premierzy prześcigają się w propozycjach zakończenia lockdownu, podczas gdy obywatele są zajęci planowaniem Zielonych Świątek oraz letnich wakacji. Najwyraźniej zamykanie szkół, zakaz zgromadzeń, praca zdalna oraz kryzys gospodarczy okazują się jeszcze do zniesienia. Kiedy jednak zaczyna się sezon urlopowy, pandemia robi sobie przerwę. Ci, którzy do niedawna życzyli śmierci zwolennikom poluzowania obostrzeń, teraz chcą się bratać z czeredą innych wczasowiczów wypoczywających nad Bałtykiem. Politycy to grożą zawieszeniem normalności, to znów kibicują jej powrotowi, w zależności od interpretacji wyników sondaży. Powrót do normalności, nowa normalność, szybka normalność, nigdy więcej normalności.

Najciekawsze w doniesieniach jest to, że… Dora potrafi je przeczytać. Czuje lekkie mrowienie, ale okazuje się ono znośne. Najwyraźniej nie potrafi się dłużej oburzać z powodu każdego absurdu. Niech robią to inni. Nie ma nakazu aprobaty, nie ma imperatywu, nie ma niczego, czemu musiałaby się przeciwstawić. Dora przygląda się wzburzeniu, a potem znów odwraca wzrok.

Po obowiązkowej lekturze zaczyna się praca w ogrodzie. Od kiedy regularnie go podlewa, warzywnik zamienia się w zieloną oazę, podczas gdy poza jego granicami trawa więdnie, a ziemia jest coraz bardziej spękana. Pogoda widocznie postanowiła nie rezygnować z błękitnego nieba, póki nie zniszczy wszelkiej roślinności.

W sąsiednim ogrodzie Gote, posiadając przydomową studnię, uruchomił kilka zraszaczy do trawników. Rytmiczny klekot i syczenie jest muzycznym tłem poranków Dory.

Kiedy potrzebuje odpoczynku, wspina się na krzesło, by obserwować Gotego przy pracy. W drewnianym pniu tkwi ogromne zwierzę, które on ostrożnie zeń uwalnia. U góry wystaje już dwoje spiczastych uszu, widać też fragment czoła. Raz za razem cofa się o krok i spokojnie wpatruje się w pień, jakby czekał, aż drewno podpowie mu, co dalej. W końcu dostaje wiadomość, wybiera narzędzie i wraca do rzeźbienia. Pieczołowicie usuwa wszystko, co nie przypomina wilka.

O pół do pierwszej Dora gotuje w domu obiad. Odkąd jeździ na zakupy pikapem Gotego, lodówka jest dobrze zaopatrzona, choć zgromadzone na koncie środki, które powinny wystarczyć na kolejne dwa miesiące, topnieją jak śnieg w promieniach słońca. Czasem rozmyśla o reklamie radiowej, ale nie podejmuje w tym kierunku żadnych kroków. Odsuwa też w czasie rozmowę telefoniczną z Jojo. Kiedy na patelni skwierczy olej, a ona rozbija pierwsze jajka, do domu wbiegają Franzi i Płaszczka. Widocznie obie mają doskonały węch, a przynajmniej niezawodne wyczucie czasu. Siadają na chłodnej, wyłożonej płytkami podłodze, rozgrzane i pokryte trocinami, i czekają na sporą część obiadu Dory, starannie spychając na brzeg talerza porcję warzyw. Po posiłku ponownie wracają na ciekawszą stronę muru.

Dla Dory to żaden kłopot. Najważniejsze, że wszyscy mają się dobrze. Jest robotnicą w maszynowni, niewidoczną, ale w dużej mierze odpowiedzialną za to, by jej kawałek rzeczywistości funkcjonował jak najlepiej. I tak się w istocie dzieje. Franzi jest tego najlepszym dowodem. Dziewczynka wygląda na odmienioną. Od wielu dni nie mówi już dziecinnie. Kiedy pochłania góry jedzenia, a potem wybiega z Płaszczką na dwór, Dora czuje się szczęśliwa, prawie tak, jakby ta mała była jej własną córką.

Może to właśnie z powodu Franzi Dora śni którejś nocy o matce. Stoi w kuchni przy otwartym oknie, bo podczas gotowania lubi słuchać śpiewu ptaków. Dora jest jeszcze dziewczynką, mniej więcej w wieku Franzi. Opiera się o framugę drzwi i patrzy, jak matka od czasu do czasu wyrzuca skórkę od chleba albo drobne łupiny jabłek. Kosy, modraszki, rudziki i dzwońce zlatują się z wierzchołków drzew po smakołyki. Jojo krzyczy z salonu, że zwabi tym szczury, jeśli nadal będzie wyrzucać resztki do ogrodu, ale matka zaśmiewa się w głos, przykładając dłonie do policzków, jakby musiała chronić głowę, żeby nie pękła od nadmiaru wesołości. Dora czuje, jak bardzo kocha swoją matkę. Tę radosną, energiczną kobietę.

– No i co, myszko? – mówi matka. – Zrobię pudding. Dużą porcję. Zamiast kolacji.

Pudding zamiast kolacji pojawia się wtedy, gdy mama jest w dobrym humorze i nie ma ochoty na *porządne* gotowanie. Dla Axela i Dory to za każdym razem prawdziwa uczta. Mogą napychać się do woli czekoladową masą. Czasem są też gorące wiśnie albo krem waniliowy. Nawet we śnie Dora czuje, jak w ustach cieknie jej ślinka. Kiedy matka podchodzi do niej, by spróbowała gorącego, wciąż płynnego puddingu, Dora uświadamia sobie nagle, że nie jest już dzieckiem. Stoją naprzeciwko siebie, patrząc sobie prosto w oczy. Są tego samego wzrostu. W tym samym wieku. A może jest nawet starsza niż jej własna matka? Czy to w ogóle możliwe? Czy to nie zbrodnia przeciwko naturze?

Matka dmucha na łyżkę i trzyma ją tuż przy twarzy Dory, która dzielnie otwiera usta. Pudding smakuje wybornie. Język, podniebienie, całe jej ciało zna ten smak.

– Mniam.

– Zawołaj swoje dzieci – mówi matka. – Zaraz podam kolację.

Dora zamiera. Do głowy przychodzi jej Franzi. Ale przecież Franzi nie jest jej córką.

– Nie sądzę, żebym miała dzieci – oznajmia.

Teraz to matka jest zdziwiona.

– Och, przestań.

– Naprawdę – mówi Dora.

– Ale dlaczego?

Zastanawiając się nad tym, Dora dostaje kolejną łyżkę puddingu. A potem jeszcze jedną. Matka ją karmi. Nie jest to nieprzyjemne uczucie, ale faktycznie trochę tego za wiele.

– Za bardzo się boję – mówi Dora z pełnymi ustami. – Że umrę i zostawię moje dzieci same. Tak jak ty.

Matka prycha. Przykłada dłonie do skroni i śmieje się tak gwałtownie, że Dora aż się wystrasza. Łyżka spada na podłogę. Matka wije się, łapiąc powietrze.

– Nie możesz… – sapie, nie potrafiąc wydusić z siebie słowa. – Nie możesz, tylko dlatego, że…

Zjawia się sójka i przysiada na parapecie. Wydaje z siebie ostrzegawczy krzyk. Matka pada na kuchenną podłogę.

– Tylko dlatego, że ja… – wyrzuca z siebie. Potem się rozpływa.

Dora budzi się zlana zimnym potem. Musi zmienić podkoszulek. Dzięki Bogu jest już po piątej, więc nie próbuje ponownie zasnąć. Siada na schodach przed domem z filiżanką kawy i czeka, aż słońce wzejdzie nad horyzontem. Podświadomość jest idiotką. Przecież to Robert nie chciał mieć dzieci. Nawet jeśli ona sama nie dość energicznie walczyła z jego odmową. A teraz nie ma nikogo. Dora raczej nie zalicza się do kobiet, które zwracają uwagę na swój biologiczny zegar. Ma trzydzieści sześć lat i jeśli jeszcze dziś pozna odpowiedniego faceta i sprawnie się ze wszystkim uwinie, ma całkiem realną szansę. W jednej chwili uświadamia sobie, co – prócz niewątpliwej swobody oraz odcisków na dłoniach – oznacza dla niej narzucona sobie prowincjonalna samotność: mężczyźni, z którymi na razie będzie musiała się zmierzyć, to Gote, Heini, Tom i Steffen. Jeśli szuka czegoś innego, będzie musiała zalogować się na Tinderze.

Czasem Gote gwiżdże wieczorem zza muru i zaprasza ją na grilla. Czasem na murze czeka na nią garnek z gotowanymi wczesnymi ziemniakami. Przed pójściem spać Dora po raz ostatni podchodzi do muru i gwiżdże. Wtedy zjawia się Gote, wdrapuje się na skrzynkę po owocach i razem palą w milczeniu.

40
Piskunka

Tydzień później kończą się pieniądze.

Podczas zakupów w sobotni poranek Dora bierze z półek tylko najpotrzebniejsze rzeczy: stos opakowań makaronu i puszek z sosem pomidorowym. Do tego mleko, chleb, dwie skrzynki piwa. Kiedy przy kasie dorzuca pięć paczek papierosów, już wie, że będzie niewesoło. Zaczyna się pocić. Maseczka utrudnia oddychanie i zasłania jej oczy, kiedy pochyla głowę. Gdy usiłuje wyciągnąć z portfela kartę debetową, zawartość przegródki na monety wysypuje się na posadzkę. Stojący za nią w kolejce ludzie cierpliwie czekają, aż wszystko pozbiera, z typowym dla Brandenburgii stoicyzmem, który pozwala każdemu nie radzić sobie na swój własny sposób. Wsuwając kartę do czytnika, Dora wstrzymuje oddech. Czuje się jak stosująca niecne triki oszustka. Jeśli maszyna odrzuci transakcję, zawoła *Co jest?* albo *Zupełnie tego nie rozumiem*, podczas gdy wszyscy dokoła będą się beznamiętnie gapić w sufit. Tym razem nawet się cieszy, że ma zakrytą twarz. Biała *pokerface* z niebieskimi serduszkami, zakupiona na eBayu. Transakcja zaakceptowana. Dora wypuszcza powietrze. Z wypełnionym do połowy wózkiem wychodzi z centrum handlowego.

W domu loguje się na stronie swojego banku. 4,34 euro na minusie. Odświeża stronę. Kwota znika i ponownie się pojawia. Minus 4,34 euro. To nie liczba, to wyrok. Dora musi złożyć wniosek o odroczenie spłaty rat kredytu. Musi pójść do urzędu pracy. Albo zadzwonić do Jojo. Nie kiedyś tam, ale właśnie teraz.

Z sąsiedniego ogrodu dobiegają radosne głosy. Dora podchodzi do muru i wspina się na krzesło. Trwa mecz piłki nożnej. Gote przeciwko Franzi i Płaszczce. Taktyka dziewczęco-psiej drużyny sprowadza się do tego, by uchwycić się nóg przeciwnika, ewentualnie wgryźć się w jego buty i go unieruchomić. Cała grupa przesuwa się w kierunku bramki wyznaczonej przez dwie skrzynki po piwie, piłka odgrywa drugorzędną rolę. Śmiech Franzi głośno się niesie.

Nagle Dora zaczyna rozumieć, co łączy rodziców z dziećmi. Istnieje miłość tak potężna i bezgraniczna, że przekracza zdolności pojmowania. Na rewersie owej miłości gnieździ się lęk przed wzajemną utratą. Równie bezgraniczny, tak samo potworny. To więcej, niż człowiek zdołałby znieść. Przesada ponad wszelką miarę, wpadka natury. Być może odpowiednia dla zwierzęcia, które z narażeniem życia musi bronić swoich młodych. Ale nie dla ludzi. Zwierzę nic nie wie o przyszłości. Nie biega bez przerwy, zastanawiając się nad tym, co będzie dalej. Może opiekować się młodymi, chronić je, nie mając przy tym pojęcia o zagrażających im różnorakich katastrofach. Jednak żywe istoty, którym ewolucja podarowała świadomość, poczucie czasu oraz wiedzę o przemijalności wszelkiego bytu, nie powinny być obdarzone bezgranicznymi uczuciami. To perwersja. Nic dziwnego, że ludzie stają się coraz bardziej neurotyczni.

Dora nie potrafi dłużej znieść widoku Franzi i Gotego, zeskakuje z krzesła.

To nie jest twoje dziecko, a już na pewno nie twój mąż – mówi do siebie. Jesteś tu odpowiedzialna tylko za logistykę.

Zmusza się do wybrania numeru Jojo. Odbiera natychmiast, chyba jest w dobrym nastroju. Pewnie w to sobotnie przedpołudnie nadal siedzi przy kuchennym stole w szlafroku, czytając weekendowe wydanie „FAZ" i precyzyjnie realizując swój idealny scenariusz udanego życia. Pod warunkiem, że nie będzie nagłych wezwań. Może nawet przespał się kilka godzin.

– Hej, kochanie, co słychać?

– Dobrze. Świetnie.

Dora zbyt późno sobie uświadamia, że jej odpowiedź nie pasuje do pytania. Wyobraża sobie dom, w którym mieszka Jojo. Mała kuchnia już nie istnieje. Obecnie jest tam łazienka dla gości, natomiast jadalnia, salon i część przedpokoju zostały połączone w otwartą kuchnię z wyspą. Meble nie są już zestawione dość przypadkowo, ale dobrze do siebie dobrane, czarna skóra i srebrne aluminium, do których Jojo ma słabość. Kolorowe materie na ścianach reprezentują buddyjski gust Sibylle.

– Mam prośbę.

– Potrzebujesz pieniędzy?

Dora zastanawia się czasem, czy na studiach medycznych uczą czytania w myślach. Może jest to sekretna umiejętność specjalistów neurologów.

– Nie ma sprawy, kochanie. – Nawet jej milczenie poprawnie zinterpretował. – W końcu jesteś teraz właścicielką domu. I pewnie masz tylko część etatu.

– Zwolnili mnie.

Jojo głośno przełknął, po czym odchrząknął.

– Cóż, nie mogę… To nie znaczy, że…

Oto cały Jojo, jakiego zna. Boi się, że będzie musiał ją żywić przez następne dziesięć lat. Szczodre gesty są częścią jego wizerunku. Ale nazbyt hojne być nie powinny.

– Nie chodzi o to, że nie chcę ci pomóc. Pomyślałem tylko…

– W porządku, Jojo – spieszy z zapewnieniem Dora.

– Myślałem raczej o jednorazowej wpłacie.

– Ja też.

– Przeleję ci trochę.

– Dziękuję, Jojo.

– To zrozumiałe.

Dora nie pyta, ile zamierza jej przelać. Nie jest skąpcem, ale bez przesady. Wystarczy jej na jakiś czas, może do końca przyszłego miesiąca.

Rozmowa stała się dość niezręczna. Jojo chyba uważa podobnie, bo zmienia temat.

– Przy okazji, jak się miewa twój koleżka?

– Gra w piłkę nożną.

– Nie sposób tego przecenić – oznajmia Jojo.

Dora pomyślała nawet, żeby unieść aparat, by Jojo mógł usłyszeć radosne głosy zza muru. Wpada jednak w złość tak niespodziewanie, jakby w jej mózgu istniał do tego jakiś przełącznik. Przypomina jej się epizod z dzieciństwa. Miała sześć, może siedem lat, kiedy na Wielkanoc znalazła w ogrodzie playmobilowy powóz konny, o którym od dawna marzyła. Uszczęśliwiona pobiegła do domu, by pokazać go Jojo.

– Zabawne – powiedział – dokładnie taki sam można dostać w sklepie z zabawkami Königa.

Dora odpowiedziała, że zajączek wielkanocny pewnie go tam kupił.

– Zając? – zawołał Jojo. – U Königa? Czyżby ściągnął powóz łapkami z półki? Czy w swoim futrze ma szczeliny, w których trzyma pieniądze?

Dora wciąż czuje ból, jaki wywołały te słowa. Wydaje jej się nawet, że Jojo się roześmiał, gdy łzy napływały jej do oczu.

– Być może – mówi przekornie.

– Co takiego? – pyta Jojo.

Że zajączek wielkanocny robi zakupy u Königa – myśli Dora.

– Że Prokschowi się poprawiło – mówi na głos.

– Najwyżej przejściowo.

– To mógł być artefakt.

Artefakty to jasne plamki, które mogą się pojawić na obrazie rezonansu, niemające jednak żadnego znaczenia. To iluzje optyczne. A jednak pytać Jojo, czy pomylił artefakt z glejakiem, to jak wątpić w to, czy weterynarz potrafi odróżnić kota od psa.

– Dora… – zaczyna niepewnie Jojo.

– Gote jest przyjazny. Śmieje się. Stał się zupełnie innym człowiekiem. Znowu zaczął pracować z drewnem. Powinieneś zobaczyć, jak świetnie potrafi rzeźbić.

– Dora – powtarza Jojo.

Słyszy, jak zapala papierosa. Jego nowa partnerka nie chce, żeby palił w domu. Może wyszedł do ogrodu, a Dora tego nie zauważyła. Może patrzy akurat na krzew, za którym stał konny zaprzęg. Jeśli ów krzew nadal tam rośnie.

– Czasami urządzamy razem grilla. Jego córeczka jest szczęśliwa. Przeszczęśliwa, możesz mi wierzyć.

Jakby szczęście Franzi czegokolwiek dowodziło. Jakby chodziło o to, żeby mówić tak szybko, by Jojo nie zdołał dojść do słowa. Jakby Dora nie wiedziała, co za chwilę usłyszy.

Pamięta też inny epizod. Kiedy wyrosła już z opowieści o wielkanocnym zajączku, dostała papużkę falistą o imieniu Piskunka. Mały ptaszek był tak oswojony, że lądował na jej palcu wskazującym i biegał po podłodze pokoju dziecinnego, podziwiając swoje odbicie w metalowych nóżkach łóżka. W pewnym momencie Piskunka przestała jeść i nie miała już ochoty wychodzić z klatki. Jojo oznajmił, że jest chora. Dora nie chciała w to wierzyć. Twierdziła, że Piskunka jest po prostu zmęczona albo obrażona, bo poświęca jej tak mało czasu. Wciąż znajdowała nowe wytłumaczenia, gdy tymczasem Jojo nadal powtarzał, że papużka prawdopodobnie umrze. Wkrótce potem leżała na plecach na dnie klatki. Dora była pewna, że winę ponosi Jojo. Nienawidziła go za to.

Robi głęboki wdech i słyszalnie wypuszcza dym. Nie mów tego, zaklina go w myślach. Po prostu trzymaj tę cholerną gębę na kłódkę.

– Wokół glejaka często tworzy się obrzęk i napiera na substancję mózgową – wyjaśnia Jojo. – Kiedy dzięki kortyzonowi opuchlizna się zmniejsza, z *początku* pacjent odczuwa ulgę.

Słowa te dudnią w uszach Dory niby wybuchy ręcznych granatów. A owo *z początku* to prawdziwa bomba wodorowa. Najchętniej by uciekła.

– Ale są też przypadki… – Musi odkaszlnąć, coś utknęło jej w gardle. – Pamiętam twojego pacjenta, u którego guz po prostu przestał się rozrastać. Żył z nim przez dziesięciolecia. Pamiętam też, jak opowiadałeś, że czasem mdlał. Pod prysznicem. Na deptaku. Wszyscy myśleli, że to już koniec, ale on żył dalej.

– Takie przypadki, owszem, się zdarzają – potwierdza Jojo. – Ale rzadko. Niezwykle rzadko, rozumiesz?

Dora czuje, że coś rośnie jej w gardle. Może to także guz, którym zaraz się zadławi. Może te dranie rosną wszędzie, samowolnie, poza wszelką kontrolą, sprawnie jak wczesne ziemniaki. Dora chciałaby krzyczeć. Zakrzyczeć słowa *z początku* i *niezwykle rzadko*. Świat, w którym tak się dzieje, to świat gówniany, popaprany, wadliwy. Ludzie i zwierzęta, chorujący i umierający z dnia na dzień – co to, przepraszam, ma być? Dowolne urządzenie, w którym coś takiego się pojawi, natychmiast wraca do producenta. Wadliwy projekt. Prosimy o wymianę w ciągu czternastu dni.

– Musisz uważać, żeby nie brać na siebie zbyt dużej odpowiedzialności – mówi Jojo. – Pan Proksch jest twoim sąsiadem. To miło, że mu pomagasz. Większość ludzi po prostu odwróciłaby wzrok. Ale nie wolno ci się utożsamiać. W końcu cała sprawa nie ma z tobą nic wspólnego.

Brzmi cholernie rozsądnie, a jednak to kompletna bzdura. Wszystko ma z nią jakiś związek, jakże mogłoby być inaczej? Bądź co bądź każdy człowiek jest swoim własnym oknem na świat. Udaje jej się tylko powiedzieć: Dobrze, Jojo, jeszcze raz dzięki, po czym kończy rozmowę pacnięciem w ekran smartfona.

41
Ryk

Wilczyca rośnie. Od góry ku dołowi. Po uszach pojawiają się czoło, tył głowy i wreszcie pysk z nieznacznie rozwartą, uśmiechniętą paszczą. Przyjemnie się obserwuje Gotego przy pracy. Jest skupiony, porusza się pewnie i wytrwale. Kiedy głaszcze wilczycę po głowie, wygląda to tak, jakby dotykał żywego stworzenia.

W środę znów urządzają grilla. Dora napycha się do granic możliwości. Kiedy w końcu pada z westchnieniem na ziemię, czuje się uspokojona i ociężała. Rozmowa z Jojo odbyła się cztery dni temu i zaraz przemieni się w historyczną anegdotę. Płaszczka żuje kość, Gote pali papierosa, Franzi przynosi stos kolorowych kart i wyjaśnia Dorze zasady gry. Gra jest zabawna. Gote otwiera dwie butelki piwa oraz lemoniadę. Miksuje jak prawdziwy zawodowiec. Krzyczą na całe gardło *Uno!*, gdy trzymają w dłoni ostatnią kartę. Śmieją się złośliwie, gdy przeciwnik musi dobrać cztery karty. Potwornie się irytują, gdy ich to spotyka. Gote uderza pięścią w stół, szturcha Franzi w ramię, przynosi kolejną lemoniadę i świeże piwo.

Kiedy wreszcie mają dość, dochodzi północ. Ogień przygasł. Latarnia uliczna przed domem Heiniego emituje pomarańczowe światło. Na pożegnanie Dora głaszcze Franzi po głowie, podaje

Gotemu rękę i czuje, jak ukąszenia komarów na nogach zaczynają swędzieć. W ferworze walki bezwolnie poddała się kąsaniu.

Nie może zasnąć. Ukąszenia owadów zamieniają się w swędzące wulkany, a myśli bez końca się zapętlają. Poza tym jest za ciepło. Kiedy Dora wstaje z łóżka, by zapalić przed domem papierosa, nawet Płaszczka wychodzi razem z nią.

Z początku to raczej przeczucie niż odgłos. Dora ma wrażenie, że coś słyszy, lecz po chwili brak jej pewności. Odległe porykiwanie. Potem zapada cisza, sądzi, że to tylko złudzenie. Jednak kolejny ryk jest na tyle głośny, że nie sposób mieć wątpliwości. Zbiega po schodach, gna przez ogród na ulicę i pędzi przez uśpioną wioskę, mając tuż za sobą Płaszczkę.

Dostrzega go już z daleka. Stoi pod latarnią przed domem Toma i Steffena. Wysoka, masywna postać, czarna jak wycinanka zwrócona pod światło, z wyciągniętą prawą ręką. Przekręcona Statua Wolności, bez pochodni, za to z zaciśniętą pięścią, którą najpierw potrząsa, a potem rozwiera.

– Ejjj! – krzyczy. – Ejjj!

Dora już doń dobiega, gdy naraz otwierają się drzwi. Z domu wychodzi Tom, jest boso, z nagim torsem. Ma na sobie tylko czarne spodnie od dresu, w których wygląda jak judoka. Wszystko w nim wydaje się zwarte, jakby w jego krępym ciele kryła się potężna siła. Krzyżuje ręce na piersi i spokojnie patrzy w twarz Gotego.

– Znowu? – pyta.

– Odeślij swoich ciapaków, ty pedale! – wrzeszczy Gote. – Bo ich wszystkich zajebię!

Niewzruszony Tom przygląda się, jak Dora usiłuje opuścić w dół wyciągniętą rękę Gotego. Równie dobrze mogłaby spróbować złamać najgrubszy konar dębu. Tymczasem Płaszczka chce się przywitać z Gotem, sfrustrowana rezygnuje, gdy zostaje zignorowana.

– Cholerne dupki! Pieprzone ciapaki!

– Zabierz swojego pijanego psa do domu – mówi Tom do Dory.

Dora zastanawia się przelotnie, czy do produkcji rasizmu ludzkie mózgi rzeczywiście potrzebują alkoholu albo guzów. Niestety, zna już odpowiedź. Dzieje się tak również w zupełnie zdrowych umysłach. Gote jednym szarpnięciem odtrąca ją na bok.

– Uważaj, bo dostaniesz w ryj! – wrzeszczy.

– Jeśli się nie zamknie, dzwonię na policję – oznajmia Tom.

– Nonsens – mówi Dora. – Nie potrzebujemy policji.

– Myślę, że tak.

– Ty skurwielu! – ryczy Gote.

– Gote – woła Dora – spójrz na mnie!

Chyba w ogóle jej nie zauważa. Jakby przebywał w równoległym wszechświecie. Tym razem czuć od niego alkohol, i to mocno. Jeśli policja znajdzie go w takim stanie, zabierze go. Cofną mu zwolnienie warunkowe i zamkną w więzieniu, a jeśli Jojo ma rację, żywy stamtąd nie wyjdzie. Wtedy wesoła gra w Uno będzie dla Franzi ostatnią okazją ujrzenia ojca. To się nie może zdarzyć, nie ma mowy.

– Chodź, Gote – mówi łagodnie Dora. – Wracamy do domu.

Przez chwilę ją rozpoznaje. Spogląda na nią, lekko zmrużywszy oczy, jakby miał kłopoty ze wzrokiem. Potem potrząsa głową i odsuwa się nieco na bok, zatacza się na szerokim pasie trawy na poboczu drogi ze wzrokiem wbitym w ziemię, jakby czegoś szukał.

– Co on robi? – pyta Tom.

Dora się domyśla. On szuka pałki. Albo kamienia.

– Wejdź do domu i zamknij drzwi – mówi do Toma. – Daj mi trochę czasu. Dopilnuję, żeby niczego nie zniszczył.

Tom prycha przez nos. Nie jest typem człowieka, który zaszywa się w domu, gdy na zewnątrz trwają zamieszki.

– Od kiedy to jesteś paniusią Gotego?

– Od kiedy to załatwiasz swoje sprawy przy pomocy policji?

Gote schyla się i coś podnosi.

– Ciapaki, chuje jebane – mruczy.

Tom wyciąga z kieszeni spodni telefon komórkowy.

– Nie! – krzyczy Dora i biegnie ku niemu, staje tuż przed nim. Płaszczka korzysta z okazji i przez szparę w drzwiach wpełza do domu. Dora próbuje wyrwać komórkę z dłoni Toma. Ten odpycha ją gwałtownie, aż musi przytrzymać się ściany, żeby się nie przewrócić. W tej chwili w drzwiach pojawia się Steffen, bez okularów, ze zmierzwionymi długimi włosami. Stopami wypycha Płaszczkę na zewnątrz.

– Co się tu dzieje?

– Gote znowu wszczyna awanturę – oznajmia Tom. – A Dora gra hostessę naziola.

Płaszczka piszczy, gdy Steffen wyrzuca ją na dwór.

Dora znowu czuje złość. Jeszcze bardziej nieprzejednaną niż podczas cholernej rozmowy telefonicznej z Jojo. Najwyraźniej wszyscy zwrócili się przeciwko niej, cały przeklęty świat: Jojo, Tom i Steffen, Robert, Susanne, pandemia oraz glejak. Gote, ten kompletny idiota. Nie ma ochoty dłużej tego znosić. Gdyby istniała jakakolwiek szansa na powalenie Toma na ziemię, spróbowałaby to zrobić. Ponieważ jest zbyt słaba, pozostało jej tylko krzyczeć.

– A dzwoń sobie na policję! – woła. – I przy okazji opowiedz o waszym ulicznym handelku. To zainteresuje skarbówkę.

Tak naprawdę wcale tego nie chce. Nie chce sprawiać kłopotów, nie chce grozić ani szantażować. Ale nic więcej nie może zrobić z całym tym gównem, które wciąż się wokół niej dzieje.

– Ależ jesteście zakłamani! Żeby głosować na AfD, a potem dzwonić na policję, gdy w drzwiach pojawi się naziol!

Tom i Steffen patrzą na nią zdumieni. Dora zastanawia się, czy ich nie opluć. Ma to chyba wypisane na twarzy.

– Nie rozumiem, co tu się dzieje – mówi Tom. – Dlaczego w ogóle się w to mieszasz?

– Gote jest chory – wyjaśnia Dora. – Głowa.

Tom się śmieje.

– Kto by pomyślał!

– On umiera.

– I dobrze! – Tom śmieje się jeszcze głośniej.

– Chwila. – Steffen daje mu znak, żeby przestał. – Chyba chodzi o coś innego.

Nie wolno jej nikomu powiedzieć, a już na pewno nie tym wariatom z sąsiedztwa. Gote tego nie chce, a Jojo tego zabronił. Koniecznie musi jednak zapobiec interwencji policji.

– Chcę, żeby Gote resztę czasu spędził w domu. Z Franzi. Rozumiecie?

Tom i Steffen patrzą po sobie niepewnie. Poważnie zaniepokojeni.

– Co… co mu jest? – pyta Steffen.

– Nie wasz pieprzony interes – oznajmia Dora. – Po prostu zachowujcie się jak ludzie.

Gote nagle jęknął. Stoi pod latarnią i przyciska dłonie do głowy. Płaszczka podbiega do niego i obwąchuje mu golenie. Gote pada na jedno kolano. I znowu to samo: czas się zatrzymuje, rzeczywistość krzepnie. Noc, wiejska ulica, latarnia. Obwąchujący pies przed pomnikiem greckiego myśliciela. Nawet Tom i Steffen zdają się zauważać, że jest inaczej niż zwykle. Stoją w milczeniu, obserwując scenę. Gote klęczy na jednym kolanie, czoło podpiera dłonią. Nikt się nie odzywa. Teraz napisy końcowe, myśli Dora. Jeszcze tylko rzut oka i chwila rozmarzenia, a potem wstajemy i wychodzimy. Lecz ona znowu musi działać. Podbiega do Gotego, delikatnie kładzie mu rękę na ramieniu. Podnosi głowę i szuka jej niemym spojrzeniem.

– Chodź – mówi Dora.

Staje na chwiejnych nogach i daje się prowadzić. Ręka Gotego ciąży jej na ramieniu. Idą powoli, krok za krokiem. Dora czuje na plecach wzrok Toma i Steffena. Ale się nie odwraca.

42
Floyd

Następnego ranka Gote nie siedzi jak zwykle przy kempingowym stoliku, czekając na swoje lekarstwa. Przyczepa wygląda na zabarykadowaną, ogród na opuszczony. Z przyciętego pnia wyłania się ukończona głowa wilczycy, tak realistyczna, że Dora spodziewa się, iż zwierzę zaraz ją odwróci i spróbuje uwolnić z okowów drewna resztę ciała. Dopiero po chwili Dora zauważa, że Franzi siedzi przy drzwiach z tyłu domu. Pustym wzrokiem patrzy przed siebie. Widać, że coś jest nie tak.

Dora przywołuje Franzi do siebie i prosi ją, by przygotowała śniadanie. Kiedy dziewczynka znika w domu zarządcy, Dora wchodzi na posesję Gotego i naciska klamkę. Drzwi przyczepy nie są zamknięte na klucz. Dora je uchyla i widzi Gotego leżącego w półmroku na łóżku, na plecach, z rękami założonymi za głowę. Błogi widok. Zastanawia się właśnie, czy go obudzić, gdy on otwiera oczy i spogląda na nią. Próbuje coś powiedzieć, ale nie może wydobyć z siebie ani słowa. Potem się uśmiecha. Bolesny uśmiech. Nieomal czuły.

Jeśli kiedykolwiek istniały wątpliwości, czy Gote zdaje sobie sprawę ze swojego położenia, ten uśmiech je rozwiewa.

Dora podchodzi do łóżka i przykuca. Szloch pojawia się znikąd, chwyta ją za ramiona i potrząsa. Zaciska usta, ale nie może powstrzymać dobywających się dźwięków. Wtedy czuje na swojej głowie dłoń Gotego. Głaszcze jej włosy. Poklepuje ją po plecach, jakby właśnie się zadławiła. Dora wstaje. W kieszeni spodni ma tabletki, w zlewie stoi szklanka, którą napełnia do połowy wodą. Podnosi jego głowę i pomaga mu przełknąć. Następnie wysyła na WhatsAppie wiadomość do Jojo.

Czy mogę zwiększyć dawkę?

Sprząta co nieco i włącza stojący na stoliku staroświecki odtwarzacz CD. Obok leży pudełko, zespół nazywa się Wolf Parade. Zmywając naczynia, Dora widzi przez okno ukończoną rzeźbę siedzącego przy schodach wilka. Spogląda na swoją dziewczynę, uwięzioną do ramion w drewnianym pniu.

And you've decided not to die / Alright / Let's fight / Let's rage against the night.

Czuje ciężar w żołądku, jakby zjadła kamienie. Właśnie stawia ostatni talerz na ociekaczu, gdy brzęczy jej komórka. Kiedy Jojo nie operuje, porusza się szybciej od własnego cienia.

Możesz, ale to nic nie da.

Najchętniej cisnęłaby telefonem o ziemię i rozdeptała go jak owada. Na ustach Gotego wciąż gości ów dziwny uśmiech. Dora podchodzi do niego i kładzie mu rękę na czole.

– Leż spokojnie. Odpocznij jeszcze trochę.

Tłumi w sobie impuls, by dłonią zamknąć mu oczy.

Po śniadaniu zabiera Franzi na spacer do lasu. Dziewczynka idzie obok niej w milczeniu, Dorze to odpowiada, bo jest zajęta własnymi myślami.

Wypatruje sójek i innych ptaków, które doskonale wiedzą, że życie toczy się dalej. Żaden jednak się nie pojawia. Poza tym jest zbyt ciepło. Temperatura rośnie od samego rana. Około południa prawdopodobnie osiągnie trzydzieści stopni. Pewnie wiosna także ma już dość i chce ustąpić miejsca latu.

Kiedy docierają do skrzyżowania dróg, podkoszulek lepi się Dorze do pleców. Wyczerpana osuwa się na ławkę. To tutaj po raz pierwszy spotkała Franzi. Z początku była jedynie szelestem i chichotem w leśnym runie, potem małą męczyduszą, która uzależniła się od Płaszczki. Dora ma wrażenie, jakby ich pierwsze spotkanie miało miejsce całe lata temu. W owym czasie była jeszcze w Bracken gościem i sądziła, że jej największym problemem jest nieudany związek z Robertem.

Franzi siada obok niej na ławce i gładzi oburącz drewno. Dora zerka na nią z ukosa. Życie z pewnością będzie toczyć się dalej. Gdzieś tam biegają ludzie, z którymi Franzi będzie dzielić swoją przyszłość. Na boisku w Berlinie jakiś chłopak kopie piłkę, uradowany z poluzowania obostrzeń, nie podejrzewając, że pewnego dnia ożeni się z młodą kobietą z Bracken o długich blond włosach. Gdzieś tam rysuje kredkami dziewczynka, która wkrótce stanie się jej najlepszą przyjaciółką. Może w metrze siedzi jakiś młody człowiek w maseczce i ze słuchawkami, który za trzydzieści lat spowoduje wypadek samochodowy, w którym Franzi połamie sobie obie ręce. Wszystko już tam jest, wpisane w świat, przygotowane, czeka tylko na odpowiedni moment, by się wydarzyć. Samo z siebie. Nie ma koła, które należałoby obrócić, nie ma dźwigni, za którą trzeba by pociągnąć. Wystarczy po prostu siedzieć. Dora zauważa, że sama trochę się rozluźnia.

Kiedy Franzi nabiera powietrza, zamierzając coś powiedzieć, Dora od razu się napina, spodziewając się, że znów usłyszy znienawidzoną dziecięcą mowę. Ale głos dziewczynki brzmi zwyczajnie.

– Mój tata ją zrobił.

Dora się tego domyślała. Oczywiście, że ławka jest dziełem Gotego. U sąsiadki brakuje krzeseł, a w lesie ławki. Szybko to nadrobił. Od samego początku, jeszcze zanim go poznała, siedząc tu, Dora czuła jego obecność.

– Patrz, tutaj.

Franzi przechyla się na bok, opierając się do połowy na kolanach Dory. Wskazuje na wewnętrzną stronę drewnianych klocków, do których przytwierdzone jest siedzisko. Dora się schyla. Coś tam wyryto, dwa trójkąty połączone linią, jak znak firmowy albo rodzaj podpisu.

– Czy to żaglówki? – pyta.

Franzi zerka na nią z politowaniem, jej dziecięce spojrzenie zdaje się mówić: Aż tak głupi mogą być tylko dorośli.

– Kobieto, to są uszy.

Faktycznie, stylizowane wilcze uszy, uważnie nadstawione w oczekiwaniu tego, co ma nastąpić. Jakimś sposobem całe to miejsce wydaje się strzyc uszami i patrzeć w przyszłość.

– Wtedy jeszcze mieszkaliśmy w Bracken. Mama, tata i ja. Wszyscy razem.

Dora wyczuwa, co się święci. Franzi coś wymyśliła. Coś poważnego. Rozwiązanie wszystkich problemów świata. To dlatego przez całą drogę była taka milcząca.

– Mogłabyś wyjść za niego.

– Za kogo?

– Za mojego tatę.

A więc o to chodzi. Oto co Franzi wymyśliła. Dora odchrząkuje.

– Nie sądzę, żeby to było możliwe.

– Nie lubisz mojego taty?

Odpowiedź jest zaskakująco trudna. Odkąd Dora mieszka w Bracken, zmaga się z wieloma problemami, ale najmniejszy z nich to pytanie, czy kogoś się lubi. Być może *lubienie* to kwestia, którą zajmują się głównie mieszczuchy.

– Ależ tak – mówi w końcu. – W pewnym sensie go lubię.

– Czy to nie wystarczy? – Franzi natęża głos. – Czy to ci nie wystarczy?

Dora wiedziała, że to nadejdzie. I oto jest. Pojawia się jak burza, błyskawicznie. Chwilę wcześniej błękitne niebo i promienne słońce, zaraz potem czarne chmury i nawałnica. Franzi zeskakuje z ławki i staje naprzeciwko Dory.

– Po prostu to zrób! – krzyczy. – Żebyśmy mogli być prawdziwą rodziną!

– Franzi… – Kiedy Dora wyciąga rękę, dziewczynka się jej uczepia. – Jesteśmy już jak rodzina. Ty, twój tato, Płaszczka i ja.

– To nie jest prawdziwe. To tylko wakacje. Chciałabym, żeby pandemia trwała wiecznie! – Franzi tupie nogami. – Nie chcę wracać do Berlina! – wrzeszczy. – Dzieci w szkole mają mnie za głupią. I nie ma tam żadnych zwierząt. Zwłaszcza płaszczek.

Płaszczka myśli, że padło jej imię, podchodzi i łasi się do nóg Franzi. Dziewczynka osuwa się na kolana i bierze ją w ramiona. Wypłakuje się w jej futerko, a suczka jej na to pozwala.

– Moglibyście mieć dziecko – szlocha Franzi. – Zawsze chciałam mieć braciszka.

Dora siada obok Franzi na gołej ziemi. Piasek, sosnowe szyszki, małe gałązki, wyschnięta trawa. Zapach jest intensywny jak perfumy.

– A może nie chcesz mieć dziecka?

O dziwo, odpowiedź na to pytanie jest dość prosta.

– Ależ chcę – zapewnia Dora. – Chcę mieć dziecko.

— A widzisz. — Franzi unosi głowę, jej policzki są mokre, oczy napuchnięte. — Jestem pewna, że mój tata też.

Dora aż musi się uśmiechnąć. Franzi bierze to za dobrą monetę i także się uśmiecha.

— Mam go zapytać?

— Nie trzeba — odpowiada Dora. — Jeszcze to sobie przemyślę.

— Obiecujesz?

— Obiecuję.

Franzi wyciąga ręce i daje Dorze mokrego buziaka w policzek. Potem wyciera twarz w brzeg podkoszulka i wstaje.

— Płaszczka, idziemy!

Biegną do lasu, szaleją między drzewami. Franzi krzyczy i się śmieje. Rozpacz rozwiała się równie szybko, jak się pojawiła. Szczęśliwe dzieciństwo, kiedy uczucia nawzajem się przeganiają. Dora nadal siedzi na ziemi, dotyka mchu i przesypuje piasek przez palce. Ze swojego miejsca podziwia wyrzeźbiony w drewnie uszaty znak.

Kiedy wracają do wioski, już z oddali słyszą wycie piły łańcuchowej. Twarz Franzi się rozjaśnia, jakby poruszono pokrętłem ściemniacza. Wybiega do przodu, Płaszczka pędzi za nią świńskim truchtem, Dora także przyspiesza kroku.

Gote stoi w ogrodzie, z papierosem w kąciku ust, i macha w ich stronę. Wyłącza zrzędzącego potwora i woła przyjaźnie *Jaki miły poranek*, mimo że dochodzi już prawie dwunasta.

— Cześć, malutka! Wyciąłem dla ciebie kilka kawałków. Na wypadek, gdybyś chciała wyrzeźbić jeszcze trochę kości dla Płaszczki.

U jego stóp piętrzy się niewielka sterta szczap, które okorował i uformował w cylindryczny kształt. Franzi rzuca się ku nim jak na pożywienie po trzech dniach głodówki. Dora nigdy nie słyszała, by Gote nazywał córkę *malutką*.

Podchodzi bliżej i spogląda na wilczycę. Widać szyję, a nawet fragment futra na piersi. Gote musiał pilnie pracować przez ostatnią godzinę. Już teraz wilczyca jest dumnym zwierzęciem. Unosi wysoko głowę, przykuwając uwagę widza. Jej sierść jest lekko pofałdowana, jakby można ją było przeczesać palcami. Również ukończony wilk przy wejściu do przyczepy od niedawna radośniej spogląda na świat. Wygląda na to, że nie może się doczekać spotkania z towarzyszką.

Po południu Dora kilkakrotnie włącza notebook, by sprawdzić stan konta. Około szóstej pojawia się przelew od Jojo. Zgodnie z oczekiwaniami okazał się umiarkowanie wspaniałomyślny. Jeśli będzie oszczędniej gospodarować pieniędzmi, wystarczy jej na dwa miesiące. Przenika ją błogie uczucie, jakby wszystkie problemy zostały rozwiązane.

Skoro już siedzi przed ekranem komputera, szybko otwiera portal informacyjny. Merkel i premierzy. Koronawirusowe demonstracje. Kraj jest podzielony. Nic nowego.

Właściwą wiadomość Dora nieomal przegapiła. Zdarzyło się to przed trzema dniami, ale widocznie nie było na tyle istotne, by przykuć uwagę zajętych pandemią reporterów. Oszołomiona czyta krótką relację. W Minneapolis policjant przez osiem minut uciskał kolanem szyję czterdziestosześciolatka, aż ten stracił przytomność. Mężczyzna błagał o życie, kilkakrotnie powtarzał *I can't breathe*. Wkrótce potem zmarł w szpitalu. Ktoś sfilmował całe zdarzenie telefonem komórkowym. Ofiarą jest czarny, sprawcą biały.

Dora wyszukuje nagrany komórką filmik. Waha się, czy go odtworzyć, ale tylko chwilkę. Raz za razem mężczyzna mówi *I can't breathe*. Wzywa swoją mamę. Policjant uciskający kolanem jego szyję przypomina z wyglądu Gotego. Właściwie to w ogóle nie wygląda jak Gote. Ma krótko przystrzyżone włosy i trzydniowy zarost, odsunięte na czoło okulary przeciwsłoneczne. Klęczy całkiem swobodnie, opierając ręce na udach. Jak gdyby nigdy nic. Jakby nie działo się nic szczególnego. Co jakiś czas podnosi wzrok i patrzy prosto w obiektyw kamery. Na poły uśmiechnięty. Wyluzowany. Drugi policjant chodzi tam i z powrotem poboczem drogi. Również wyluzowany. W biały dzień. Świadkami są przechodnie. Żaden nie kiwnie palcem. To przerażające. Spokój tej sceny. Normalność. W pewnym momencie ktoś sprawdza ofierze puls. Ciało układają na noszach. Pojawia się lekkie wzburzenie, ale niewielkie.

Dora ponownie ogląda wideo od początku i czuje, że trzęsą jej się ręce. Ręce nie powinny się trząść. Szczególnie wtedy, gdy są takie duże. Nie może pozbyć się drżenia przez kilka następnych godzin. Co chwila tłumaczy sobie: ten człowiek w Minneapolis to nie był Gote. Z Gotem nie ma to nic wspólnego. Jej umysł wikła się w proseminarium na temat różnic między niemieckim a amerykańskim rasizmem. Ale na innej płaszczyźnie zupełnie jej to nie obchodzi. Rasizm pojawia się wtedy, gdy niektórych ludzi uważa się za bezwartościowych. To straszne, gdziekolwiek na świecie się staje.

Kiedy późnym wieczorem ponownie podchodzi do muru, widzi masywne ciało Gotego leżące obok kempingowego stolika. I nagle coś się z nią dzieje. Drżenie rąk ustępuje. Jej ręce znów są tylko duże. Przyjemnie duże. Ręce, które chcą działać, rozwiązywać problemy. Nagle Dora już wie, że może to zrobić. Nie potrzeba do tego żadnych emocji. Gniewu, strachu, przerażenia. Całe szaleństwo tego popapranego świata sprawia, że rezygnacja z emocji staje się oczywistością. Nie potrzeba specjalnej koszulki, naklejek na samochód czy szczególnego rodzaju muzyki. Po prostu można to zrobić. Gote się nie porusza. Dora może do niego podejść i uklęknąć na jego szyi. Przez osiem minut i czterdzieści sześć sekund. W tym czasie może się trochę rozejrzeć albo poczytać coś na ekranie smartfona. A potem sprawdzić tętno. Problem rozwiązany. Może to ma nawet jakiś sens. Uwolniłaby siebie, Franzi, wioskę i cały świat od obecności Gotego. Kto wie, może zapobiegłaby czemuś gorszemu.

Wtedy nadbiega Franzi. Kuca obok ojca i potrząsa nim, łapiąc za ramię. Przez łzy woła jego imię. I wtedy następuje coś jeszcze. Mechanizm poznawczy wrzuca wyższy bieg. Nie chodzi o to, do czego człowiek jest zdolny. Nie chodzi też o to, kto na co zasługuje. Nawet nie o to, czy jest się za, czy przeciw nazistom. Magicznym słowem jest *pomimo*. Pomimo to działać, pomimo to istnieć. Mimo wszystko tam leży człowiek.

Dora jednym susem przeskakuje przez mur, podbiega do leżącego ciała, sprawdza puls. Przywraca Gotemu przytomność okrzykami, kilkoma mocnymi uderzeniami w policzek, a w końcu wylewając nań pół wiadra wody. Stawia go na nogi, odprowadza do przyczepy, na poły go podtrzymując, na poły niosąc. Pokonują trzy stopnie schodów, co wymaga kilku prób. Przygotowuje dla niego posłanie na podłodze, bo nie jest w stanie go podnieść i położyć do łóżka. Podaje mu jeszcze kilka tabletek, Franzi zaś tłumaczy, że tato po prostu musi się wyspać, by rano poczuł się lepiej. Ma nawet nadzieję, że tak się stanie. Mimo wszystko.

43
Kwitnące przyjaźnie

Jest dopiero pół do siódmej rano, lecz podchodząc do muru, Dora z daleka słyszy śpiew. Tym razem nie jest to melodia *Jednorożca*, ale piosenka Wolf Parade z płyty, którą znalazła ostatnio w odtwarzaczu CD. Gote trafia nuty z zadziwiającą pewnością, jego głos ma przyjemną głębię.

Stojąc na krześle, przez chwilę obserwuje go przy pracy. Z zapałem rzeźbi swoją wilczycę. Włożył niebiesko-czarną kraciastą koszulę z krótkim rękawem, której nigdy wcześniej nie widziała. Ma świeżo ogoloną czaszkę i nawet z daleka wygląda czysto, jakby z samego rana wziął prysznic z ogrodowego węża. Trudno uwierzyć, że poprzedniego wieczoru ten człowiek leżał bez ruchu w trawie.

Akurat pracuje nad wykończeniem linii pleców. Po raz pierwszy Dora zauważa, że po prawej stronie rzeźby, na poziomie gruntu, znajduje się wybrzuszenie. Może Gote zapomniał odciąć zbędny materiał. A może to cokół, pozostawiony dla większej stabilności. Dora postanawia zapytać go o to przy okazji.

Gdy gwiżdże, Gote natychmiast podchodzi do muru i tak dziarsko wspina się na skrzynkę po owocach, jakby chciał za chwilę zasalutować. Dora podaje mu tabletki, a on przed powrotem do pracy rzeczywiście przykłada dwa palce do daszka nieistniejącej czapki. Dora uważa, że całodzienne rzeźbienie w palącym słońcu nie jest dobrym pomysłem, zwłaszcza że nigdy nie widziała, by Gote pił cokolwiek poza kawą lub piwem. Z drugiej jednak strony nie ma to już chyba większego znaczenia.

Przy śniadaniu otwiera portal informacyjny i znajduje kolejne doniesienia o George'u Floydzie, ściślej mówiąc, o rozlewających się po USA antyrasistowskich protestach. Gubernator Minnesoty zmobilizował Gwardię Narodową i ogłosił stan wyjątkowy dla Minneapolis i okolic. Trump plecie zwyczajowe banialuki, ciska groźby i nie chce przyznać, że w policji istnieją problemy strukturalne. W Niemczech ludzie jak zwykle udają oszołomionych, choć, jak sądzi Dora, z domieszką ulgi, gdyż oto rasizm pojawił się gdzie indziej, podczas gdy niemieccy zatwardziali fanatycy są obecnie bardziej pochłonięci negowaniem pandemii niż obroną zachodnich wartości.

Odkłada smartfon i zabiera się do podlewania ziemniaczanej grządki. Konewki musi napełniać w kuchni i taszczyć je przez tylne drzwi do warzywnika. Już po konewce numer jedenaście i dwanaście jej ramiona wydłużyły się o kilka centymetrów. Kiedy przed domem zatrzymuje się biała furgonetka, Dora cieszy się na myśl o chwili przerwy. Odstawia konewki i idzie przez frontową część działki w kierunku furtki. Silnik furgonetki pracuje na biegu jałowym, wysiadają z niej Tom i Steffen, podchodzą do ogrodzenia. Wyglądają odświętnie, stojąc tak obok siebie. Jakby chcieli coś ogłosić.

– Dobry – mówi Steffen.

– Cześć – mówi Tom.

– Lepiej podlewać pod wieczór – radzi Steffen.

Następuje pauza. Dora zastanawia się, czy mają złe nowiny, skoro zamierzają je wygłosić quasi-oficjalnie.

– Jedziemy na zakupy – oznajmia Tom. – Potrzebujesz czegoś?

– Nie, dziękuję – odpowiada Dora. – Mam samochód Gotego.

– Czy jesteś jego… – zaczyna Tom.

– Zamknij się – przerywa mu Steffen.

Następuje kolejna pauza, staje się jasne, że chodzi o coś innego. Tom odchrząkuje.

– Słuchaj, pomyśleliśmy… Chcemy urządzić imprezę. Wiejski festyn.

– Znów jest to dozwolone – dodaje Steffen – przy zachowaniu dystansu i tak dalej.

Dora nie jest pewna, czy to prawda, jeszcze mniej rozumie, czego chcą od niej. Co ona ma wspólnego z wiejskim festynem?

– Słuchaj – mówi Tom. – Chodzi o to… żeby Gote tam był.

– Można powiedzieć, że ten festyn jest dla niego.

– Ale jeśli my go zaprosimy, to na pewno nie przyjdzie. Lepiej, żebyś ty go przyprowadziła.

Powoli zaczyna rozumieć. Przyjęcie dla Gotego.

– Dziwny pomysł – mówi. – Ale to miłe.

– Może po Zielonych Świątkach? – pyta Tom. – Pod koniec przyszłego tygodnia?

Dora szuka odpowiedniego sformułowania, ale Steffen już ją zrozumiał.

– Oczywiście można to zrobić wcześniej – przyznaje. – Praktycznie w każdej chwili. Może… pojutrze?

Naraz Dorę ogarnia wzruszenie. Na swój sposób usiłują zrobić coś dobrego.

– Pojutrze będzie super – mówi.

– Myślisz, że przyjdzie?

– Dopilnuję tego.

– Świetnie. To na razie, trzymaj się – odpowiada Steffen.

– Jeszcze jedno – dorzuca Tom.

Rozmaryn, myśli Dora. Zapomniałam o rozmarynie. Ale chodzi o coś zupełnie innego. Tom oferuje Dorze pracę. Uczciwą ofertę pracy na godziny. Wystawia łokieć ponad ogrodzeniem, ona uderza o niego swoim. Furgonetka odjeżdża.

Wkrótce potem siedzi na schodach przed domem z dużym kubkiem latte, na kolanach trzyma komputer, konewki stoją zapomniane obok ziemniaczanej grządki. Nie mogła czekać ani chwili dłużej. Rzuca się na propozycję Toma jak zgłodniały wilk na swą zdobycz. Wytężanie umysłu to takie miłe uczucie. Myśli kłębią jej się w głowie niby młode psy, które w końcu wypuszczono do ogrodu. Wszystko jest już gotowe. Przede wszystkim nazwa: *Kwitnące przyjaźnie*, pod którą chcą zaistnieć w internecie. Tom powiedział, że ma zamiar przenieść kwiatowy biznes do sieci. Z powodu pandemii i nie tylko. Zwłaszcza kompozycje kwiatowe Steffena sprzedają się jak ciepłe bułeczki. Na tym można się oprzeć. Najpierw trzeba jednak odmłodzić grupę docelową. Każdy lubi kwiaty, ale kwiatowe aranżacje potrzebują nowej, modnej interpretacji. Dora ma już gotowy pomysł: reaktywacja lalki Helmuta Kohla z programu satyrycznego *Hurra Deutschland* z lat dziewięćdziesiątych. Kwitnące krajobrazy Kohla nadal nie istnieją, za to kwitnące przyjaźnie z Bracken – owszem. Dora obmyśliła mnóstwo zabawnych scenek, w których lalka Kohla wpada w tarapaty za swoje obietnice dotyczące jedności Niemiec. Kohl spotyka się z emerytami, bezrobotnymi, młodymi matkami pracującymi na cały etat. Na koniec każdego spotu wręcza oburzonym rozmówcom kompozycję z kwiatów. Format satyryczny z gumowym starym kanclerzem w charakterze testimonialu jest tak absurdalny, że z pewnością stanie się piarowym hitem. Dora zakłada, że Tom pomysłu nie zrozumie, a Steffen go polubi.

Także następny dzień poświęca pracy nad kampanią. Gote rzeźbi wilczycę. Protesty z powodu Floyda narastają. Jest coraz cieplej, zapowiadane burze nie nadchodzą. Dzwoni Jojo, by jej powiedzieć, że autostrady są pełne SUV-ów ciągnących przyczepy kempingowe, łódki, konie albo samoloty. Po wiejskich drogach terkoczą grupy motocykli, nadbałtyckie kurorty pękają w szwach.

– Wyobraź sobie, kto teraz wyleguje się na plaży – mówi. – Wszyscy ci, którzy przez ostatnie tygodnie pisali pandemiczne pamiętniki, przestrzegali pandemicznych zasad, oglądali pandemiczne talk-show, prowadzili pandemiczne rozmowy i wrzeszczeli na pandemicznych krytyków. Ale teraz mamy przecież Zielone Świątki.

Śmieje się. Dora wręcz słyszy, jak potrząsa głową. Ją także bawi ten nagły świąteczny ferwor, nie jest jednak w nastroju do sarkastycznych żartów. Jojo oznajmia, że wpadnie we wtorek po Zielonych Świątkach, by *uścisnąć jej prawicę*, śmiejąc się po królewsku ze swojego kalamburu, który zapewne wymyślił, zanim do niej zadzwonił. Dora dziękuje, rozłącza się i wraca do pracy.

Dopiero pod wieczór uświadamia sobie, co tak naprawdę oznacza telefon od Jojo. Na gałęzi rosnącego przed domem buka przysiadła sójka i kręci głową, spoglądając na nią na przemian to lewym, to prawym okiem. Nigdy wcześniej żadna nie pojawiła się w ogrodzie. A jednak tam siedzi i ma dla niej wiadomość: Wszystko będzie dobrze. Punkt zwrotny nastąpił. Dora nie jest już bezrobotna, wkrótce stanie się regionalną, jednokobiecą agencją. Zarabia na swoje utrzymanie, a jednocześnie robi coś dla swojej nowej ojczyzny. Tom i Steffen nie są wrogami, lecz przyjaciółmi. Dla Gotego nie urządzają przedwczesnego pogrzebu, ale przyjęcie powitalne u progu nowego życia.

Jojo bowiem nie robi nic bez powodu. Zapowiedział przyjazd do Bracken, a to z pewnością coś znaczy. Ściślej rzecz ujmując, może to znaczyć tylko jedno: wietrzy szansę na wyleczenie. W kwestii szans Jojo jest jak ogar. We wtorek stwierdzi, że rozrost nowotworu został zatrzymany, co zdarza się w rzadkich przypadkach. Nie będzie chciał robić wielkich nadziei, ale zdecydowanie doradzi rozpoczęcie terapii. Dora przekona do niej swojego koleżkę, a potem będzie go regularnie wozić na chemioterapię. Pojawi się nowy obyczaj. Dora sprawi, że *Kwitnące przyjaźnie* odniosą sukces, dzięki czemu pozyska nowych klientów z regionu. W końcu znów otworzą szkoły, Franzi będzie przyjeżdżać w weekendy i na jesienne wakacje. Może nawet, gdy Gote całkiem wyzdrowieje, przeniesie się do Bracken na stałe. Sójka się uśmiecha. Może nawet szczerzy zęby. Choć w przypadku dziobatego ptaka to raczej niemożliwe.

44
Festyn

W niedzielny wieczór idą razem na wiejski plac. Gote dźwiga dwie skrzynki piwa, dla niego to oczywiście błahostka. Dora niesie dwie duże torby z bułkami, które kupiła na stacji benzynowej Aral w Plausitz, by nie pojawić się na festynie z pustymi rękami. Na regale z prasą zauważyła, że gazety po raz pierwszy od tygodni nie pokazują na pierwszych stronach ludzi w maseczkach, ale płonące nocą na ulicach samochody, uniesione pięści oraz hasło *Black Lives Matter*, pod którym coraz więcej ludzi na całym świecie protestuje przeciwko zabójstwu George'a Floyda. Demonstracje odbyły się także w Berlinie. Sama wzmianka o tym jest jak otwarcie okna w dusznym pokoju.

Franzi, trzymając psa na smyczy, podskakuje dziarsko, śpiewając *Idziemy na imprezę, idziemy na imprezę*, Płaszczka zaś, choć nie wie, co tak naprawdę się dzieje, tańczy u jej boku, dzieląc z nią radość.

Gote nie stawał okoniem, dowiedziawszy się o wiejskim festynie. Kiedy Dora go zapytała, czy chciałby jej towarzyszyć, był akurat zajęty szlifowaniem głowy swojej wilczycy. Mruknął coś pod nosem jak człowiek, który nie słucha i słuchać nie musi, bo i tak jest mu wszystko jedno, jak spędzi wieczór. Teraz maszeruje obok Dory, osłaniając ją własnym ciałem od ruchu ulicznego. Kiedy ona spycha go nieco w stronę jezdni, on pcha ją w przeciwnym kierunku. Od czasu do czasu zerka na nią z zawadiackim uśmieszkiem, jakby strojąc sobie z niej żarty, w przeświadczeniu, że ona znów nie wie, co o nim sądzić. W epoce George'a Floyda wybiera się na imprezę z naziolem. Zwyczajnie nie potrafi przybrać właściwej postawy. Być może, myśli sobie Dora, przyjmowanie postaw jest słuszne i istotne jedynie wtedy, gdy patrzy się na sprawy z bezpiecznego dystansu.

Wiejski plac to nic innego jak okolony wąskimi dróżkami fragment łąki, raczej kiepsko wykoszonej, z kilkoma starymi dębami, spróchniałymi ławkami i dwiema połamanymi bramkami do gry w piłkę. Pośrodku placu urządzono palenisko, na którym płonie spore ognisko. Mimo wczesnej pory dużo się dzieje. Tom i Steffen czuwają przy stole z napojami, spoglądają gospodarskim okiem, głośnymi i wesołymi wypowiedziami starają się stworzyć dobrą atmosferę. Sadie popija kawę; zmieniła kolor włosów z platynowego blond na kobaltowy błękit i przyprowadziła z sobą dzieci. Obok niej pięciu strażaków wznosi toast butelkami z piwem. Na ławkach siedzi kilka starszych kobiet, chichocząc i popijając z niewielkich szklanek coś tak różowego, jakby pochodziło spod innej gwiazdy. Z zarośli za dębami dochodzą odgłosy dzieci.

W pobliżu ogniska Heini ustawił swój kosmiczny grill. W fartuchu seryjnego grillożercy przewraca długie rzędy kiełbasek, kotlecików i steków z karkówki.

– Sama możesz je sobie zjeść – mówi na powitanie do Dory, mając na myśli bułki ze stacji benzynowej.

Gote wsuwa skrzynki z piwem pod stół z napojami, po czym robi obchód, by brandenburskim zwyczajem przywitać się ze wszystkimi. Niektórzy w pandemicznym pozdrowieniu unoszą łokcie, inni po chwili wahania podają dłoń. Franzi idzie w jego ślady. Dora nie lubi przyjęć ani uścisków dłoni, nie ma jednak wyjścia, musi podążać za Gotem i Franzi. Na powitanie wykonuje skrępowany ukłon, na który pozostali, wcale się nie przedstawiając, odpowiadają *Cześć* albo *Bry*. Dora przypuszcza, że wszyscy wiedzą, kim jest, podczas gdy sama nikogo nie zna.

Przybywają kolejni goście i swobodnie rozchodzą się po łące. Dora znalazła sobie osłonięte miejsce między grillem a stołem z napojami. Gote przystaje obok niej, w ręku trzyma tekturowy talerz i w swoim tempie pochłania grillowaną kiełbaskę.

– O koronawirusa się nie martwię – mówi Heini. – Długo nie wytrzyma, w końcu jest *made in China*. – Najwyraźniej wszedł na nowy poziom żartów. Dora zastanawia się, czy miejsce przy grillu to rzeczywiście trafny wybór.

Tom nawiązuje rozmowę z Gotem, który przy każdym zdaniu grzecznie potakuje, nadal pożywiając się ze stoickim spokojem. Pogoda i susza. Trzecie suche lato z rzędu. Nieudane zbiory, dramat rolnictwa. Gote przytakuje. Podchodzą kolejni sąsiedzi i tworzą półkole. Najwyraźniej wszyscy prócz Gotego wiedzą, że to przyjęcie dla niego. Gote kiwa głową i bierze od Heiniego kolejną kiełbaskę. Korniki, umierający las. Wyjałowione gleby, których nie wolno nawozić.

– Jeśli chomikujesz, pamiętaj, że te zwierzaki też trzeba karmić. – Heini bez reszty wkroczył w świat koronawirusowych żartów. Zgromadzeni chętnie podejmują temat. Pojawia się pytanie, jak można pracować, kiedy dzieci nie chodzą do szkoły ani do przedszkola. Jak przetrwać, gdy się nie pracuje. Po co ten cały lockdown, skoro nagle wszyscy tłumnie wyjeżdżają na wakacje. Gote je i przytakuje. Jeśli Dora dobrze liczy, właśnie pochłania czwartą kiełbaskę. Rozmowa obraca się wokół kwestii, jak dojechać do pracy, jeśli wkrótce nie będzie wolno jeździć dieslem.

– Wtedy wszyscy kupimy samochody elektryczne! – woła strażak, a cała grupa wybucha śmiechem.

Dora sięga po piwo, jedno podaje Gotemu. Kiedy on wyciąga papierosa, nie zapomina jej także poczęstować. Powoli zaczyna się rozluźniać. Chyba nikt poza nią nie zastanawia się nad tym, kim właściwie jest, czego tu szuka i co łączy ją z Gotem. Piwo wypija duszkiem do dna. Przelotnie zauważa, że Płaszczki i Franzi nie ma w pobliżu. Buszują w zaroślach z miejscowymi dzieciakami. Ktoś wciska jej do ręki różowy kieliszek. Płyn smakuje jak truskawkowa guma do żucia. Ludzie robią się coraz milsi, impreza jest coraz weselsza.

Dwie wioski dalej zamknięto ostatni gabinet lekarski. Nie wiadomo, gdzie starsi ludzie będą teraz dostawać swoje cukrzycowe recepty.

– Najważniejsze, że w Bawarii mają testy – stwierdza Sadie i wszyscy się śmieją.

Ktoś mówi, że w ciągu ostatnich tygodni zamknięto w okolicy trzy zajazdy.

– I dlatego musimy popijać przy ognisku – dodaje inny.

– Dopóki nam tego nie zabronią.

– A wtedy do pogaduszek zostanie nam pobocze.

Heini zerka nieco urażony, podczas gdy cała grupa zaśmiewa się tak gwałtownie, że niektórzy muszą odstawić butelki z piwem. Dora zauważa, że Steffen wyjął z kieszeni niewielki notes i niepostrzeżenie robi notatki.

– Byle bez tych jego ciapaków – oznajmia Gote, patrząc na Steffena. Po raz pierwszy w ogóle się odezwał. Steffen ignoruje tę uwagę. Dora klepie Gotego po ramieniu, mówiąc *Już dobrze*, jakby był psem, który zwędził ze stołu plasterek szynki. Zebrani ponownie wybuchają śmiechem i powtarzają za Dorą *Już dobrze, dobrze*, póki znów się nie uspokoją.

Dora zastanawia się, czy ona i Gote są przyjaciółmi, skoro razem stali się obiektem żartów. Czy to może czysty przypadek? Wszyscy wznoszą butelki w toaście, trącając się także z Dorą, która staje się właśnie częścią czegoś, mimo że sama do końca nie wie czego.

Choć Dora nie lubi przyjęć, musi przyznać, że akurat to jest udane. Gote wygląda na zadowolonego, nie dopadł go ból głowy ani żaden atak. Franzi śmiga razem z innymi dziećmi po wiejskim placu, jakby nigdy nie wyjechała z Bracken. Płaszczka jest w centrum uwagi, z ekscytacji potyka się o własne nogi, a swoim przywiązaniem czyni z Franzi prawdziwą gwiazdę.

Jeden ze strażaków przynosi Dorze kolejną kiełbaskę i butelkę piwa, po czym poklepuje ją po plecach, jakby zrobiła coś dobrego. Rozmowa toczy się teraz o tym, kto dokonał jakichś zmian w swoim domu, wybrukował podjazd albo postawił nową szopę, jak rosną ziemniaki i jakie promocje pojawiły się w markecie budowlanym. Steffen odkłada notatnik i przyłącza się do innej grupy.

Franzi mogłaby chodzić do szkoły w Plausitz. Dora i Płaszczka odprowadzałyby ją rankiem na przystanek autobusowy. Jeśliby się spóźniła na autobus, Dora zawiozłaby ją do miasta pikapem. A przy okazji zrobiłaby zakupy. Potem wypiłyby zasłużoną kawę, pracując nad jednym z nowych zleceń, dla inżyniera ogrzewnictwa W., krawca F. i kogo tam jeszcze z okolicy. Mogłaby nie tylko obmyślać strategie reklamowe, ale także nowe modele biznesowe dla postpandemicznej epoki.

Gote siedzi na ławce jak przyklejony, pali papierosa i od czasu do czasu kiwa głową. Trudno sobie wyobrazić, że jeszcze parę dni wcześniej leżał nieprzytomny w ogrodzie. Chwilowe pogorszenie, po którym teraz następuje poprawa. Heini zaczyna przydługi dowcip o małpie w samolocie i kontynuuje, choć nikt już go nie słucha.

Po Zielonych Świątkach Dora spotka się z Tomem, by omówić kampanię *Kwitnących przyjaźni*. Jeśli będzie zadowolony z efektów jej pracy, z pewnością poleci ją znajomym. Tom wygląda na człowieka z długą listą kontaktów. Dora zastanawia się, kiedy ostatnio czuła mrowienie – i nie może sobie przypomnieć. Jojo zapowiedział się na pojutrze. Na pewno ma dla niej nowiny. Ponownie obejrzał wyniki rezonansu, przewertował fachowe czasopisma, rozmawiał z zaprzyjaźnionymi specjalistami. Przyjeżdża, by pana Prokscha, który nie chce wiedzieć, co się dzieje w jego głowie, namówić do poddania się terapii.

Dora przysłuchuje się rozmowie na temat jakości najnowszych kosiarek automatycznych i uświadamia sobie, jak niewielka w zasadzie istnieje polaryzacja. Nie ma Wschodu ani Zachodu, dołu ani góry, lewej czy prawej strony. Ani raju, ani apokalipsy, jak to nierzadko przedstawiają media oraz politycy. Zamiast tego mamy żyjących obok siebie ludzi. Ludzi, którzy w mniejszym lub większym stopniu się lubią. Spotykają się i rozchodzą. Należy do nich Dora, należy do nich Gote. Nawet jeśli oboje mało się poruszają i niewiele mówią. Mimo że wszyscy wiedzą o pobycie Gotego w więzieniu i sądzą, że Dora jest jego nową dziewczyną. Urządzają przyjęcie, by uczcić jedyną obowiązującą prawdę: że wszyscy, tu i teraz, na tej planecie, są razem. Tworzą wspólnotę istnienia. Siedząc czy stojąc, milcząc czy rozmawiając, pijąc i paląc, gdy Ziemia się kręci, słońce zachodzi, a ogień płonie. Cóż za cholerny cud. W tej sytuacji wszelkie wyobrażenia o podziałach mogą być wyłącznie błędne.

Dora zastanawia się, czy Gote, jeśli pewnego dnia uratuje mu życie, uklęknie kiedyś na szyi czarnoskórego człowieka. Albo wtargnie do berlińskiego szisza-baru i zacznie strzelać do imigrantów. Rozmyśla o lekarzach, którzy w szpitalach wojskowych ratują życie żołnierzom wroga. Wadą systemu nie jest ratowanie życia, lecz wojna.

Kiedy ogień przygasł, a słońce skryło się za horyzontem, większość gości opuściła imprezę. Pozostali przybliżają się do ogniska, patrzą w żarzącą się kałużę i zniżają głos, jakby nie chcieli zakłócać nocnej ciemności. Jakiś klarowny płyn w małych kieliszkach krąży wśród biesiadników, Dora wypija każdą kolejkę. W koronach dębów młode sowy rozpuszczają błagalne pohukiwania. Nietoperze bezszelestnie wyruszają na łowy, świerszcze miłośnie ćwierkają. Dora siedzi na jednej z ławek, którą prawdopodobnie wykonał Gote. Podchodzi Franzi i wdrapuje się na jej kolana. Obejmuje ramionami ciepłe ciało dziecka i przytula je do siebie. Pies pada wyczerpany u jej stóp i rozkłada tylne nogi w płaszczkowej pozie. Razem obserwują strzelające ku niebu iskry, gdy jeden ze strażaków rozgrzebuje popiół.

– Kiedy ogień umiera – pyta Franzi – wtedy trafia tam, w górę, prawda? Do nieba?

– Można tak powiedzieć.

– A kiedy umierają ludzie, dzieje się tak samo?

– Niektórzy ludzie w to wierzą.

– A ty jak myślisz?

Pytanie jest na tyle zaskakujące, że Dora musi je rozważyć, co nie jest takie proste ze względu na zamglony alkoholem mózg. Sama dokładnie nie wie, w co wierzy. Na pewno nie w Boga. Raczej we wszechogarniającą jedność.

– Wierzę, że w przyrodzie nic nie ginie. Wszyscy tu zostajemy. Jedynie zmieniamy naszą formę.

– Na przykład zmieniamy się w sójkę – mówi Franzi, i brzmi to tak słodko, że Dora ponownie ją ściska.

Potem już się nie odzywają. Dora sądzi, że dziewczynka zasnęła. Ale kiedy Gote staje obok nich i mówi *Idziemy*, Franzi natychmiast zrywa się na równe nogi. Wracają poboczem drogi, Franzi trzyma Dorę za rękę, za nimi człapie Płaszczka. Gote osłania je wszystkie swoim ciałem przed ruchem ulicznym, który o tej porze praktycznie nie istnieje. Dora odczuwa w członkach skutki spożycia alkoholu. Wypiła chyba więcej niż Gote, który, o ile dobrze pamięta, wciąż podawał kieliszki dalej. Nim się obejrzała, weszła z Gotem i Franzi przez furtkę, zamiast iść do swojego domu.

– Zaczekaj chwilę – mówi Gote. – Tylko położę Franzi do łóżka.

Franzi wyciąga ręce i pozwala się podnieść. Gote niesie ją jak lalkę. Nogą otwiera drzwi z tyłu domu i wchodzi do środka, jakby zawsze tak właśnie robili. Dora stoi w ogrodzie, chwiejąc się lekko na nogach, słyszy odgłosy kroków na schodach i wyobraża sobie, jak Gote kładzie Franzi do łóżka, przykrywa ją i całuje w czoło. We własnym ciele wręcz wyczuwa szczęście dziewczynki.

– Chcę jeszcze z tobą zapalić – mówi Gote po powrocie.

– Jasne.

– Przy murze, dobrze?

Dora przytakuje, ale potrzebuje kilku sekund, by zrozumieć, o co mu chodzi. Musi ruszyć się z miejsca, opuścić ogród, przejść szosą na własną działkę. Przy murze wspina się na ogrodowe krzesło. Po drugiej stronie Gote stoi już na skrzynce po owocach. Tak go zobaczyła po raz pierwszy. Cześć, jestem wioskowym naziolem. Wyjmuje z paczki dwa papierosy, wkłada je do ust, zapala i jeden podaje Dorze. Zaciągają się w milczeniu. Ponad ich głowami błyszczą gwiazdy, niektóre tak jasno, jakby za chwilę miały spaść na ziemię. Gote stoi tak blisko, że słyszy jego oddech i widzi na jego szyi bijący puls. *0x0*. Brak błędu. Dora uświadamia sobie, że musi wiele przemyśleć. Ale nie jest w stanie. Jest zbyt pijana. Palą, aż żar wżera się w krawędź filtra i nie sposób się dłużej zaciągać. Wtedy rzucają niedopałki, jednocześnie.

– W porządku – mówi Gote.

45
Schütte

Parzy właśnie kawę, gdy ktoś łomoce do drzwi. Na zewnątrz stoi Gote. Kolejna nowa koszula. Z krótkim rękawem, w żółto-niebieskie paski. Kolory są tak potwornie brzydkie, że Dora myśli o karnawale.

– Cześć.

Zamiast odpowiedzieć, podaje mu tabletki, które dziś najchętniej sama by wzięła. Czuje pulsujący ból głowy, ledwo może unieść lewą powiekę, całkiem możliwe, że skoro tylko spróbuje coś powiedzieć, okaże się, że cierpi na zaburzenia mowy. Nie zdawała sobie sprawy, ile tak naprawdę wypiła na wiejskim festynie. Do tego parna pogoda i sporo wypalonych papierosów. Z minionej nocy pamięta tylko zamazane migawki. Czy Gote naprawdę poprosił ją, by stanęli pod murem i zapalili jeszcze po jednym? I jak udało jej się nie spaść z ogrodowego krzesła?

Gote zauważa jej dziwny wyraz twarzy i uśmiecha się krzywo. Mimochodem połyka tabletki, jakby już dawno przestało to mieć jakiekolwiek znaczenie. Ot, jakiś stary zwyczaj.

– Chodź – mówi. – Weź kluczyki.

Czeka pod drzwiami, gdy ona tymczasem wraca do pokoju, wyjmuje kluczyki z donicy palmy, przelewa kawę do kubka na wynos i przed lustrem w łazience spina włosy w kucyk. Pokonując tych kilka kroków poboczem drogi, Dora stara się wypić jak największą porcję kawy, w nadziei, że przynajmniej wzrok jej się poprawi. Brama jest otwarta. Obok pikapa podskakuje Franzi, wyraźnie wypoczęta mimo krótkiego snu. Przelotnie wita się z Płaszczką, wołając raz za razem:

– Jedziemy na wycieczkę, jedziemy na wycieczkę! – Dora chce wrócić do łóżka.

Gote wyciąga rękę.

– Ja prowadzę.

Prawdopodobnie to on stanowi dziś znacznie mniejsze zagrożenie dla bezpieczeństwa na drodze. Pomimo kaca Dora potrafi ocenić, jak Gote się czuje. Klarowne spojrzenie, zrelaksowany wyraz twarzy, lekko opadająca dolna warga. Jest w dobrym nastroju, znacznie lepszym niż ona.

– Dokąd jedziemy?

– Zobaczysz.

Wsiada do samochodu i uruchamia silnik. Dora z trudem wdrapuje się na miejsce pasażera, Franzi i Płaszczka siadają z tyłu. Na murze przysiadł rudy pręgowany kot i zerka na nich z pogardą. Pod wpływem kocich spojrzeń Dora wyczuwa wręcz, jak niezgrabne i mało eleganckie są ludzkie zachowania.

Jadą w kierunku Kochlitz. Szyby są opuszczone, do wnętrza pojazdu wwiewa ciepły wiatr. Gote jedzie powoli i w skupieniu, jakby chciał sobie zasłużyć na tytuł wzorowego kierowcy. Skręca przed Kochlitz. Droga wiedzie przez las. Po chwili Gote jeszcze bardziej zwalnia i uważnie obserwuje lewą stronę drogi, najwyraźniej wypatrując odnogi. W końcu znajduje to, czego szuka, hamuje, skręca i kieruje pikapa na wyboistą, wdzierającą się w głąb lasu ścieżkę. Ciężkie pojazdy leśników zryły niedawno ziemię, potem wypaliło ją słońce, tworząc garbaty krajobraz. Maska pikapa unosi się i opada jak dziób motorówki przy wysokiej fali. Dora opiera obie dłonie na desce rozdzielczej, by nie uderzyć się w głowę, na tylnym siedzeniu Franzi głośno wiwatuje jak podczas jazdy górską kolejką. W piaszczystych miejscach opony zakopują się w ziemię, tył pikapa zarzuca w bok, Dora co chwila ma wrażenie, że zaraz utkną na dobre. Gote prowadzi jednak pewną ręką, umiejętnie operuje sprzęgłem i pedałem gazu, w odpowiednim momencie kręci kierownicą i wyprowadza pojazd na utwardzony grunt.

Gdy nawierzchnia drogi nieco się polepsza, Dora zaczyna czerpać przyjemność z jazdy. Poranne słońce przekształca las mieszany w trójwymiarowy obraz ze świateł i cieni. Wdycha zapach ciepłego drewna i suchego mchu, wypija przy tym kolejny łyk kawy. Idealne śniadanie. W lusterku wstecznym widzi, jak Franzi, wychylając przez otwarte okno połowę tułowia, spogląda w korony mijanych drzew.

W końcu Gote wjeżdża na łąkę i wyłącza silnik. Dora czuje się ogłuszona przez zaległą ciszę. Potem rozpoznaje dźwięki lasu: jednostajny szum drzew, wysokotonowe brzęczenie owadów, kakofonię ptasich nawoływań, stukanie pracowitego dzięcioła. Siedzą przez chwilę zasłuchani, aż Franzi otwiera drzwi, krzycząc:

– Wycieczka, wycieczka!

– Ładnie tu – przyznaje Dora. Gote udaje, że jej nie słyszy.

Franzi i Płaszczka zniknęły już w lesie. To tu, to tam pomiędzy drzewami migoce kolorowa koszulka dziewczynki. Gote bierze kosz i rusza przed siebie, Dora kroczy tuż obok niego. Choć nie jechali dłużej niż pół godziny, las wydaje się całkiem inny niż w pobliżu Bracken. Nie ma tu sosnowej plantacji, są za to stare i wysokie drzewa liściaste, dęby, buki, brzozy. Miejsce spowija zaczarowany nastrój. Jakby nikt tu nie przychodził. Dora dostrzega zapomniany stos drewna, na poły spróchniały i zapadnięty, po który nikt już raczej nie wróci. Nieco dalej leżą porzucone zwoje drutu na ogrodzenie dla jeleni, którego nikt nie stawia, oraz zwalona myśliwska ambona, której nikt nie naprawia. Ścieżkę wytyczają pary sarnich i jelenich racic. Dzięcioł kuje niestrudzenie.

W trawie widać ślady dawnej drogi. Podążają ścieżką w głąb lasu, aż po kilkuset metrach otwiera się rozległa przestrzeń. Nie jest to polana, lecz szeroka równina przypominająca wrzosowisko, porośnięta zielskiem i tylko sporadycznie krzewami. Gdzieniegdzie widać skupiska kwiatów, sprawiające wrażenie kolorowych kałuż, roje pszczół oblegają dzikie malwy i koniczyny. Gote przystaje.

– To były niegdyś pola uprawne. – Ruchem ramienia obejmuje całą okolicę. – Tam, z tyłu, mieściły się stajnie. Teraz widać już tylko fundamenty.

Gote prowadzi ich przez łąkę. Nieco dalej Franzi i Płaszczka harcują w wysokiej trawie. Dora smakuje przesycone korzennym aromatem powietrze, pachnie prawie jak w herbaciarni. Być może to najpiękniejsze miejsce, w jakim kiedykolwiek przebywała. Spokojny, pachnący, magiczny skrawek, który należy wyłącznie do zwierząt i przeszłości.

– Tam stał budynek mieszkalny.

Dora osłania dłonią oczy i dostrzega zarosłe chwastami resztki murów. Trzy lipy rozpościerają ku niebu swoje potężne korony. Przeżyły dom, który niegdyś miały ocieniać.

– Budynki były stopniowo rozbierane. Z pustostanów brackeńczycy pozyskiwali materiał.

Gote wskazuje na rzędy stosunkowo niskich, stojących blisko siebie drzew, które złączyły swoje rozłożyste pędy w nieprzebytą gęstwinę.

– To był sad. Czereśnie, jabłka, śliwy.

Całą niegdysiejszą plantację pokryły porosty, które zdobią każdą gałązkę srebrną koronkową lamówką. Mieszkanie elfów, krasnali albo innych bajkowych stworów.

– Skład drewna na opał, studnia, warsztat, szopa na narzędzia.

Gote wskazuje rozmaite miejsca, w których nie sposób niczego dostrzec. Przechodzą jeszcze kilka kroków i siadają na pniu potężnego dębu, który pewnie już ze trzydzieści lat temu służył za siedzisko. Ich ramiona się dotykają. Śmiech Franzi wznosi się ku obłokom, którym słońce domalowuje jaskrawe krawędzie.

Dora już z wyprzedzeniem wie, kiedy pojawi się *błąd 0x0*. Nagła pewność, że naprawdę istnieje. Delikatne opadanie żołądka, lekkość głowy i klarowność spojrzenia. Trójwymiarowość otoczenia. Być może *0x0* przypomina po trosze umieranie. Od początku podejrzewała, że ma to związek z Gotem. On przyciąga teraźniejszość. To specjalny rodzaj grawitacji. Nawet najsprawniejszy umysł nie zdoła nakłonić do opowieści kogoś takiego jak on.

– Dobrze się tu orientujesz.

– Kiedyś tu mieszkaliśmy.

Sama powinna się była domyślić. Zabrał ją do miejsca swojego dzieciństwa. Do nieistniejącego już domu rodziców. Nagle postrzega otoczenie innymi oczami, jakby ktoś wsunął do projektora nowy slajd. Widzi małego chłopca, jak biegnie przez pole pszenicy. Jak zbiera śliwki w sadzie. Jak siedzi z ojcem na traktorze.

– Baraki z Bracken, chata z Schütte. Tak śpiewali w szkole. Niełatwo było się tam dostać. To znaczy do szkoły.

Dopiero po chwili Dora przypomina sobie hasło z Wikipedii: osada Schütte, niezamieszkana.

– Po zjednoczeniu trwało to jakiś czas. Potem nagle powiedzieli, że teren należy do kogoś innego. – Wykonuje gest, jakby chciał odsunąć na bok łąki i dawne pola. – Miałem trzynaście lat, kiedy musieliśmy wyjechać.

Naraz Dora odkrywa sójkę. Jakby przez cały czas na nią czekała. Siedzi na gałęzi młodego klonu i zerka w ich stronę.

– Potem przenieśliśmy się do Plausitz. Mój stary szukał pracy. Do szkoły nie było już tak daleko. Za to wegetowaliśmy w tej ciasnej ruderze. Gorzej niż w więzieniu. Przynajmniej człowiek był sam.

Sójka przeskakuje na nieco bliższą gałąź. Najwyraźniej szuka bliskości ludzi.

– Latem dziewięćdziesiątego drugiego ojciec zabrał mnie do Rostocku. W barkasie, jak turystów. Podobało mi się. Wreszcie z dala od tej rudery. Wieczorami fajerwerki, piwo i świetna atmosfera. Jak na ludowym festynie. Inaczej nie da się tego nazwać.

Dora nie od razu rozumie, o co mu chodzi. Kiedy wreszcie pojmuje, czuje się tak, jakby uderzyła o ziemię. Jakby upadła z dużej wysokości. Rostock-Lichtenhagen, Dom Słoneczników. Najbardziej gwałtowne zamieszki na tle rasistowskim od czasów drugiej wojny światowej.

– To było jak zmartwychwstanie. Wreszcie znów coś się działo.

Dora zastanawia się, czy on chce się usprawiedliwić. Czy pokazał jej Schütte, by wyjaśnić, dlaczego został nazistą. To jednak nie w stylu Gotego. Nie do tego zmierza. Rzecz raczej w tym, że to ona wciąż się odcina. Pochmurne sny o odkrywaniu siebie, komunikat o błędzie systemu, świadomość własnej tożsamości. Wspaniale jest poczuć, że się istnieje, obok kogoś, kto w wieku trzynastu czy czternastu lat za akt zmartwychwstania uznał podpalenie schronisk wietnamskich pracowników kontraktowych.

Poczęstowana papierosem, Dora odmawia. Nie może udawać, że nic się nie stało. Niedobrze jej.

Przynajmniej nie jest obywatelem Rzeszy, tłumaczy sobie. Niczemu nie zaprzecza, nie wierzy w QAnon, nie należy do zbrojnego podziemia i nie jest członkiem NPD. Lichtenhagen miało miejsce przed trzydziestu laty.

Mimo wszystko tego rodzaju myśli wcale nie okazują się pomocne. Powinna wstać i zniknąć. Wrócić pieszo do Bracken. Wejść do domu i zamknąć za sobą drzwi. Gdyby tylko nie była taka słaba. Cholerny festyn. Kurewskie mdłości. Słowa Gotego ciążą jej w żołądku jak kamienie.

– Na Lichtenhagen się nie skończyło. Jeździliśmy po okolicy, jak na tournée. Wismar, Güstrow, Kröpelin. Kąpaliśmy się w jeziorze, spaliśmy w samochodzie. Wieczorami zamieszki przed schroniskami. Nigdy nie zapomnę twarzy gliniarzy schowanych za tarczami z pleksi. Oni się nas bali. Ojciec nie pozwolił mi maszerować w pierwszym szeregu. Zabronił też czymkolwiek rzucać. Ale raz pomogłem przewrócić policyjny radiowóz. W kilka osób to całkiem łatwe. W kilka osób wszystko jest proste. Wy o tym zapominacie.

Dora nie ma pewności, do kogo niby owo *wy* się odnosi, i wcale nie chce wiedzieć. Nie spuszcza wzroku z sójki, która sfrunęła na ziemię i przechyliwszy łebek, patrzy na nią jak gołąb, który chce, by go nakarmiono.

– Dlaczego mi to mówisz? – pyta.

– Myślałem, że jesteśmy przyjaciółmi – odpowiada Gote.

– Nie rozumiem, skąd ta nienawiść.

– Każdy kogoś nienawidzi. Inaczej nie sposób iść naprzód.

– To bzdura.

– Nienawidzisz nazistów.

– Do nikogo nie czuję nienawiści.

– Uważasz się za lepszą.

Dora zrywa się na równe nogi. Nagle znów pojawia się ta obłąkańcza złość. Najwyższy czas przemówić mu do rozumu. Co on sobie myśli, przyprowadzając ją tutaj i opowiadając te łzawe historie? *Myślałem, że jesteśmy przyjaciółmi*. Czyżby miała współczuć biednemu wioskowemu naziolowi? Powie mu, jaki jest zły. Jak gardzi ludźmi, jaki jest skłonny do przemocy. Jak zawstydzające są te jego flagi rozwieszone przy drodze. Jak niewiarygodne głupoty plotą jego koledzy na YouTubie. I że może wsadzić sobie tę swoją nienawiść. A przy okazji wygarnie mu, jakim gównianym jest ojcem.

A jednak do głowy przychodzą jej tylko dwa zdania.

– Co, jeśli jestem lepsza?! Sto razy lepsza?! – wrzeszczy.

Gote nie reaguje, za to Dora coś sobie uświadamia. Słowa te brzmią prawdziwie, wspaniale je było wykrzyczeć. *Co, jeśli jestem lepsza*. Lecz w gruncie rzeczy zdanie to jest matką wszystkich problemów. Na obrzeżach Bracken i w skali globalnej. Powolną trucizną zżerającą ludzkość od środka.

Dora przysiada zmieszana z powrotem na pniu drzewa. Jej gniew całkowicie przygasł. Gote wyjmuje z kosza bułkę, odrywa drobne kawałki i rzuca je sójce. Ptak się waha, ale w końcu podskakuje bliżej i rzuca się na okruchy. Prawie dotyka tenisówek Dory.

– Przestań jęczeć – szepcze Gote.

– Nie wiedziałam, że one jedzą chleb – odpowiada szeptem Dora.

– Wszyscy jedzą chleb.

– I kogoś nienawidzą.

– Dawniej dokarmiałem tu ptaki. Jakby pamiętały.

– Jaki wiek osiąga sójka?

– Nie dość długi.

Podaje jej bułkę. Dora rzuca kilka okruchów na ziemię, po czym podsuwa sójce większy kawałek. Ptak zbliża się w podskokach, znów się wycofuje, odwraca łebek, trzepoce w miejscu skrzydłami i zmaga się z myślą o jedzeniu z ręki. Strach kontra łakomstwo.

46
Ambona

– Tędy.

Brnie przed siebie, za nim podąża Dora, najpierw w dół zbocza, potem przez wrzosowisko. Dołączają do nich Franzi i Płaszczka. Idą skrajem lasu, a następnie piaszczystą ścieżką między drzewami. Najwyraźniej zdążają do jakiegoś celu. Kiedy las znów się przerzedza, zatrzymują się.

– Kolejne pole?

– Pole ziemniaków. Dawniej.

To brzmi jak tytuł książki, której Dora nie skończyłaby czytać. Widoczne w pewnej odległości sitowie zdradza brzeg niewielkiego jeziora. Gote prowadzi ich do ambony, na którą można się dostać po długiej drabinie. Zanim zaczną wspinaczkę, Gote wyjmuje z kosza trzy lornetki i każdemu zawiesza jedną na szyi. Chwilę potem Franzi wdrapuje się na górę.

– Dawaj kundla.

Dora z wahaniem podnosi Płaszczkę i podaje ją Gotemu. Suka liże jego brodę i bez oporu pozwala się nieść. Z koszem w dłoni i Płaszczką na ramieniu Gote powoli wspina się po szczeblach drabiny. Kiedy na szczyt dociera Dora, przykłada palec do ust.

– Teraz cicho.

Nie czekają długo. W pewnej odległości ląduje para czapli siwych i niespiesznie podąża w kierunku sitowia, wypatrując zdobyczy. Przez lornetkę ptaki wydają się znajdować na wyciągnięcie ręki. Szare skrzydła z ciemnym spodem, biała szyja, czarna pręga od dzioba przez oczy niby maska drapieżnika.

– Tam jest bocian! – szepcze Franzi.

Rzeczywiście, nadleciał inny ptak, jeszcze większy, z charakterystycznym czarno-białym upierzeniem. Kiwa głową i przeszukuje wysoką trawę, krocząc na czerwonych nogach.

Następnie zjawiają się żurawie, których wielkość zadziwia Dorę. Mając długie nogi, głowę koloru czerwonego i puszyste zady, wyglądają jak egzotyczni obcokrajowcy. Dobrze odżywione dzikie gęsi pływają po tafli jeziora, oburzone krzyżówki protestują: kłek-kłek-kłek.

– Bażanty – mówi Gote. Nadlatują trzy barwnie upierzone samce, głośno trzepocąc skrzydłami.

Jakie te ptaki duże, myśli sobie Dora. Zwłaszcza w porównaniu do maleńkich sikorek, rudzików i strzyżyków, które obserwowała z mamą przez kuchenne okno. Wówczas nawet sroki wydawały jej się czarno-białymi olbrzymami.

– Tam! – Gote podnosi się z ławki i zastyga na ugiętych nogach, przykładając do oczu lornetkę i nastawiając pokrętłem ostrość. – Nie wierzę!

– Co?! Co?! – woła Franzi i zostaje surowo napomniana, by nie krzyczała tak głośno.

Dora podąża za wzrokiem Gotego i patrzy przez lornetkę. Dostrzega niepozornego, szarobrązowego ptaka z ciemnymi plamkami, mniejszego od kuropatwy. Ma średniej długości dziób, cienki i prosty jak narzędzie chirurgiczne. To tu, to tam wbija go w glebę.

Gdyby nie ekscytacja Gotego, Dora nie zwróciłaby nań uwagi. Wygląda nudno, jak bekas albo pliszka.

– Batalion – szepcze Gote. – Bardzo rzadki. W sumie może ze trzydzieści par. Niedaleko stąd znajduje się ogromny rezerwat. Nigdy nie widziałem żadnego na wolności.

– Często przychodzisz tu obserwować ptaki? – pyta Dora.

Zdanie brzmi formalnie i sztucznie. Wciąż słyszy echo własnego wybuchu. *Co, jeśli jestem lepsza?* Nie jest łatwo zachowywać się normalnie. Ale Gote znów udaje, że jej nie słyszy. Pomaga córce ustawić lornetkę. Kiedy Franzi woła: „Widzę go, widzę go!", Dora jest niemal pewna, że kłamie.

Gdy mają już dość obserwowania ptaków, Gote kładzie na kolanach kosz i urządza piknik. Podaje Dorze termos z kawą, a Franzi butelkę pomarańczowej lemoniady. Mają słoną kiełbasę myśliwską i jeszcze więcej czerstwych bułek ze stacji benzynowej, które musiał zabrać z festynu. Posiłek smakuje tak dobrze, że Dora aż mruży oczy. Mimo że kawa jest za słodka, a bułki niezupełnie świeże.

– To najpiękniejszy dzień w moim życiu – oznajmia Franzi.

– Bzdura – prycha Gote.

Nawet Dora się wzdrygnęła. Franzi przełyka. Odważnie przysuwa się do ojca.

– Naprawdę – upiera się.

Wtedy Gote obejmuje ją ramieniem i przyciąga do siebie. Trwają w uścisku, podczas gdy Dora siedzi obok bez ruchu, jakby chciała rozpłynąć się w powietrzu. Byłby po temu odpowiedni moment.

W drodze powrotnej Franzi znów wychyla się przez okno i piszczy z zachwytu, gdy samochód trzęsie się na wybojach.

– Czy uważasz, że człowiek może się zmienić? – pyta Dora.

– Możesz umrzeć – odpowiada Gote.

– Nie o to mi chodzi.

– Ale to jednak spora zmiana.

Uśmiecha się do siebie, podczas gdy Dora się zastanawia, co właściwie chce od niego usłyszeć.

– Bez przerwy jesteś zajęta myśleniem – mówi Gote. – Pozwól, by świat był taki, jaki jest.

Dora wyjmuje z kieszeni komórkę i pisze wiadomość do Jojo.

Nic mu nie jest. Brak objawów. Filozofuje.

Zaraz potem dostaje odpowiedź.

Przyjadę jutro około siódmej. Przywiozę sushi.

O trzeciej w nocy Dora nagle się budzi i wychodzi przed drzwi. Za murem kręcą film. Albo wylądowało UFO. Nad ogrodem Gotego unosi się kula jaskrawego światła, obejmuje korony drzew i odcina się ostro od mroku nocy. Jakby wiedziona magią, podbiega do muru i wspina się na krzesło. Na schodach przyczepy stoi duży reflektor, wystarczająco mocny, by oświetlić cały plac budowy. Gote jest zajęty swoją wilczycą, dolną częścią pleców, tylnymi nogami oraz ogonem. Jego tułów kołysze się w rytmie ruchów rąk. Jest bez reszty pochłonięty pracą, oderwany od czasu i przestrzeni. Wilczyca patrzy na Dorę, strzyże uszami, pysk ma otwarty w uśmiechu, na poły przyjaznym, na poły przyczajonym. Zapewne skoczy, gdy tylko Gote uwolni jej nogi.

Dora długo im się przygląda. Nie może oderwać oczu. Stoi na krześle, aż w nogach i plecach pojawia się ból. Kiedy postanawia wrócić do łóżka, jest już po czwartej, a Gote wciąż rzeźbi jak opętany. Kilka metrów dalej na murze leży rudy kot, ze złożonymi łapkami, wtulony w teraźniejszość.

47
Power Flower

Power Flower. Te dwa słowa nie chcą opuścić umysłu Dory. Jakby znalazły w niej swojego żywiciela, z którego można wyssać życiową energię. Krążą po jej głowie i zarażają wszystkie pozostałe myśli. Pokrzywy są bezlitosnym przeciwnikiem. Power Flower. Nogi Dory wyglądają tak, jakby zaatakowały ją piranie. Power Flower. Jojo zjawi się około siódmej, jest dopiero czwarta. Power Flower.

Co za idiotyczny pomysł, by wykarczować narożniki w głębi działki. Bez potrzeby, zważywszy na rozległość terenu. W tych zakamarkach żyją motyle i inne ważne owady, rozmnażają się tam w sposób zgodny z zasadami ochrony przyrody. Rosną też osty wielkości człowieka, przywodzące na myśl potwory z kosmosu, z grubymi, kolczastymi kończynami i niezliczoną ilością głów. Te odległe narożniki nie są terytorium Dory, rzecz to coraz bardziej oczywista przy każdej próbie wyciągnięcia z ziemi jednego z tych monstrów. Power Flower.

Po raz kolejny wywróciła do góry nogami kampanię Toma. Gumowy kanclerz wydał jej się jednak nazbyt śmiały, a *Kwitnące przyjaźnie* zbyt sarkastyczne. Teraz marka ma się nazywać *Power Flower*. Do jutrzejszej prezentacji przygotowała slogany, pomysły wykorzystania mediów społecznościowych oraz odpowiedni kontent. Chce zaproponować Tomowi newsletter, w którym będzie regularnie prezentować klientom nowe kreatywne pomysły. Być może także filmy oraz kącik *Zrób to sam*. Zarezerwowała domenę PowerFlower i od tej pory… zawiesiła się.

Przez cały dzień czuje podenerwowanie. Niewiele spała, niewiele jadła i zbyt długo przebywała w palącym słońcu, walcząc z przebiegłą roślinnością. Franzi i Płaszczka uciekły przed jej irytacją do lasu i od tej pory się nie pokazują.

Czuje się jak dziecko, którego w dniu urodzin nie dopuszcza się do stołu z prezentami, tylko każe mu się czekać aż do wieczora. Stolik urodzinowy to Jojo, a prezenty to informacje, które chce jej przekazać. Przez cały dzień Dora usiłuje przekonać samą siebie, że jego wizyta być może nic nie znaczy, ale jej ekscytacja nie daje za wygraną. Jojo, *mimo obecnej sytuacji* oraz *niesprzyjających czasów*, nie wybiera się na znienawidzoną prowincję tylko po to, żeby zjeść z nią sushi. On ma plan, a plan ten być może wszystko zmieni. Jojo pewnie nie zawsze był dobrym ojcem, ale lekarzem zawsze był doskonałym. Liczba uratowanych istnień jest dla niego tym, czym dla zawodowego maratończyka uzyskany czas. Jeśli Gote może stanowić dlań kolejny powód do chirurgicznej chwały, zrobi wszystko, by go uratować, wbrew wszelkim przeciwnościom.

Zmasakrowała kosą jeszcze kilka monstrualnych ostów, które w zwolnionym tempie padają z wyrzutem na ziemię. Frustrująca jest świadomość, że i tak odrosną, ponieważ Dorze nie udaje się wyrwać z gleby korzeni. Ramieniem ociera pot z czoła. Plecy bolą ją tak jak pierwszego dnia, kiedy postanowiła zmienić zbitą ziemię w zbyt duży warzywnik.

Około piątej bierze prysznic i rozkoszuje się zimną wodą spływającą po jej ciele. Zmywa pot z włosów, schładza stwardniałe palce i łagodzi pieczenie na podrapanych nogach. Dora układa dłonie w kształt czarki i pije. Kto nigdy nie walczył z przyrodą przy użyciu kosy lub szpadla, ten nie wie, czym jest woda. Najchętniej zostałaby pod prysznicem aż do przyjazdu Jojo. Ale po pewnym czasie robi się za zimno. Dora wychodzi z kabiny, owija włosy jednym ręcznikiem, a wilgotne ciało drugim i nieruchomieje na łazienkowym dywaniku. Jej nerwowość narasta.

Poznała już mnóstwo rodzajów niepokoju, strachu i wzburzenia. Obserwowała je, analizowała i katalogowała. Jest archiwistką nerwowości. Pewnego dnia otworzy muzeum niepokoju, w którym za szkłem będzie można oglądać różne jego rodzaje, od unoszących się bąbelków albo rojących się jak owady napięć przez gryzące udręki zmartwień po niszczycielską siłę wściekłych ataków paniki. Jej obecny stan nie ma nic wspólnego ze zwykłym mrowieniem, nie jest też bezpodstawnym napadem paniki. Należy raczej do grupy uzasadnionych irytacji. Innymi słowy: coś tu zwyczajnie nie gra.

Kiedy Dora wchodzi do sąsiedniego pokoju, w którym z ułożonych w stos pudeł po przeprowadzce zbudowała sobie szafę, od razu wiadomo, co jest nie tak. Sterty ubrań są rozrzucone w nieładzie. Dwie pary spodni leżą na podłodze. Ktoś zaglądał do pudeł i grzebał w jej garderobie.

Dora patrzy z niedowierzaniem na ten bałagan, jakby usiłowała sobie przypomnieć, kiedy sama mogła go spowodować. To nie ona. Zawsze starannie składa swoje ubrania. Ktoś musiał wtargnąć do jej domu. Wracając z ogrodu, nie zauważyła nic niezwykłego, choć poszła prosto do łazienki i nie zajrzała do innych pomieszczeń. Teraz musi to nadrobić. Wyciąga bieliznę, dżinsy i koszulkę w paski, ubiera się w mgnieniu oka. W najgorszym razie ktoś nadal przebywa w domu. Uważa jednak, że musi istnieć jakieś nieszkodliwe wytłumaczenie. Prawdopodobnie to Franzi postanowiła pobawić się w przebieranki i zapomniała zapytać o pozwolenie.

Powolnym krokiem, jakby podłoga nie stanowiła dla stóp dostatecznego podparcia, Dora idzie najpierw do kuchni, gdzie lustruje wzrokiem skąpe umeblowanie. Przy ponownym spojrzeniu zmiany widać jak na dłoni. Szuflady zostały wysunięte i niestarannie domknięte. Puszka z kawą jest otwarta, choć Dora zawsze uważnie dociska wieczko, by aromat się nie ulotnił. Stos czasopism leży ułożony inaczej niż poprzednio.

W przedpokoju jej kurtka spadła z wbitego w ścianę gwoździa. W sypialni materace są przekrzywione, koc w połowie zwisa z łóżka. Ponieważ Dora posiada tak niewiele, wygląda to na oszczędną wersję domowej rewizji. A jednak nie mogłaby dokonać jej Franzi. Ktoś szukał tu czegoś konkretnego. Nie próbował zatuszować śladów włamania, ale starał się spowodować jak najmniej szkód.

Gabinet Dora zostawia na sam koniec. Trzyma tam wszystko, co wartościowe. Nie ma pojęcia, co by zrobiła bez notebooka, tabletu i smartfona. To jej narzędzia pracy. Nawet nie wie, czy posiada coś takiego jak ubezpieczenie domowego mienia.

Drzwi są uchylone, Dora popycha je nogą. Notebook leży na podłodze, tam go zostawiła. Poczucie ulgi zmienia się w przerażenie, gdy widzi, co się zmieniło. Zaczyna wręcz żałować, że nie brakuje notebooka. Wtedy byłoby to zwykłe, cholerne włamanie, z policyjnym raportem, bezradnością oraz bezsensownym zapewnieniem o kontakcie, skoro tylko pojawią się nowe ustalenia śledztwa.

Duża palma leży na deskach podłogowych. Jej wyciągnięte ramiona sięgają połowy pokoju. Power Flower powalona na ziemię. Ktoś wyjął roślinę z ozdobnej donicy i po prostu nią cisnął. Ktoś o silnych ramionach, targany niepohamowaną wolą znalezienia tego, czego szuka. Ziemia doniczkowa wysypała się na podłogę i została rozniesiona po całym pokoju na butach włamywacza. Dora nie potrzebuje kryminalistycznego dochodzenia, by wiedzieć, czyje to buty. Wie nawet, co zniknęło. Mimo to idzie sprawdzić. Drewniana donica jest pusta. Brakuje kluczyków do samochodu.

48
Korek

Pewnie chciał gdzieś na chwilę pojechać. Mógłby ją zapytać, ale wiedział, że odmówi. Może poczuł się na tyle dobrze, że już nie rozumie, dlaczego zabroniono mu prowadzić. Wczoraj byli razem w lesie, Gote usiadł za kierownicą, obyło się bez problemów. Może chciał spotkać swoich kolegów nazioli. Albo ponownie pojechać do Schütte, sam. A może szykuje dla Franzi niespodziankę. Może dziewczynka ma niedługo urodziny. Dora tego nie wie. Za półtorej godziny zapyta Jojo, czy można nieco złagodzić surowy zakaz prowadzenia pojazdów. Żeby Gote nie musiał za każdym razem włamywać się do jej domu, gdy chce urządzić jakiś wypad.

Oddycha głęboko. Wraca do łazienki. Rozczesuje mokre włosy. Rezygnuje z ich suszenia. Chcąc sobie udowodnić, jak niewiele ją to martwi, najpierw bierze się do sprzątania domu. Idzie jej sprawniej, niż się spodziewała. Udaje jej się nawet postawić przewróconą palmę.

Następnie podchodzi do muru. Wspina się na krzesło i rozgląda. Pikapa nie ma w ogrodzie. Oczywiście, że nie. Dora nie pamięta, żeby słyszała warkot silnika, ale przez długi czas przebywała w głębi działki, walcząc z roślinnością. Potem stała pod prysznicem, z wodą w uszach.

Franzi siedzi w cieniu z nożem w dłoni i struga, Płaszczka leży obok niej, prawdopodobnie w oczekiwaniu na kolejną drewnianą kość.

– Gdzie twój tato?

Dziewczynka i pies podnoszą głowy.

– Wyjechał.

– W porządku. – Dora zachowuje się tak, jakby to było całkiem normalne, co w zasadzie jest prawdą. Nic wielkiego. Nie ma sprawy. – Kiedy?

Franzi zastanawia się, po czym wzrusza ramionami.

– Przed chwilą, chyba.

To może nic nie znaczyć – albo znaczyć wszystko. Franzi wciąż jest w owym szczęśliwym stadium poprzedzającym rozwój prawidłowego poczucia czasu. Pięć minut może dla niej trwać godzinę i odwrotnie, w zależności od tego, co akurat porabia. Wygnanie z raju nie nastąpiło wskutek zjedzenia jabłka, ale wynalezienia zegara.

– Czy wiesz, dokąd wyjechał?

Franzi potrząsa głową. Nie widzi w tym nic dziwnego. Niby czemu? Jej ojciec wyjeżdża, zostawia ją samą, po pewnym czasie wraca. Dziewczynka wcale się tym nie martwi, i dobrze. Dora też nie. Właściwie nie. Liczy się tylko to, by Gote był w domu, kiedy przyjedzie Jojo. Na wypadek, gdyby ponownie chciał go zbadać. Z pewnością to zrobi. W najgorszym razie Jojo będzie musiał zaczekać. Dla Jojo to żaden problem, zostanie do północy albo i dłużej, gdy zajdzie taka potrzeba, zwłaszcza jeśli znajdzie się butelka dobrego wina. Głupio wyszło, ale koniec końców mogło być znacznie gorzej. Gote mógł ją zapytać, z pewnością znaleźliby jakieś wyjście. Ale to właśnie cały Gote. Ma swoje powody i robi, co chce.

W przypadku każdej innej osoby po prostu zadzwoniłaby na komórkę. Albo wysłała wiadomość na WhatsAppie: *Gdzie jesteś, do cholery?* Ale Dora nawet nie wie, czy Gote ma telefon. Jako jedyny spośród jej znajomych nie zrósł się z komunikatorem. Być może w tym właśnie kryje się sekret jego szczególnej obecności. Mimo to Dora wiele by dała, by móc się z nim skontaktować.

Wraca do domu, nakrywa stół dla dwojga, zgodnie z upodobaniem Jojo dekantuje butelkę czerwonego wina, i nie wie, co z sobą począć. Cały czas nasłuchuje odgłosów z zewnątrz. Nie eleganckiego warkotu jaguara, ale bulgotu pikapa. Niepokój przegania ją z pokoju do pokoju. Gabinet, sypialnia, sień, kuchnia, łazienka. Na tej trasie bawili się z Gotem i Franzi w berka. Ma wrażenie, jakby od tamtej pory minęły już całe lata. Świat był wtedy zupełnie innym miejscem. Dora była mieszczką na pandemicznym wygnaniu, a Gote był mieszkającym za murem awanturnikiem. Teraz jest niezależną wieśniaczką z adoptowaną córką, a Gote – przyjacielem z rozrastającym się nowotworem.

Przyjaciel. Naprawdę tak pomyślała. Przyspiesza kroku. Gabinet, sypialnia, sień, kuchnia, łazienka. Czy to nie Heidegger powiedział, że w obliczu otchłani ucieczka w codzienność nie jest rozwiązaniem? Heidegger zapewne nie znał *błędu 0x0*. Błąd 0x0 to samodzielnie wykonana drewniana ławka na skraju Heideggerowskiej otchłani. Otchłanią jest wiedza, że wszelkie bycie jest tylko etapem przejściowym pomiędzy wciąż-nie-byciem a już-nie-byciem. Na drewnianej ławce można usiąść obok siebie, aby wspólnie patrzeć w dół. Przejściowo.

Telefon dzwoni krótko po pół do siódmej.

– Przepraszam, kochanie – mówi Jojo. – Wygląda na to, że się trochę spóźnię. Utknąłem w korku na krajowej.

Wtorkowy wieczór, myśli Dora. Pewnie powroty z pracy.

– Dziwne – ciągnie Jojo. – Obecnie nikt przecież nie dojeżdża do biura. Niektórzy pracują zdalnie w domu, inni wylegują się nad Bałtykiem. – Prychnął pogardliwie. – Pewnie wypadek. Chyba nawet zamknęli drogę.

Na drodze krajowej wciąż dochodzi do wypadków. Droga krajowa to współczesny masowy grób. Wąska jezdnia, gęste aleje drzew. Ciągniki, ciężarówki, motocykle i transporty specjalne, skłaniające do nierozważnych manewrów wyprzedzania. Na poboczach stoją białe krzyże ozdobione kwiatami albo zniczami. To ciekawe, myśli czasem Dora, że ludzie boją się chorób, a nie boją się pędzić drogą krajową sto czterdzieści na godzinę. Ale nie dzisiaj.

– Nie miałabyś nic przeciwko, gdybym zjadł trochę naszego sushi? – pyta Jojo. – Potwornie zgłodniałem.

Kolejny wypadek na drodze krajowej może absolutnie nic nie znaczyć, Dora dobrze o tym wie. Niestety, nie wierzy w to, co wie.

– Musisz tam pójść – mówi.

– Słucham?

– Wysiądź, idź i zobacz, co się stało.

– Co za zwariowany pomysł?

– Proszę cię.

– Dora, nie rozumiem, o co ci chodzi. Za gapiowanie mogą wlepić grzywnę, a poza tym…

– Jesteś lekarzem, do cholery – mówi ostrym tonem Dora. – Masz prawo tam iść. Nie możesz po prostu zrobić tego, o co cię proszę?

Jojo milczy przez chwilę.

– Okej – mówi krótko i się rozłącza.

Dora kontynuuje obchód pokoi, ale to już jej nie wystarcza. Wybiega do ogrodu, w głąb działki, chwyta za kosę i ścina kolejny oset. I to nie pomaga. Jej myśli nie dają się dłużej kontrolować. Widzi Jojo idącego wzdłuż kolumny stojących w korku samochodów.

Dostrzega skryte za przednimi szybami twarze kierowców, którzy mimo narastającego zniecierpliwienia nie mają odwagi wysiąść ze swoich pojazdów. Niektórzy otwierają boczne szyby i zaciągają się e-papierosami, tworząc tak potężne kłęby dymu, jakby palił się cały samochód. Na lusterkach wstecznych wiszą maseczki. Jojo idzie dalej. Z przodu karetka pogotowia, policja, straż pożarna. Żadnego helikoptera. To dobry znak – albo zły. Tak jak karetka, która długo nie odjeżdża. To bardzo dobrze – albo bardzo źle. Na jezdni krzątają się mundurowi. Przygotowują się do przepuszczania pojedynczych samochodów obok miejsca wypadku. Jojo musi się spieszyć, by jego jaguar nie stał się zawalidrogą. Dostrzega wystający tył rozbitego auta. To pikap. Robi ogromne wrażenie w tej niecodziennej pozie, niby dziwaczna blaszana rzeźba.

Dora ciska kosę, wybiega przez ogród na ulicę i skręca do Gotego. Franzi i Płaszczka nadal siedzą na ziemi, ledwo unoszą wzrok. Dora zamiera w bezruchu. Odkrywa to, co wcześniej przegapiła, zerkając ponad murem. Wilczyca nie stoi już na dotychczasowym miejscu. Dywan z rozrzuconych wiórów wskazuje, gdzie Gote tak pilnie w nocy pracował. Wilczyca przycupnęła kilka metrów dalej, na schodach przyczepy, obok swojego towarzysza. Jest nieco mniejsza, smukła i piękna, ma spiczaste uszy i uśmiechniętą paszczę. Dora poznaje również, do czego miało służyć zgrubienie cokołu. U stóp wilczycy przykucnął szczeniak, pyzaty i milutki, rozmiłowanym wzrokiem wpatrzony w matkę. Siedzą razem, matka, ojciec, dziecko, niczego im nie brakuje. I nigdy brakować nie będzie.

Na widok wilczej rodziny Dora domyśla się, co się stało. Ale potrzebuje pewności. Szybkim krokiem podchodzi do przyczepy, wspina się po metalowych stopniach i naciska klamkę. Drzwi nie są zamknięte. Wchodzi do środka. Głowa i ciało wydają się odrętwiałe.

Wszystkie kolory sprawiają wrażenie wyblakłych, dźwięki są odległe. Przyczepa została wysprzątana i wyczyszczona, łóżko starannie zasłane. Na środku stolika widnieje kolejna drewniana rzeźba, przygotowana jak prezent. Jest tak niewielka, że mieści się w dłoni.

Suka, kundelek, podobna do mopsa, z podwiniętym ogonem. Leży na brzuchu, unosi dyszący pyszczek w stronę widza i zdaje się radośnie uśmiechać. Tylne łapy wyciągnęła w bok, jej krępa sylwetka przypomina trójkątny kształt płaszczki. Po odwróceniu figurki widać wyryty znak. Dwa trójkąty, spiczaste jak wilcze uszy.

Już wiadomo, co ten idiota Gote zrobił. Co w swojej bezgranicznej głupocie uznał za dobry pomysł.

– Ty cholerny durniu – mówi Dora na głos, choć nie na tyle donośnie, by ją usłyszano na zewnątrz.

Osuwa się na krzesło, siedzi jak zastygła, przyciskając do siebie drewnianą płaszczkę niby żywą istotę. Przerażenie to potwór, który lubi przez chwilę wpatrywać się w swoją ofiarę, zanim ją pochwyci.

Kiedy rozlega się dźwięk smartfona, oczy Dory płoną tak mocno, że ledwo może odczytać wiadomość. Od Jojo.

Proksch nie żyje.

49
Proksch nie żyje

Dwie godziny później płaskie plastikowe pudełka z wybornym sushi stoją nietknięte na nakrytym kuchennym stole. Nie zdołali ich nawet włożyć do lodówki. Tylko Płaszczka jest nimi zainteresowana. Raz za razem podnosi głowę, węsząc. Zgodnie z jej poczuciem sprawiedliwości pożywienie, które o tej porze wciąż nie zostało skonsumowane przez człowieka, w oczywisty sposób należy do psa.

Wszystko wokół Dory się rozmywa, zarówno kontury wydarzeń, jak i kontury domu. Nawet Jojo płynnie wtapia się w otoczenie. Korzysta z łazienki, bez pytania sięga po kolejne piwo, gdyż Bracken nie jest chyba odpowiednim miejscem do degustacji wina, a nawet napełnia miskę Płaszczki wodą. Ostentacyjnie dobrze czuje się w nowym domu Dory, choć ona sama już nie wie, czy nadal jest jej domem. Poprzednim razem nawet nie obejrzał wnętrza. Teraz podziwia szerokie drewniane deski podłogowe, chwali minimalistyczne wyposażenie pomieszczeń, solidną konstrukcję budynku oraz fakt, że może w kuchni zapalić. Jego niewzruszona postawa ma ustabilizować wszechświat. To odporny na kryzys, spokojny tryb pracy doświadczonego lekarza, dla którego rozmowy z pogrążonymi w żałobie rodzinami są codziennością. Jojo żartuje nawet z sushiowych zachcianek Płaszczki.

Rzeczywiście, jego zachowanie stanowi pewną podporę. A jednak powoduje, że w chwilach świadomości Dora wpada w jeszcze głębszą otchłań. Absurdalna myśl, że już nigdy nie zobaczy Gotego, dopada ją co kilka minut i mroczy niby czarny koc. Gote był *tutaj* bardziej niż jakakolwiek inna znana jej osoba. Nie może tak po prostu odejść. Nie może. To niemożliwe.

Proksch nie żyje. Głęboko błędne zdanie. Raz za razem dopytuje Jojo, czy aby się nie pomylił. A on cierpliwie odpowiada:

– Nie ma co do tego wątpliwości, kochanie. Rozpoznałem samochód i mężczyznę. Albo to, co z nich zostało.

Mimo to Dora nadal próbuje mu nie wierzyć. Aż jej wzrok pada na małego drewnianego pieska, leżącego na kuchennym stole obok sushi. Kiedy go dotyka i ściska w dłoniach, wciąż na nowo sobie uzmysławia, że to prawda. Gote odszedł, by już nigdy nie powrócić. Nigdy więcej nie staną razem pod murem i nie zapalą. Już nigdy nie będą obserwować ptaków ani siedzieć razem w samochodzie. Nigdy więcej nie zobaczy, jak szczęśliwa jest Franzi u jego boku. To potworne.

Dora wypróbowuje na sobie rozmaite zdania. Aż tak dobrze go nie znałaś. Teraz Bracken nie ma już swojego wioskowego naziola. I tak nie mogłaś temu zapobiec.

Żadne z nich nie działa. Kiedy dotyka drewnianej płaszczki, pogrąża się w otchłani.

Gdy wynoszono martwe ciało jej matki, nikt nie płakał. Wszyscy siedzieli w milczeniu, każdy we własnym pokoju. W domu zapadła potworna cisza. Jakby matka wszystko z sobą zabrała – miłość, poczucie bezpieczeństwa, rodzinę. Nie pozostało nic poza gruzami i nocą. Zamilkły nawet ptaki w ogrodzie.

Tak nie można. O tym nie wolno wspominać. Przynajmniej przeszłość musi pozostać zamknięta w pudełku zapomnienia. Dora z całej siły dociska pokrywę. Wyciera twarz papierową serwetką i pali kolejnego bezfiltrowego papierosa Jojo, od którego już rozbolało ją gardło.

Zaledwie przed godziną zaniosła Franzi talerz z kanapkami i zaproponowała, by resztę wieczoru spędziła w jej domu. Ale Franzi nadal chciała rzeźbić. Nawet nie zapytała, kiedy wróci jej tato.

Jojo zmusił w końcu Dorę do wyszukania numeru Nadine. Opierała się. Oznajmiła, że sama powie o tym Franzi. Że jest to jej winna. Że zna już dziewczynkę lepiej niż ktokolwiek inny. Że przez ostatnie tygodnie żyły razem jak jedna rodzina. Przyjmie Franzi do siebie. Na jedną noc. Potem Franzi będzie mogła spędzić u niej resztę pandemii. I letnie wakacje. Może z nią zostać na zawsze. Będzie chodzić do szkoły w Plausitz. Dora i Płaszczka będą ją rano odprowadzać na przystanek, a jeśli spóźni się na autobus, Dora odwiezie ją do Plausitz pikapem. Przy okazji zrobi zakupy. Potem wypije zasłużoną kawę i zajmie się kolejnym zleceniem dla małych przedsiębiorców z regionu, dla których opracuje zupełnie nowe modele biznesowe.

– Franzi nie chce wracać do Berlina! – krzyknęła Dora. – Na pewno nie chce wracać do Berlina.

Jojo spojrzał na nią jak na wariatkę. Chwycił ją za ramiona i wyjaśnił, że nie jest matką Franzi. Tonem donośnym i ostrym.

– Nie – jesteś – jej – matką! Musisz zadzwonić do tej Nadine, i to natychmiast!

Kiedy Dora nie miała już siły się bronić, zadzwoniła do Toma, który znał numer Sadie, od której dostała numer pani Proksch.

Pani Proksch nie znała brandenburskiego. Żadnego *dzisiej* ani *prosiem*. Mówiła z lekko napuszoną starannością kobiety, która uwolniła się od wszystkiego, co prowincjonalne. Ucieszyła się, że może poznać nową sąsiadkę, z radością przyjęła wiadomość, że Franzi miewa się dobrze. Dora nie chciała z nią rozmawiać. Nadine Proksch nie jest już żoną Gotego. Nadine Proksch nie ma bladego pojęcia, co się dzieje. Dora jest na miejscu, Dora zajmuje się wszystkim, Dora pracuje w maszynowni, by na pokładzie wszystko działało jak należy. To jest jej historia, a nie historia Nadine Proksch. Gdyby obok niej nie siedział Jojo, natychmiast by się rozłączyła.

Gote miał wypadek.

Jak niegroźnie to zabrzmiało. Nieomal uroczo.

Nadine Proksch niewiele mówiła. Powiedziała tylko, że zaraz wsiada do samochodu. Że z telefonem w ręku już wychodzi z mieszkania.

Spojrzawszy na zegarek, Dora wstaje. To nie potrwa długo. Jojo wychodzi za nią przed dom. Płaszczka musi zostać w środku, tak będzie lepiej. Stoją na schodach, kiedy czerwona honda civic pędzi drogą z Plausitz, gwałtownie hamuje przy tablicy z nazwą miejscowości i zatrzymuje się przed domem Heiniego. Z pojazdu wysiada blondynka i spiesznie przechodzi przez jezdnię. Długi, zapleciony warkocz uderza o jej plecy. Nie wita się z Dorą ani z Jojo, w ogóle ich nie zauważa. Dora zastanawia się, czy nie pójść pod mur, ale rezygnuje z tego pomysłu. To i tak jest nie do zniesienia. Słyszy zdziwiony, szczęśliwy głos Franzi, jej radosne wołanie mama-mama, potem krótkie jąkanie, a w końcu dziki wrzask sprzeciwu.

– Nie! – krzyczy Franzi. – Nie pójdę! Nie chcę!

Dora i Jojo widzą, jak Nadine Proksch ciągnie wrzeszczącą córkę po ulicy i zmusza ją, by wsiadła do samochodu. Franzi nie wie dlaczego. Wie tylko, że nagle musi wyjechać. Do miasta. Z dala od tego miejsca. Nie może się nawet pożegnać. Ani z Dorą, ani z Płaszczką. Ani z własnym ojcem. Krzyczy, podobnie jak Nadine Proksch. W końcu drzwi się zatrzaskują. Samochód odjeżdża.

Wiadomość od Jojo *Proksch nie żyje* była straszna. Znalezienie figurki małego pieska było okropne. Ale to jest ze wszystkiego najgorsze. Po tym wydarzeniu Dora nie roni już ani jednej łzy. W obliczu tej katastrofy płacz byłby zupełnie niestosowny. Nieomal niedorzeczny.

Około dziesiątej żołądek Jojo burczy tak głośno, że słychać go w całej kuchni. Pyta, czy Dora nie miałaby nic przeciwko, gdyby coś zjadł. Siada obok niego, otwiera plastikowe pudełka, wyjmuje drewniane pałeczki, miesza pastę wasabi z sosem sojowym, choć zdaje sobie sprawę, że sama nie będzie w stanie przełknąć ani kęsa. Ma wrażenie, że już nigdy niczego nie tknie. A jednak wie z doświadczenia, że życie ma tę niezwykłą właściwość, że zwyczajnie toczy się dalej. Słońce wędruje po niebie, rzeki płyną, a żywe istoty jedzą i śpią, bez względu na to, co się wydarzyło dnia minionego. Jojo zręcznie chwyta pałeczkami kawałki nigiri i maki, dodaje imbir, macza w sosie sojowym i wkłada w całości do ust. Żuje długo, zanim przełknie. Dora w milczeniu przygląda się temu rytuałowi. Ta ryba też kiedyś żyła. Jojo je niewzruszenie. Jego racjonalność, zdolność do zjedzenia dużej porcji sushi w obliczu katastrofy, działa jak środek uspokajający. Być może robi tak zawsze, nawet w klinice, w obecności pogrążonych w żałobie osób. Coś przy nich je. Przeżuwając, uosabia wielkie *No dalej*. Jojo wyćwiczył tę umiejętność jak jakiś mięsień. We wszystkich jego gestach, nawet w sposobie świadomego przełykania, kryje się przesłanie, że oto poznał tajemnicę życia, które żadną tajemnicą nie jest, a jedynie samym życiem z jego utartym zwyczajem trwania aż po sam jego kres. Jedyną sensowną odpowiedzią na owo trwanie jest dalsze działanie. To jedyna szansa dostosowania się do potworności.

Dora zastanawia się, czy Jojo jest szczęśliwy. Podejrzewa, że jego sztuczka polega na tym, by nie zadawać sobie tego pytania.

Kto nie domaga się szczęścia, tego nieszczęściem nie pokarzą. Ktoś taki jak Jojo nie czuje w sobie mrowienia. Jojo popija piwo do sushi i przymyka oczy, tak bardzo mu smakuje. Jest głodny i tylko to się teraz liczy. Zjada też połowę porcji Dory, a resztę oddaje Płaszczce. Razem udowadniają, że liczy się wyłącznie jedzenie.

Jojo zapala papierosa i wydmuchuje dym pod sufit. Widocznie lubi palić w zamkniętych pomieszczeniach. Mała podróż w czasie. W tym celu trzeba przyjechać do Bracken. W Münsterze czy Berlinie to zakazane.

– Jak sądzisz, dlaczego to zrobił? – pyta Jojo.

Dora odpowiada przekornie i bez wahania:

– On nic nie zrobił. To był wypadek.

– Kochanie. Nie było śladów hamowania.

– Może miał atak. I dlatego nie hamował.

– Żadnych śladów hamowania, żadnych śladów poślizgu, żadnych innych uszkodzonych pojazdów. Sto dwadzieścia na godzinę prosto w drzewo.

Dora zerka na drewnianą figurkę Płaszczki. To prezent pożegnalny. Prośba o zapamiętanie go w określony sposób. Jeśli twój kundel znów będzie kopał w moich ziemniakach, to skopię mu tyłek, powtarza w myślach Dora. Poza tym jest jeszcze wilcza rodzina. Gote pracował przez całą noc, bo koniecznie chciał ją ukończyć. Matka – ojciec – dziecko.

– I tak wkrótce by umarł – mówi Jojo.

Dora niemal się roześmiała. To zdanie jest jedną z min w debacie na temat pandemii. Akurat lekarzom łatwo przechodzi ono przez gardło. Najważniejsze jednak, że nie odnosi się do Gotego.

– Skąd możesz wiedzieć?

– Chyba jestem kimś w rodzaju eksperta.

– Jego stan się poprawiał.
– To wpływ kortyzonu.
– I to bardzo!
– Taka poprawa jest niestety tymczasowa.
– Nawet go nie znałeś! – Dora podnosi głos. – Nie znałeś go!
– Ale znałem wielu innych.
– To dlaczego tu jesteś?! – Teraz naprawdę krzyknęła. Na chwilę rozum rozluźnił swój uścisk. Poczuła nieomal ulgę. – Przyjechałeś ponownie go zbadać! Bo zwietrzyłeś szansę na wyleczenie! Nie przyjeżdżasz do mnie dla zabawy. Co to, to nie!

– Dora. – Jojo wygląda na autentycznie przerażonego. – To wszystko gnieździ się jedynie w twojej głowie.

– Dlaczego w mojej? Co siedzi w mojej głowie?

Ten nowotwór istnieje tylko w twojej głowie. Twój sąsiad za bardzo rozrósł się w twojej głowie. Powinnaś zadbać o więcej nowych tworów w twojej głowie. Power Flower, myśli rozpaczliwie Dora, próbując zastąpić jedną pętlę myślową inną.

– Nie przyjechałem z powodu Prokscha. Ale ze względu na ciebie. – Jojo chwyta jej dłonie. – Chciałem cię wesprzeć. Zajmowałaś się tutaj opieką paliatywną. To trudne, nawet dla ludzi, którzy się tego wyuczyli.

– Opieka paliatywna!

Dora wypluwa to określenie. Kolejne takie słowa. Słowa zatruwające życie. I zawsze to Jojo je z sobą przynosi. Rozprzestrzeniają się jak wirusy. Być może więcej ludzi umiera od słów niż od koronawirusa.

– Ja nic nie zrobiłam. Grillowaliśmy. Obserwowaliśmy ptaki.

Czy to rzeczywiście działo się zaledwie wczoraj? Wycieczka do Schütte? Najwyraźniej *wczoraj* nie jest już określeniem czasu, ale nazwą innego wymiaru. Dora znów zaczyna płakać, tym razem ciszej, nieprzerwanie, jak lekki, miarowy deszcz. Jojo głaszcze jej dłonie.

– Może to zrobił, by oszczędzić wam ostatnich kilku tygodni. Swojej córce, może także tobie. Nie *mimo że* poczuł się lepiej, ale *dlatego*, że poczuł się lepiej. Dlatego, że mógł to jeszcze zrobić. Żadnego odchodzenia, żadnego znikania żywcem, żadnego bolesnego ostatniego rozdziału w szpitalu. Umieranie może być cholernie paskudną sprawą.

Dora chce wyrwać dłonie z jego rąk, ale brakuje jej sił. Nie wolno mu mówić takich rzeczy, a jednak to robi. Wie, że w tym momencie myśli o jej matce, a tego mu nie wolno, nie w ten sposób.

– Franzi jest małą dziewczynką, która straciła ojca w tragicznym wypadku samochodowym. W przeciągu jednej chwili. A dopiero co radośnie się razem bawili.

– Rzeźbili.

– Niech będzie, rzeźbili.

Milczą przez chwilę, Dora nadal płacze.

– Już dobrze – mówi w końcu Jojo cichym głosem. – On był tylko twoim sąsiadem.

– Był moim… – Wybuch Dory natychmiast przygasa. Brakuje jej określenia, by wyrazić to, kim był dla niej Gote. I nie ma też powodu, by wyjaśniać to Jojo.

– Wiesz, co mnie zastanawiało na miejscu wypadku?

Dora potrząsa głową.

– Czy twój koleżka poszedłby strzelać na oślep przed berlińską synagogą.

Właściwie Jojo zasłużył tym sobie na policzek, zamiast tego Dora uśmiecha się przez łzy.

– Też tak pomyślałam – przyznaje.

Jojo ściska jej dłonie.

– Zrobił to z miłości. Możesz być pewna.

Dora przytakuje.

– Zobaczysz, ból minie. Szybciej, niż myślisz. Tylko dzisiaj jest tak kiepsko. – Kolejny raz ściska jej dłonie, tym razem z ostateczną siłą, mówiącą: Rozmawialiśmy, podzieliliśmy się odczuciami, a teraz wracamy do normalności.

Dora przypomina sobie drobne zdarzenie sprzed kilku lat. Jojo i Axel spierali się o metody wychowawcze, Jojo, jak to często bywało, wciąż się wymądrzał. Dora miała ochotę zapytać go, czy on w ogóle ma własne dzieci. W samą porę zdążyła stłumić w sobie to pytanie.

Jojo wstaje.

– Jadę. Za kilka godzin muszę być na bloku operacyjnym.

Dora zerka na zegarek. Dochodzi północ. Nie wie, czy Jojo ma na myśli Berlin czy Münster. Nie dopytuje. Zdąży, tak czy inaczej. Odprowadza go do drzwi, patrzy, jak przemierza ogród i otwiera furtkę. Raz jeszcze się odwraca. Podnosi rękę i macha. Po raz pierwszy w życiu Dora ma ochotę powiedzieć *tato* zamiast *Jojo*. I tak też robi.

– Dobranoc, tato! To znaczy, szerokiej drogi.

On jednak nie słyszy. Siedzi już w samochodzie i na pożegnanie naciska klakson, zanim jaguar poniesie go daleko, w dół wiejskiej szosy, w kierunku autostrady.

Dora chce iść pod mur. Chce sprawdzić, czy Franzi, ta nocna sówka, nadal siedzi w ogrodzie. Chce, by głowa Gotego znów pojawiła się ponad krawędzią. By wypalić z nim ostatniego papierosa. Ale nic tam już nie ma. Za murem panuje jedynie milcząca nicość.

Co ty sobie myślisz? Przecież tego właśnie chciałaś. Chciałaś się pozbyć wszystkiego. Rodziny. Związków. Odpowiedzialności.

Bliskości. Całej tej irytacji. Berlina. Roberta. Agencji. Pandemii. Axela i anegdot z heroicznego życia ojca rodziny. Przyjaciół, znajomych. Wszelkiego nadmiaru, paplaniny, ekranów, tempa i emocji. Alarmizmu mediów. Arogancji metropolii. Parków z obowiązkowymi smyczami. Car-sharingu, bike-sharingu i scooter-sharingu. Mrowiących pęcherzyków i bezsenności. Tego całego gówna. Nie chciałaś też naziola za sąsiada ani irytującej przybranej córki. Chciałaś nicości. No to masz. Ciesz się!

Wchodzi do kuchni. Płaszczka zwinęła się jak pączek w swoim lamparcim koszu. Jej ciało lekko drży. Nie z powodu temperatury, bo jest ciepło. Nie z powodu głodu, bo zjadła mnóstwo sushi. Z każdym oddechem wydaje z siebie cichy skowyt. Ona tęskni za Franzi. Już tęskni. Może także za Gotem. A więc to właśnie pozostało. Oto rezultat wielkiego wyzwolenia: mały, smutny piesek.

50
Deszcz

Właściwie to niemożliwe. A jednak tak właśnie się dzieje: Dora budzi się na odgłos grzmotu. Leży w łóżku i wsłuchuje się w dźwięk, którego, odkąd tu mieszka, nigdy jeszcze nie słyszała. Dudnienie i szelest przeplatane pojedynczymi odgłosami bębnienia. Do tego co jakiś czas metaliczny brzęk. Sypialnia wygląda inaczej niż zwykle. Mętne światło barwi ściany na szaro, nieliczne sprzęty stoją pozbawione cienia. Inaczej też pachnie, wilgocią i melancholią. Od czasu przeprowadzki Dory do Bracken każdego dnia świeciło słońce, jakby chmury, wiatr i deszcz były wyłącznie miejską domeną albo jakby wioskę przykrywał wielki klosz, pomalowany od wewnątrz na niebiesko. Akurat dziś, po miesiącach suszy, zaczyna padać. Akurat w dniu pogrzebu. Żadna apka nie zapowiadała deszczu. Nie pojawiły się chmury pierzaste, nie powiał południowy wiatr. Jaskółki nie latały nisko, widoczność nie była szczególnie dobra. Zachód słońca poprzedniego wieczoru prezentował się jak zwykle spektakularnie. To musi być jakaś pomyłka.

Dora wstaje z łóżka, podchodzi do okna – i oto jest, bez wątpienia: deszcz. Pada z nieba długimi, lekko pochyłymi pasmami. Liście drzew drżą pod jego dotykiem. Piaszczysta ziemia staje się nagle ciemna i ciężka. Ptaki umilkły. Pewnie siedzą nastroszone w swoich gniazdach, ze złożonymi skrzydłami, pozwalając kroplom spływać po natłuszczonych piórach.

Na wiejskim festynie w trakcie rozmowy o pogodzie pewna kobieta powiedziała do Dory: Bracken przypomina pustynię. Kiedy pada deszcz, przyroda eksploduje. Wtedy wszystko wygląda tu całkiem inaczej. Poczekaj, sama się przekonasz.

Dora nie wie, czy tego dożyje. Nie wie, jak dalej potoczą się sprawy. Przez ostatnie dni wybiegała myślami tylko do tej niedzieli. Jakby kolejny poniedziałek w ogóle nie miał nastąpić. Jakby historia miała dobiec końca w pewną deszczową niedzielę czerwca. Nie przyjechała do Bracken, by spotkać się z Gottfriedem Prokschem. Teraz jednak nie wie, czy będzie mogła żyć bez niego.

Podchodzi do drzwi i stopą wypycha Płaszczkę na zewnątrz, choć pies nie znosi wilgotnej aury. Oddycha głęboko i rozkoszuje się zapachem mokrego ogrodu, który przenosi ją do czasów dzieciństwa. W Münsterze pada deszcz albo biją dzwony – tak się wówczas mawiało w jej rodzinnym mieście. Pamięta, co czuła podczas rozlicznych deszczowych dni: jednostajny szum, przytłumione światło, pojawiająca się nieuchronnie ospałość, gdy życie z powodu kiepskiej pogody nie chce od człowieka niczego szczególnego. Można po prostu wegetować, nie zastanawiając się, czy jest coś sensownego do zrobienia. Deszcz przełącza świat w tryb czuwania. Dora pamięta, jak siedziała obok Axela na tylnym siedzeniu samochodu matki w drodze na popołudniową lekcję gry na pianinie albo gimnastyki, zahipnotyzowana rytmicznym skrzypieniem wycieraczek, apatyczna aż do granic senności. Za oknami kolorowe światła na skrzyżowaniach przemieniały się w gwiazdy. Dora kreśliła palcem poziome ślady po spływających kroplach deszczu. Samochód cuchnął jak mokre zwierzę. Do tego półgłośny bełkot radia oraz poirytowane komentarze matki na temat zachowania innych kierowców. Także nuda i zły nastrój mogą być fragmentem rodzinnych wspomnień.

Pozwala Płaszcze wślizgnąć się z powrotem do środka i idzie do kuchni zaparzyć kawę. Czuje się rozbita. W ciągu ostatnich kilku dni nadmiar obowiązków nieomal ją przytłoczył. Bez wskazówek Jojo byłaby się pogubiła. Przekazywał jej rozkazy przez WhatsAppa, a ona z wdzięcznością je wypełniała.

Przede wszystkim zażądał, by przedstawiła Tomowi i Steffenowi swoją koncepcję Power Flower. Gdzieś na peryferiach rozumu odnotowała, że Tom z entuzjazmem odniósł się do jej pomysłów i natychmiast zlecił ich realizację. Zgodnie z wyznaczonym przez Jojo harmonogramem miała się tym zająć po pogrzebie. Następnie polecił jej, by zadzwoniła do kliniki w Plausitz i podała się za panią Proksch. Nikt o nic nie pytał. Bez ogródek powiedziano jej, że Gote nadal znajduje się w tamtejszej chłodni, z której powinien jak najszybciej zniknąć ze względu na jej ograniczoną pojemność. Sekcji zwłok nie zlecono, policja nie wątpi we własne ustalenia. Sto dwadzieścia siedem na godzinę, aleja drzew, brak innych uczestników wypadku. Sprawa oczywista. *Cały czas* czekają, aż *wreszcie* odezwie się przedsiębiorca pogrzebowy.

Dora odłożyła słuchawkę i pomyślała, że bez sekcji zwłok tajemnica Gotego zostanie dochowana, czego sam zapewne by sobie życzył. Nikt się nie dowie, czy rzeczywiście, jak twierdził Jojo, *i tak by umarł*.

Potem przyszła kolej na zakład pogrzebowy Ostatnia Podróż. Zgodnie z instrukcjami Jojo Dora nieprzerwanie szlochała do słuchawki, by nikt nie domagał się od niej potwierdzenia tożsamości. Kiedy odzyskała zdolność mówienia, poprosiła, by ze względu na pandemię wszelkie formalności załatwiono przez telefon lub drogą mailową, na co Ostatnia Podróż chętnie przystała. Trumnę mogła wybrać przez internet, podobnie jak kompozycje kwiatowe, stosowne cytaty oraz projekt kart pamiątkowych. Wciąż musiała zapewniać, że Gote, którego od chwili śmierci tytułowano wyłącznie *pan Proksch*, naprawdę nie chciał wystawienia trumny, mowy pogrzebowej ani klepsydry w gazetach. Każda taka odmowa obniżała nastrój Ostatniej Podróży. Jednocześnie w sercu Dory wzrastało pragnienie, by zaplanować ślub, nawet jeśli *w tych czasach* miałby jedynie skromny charakter. Nigdy nie była niczyją żoną, a już na pewno nie wdową. Od śmierci Gotego wydają się oficjalnie do siebie należeć.

Ostatnia Podróż załatwiła wszelkie formalności z cmentarzem w Bracken. Termin ustalono telefonicznie, a dokumenty wysłano pocztą na adres Gotego. Przypomniano o konieczności przesłania kopii dowodu osobistego, o czym Dora po raz kolejny zapomniała.

Tom i Steffen wpadli, by ją poinformować, że przygotują wieńce.

– Był dupkiem – oznajmił Steffen. – Ale jednym z nas.

Tom upierał się, by na wstęgach umieścić *O jednego mniej*, Dora zaś – *Tu spoczywa wioskowy naziol*. Roześmiali się, co sprawiło im niezwykłą ulgę. Ostatecznie zdecydowali się na *Naszemu przyjacielowi i sąsiadowi* oraz *Dla mojego kochanego Taty od Franzi* na drugiej, mniejszej wstążce.

W Ostatniej Podróży nastrój ostatecznie zapadł się pod ziemię, gdy Dora zrezygnowała z dekoracji kwiatowych. Wybrała najtańszą trumnę z sosnowego drewna. Gote pewnie wolałaby buk albo dąb, ale nie wiedziała, skąd wziąć na to pieniądze.

Najdłużej zastanawiała się nad listą zaproszeń, którą musiała przesłać do domu pogrzebowego. Umieściła na niej: *Nadine i Franziska Proksch, Sadie, Tom/Steffen* oraz *Pan Heinrich*. Od Nadine Proksch dowiedziała się esemesem, że rodzice Gotego nie żyją, a z bratem od lat nie miał kontaktu. Pytanie Dory, jak miewa się Franzi, pozostało bez odpowiedzi. Podczas spaceru po wsi spisała ze skrzynek na listy kilka nazwisk i adresów. Na liście znalazło się ostatecznie dziesięć pozycji, dzięki pandemii nie wydało się to smutne, ale stosowne.

Następne polecenie *Zrób porządek. Znajdź dokumenty!!!* Jojo opatrzył kilkoma wykrzyknikami.

Wtedy zaczęła się prawdziwa praca. Dora spędziła dwa dni w domu Gotego. Robiła porządki, wyrzucała jedzenie, dokładnie wysprzątała dom oraz przyczepę. Pozostałe klucze zabrała z sobą, wyłączyła pompę wodną. Znalazła też dokumenty: segregator Leitz pełen papierów, przechowywanych z niezwykłą starannością. Dokumenty samochodowe, wypisy z ksiąg wieczystych, papiery rozwodowe, stare zaświadczenia emerytalne, dowód osobisty, a nawet paszport bez żadnego wpisu. Zabrała wszystko do siebie i całe popołudnie spędziła na porządkowaniu. Wydzwaniała i wypowiadała umowy. Gote został wypisany ze świata żywych. Mała drewniana Płaszczka siedziała przy niej, zawsze blisko notebooka, jakby chciała razem z nią zerkać w ekran.

Dora dużo też rozmyślała. Na przykład o miłości. Zawsze uważała, że to, co w filmach i powieściach nazywa się *miłością*, w rzeczywistości nie istnieje. A przynajmniej nie w opisanej formie. Nie wierzyła, że ludzie się spotkają i od razu wiedzą, że są sobie przeznaczeni. Że zostają razem na zawsze. Że nawzajem się uszczęśliwiają. Patrzą na siebie i czują ekscytację. Kłócą się i znów się godzą. Za każdym razem uprawiają wspaniały seks. Niemal usychają z tęsknoty, gdy przez jakiś czas się nie widują. A na starość siedzą obok siebie na ławce w parku i trzymają się za ręce. Dora nie wie nawet, czy naprawdę kochała Roberta. Nie wie, czy znajome pary rzeczywiście darzą się uczuciem. Wydaje się, że chodzi głównie o to, kto do kogo pasuje. Ta sama szkoła, ten sam dobry wygląd, podobne upodobania w sporcie, muzyce i polityce. Jak w jakimś rankingu. Parametry, procenty. To dostarcza treści do rozmów: on i ona w ogóle do siebie nie pasują. Lepiej pasowałaby do tego drugiego. Ciekawe, czy on znajdzie swoją drugą połówkę?

Dora myśli czasem, że wraz ze śmiercią matki coś w sobie zatraciła. Zdolność do pokochania drugiej osoby, mimo świadomości, że jest śmiertelna. Niekiedy ma wrażenie, że winny jest temu dwudziesty pierwszy wiek. Notowania i rankingi, bingo albo pudło. Zazwyczaj jednak sądzi, że powieści i filmy po prostu kłamią.

Dora i Robert dobrze do siebie pasowali. Dogadywali się, razem znaleźli przytulne mieszkanko. Mimo to czegoś im brakowało. Byli działającym, choć pustym w środku mechanizmem. A w końcu zawiodło także samo jego działanie.

Wtedy życie podsunęło jej sąsiada. Mieszkającego za murem nazistę. Był brzydki i cuchnął. Gdyby był produktem, w ocenie klientów Amazona dostałby ledwie jedną gwiazdkę. Miał okropnych przyjaciół. Pił. Został skazany za usiłowanie zabójstwa. Dora go nie lubiła. Bała się go. W ogóle do siebie nie pasowali. Nigdy nie spotkaliby się na Tinderze. Dopilnowałby tego algorytm.

Ale Gote wcale nie zniknął, bez względu na fatalne wyniki dopasowania. Pozostał tam, gdzie był. W pewnej chwili Dora uświadomiła sobie, że w owym byciu tu i teraz coś jednak się kryje. Można się nim dzielić. Istnienie Gotego dało o sobie znać. Podzielił się nim z Dorą. W końcu istnieli razem. Złączeni murem, który ich dzielił.

Teraz już go nie ma. Ale coś po sobie zostawił, nowe drobne przekonanie w jej umyśle: skoro mogła spotkać Gotego, to może uda jej się jeszcze spotkać kogoś innego. Jeśli rzeczywiście nie chodzi wyłącznie o punkty, procenty czy gwiazdki, to może gdzieś tam istnieje ktoś tylko dla niej. Ktoś, kto w tej chwili kłóci się ze swoimi dziećmi w trakcie domowej nauki w kolońskim mieszkaniu. Albo na lotnisku w Lipsku ładuje właśnie ogromne skrzynie do luku bagażowego samolotu. Albo suszy na Malediwach kombinezony do nurkowania. Ktoś, kto jeszcze nie wie, że kiedyś się spotkają.

Od Heiniego dowiedziała się, kto we wsi dysponuje ładowarką. Wystarczyła krótka rozmowa, a w piątek wieczorem przyjechała potężna hucząca maszyna. Dora przyglądała się, jak wilcza rodzina została uniesiona na ogromnej łyżce i wywieziona drogą do centrum wsi, gdzie znajduje się cmentarz. Gotemu spodobałby się ten pomysł, jest tego pewna.

Wczoraj próbowała grillować w jego ogrodzie. Ogień nie chciał się dobrze palić. Piwo wypiła tylko do połowy, a stekiem z karkówki nakarmiła Płaszczkę. Po prostu jej nie posmakował.

Kilkakrotnie przed snem stanęła pod murem na ogrodowym krześle i zapaliła papierosa. Po drugiej stronie brakowało Gotego, Franzi, a także wilków. Dora rozważa rzucenie palenia. To cholernie smutny zwyczaj.

Pada deszcz. Siąpi coraz mocniej, gdy Dora popija kawę. Stoi przy oknie i myśli sobie, że miło jest z kubkiem w dłoni patrzeć na deszcz i trochę zmarznąć. Oznacza to, że jest się żywym. Nie ma jednak parasola. Ani kurtki przeciwdeszczowej. Nie ma kaloszy, czapki, kapelusza. Kiedy zbliża się czas wyjścia, wkłada grubą bluzę, a głowę osłania torbą z REWE. Torba jest papierowa. Już w drodze do ogrodowej furtki staje się jasne, że to się nie uda. Deszcz w kilka minut przemoczy ją do suchej nitki, temperatura wynosi najwyżej dziesięć stopni. Płaszczka nie chce nawet ruszać nogami, trzeba ją ciągnąć na smyczy po trawie.

Po chwili wahania Dora przechodzi na drugą stronę ulicy i dzwoni do drzwi Heiniego. Otwiera natychmiast, jakby na nią czekał. Za jego plecami przemyka kobieta, mówi przyjaźnie *Cześć*, po czym znika. Dora jest pewna, że nigdy wcześniej jej nie widziała. Może pracuje na zmiany. Albo jest jego sekretną kochanką. Jeśli Dora nie pomyliła się w ocenie, jest o głowę wyższa od Heiniego.

– Cholera – mówi. – Co za pech.

W pierwszej chwili Dora sądzi, że chodzi mu o pogodę, ale prawdopodobnie miał na myśli Gotego. Przez sekundę sprawia wrażenie, jakby chciał ją uściskać. Wtedy jednak przypomina sobie o pandemii. Albo o tym, że jest mężczyzną, a także Brandenburczykiem. Patrzy na nią z zakłopotaniem. Pytanie o odzież przeciwdeszczową przywraca w nim gotowość do działania. Znika we wnętrzu domu i długo się nie pojawia. Dora wsłuchuje się w bębnienie kropel deszczu o daszek nad wejściem i od czasu do czasu spogląda na zegarek.

– Bez nas nie zaczną – mówi wreszcie Heini. Dora zastanawia się, czy to miał być żart.

Heini ma na sobie żółty kombinezon, kurtkę i spodnie oraz gumowce w tym samym kolorze. Kaptur naciągnął na głowę. Za nim pojawia się wysoka kobieta w ciemnozielonym woskowanym płaszczu i kapeluszu z szerokim rondem, w którym wygląda jak angielski lord na polowaniu. Z żółtego tła ubioru Heiniego wyłania się druga para gumowców w tym samym kolorze oraz kurtka przeciwdeszczowa. Dora dostaje też żółtą zydwestkę. Założywszy ów strój, podnosi Płaszczkę i wkłada ją pod kurtkę. Ruszają razem poboczem drogi, jak to jest w zwyczaju w Bracken ze względu na brak chodnika.

Ponieważ nie ma także studzienek, jezdnia zamieniła się w rwący potok, płynący w kierunku centrum wioski. Idąc w przeciwdeszczowym ubraniu obok Heiniego i jego partnerki, Dora czuje się jak mała dziewczynka, która razem z rodzicami maszeruje obserwować stada fok na wyspie Spiekeroog.

Na cmentarzu kończą się naraz owe fantazje. Na widok otwartego grobu Dorę ogarnia przerażenie, którego się nie spodziewała po żałobnych wariacjach ostatnich kilku dni. Jeszcze rankiem przyszedł esemes od Jojo: *Kto akceptuje śmierć, może z nią żyć.* Dora pomyślała, że ma rację i że na pewno temu sprosta.

Takie sentencje nie mogą jednak zamknąć ust otwartego grobu. Rozwiera on paszczę i śmieje się z ludzi. Dora przyciska do siebie Płaszczkę, jakby to ciepłe, drobne ciałko mogło ją ochronić przed szyderczym dołem.

Trumna, którą sama wybrała, stoi na wózku, przykryta morzem kwiatów. To dzieło Toma i Steffena. Dwa wilki przysiadły już u wezgłowia jak żałobnicy, którzy przybyli trochę za wcześnie.

Dora nie może uwierzyć, że Gote naprawdę tu jest. Przecież nikogo innego nie ma. Na pustym cmentarzu trumna wygląda jak jakiś rekwizyt. Być może również dół jest elementem scenografii. Miał się odbyć krótki spektakl, lecz z powodu ulewy został odwołany. Dora chce wrócić do domu. Z przedstawienia nici.

Wtedy jednak kilka osób odrywa się od ściany kościoła wzniesionego z naturalnego kamienia. Niosą parasole albo mają na głowach mocno zawiązane kaptury. Widząc, ile ich jest, Dora czuje, jak oblewa ją fala gorąca. Nie pomyślałaby, że będzie to miało dla niej jakieś znaczenie. Tom i Steffen idą, trzymając się za ręce, nigdy wcześniej nie widziała u nich takiego gestu. Sadie przyprowadziła dwie kobiety, które były także na wiejskim festynie. Są też strażacy. Podchodzą dwie kolejne postacie, kryjąc się pod czarnymi parasolami: brodacz i facet w marynarce. Nie wiadomo, jak dowiedzieli się o śmierci Gotego. Ale w tych stronach nawet piaszczysta gleba ma uszy. Witają się z innymi skinieniem głowy i odsuwają na bok, zgodnie z covidowymi zaleceniami. Banici w trybie adaptacyjnym. Krisse ukradkiem przeciera oczy.

Żałobnicy stoją bez ruchu wokół otwartego grobu. W tle uśmiechają się wilki. Deszcz nieco zelżał, krople stały się drobniejsze, nie wydają się już padać z góry, ale rozpylać jak mgiełka we wszystkie strony. Brakuje tylko księdza. Dora myśli z przerażeniem, że mogła zapomnieć go powiadomić. Przypomina sobie jednak wiadomość otrzymaną z biura Ostatniej Podróży. Wspólnota ewangelicka jest gotowa zorganizować pogrzeb, mimo że pan Proksch był bezwyznaniowcem. Pastor Heinrich podejmie się tego zadania.

Dora się rozgląda, zerka na zegarek i sadza wiercącą się pod kurtką Płaszczkę na ziemi. Kątem oka zauważa jakiś ruch, dostrzega, jak wysoka kobieta zdejmuje kapelusz przeciwdeszczowy i podaje go Heiniemu. Jej włosy są spięte w ciasny kok, na którym natychmiast osiadają drobne kropelki deszczu. Rozpina woskowaną pelerynę, odsłaniając czarną sutannę z białą befką. W tej transformacji kryje się coś nielogicznego. Wielebna Heinrichowa i seryjny grillożerca. Na Tinderze pewnie by się nie poznali. Dopilnowałby tego algorytm.

– Zebraliśmy się tutaj – mówi wielebna Heinrichowa, a wtedy Dora czuje obok siebie pustkę, potężną jak kawałek ciemnej materii. Nieobecność sprzeczną z prawami natury, której kontury odpowiadają sylwetce małej dziewczynki. Chce zawołać: Stop, nie możemy zacząć! – i w tym momencie słyszy nadjeżdżający samochód, który gwałtownie hamuje. Czerwona honda civic zatrzymuje się przed okalającym cmentarz ogrodzeniem z drucianej siatki. Gdy otwierają się drzwi pasażera, Płaszczka zaczyna szarpać smycz, jakby chciała uwolnić się z obroży. Franzi wbiega wielkimi susami przez bramę, pędzi po żwirowej ścieżce w stronę żałobników. Ma na sobie fioletową kurtkę *softshell*, pod której kapturem skryła długie blond włosy. Do tego obcięte dżinsy i różowe tenisówki, które ładnie kontrastują z żółtym strojem Dory i Heiniego. Wielebna Heinrichowa uśmiecha się do dziewczynki, Płaszczka oburzonymi podskokami domaga się prawa do powitania, a Dora szuka sposobu, by przytulić małą przyjaciółkę, co jednak zwyczajnie się nie udaje.

Kiedy sytuacja powraca do normy, Dora wręcza jej smycz, Franzi kwituje to nieobecnym uśmiechem. Dziewczynka jest równie daleko jak księżyc. To tylko ciało Franzi, które Berlin na krótko z siebie wypluł, by jak najszybciej z powrotem je wessać. Dora pamięta blond warkocz przemykający w lesie między drzewami. Widzi słoneczne plamy w trawie, Franzi i Płaszczkę biegnące razem przez łąkę. Zapach sosnowych igieł i grzybów. Silnik hondy nadal pracuje. To najbardziej odrażający dźwięk na świecie.

– Zebraliśmy się tutaj, by pożegnać…

Nikt nie płacze. Wszyscy milczą jak skamieniali. W tle uśmiechają się wilki, matka, ojciec, dziecko. W trakcie przemówienia wielebnej Heinrichowej Dora się zastanawia, jakie gatunki ptaków występują w Berlinie. I to w odpowiedniej liczbie. Nie za dużej, jak gołębie czy wróble, które mnogość pozbawia wszelkiego znaczenia. Ale też nie zbyt małej, jak strzyżyki, o których istnieniu zapomina się z powodu ich rzadkości. Kosy? Bliskie wymarcia. Wrony? Zbyt głośne, zbyt ponure, zbyt liczne. Sroki? Zbyt agresywne. Jaskółki? Zbyt wysoko w górze. Pustułki? Zbyt trudne do obserwacji.

Kiedy Dora zauważa ruch na jednym z wysokich, stojących między grobami świerków, zna już rozwiązanie. Chwyta Franzi za ramię.

– Spójrz tam – szepcze.

Na przekór złej pogodzie na świerkowej gałęzi przycupnęła ruda wiewiórka i czarnymi oczami obserwuje zdarzenia.

– To jest twój tato – szepcze Dora. – Będzie cię odwiedzał tak często, jak to tylko możliwe. I zawsze będzie się tobą opiekował. On szaleńczo cię kocha.

Franzi zerka na drzewo, nic nie rozumiejąc. Prawdopodobnie w ogóle nie słuchała. Nie patrzy na Dorę i zdaje się nie zauważać wilków. Z pozbawionym wyrazu wzrokiem słucha słów pastorki, ignoruje nawet Płaszczkę liżącą jej kolana.

Po zakończeniu ceremonii czterech mężczyzn opuszcza na długich linach trumnę do dołu. Wszyscy zebrani rzucają na nią ziemię. Także Franzi sypie łopatką kilka dużych grudek, które głośno uderzają o wieko drewnianej skrzyni. Dora pochyla się nad dziewczynką.

– Zawsze możesz tu przyjechać – mówi. – Do mnie. I do Płaszczki. W wakacje. Kiedy tylko chcesz. Ucieszy nas to.

Franzi odpowiada skinieniem głowy i w tym momencie Dora już wie, że nigdy więcej jej nie zobaczy. Honda zatrąbiła. Franzi wciska jej smycz do ręki, wyrywa się i biegnie żwirową dróżką do samochodu. Dora odwraca wzrok. Nie może patrzeć, jak dziewczynka wsiada do auta. Najchętniej zakryłaby uszy, żeby nie słyszeć ryku silnika.

Wszyscy do niej podchodzą, miast podać jej rękę, lekko się kłaniają i składają kondolencje, jakby była pogrążoną w żałobie panią Proksch.

– Dziękuję, Dora – mówi Tom.

W pierwszej chwili nie wie, o co mu chodzi, ale potem jakimś sposobem się domyśla.

Do domu wraca sama. Heini wszedł z żoną do kościoła, pozostali żałobnicy się rozeszli. Płaszczka biegnie przodem, nie mogąc się doczekać suchego posłania. Dziś byłby dobry dzień na wypróbowanie pieców na drewno. Gote by jej pomógł. Przyszedłby ze stosem polan i rozpaliłby ogień, zanim pomyślałaby, żeby go o to poprosić.

Deszcz wciąż słabnie. Pozostaje po nim rodzaj mgiełki, która osiada wilgotną warstwą na twarzy i dłoniach. Strumień wody płynącej ulicą wysechł. Z drzew skapują krople. Pierwsze ptaki wznawiają swoje trele. Słychać klekot bocianów. Przed domem Toma i Steffena dwóch Portugalczyków stoi na skraju wielkiej kałuży, rozmawiają, palą i pozdrawiają gestem przechodzącą Dorę. Dom Gotego milczy.

W przyszłości ktoś będzie musiał się nim zająć. Zaglądać przez okna, co piątek. Wietrzyć, ogrzewać, odkręcać i zakręcać kurki i wykonywać inne praktyczne czynności, o których można przeczytać w internecie. Dora ma klucze. Na murze przysiadł rudy pręgowany kot i patrzy w jej stronę.

Spis treści

CZĘŚĆ I. Kąty proste 5
1. Bracken 7
2. Robert 19
3. Gote 34
4. Śmieciowa wyspa 44
5. Gustaw 51
6. Butelki zwrotne 59
7. R2-D2 69
8. Ciapaki 77
9. Latarka 84
10. Autobus 89
11. Centrum handlowe 93
12. Axel 97
13. Tom 102

CZĘŚĆ II. Sadzeniaki 109
14. AfD 111
15. Jojo 118
16. Brandenburgia 128
17. Steffen 133

18. Mon Chéri 138
19. Franzi 146
20. Horst Wessel 152
21. Płaszczki 162
22. Krisse 166
23. Hortensje 168
24. Żołnierzyki 173
25. E-mail 176
26. Farba 180
27. Sadie 186
28. Muzeum 195
29. Nóż 202
30. O ludziach 207

CZĘŚĆ III. Nowotwór 215
31. *Au revoir* 217
32. Rzeźba 222
33. Ojciec, córka 230
34. Pan Proksch 237
35. Nowotwór 244
36. Wczesne ziemniaki 252
37. Jednorożec 260
38. Steki 267
39. Pudding 275
40. Piskunka 281
41. Ryk 288
42. Floyd 294
43. Kwitnące przyjaźnie 303

44. Festyn 309
45. Schütte 318
46. Ambona 327
47. Power Flower 331
48. Korek 336
49. Proksch nie żyje 342
50. Deszcz 352

Juli Zeh jest laureatką m.in.:

Nagrody Literackiej Rauris
Nagrody im. Friedricha Hölderlina
Nagrody Literackiej im. Carla Amery'ego
Nagrody im. Thomasa Manna
Nagrody im. Hildegard von Bingen
Nagrody Fundacji Else Mayer
Nagrody im. Samuela Bogumiła Lindego
Nagrody im. Brunona Kreisky'ego